"나에게 앤은 실제 인물이며, 언젠가는 꼭 만날 것이라 믿는다.
해 질 무렵 연인의 오솔길에서 상상에 잠길 때, 달빛 내리는 자작나무 길을 거닐 때
내 곁에 서 있는 앤을 발견할 것이다."

Lucy Maud Montgomery

무지개 골짜기

청년의 생각은 길고 긴 그리움.

- 헨리 워즈워스 롱펠로(미국 시인, 1807-1882)

빨간 머리 앤 전집 7

RAINBOW
VALLEY

무지개 골짜기

루시 모드 몽고메리 | 유보라 그림 | 오수원 옮김

현대
지성

조국의 아름다운 골짜기를
침략자의 무자비한 손에 넘기지 않으려고
기꺼이 생명을 바친
골드윈 랩, 로버트 브룩스, 몰리 쉬어의
숭고한 희생을 기리며

주요 등장인물

앤 블라이드

글렌세인트메리 마을의 '잉글사이드'에서 남편 길버트와 함께 여섯 아이를 키우며 살아간다. 누구에게나 진실하고 편견 없이 대하기 때문에 사람들은 고민이 있을 때마다 앤을 찾아가 위로를 얻는다. 자녀들의 장점을 발견하고 격려하며, 목사관 아이들이 어떤 실수를 저질러도 따뜻하게 보듬어준다.

존 녹스 메러디스

글렌세인트메리 마을 교회에 새로 부임한 목사다. 아내와 사별한 뒤 홀로 네 아이를 키우며 살아간다. 늘 신학적인 문제에 깊이 빠져 있다 보니 집안일과 자녀 교육에는 무심하다. 자기의 잘못과 솔직한 감정을 뒤늦게야 깨닫고 로즈메리에게 청혼한다.

로즈메리 웨스트

언니 엘런과 '언덕 위의 집'에서 살고 있는 아름답고 상냥한 여인이다. 젊은 시절 약혼자가 죽은 뒤로 연애를 하지 않았다. 어머니가 세상을 떠나자 절대로 결혼하지 않겠다고 언니와 약속했는데, 메러디스 목사에게 청혼을 받고 고민에 빠진다.

제럴드(제리) 메러디스

메러디스 목사의 장남으로 똑똑하고 정직하다. 동생들과 함께 만든 선행 클럽에서 주도적으로 규칙을 정하고 누군가 잘못을 저질렀을 때 공정하게 벌을 준다.

페이스 메러디스

메러디스 목사의 큰딸로 낙천적이고 명랑하다. 한번 마음먹은 일은 즉시 실행한다. 가족이 마을을 떠날 위기에 처하자 용기 있게 나서서 문제를 해결한다.

우나 메러디스

메러디스 목사의 작은딸로 생각이 깊고 감정이 풍부하다. 로즈메리에게 아버지와 결혼해달라고 조른다.

토머스 칼라일(칼) 메러디스

메러디스 목사의 막내아들로 어머니의 눈을 빼닮았다. 동물의 습성과 생태를 관찰하는 데 푹 빠져 있다.

메리 밴스

와일리 부인의 집에서 학대받으며 살다가 도망친 소녀다. 거침없이 말하고 알은체하길 좋아한다.

월터 커스버트 블라이드

앤과 길버트의 둘째 아들이다. 책을 좋아하고 시를 즐겨 쓴다. 페이스를 놀리는 남학생과 주먹다짐한다.

코닐리어 엘리엇

앤이 '꿈의 집'에 살 때부터 가깝게 지냈던 여인이다. 마을의 소식통이며 메리 밴스를 데려다 기른다.

차례

일러두기

1. 각주는 독자의 이해를 돕기 위해 역자가 단 것이다.
2. 어린아이의 말투나 글처럼 저자가 일부러 문법에 맞지 않는 단어 혹은 문장을 쓴 부분은 우리 문화에 걸맞은 표현으로 변형해서 옮겼다.
3. 성경에 있는 표현을 옮길 때는 우리말 역본 중 개역개정판을 기준으로 삼았고, 다른 역본을 사용할 경우 출처를 밝혔다.

1장

집으로 돌아오다

황록빛이 감도는 5월의 쾌청한 저녁, 포윈즈항의 해변 위로 어둠이 부드럽게 내렸다. 바닷물은 서쪽 하늘의 노을을 고스란히 받아 금빛으로 물들었다. 봄기운이 완연한데도 파도가 모래톱에 부딪치는 곳에서는 으스스한 소리가 났다. 하지만 항구로 통하는 붉은 길에서는 장난꾸러기 바람의 명랑한 노랫소리가 들려왔다.

코닐리어는 편안하고 느긋한 모습으로 글렌세인트메리 마을을 향해 걸어갔다. '엘리엇 부인'이 된 지도 벌써 13년이나 지났건만 아직 그녀를 '코닐리어'라고 부르는 사람이 많았다. 옛 친구들에게는 처녀 적 이름이 정겹게 느껴지기 때문이다. 다만 블라이드 가족이 사는 잉글사이드의 충직한 가정부 수전 베이커만큼은 옛 이름을 부르지 않았다. 머리가 희끗희끗하고 고집이

센 그녀는 기회 있을 때마다 톡 쏘는 말투로 '엘리엇 부인'이라고 불렀다. 마치 "결혼하고 싶어 안달했으니 실컷 그렇게 불러드리죠"라고 말하는 듯했다.

코닐리어는 유럽에서 막 돌아온 블라이드 부부를 만나러 잉글사이드로 가는 중이었다. 앤과 길버트는 런던에서 열린 저명한 학회에 참석하느라고 석 달 정도 집을 비웠다. 코닐리어는 그동안 글렌세인트메리 마을에서 있었던 일들을 이야기해주고 싶어서 입이 근질근질했다. 무엇보다 최근 목사관•으로 이사 온 가족에 대해 할 말이 많았다. 참 별난 사람들이기 때문이다. 코닐리어는 부지런히 걸음을 옮기면서도 그들을 떠올리며 몇 번이나 고개를 저었다.

잉글사이드의 넓은 베란다에 앉아 있던 수전과 앤은 코닐리어가 이쪽으로 다가오는 것을 보았다. 두 사람은 황혼이 드리운 하늘과 어스름한 단풍나무 사이로 졸린 듯 지저귀는 울새의 노랫소리를 들었고, 잔디밭을 둘러싼 고풍스러운 붉은 벽돌 담장 앞에서 살랑거리며 춤추는 수선화 무리를 감상하던 참이었다. 앤은 계단에 앉아 두 손을 무릎에 얹은 채 부드러운 땅거미가 내리는 항구 도로를 내려다보고 있었다. 반짝거리는 회녹색 눈동자에는 꿈이 가득 담겨 있었다. 아이를 여럿 낳았다는 사실이 믿기지 않을 정도로 소녀 같은 모습이었다. 앤이 앉은 곳 뒤쪽 해먹에는 잉글사이드의 막내 릴라가 몸을 동그랗게 말고 누워 있었다. 릴라는 빨간 곱슬머리에 눈동자는 담갈색이었으며

• 교회에서 목사와 가족이 머물 수 있도록 마련해준 집

여섯 살짜리 아이답게 통통했다. 릴라는 귀엽고 우스꽝스러운 주름이 생기도록 눈을 꼭 감고 잠들어 있었다.

사람들에게 '갈색 꼬마'로 통하는 셜리는 수전의 품에서 자고 있었다. 셜리는 머리카락과 눈동자와 피부가 갈색이었고, 두 볼은 발그레했다. 앤은 셜리를 낳고 오랫동안 몸이 좋지 않았다. 그래서 수전이 셜리를 자기 아들처럼 보살폈다. "수전이 없었더라면 셜리는 목숨을 부지하지 못했을 거야"라고 길버트가 농담처럼 이야기했을 정도였다. 물론 다른 아이들도 사랑했지만 수전이 셜리에게 각별한 애정을 쏟은 것은 당연했다.

수전은 자주 이렇게 말했다.

"저는 이 아이에게 모든 걸 쏟아부었어요. 셜리는 사모님이 낳았지만 제 자식이나 다름없는 아이예요."

그 말처럼 셜리는 무슨 일이 생길 때마다 수전에게 쪼르르 달려가 도움을 청했다. 어딘가에 부딪쳐 다치면 상처에 입김을 호 불어달라고 졸랐다. 졸리면 재워달라고 칭얼거렸으며, 혼이 날 것 같으면 수전 뒤에 숨었다. 수전은 아이들을 훈육하느라 때때로 벌을 주었지만 셜리에게는 절대 손을 대지 않았다. 심지어 어머니인 앤도 셜리를 때리지 못하게 했다. 언젠가 길버트가 매를 들었을 때 수전은 불같이 화를 냈다.

"아무리 그래도 그렇지, 천사에게 손찌검을 하다니요!"

그 뒤로 몇 주 동안 길버트는 파이를 얻어먹지 못했다.

블라이드 부부가 유럽을 여행하는 동안 다른 아이들은 모두 에이번리에서 지냈지만 셜리만큼은 수전이 자기 오빠 집으로 데려갔다. 셜리를 석 달 동안 독차지한 것이다. 그래도 수전은 잉글사이드로 돌아와 아이들에게 둘러싸였을 때 무척 흐뭇한 표정을 지었다. 잉글사이드야말로 수전의 세상이었다. 앤도 수전이 결정한 일을 왈가왈부하는 경우가 거의 없었다. 이를 본 초록지붕집의 레이철 린드 부인은 질색하면서, 수전이 계속 대장 노릇을 하게 놔둔다면 앞으로 후회하게 될 것이라고 포윈즈에 올 때마다 앤에게 투덜거리곤 했다.

"코닐리어 브라이언트가 항구 큰길을 따라 올라오고 있네요, 사모님. 석 달 동안 있었던 일을 말해주려나 봐요."

"잘됐네요. 글렌세인트메리의 소식을 듣고 싶었거든요. 우리가 없는 동안 일어난 일을 코닐리어가 빠짐없이 말해줬으면 좋겠어요. 누가 태어나고, 결혼하고, 소동을 일으키고, 세상을 떠나고, 이사 가고, 새 이웃이 생기고, 서로 다투고, 소를 잃어버리고, 애인이 생겼는지 전부 듣고 싶어요. 집에 돌아와서 사랑하는 글렌세인트메리 사람들을 다시 만났을 때 얼마나 반가웠는지 몰라요. 유럽에 머무르는 동안에도 다들 어떻게 지내는지 궁금했거든요. 웨스트민스터대성당을 거닐다가 문득 밀리센트 드루가 가깝게 지내는 두 남자 중에 누구랑 결혼할지 궁금해지기도 했어요. 내가 사람들의 이야기를 지나치게 좋아하는 건 아닌지 걱정이에요."

수전이 수긍하듯 고개를 끄덕였다.

"당연하죠, 사모님. 부인이라면 모름지기 새로운 소식을 듣고 싶어 하는 법이니까요. 밀리센트 드루의 소식은 저도 궁금하네요. 저야 둘은커녕 한 명과도 사귀어본 적이 없지만, 그렇다고 속상하진 않아요. 나이 든 독신녀로 사는 게 익숙해지면 그런 건 아무렇지도 않으니까요. 밀리센트는 머리를 빗이 아니라 빗자루로 빗은 것처럼 하고 다니던데, 남자들은 그런 거에 별로 신경 쓰지 않나 보죠?"

"거드름 피우며 사람을 깔보는 표정은 또 어떻고요? 하지만 남자들은 작고 예쁜 얼굴만 보니까요."

"그런 것 같아요. 성경에 '고운 것도 거짓되고 아름다운 것도 헛되나'•라는 말이 있잖아요. 하지만 정말 그게 사실인지는 자기가 직접 확인해보는 것도 괜찮다고 생각해요. 어차피 천사가 되면 다들 아름다워질 텐데, 그때 미인이 된들 무슨 소용이겠어요? 아, 소문 이야기가 나왔으니 말인데요. 항구 건너편에 사는 해리슨 밀러 부인이 지난주에 스스로 목을 매려고 했다네요."

"뭐라고요? 세상에, 그래서 어떻게 됐어요?"

"진정하세요, 사모님. 결국에는 무사했으니까요. 밀러 부인이 잘못한 건 맞지만 전 그녀를 나무라지 못하겠어요. 그이 남편은 참 끔찍한 인간이니까요. 어쨌든 목을 맨 건 아주 바보 같은 짓이었어요. 남편에게 다른 여자와 결혼할 기회를 주는 거잖아요. 만약 제가 밀러 부인이라면 남편을 괴롭혀서 스스로 목을 매달게 할 거예요. 뭐, 상황이 어떻건 간에 목을 매려는 사람을 두둔할 생각은 전혀 없지만요."

앤은 화를 내며 물었다.

"해리슨 밀러 씨는 대체 왜 그러는 거죠? 사람을 숨 막히게 들볶잖아요."

• 구약성경의 잠언 31장 30절에 나온 표현

"뭐, 종교 때문에 그런다는 말도 있고, 그저 똥고집을 부리는 거라는 말도 있어요. 아이고! 말이 험해 죄송해요, 사모님. 해리슨 씨가 둘 중 어느 쪽인지 확실히 알 수는 없네요. 어느 날에는 자기가 영원한 벌을 받을 운명이라면서 으르렁거리다가 또 다른 날에는 어떻게 되든 상관없다면서 술에 취해 있거든요. 제가 보기엔 머리가 돈 것 같아요. 밀러 가문에는 멀쩡한 사람이 하나도 없다니까요. 그 사람의 할아버지도 그랬어요. 자기가 검고 커다란 거미 떼에 둘러싸여 있다고 생각했죠. 거미가 온몸을 기어 다니고, 주변에도 심지어는 공중에도 득실거린다고 소리쳤어요. 사모님, 저는 절대로 미치고 싶지 않아요. 물론 그럴 리는 없지만요. 베이커 가문에는 미친 사람이 없었거든요. 하지만 전지전능하신 하느님께서 뭔가 명을 내리신다 해도 검고 커다란 거미 떼는 아니었으면 좋겠어요. 벌레라면 생각만 해도 소름 끼치니까요.

밀러 부인이 동정을 받아 마땅한 사람인지 아닌지는 잘 모르겠어요. 누가 그러는데 밀러 부인은 리처드 테일러를 괴롭히기 위해서 해리슨 씨와 결혼했다는 거예요. 그런 이유로 결혼하다니, 그게 말이나 되는 소린가요? 하지만 그 결혼을 놓고 제가 이러쿵저러쿵할 입장은 아니죠. 아, 코닐리어 브라이언트가 문 앞까지 왔네요. 그럼 난 이 천사 같은 갈색 꼬마를 침대에 눕히고 나서 뜨갯거리를 가져올게요."

2장

이런저런 소문

코닐리어는 다정하게, 앤은 기쁜 기색으로, 수전은 짐짓 위엄 띤 태도로 인사했다. 인사를 마치고 코닐리어가 물었다.

"다른 아이들은 어디 있나요?"

"셜리는 자러 갔고 젬과 월터와 쌍둥이는 무지개 골짜기에 갔어요. 다들 오늘 오후에 막 돌아왔으면서 식사가 끝나기도 전에 골짜기로 달려간 거예요. 좀이 쑤셔서 못 견디겠나 봐요. 아이들은 세상에서 무지개 골짜기를 가장 좋아해요. 단풍나무 숲도 거기에는 못 미친다고 하더군요."

앤이 대답하자 수전이 어두운 얼굴로 덧붙였다.

"지나치게 좋아해서 걱정이에요. 젬은 나중에 천국이 아니라 무지개 골짜기로 가고 싶다는 말까지 했다니까요. 그런 말은 함부로 하면 안 되잖아요."

코닐리어가 화제를 바꿨다.

"다들 에이번리에서 즐겁게 지내다 왔죠?"

"그럼요. 마릴라 아주머니가 아이들 버릇을 다 망쳐놓으셨죠. 특히 젬은 무슨 짓을 해도 오냐오냐하신다니까요."

"커스버트 아주머니도 이젠 꼬부랑 할머니가 되셨겠네요?"

코닐리어가 대꾸하며 뜨갯거리를 꺼냈다. 수전에게 지지 않겠다는 다짐이 얼굴에 드러났다. 그녀는 정신이 똑바로 박힌 여자라면 손을 부지런히 놀려야 한다고 여겼다.

앤이 한숨을 쉬었다.

"마릴라 아주머니는 어느덧 여든다섯이 되셨어요. 머리카락도 눈처럼 하얗게 세셨고요. 그런데 이상하게도 눈은 예순 살 때보다 더 잘 보이세요."

"모두들 돌아와서 참 기뻐요. 그동안 내가 얼마나 쓸쓸했다고요. 물론 마을에 아무 일도 없었던 건 아니에요. 특히 교회 문제로 시끄러웠죠. 금년 봄만큼 흥미진진한 적은 내 평생 한 번도 없었다니까요. 앤, 드디어 목사님이 정해졌어요!"

"존 녹스 메러디스 목사님이에요, 사모님."

수전이 끼어들었다. 새 소식을 코닐리어 혼자 전하도록 내버려두지 않겠다고 마음먹은 듯했다.

"좋은 분이겠죠?"

앤이 관심을 보이며 묻자 수전이 앓는 소리를 냈고 코닐리어는 한숨을 쉬며 대답했다.

"목사님으로서는 아주 좋은 분이죠. 성격도 좋고, 박식하고, 신앙심도 깊으니까요. 하지만 그분은 상식이란 게 없어요!"

"그런데 왜 그분으로 결정했을까요?"

"글렌세인트메리 교회에 오셨던 목사님들 중에서 설교를 가장 잘한다는 건 분명해요."

코닐리어는 칭찬하는가 싶더니 말머리를 홱 돌렸다.

"도시 교회에서 그분을 청빙하지 않은 이유는 넋이 빠져 보이기 때문이었을 거예요. 시범 설교는 두말할 것 없이 훌륭했어요. 다들 설교에 푹 빠졌으니까요. 그리고 얼굴도…."

"정말 잘생겼어요, 사모님. 뭐니 뭐니 해도 저는 설교단에 잘생긴 목사님이 서 있는 게 좋아요."

수전이 끼어들었다. 자기 의견도 분명히 밝혀야 한다고 생각한 듯했다.

코닐리어가 다시 말했다.

"게다가 다들 하루라도 빨리 목사님을 정하고 싶어 했잖아요. 모두가 괜찮다고 말한 분은 메러디스 목사님이 유일했어요. 다른 후보자는 반대하는 사람이 몇 명씩 있었거든요. 폴섬 목사님으로 정하자는 이야기도 나왔어요. 그분도 설교는 참 잘했는데, 외모가 마음에 안 든다고 사람들이 수군댔죠. 퉁퉁한 몸집에 얼굴이 너무 검었거든요."

수전이 말했다.

"그분은 까맣고 덩치 큰 고양이처럼 생겼어요, 사모님. 일요일마다 설교단에 그런 목사님이 서 있으면 예배 시간 내내 얼마나 괴롭겠어요?"

코닐리어가 말을 이었다.

"그다음에 오신 분은 로저스 목사님인데, 이렇다 할 특징이 없는 분이라 좋다 나쁘다 말할 것도 없네요. 그분이 베드로나 바울처럼 설교를 잘했어도 달라지는 건 없었을 거예요. 그날 칼레브 램지 할아버지가 키우는 양이 교회 안으로 들어오더니 로저스 목사님이 설교를 시작하자마자 '매' 하고 크게 울었거든요. 다들 웃음을 터뜨렸죠. 딱하게도 목사님은 설교를 제대로 하지 못했어요. 아, 그리고 스튜어트 목사님을 불러야 한다는 의견도 있었어요. 학식이 높은 분이니까요. 신약성경을 다섯 개 언어로 읽을 수 있대요."

수전이 끼어들었다.

"아는 건 많지만 천국에 간다는 확신은 다른 목사님들보다 강한 것 같지 않았어요."

코닐리어는 그 말에 아랑곳하지 않고 계속 이야기했다.

"다들 그분의 말투를 탐탁히 여기지 않았어요. 마치 투덜거리는 것 같았거든요. 아넷 목사님의 말씀은 설교라고 할 수도 없을 만큼 부끄러운 수준이었고요. 본문으로 정한 성경 구절도 최악이었죠. '메로스를 저주하라'•였거든요."

"말문이 막힐 때마다 손으로 성경책을 쾅 내리치면서 메로스를 저주하라고 고래고래 소리 지르지 뭐예요. 누군지는 모르겠지만 그날 메로스라는 사람은 저주를 받아 만신창이가 되었을 거예요."

수전이 그날 일을 곱씹는 동안 코닐리어가 엄숙하게 말했다.

"어떤 교회에 부임하고 싶은 목사님이라면 설교할 때 성경 구

• 구약성경의 사사기 5장 23절에 나온 표현

절을 신중하게 선택해야 해요. 피어슨 목사님이 다른 구절을 고르기만 했어도 우리 교회로 오셨을 거예요. 그런데 '내가 산을 향하여 눈을 들리라'라는 구절을 읊는 순간 완전히 끝나버렸죠. 다들 웃음을 꾹 참고 있었어요. 항구 쪽에 사는 힐 집안의 두 딸이 지난 15년 동안 글렌세인트메리 마을에 온 독신 목사님들에게 추파를 던지고 있다는 걸 다들 알고 있었으니까요.* 그리고 뉴먼 목사님은 딸린 식구가 너무 많았어요."

수전이 얼른 말했다.

"그분은 우리 형부인 제임스 클로 씨네 머물렀어요. 아이가 몇 명인지 물어봤더니, 남자아이가 아홉인데 다들 누이가 한 명씩 있다고 대답하는 거예요. 그러니까 전부 열여덟 명인 거죠! 제가 '세상에나, 정말 대가족이네요!'라고 말했더니 목사님은 계속 웃었어요. 왜 그렇게 웃기만 했는지는 모르겠네요. 목사관에 들어가 살기엔 아이가 너무 많은 것 아닌가요, 사모님?"

코닐리어가 어이없다는 얼굴로 바로잡았다.

"수전, 그분 아이는 열 명 뿐이에요. 얌전한 아이 열 명이라면 지금 목사관에 있는 네 명보다 나쁠 건 없죠. 아, 물론 지금 있는 아이들의 행실이 나쁘다는 건 아니에요. 나도 그렇고 다들 그 아이들을 좋아해요. 누군들 안 그러겠어요? 다만 예의범절을 알려주고, 무엇이 옳고 그른지 교육하기만 한다면 정말 반듯하게 자랄 거예요. 학교 선생님도 그 애들을 모범생이라고 칭찬했으

---

* 피어슨 목사가 인용한 성경 구절은 시편 121편 1절인데, '산'의 원문이 'hills'라서 벌어진 해프닝이다.

니까요. 그런데 집에만 오면 완전히 달라져버리죠."

앤이 물었다.

"메러디스 목사님의 부인은 어떤 분이세요?"

"사모님은 안 계세요. 4년 전에 돌아가셨대요. 그게 문제죠. 애당초 홀아비인 줄 알았다면 그분으로 결정하지 않았을 거예요. 신자들에게는 홀아비가 독신보다 나쁘니까요. 그분이 아이들 이야기를 하는 걸 듣고 다들 당연히 아내가 있을 거라 지레짐작했죠. 그런데 막상 이사 왔을 때 보니까 어머니의 사촌이라는 마사 할머니만 계시더라고요. 요양원에 갈 처지가 되자 목사님이 모셔왔대요. 연세가 일흔다섯인데 눈은 거의 안 보이고 가는귀까지 먹었어요. 성격도 몹시 까다롭고요."

"게다가 요리 솜씨는 아주 형편없대요, 사모님."

코닐리어가 씁쓸한 얼굴로 말했다.

"목사관의 살림을 맡길 만한 분이 아니에요. 하지만 메러디스 목사님은 마사 할머니가 속상해할까 봐 가정부를 들이지 않겠다더군요. 앤, 목사관 상태는 정말 가관이에요. 먼지투성이인 데다가 제자리에 있는 게 하나도 없어요. 목사님 가족이 오기 전에 페인트칠이며 도배까지 싹 해서 깨끗하게 꾸며놨는데도 그 모양이라니까요."

연민의 정을 느끼며 앤이 물었다.

"아이들이 네 명이라고 했죠?"

"네. 마치 계단이 줄줄이 이어져 있는 것 같아요. 맏이는 제럴드예요. 열두 살인데 다들 '제리'라고 부르죠. 참 똑똑해요. 바로 밑은 페이스라고 열한 살짜리 여자애인데, 말괄량이지만 얼굴은 그림처럼 예뻐요."

코닐리어의 대답을 이어받아 수전이 사뭇 진지하게 말했다.

"보기에는 천사 같은데 장난치는 걸 보면 간담이 서늘해져요. 지난주 어느 날 밤 목사관에 갔었는데 밀리슨 부인도 거기 있었어요. 달걀 한 줄과 우유 한 통을 가져왔더군요. 통이 아주 작긴 했지만요. 아무튼 페이스가 그걸 받아 들고 식료품 저장실에 둔다면서 계단을 내려갔어요. 그런데 거의 다 내려갔을 때쯤 발을 헛디뎌 그만 넘어지고 말았죠. 달걀과 우유를 온몸에 뒤집어썼으니 그 꼴이 오죽했겠어요? 그런데 페이스는 웃으며 올라오더니 이렇게 말하는 거예요. '내가 페이스인지 커스터드파이•인지 모르겠어요.' 밀리슨 부인은 화가 잔뜩 났는지 이런 식으로 낭비하고 망쳐버리는데 앞으로 목사관에 뭘 가져다줄 수 있겠냐고 하더군요."

코닐리어가 콧방귀를 뀌었다.

"그렇다고 마리아 밀리슨이 손해 본 건 없어요. 목사관이 어떤지 궁금해서 핑계 삼아 그날 밤 우유와 달걀을 가져간 것뿐이니까요. 페이스는 실수를 밥 먹듯 하네요. 매사에 조심성이라곤 없고 제멋대로 행동하죠."

"저랑 똑같네요. 페이스란 아이를 좋아하게 될 것 같아요."

앤이 확신에 차서 말하자 수전이 말을 보탰다.

"기운 넘치는 아이죠. 저도 그런 아이가 좋아요, 사모님."

• 커스터드(custard)는 우유나 달걀노른자에 설탕, 향미료 따위를 섞어 굽거나 쪄서 만든 크림의 일종이다.

코닐리어도 인정했다.

"특별한 아이인 건 맞아요. 늘 해맑게 웃고 있어서 보는 사람까지 미소 짓게 만들죠. 교회에서도 엄숙한 표정을 짓는 법이 없어요. 그리고 셋째 우나는 열 살 된 여자아이인데, 예쁘다고 할 수는 없지만 귀엽고 다정해요. 막내 토머스 칼라일은 아홉 살인데, 사람들은 그 아이를 '칼'이라고 불러요. 두꺼비나 벌레, 개구리 같은 것들을 좋아해서 집으로 들이는 녀석이죠."

수전이 말했다.

"어느 날 오후 그랜트 부인이 그 집에 갔다가 응접실 의자 위에 죽은 쥐가 있는 걸 보고 기겁했대요. 당연하죠. 목사관 응접실에 죽은 쥐가 있다는 건 말이 안 되잖아요. 그건 칼라일의 짓이 분명해요. 어쩌면 고양이가 그랬을 수도 있고요. 거기 사는 고양이는 아주 음흉하니까요, 사모님. 목사관에 사는 고양이라면 속이야 어떻든 겉모습만큼은 점잖아 보여야 할 텐데, 그처럼 불량하게 생긴 녀석은 처음 봤어요. 게다가 날마다 해질 무렵이면 목사관 용마루를 따라 걸어 다녀요. 꼬리를 흔들어대는 모습이 어찌나 꼴사납던지, 원!"

코닐리어가 한숨을 쉬었다.

"무엇보다 아이들 옷매무새가 단정치 못한 게 문제예요. 눈이 녹으면 맨발로 학교에 가기도 하는데, 그건 목사 자녀의 몸가짐이 아니잖아요. 심지어 감리교회 목사의 어린 딸도 늘 단추 달린 좋은 구두를 신고 다니잖아요. 그리고 난 아이들이 감리교회의 옛 묘지에서 놀지 않았으면 좋겠어요."

앤이 말했다.

"거기서 놀고 싶은 건 당연해요. 목사관 바로 옆이잖아요. 저는 묘지라는 데가 정말 재미있는 놀이터라고 생각해왔어요."

"어머, 말도 안 돼요. 사모님처럼 분별 있고 점잖으신 분이 그런 생각을 하셨을 리 없잖아요."

충직한 수전은 앤이 엉뚱한 말을 하지 못하게 막으려 했다. 하지만 앤은 아랑곳하지 않고 자기 생각을 이야기했다.

"그럼 왜 목사관을 묘지 옆에 지었을까요? 목사관 잔디밭은 너무 좁아서 묘지 말고 아이들이 놀 만한 곳이 없잖아요."

코닐리어도 인정했다.

"애초에 잘못 판단한 거죠. 하지만 거기가 땅값이 쌌어요. 이제껏 묘지에서 놀 생각을 했던 아이가 없기도 했고요. 난 메러디스 목사님이 아이들을 이대로 내버려두어서는 안 된다고 생각해요. 그런데 그분은 집에 있을 때면 책에 코를 박고 있어요. 읽고 또 읽고, 그게 아니면 생각에 잠긴 채로 서재를 어슬렁거리죠. 그래도 주일에 교회 오는 걸 잊어버린 적은 아직 없어요. 기도회는 두 번이나 깜빡하긴 했지만요. 장로 한 분이 목사관에 가서 모셔오기도 했다니까요. 아, 패니 쿠퍼의 결혼식도 잊어버렸어요. 전화로 알리자 그제야 헐레벌떡 뛰어왔지 뭐예요. 집에서 입던 옷에 실내용 슬리퍼까지 신었으니 말 다했죠. 충분히 그럴 수 있는 일인데 감리교인들은 그걸 비웃더라고요. 그래도 설교만큼은 트집을 못 잡으니 다행이에요. 우리 목사님은 설교단에만 서면 정신이 맑아지니까요. 게다가 감리교회 목사님은 설교가 정말 형편없어요. 아, 이건 사람들이 한 말이에요. 난 아직 그분 설교를 직접 들은 적이 없어요."

코닐리어는 결혼한 뒤로 남자를 경멸하는 성향이 한풀 꺾였지만 감리교회에 대해서는 어림도 없었다. 수전이 다 알고 있다는 듯 미소 지으며 그녀의 속을 긁었다.

"엘리엇 부인, 감리교회와 장로교회가 합친다면서요? 사람들이 그러던데요."

코닐리어가 쏘아붙였다.

"내 눈에 흙이 들어올 때까지 그런 일이 없었으면 좋겠네요. 난 죽었다 깨도 감리교회와 인연을 맺지 않을 거예요. 메러디스 목사님도 그들을 멀리하는 게 낫다는 걸 알게 되겠죠. 지금은 지나치리만큼 그들과 어울리고 있어서 문제예요. 글쎄, 지난번에는 목사님이 제이콥 드루의 은혼식 만찬에 갔다가 곤란한 일을 당했다니까요."

"무슨 일이 있었는데요?"

"드루 부인이 목사님에게 거위 고기를 썰어달라고 부탁했어요. 제이콥 드루는 그런 일을 해본 적 없고 방법도 몰랐거든요. 목사님이 한 것까지는 좋았는데, 그러다가 고기가 접시에서 미끄러져 리즈 부인 무릎에 떨어진 거예요. 바로 옆에 있었거든요. 그런데 메러디스 목사님은 멍하니 말했죠. '리즈 부인, 거위 고기를 제게 돌려주시겠어요?' 리즈 부인은 순한 양처럼 그 말대로 했어요. 하지만 화가 많이 났을 거예요. 그날 새로 맞춘 비단 드레스를 입고 있었으니까요. 더 큰 비극은 리즈 부인이 감리교인이었다는 점이죠."

수전이 끼어들었다.

"하지만 리즈 부인이 감리교인이라 다행 아닌가요? 장로교인이었다면 그 뒤로 교회에 안 왔을 테고, 결국 우리 교회 신자가 줄어드는 거잖아요. 그리고 감리교회 사람들도 리즈 부인을 별로 좋아하지 않아요. 평소 잘난 체를 하거든요. 메러디스 목사님이 리즈 부인의 드레스를 망친 걸 고소해하더라니까요."

코닐리어가 정색하며 대꾸했다.

"중요한 건 그게 아니에요. 메러디스 목사님이 우스꽝스러운 짓을 했다는 게 문제죠. 난 우리 교회 목사님이 감리교인들의 비웃음거리가 되는 꼴을 보고 싶지 않아요. 목사님에게 부인이 있었다면 그런 망신은 당하지 않았을 거예요."

수전이 반박했다.

"사모님이 여럿 있다 한들 드루 부인이 은혼식 만찬에 질긴 거위 고기를 내놓는 걸 막을 수 있었을까요?"

코닐리어가 말했다.

"제이콥 드루가 벌인 짓이라는 말도 있어요. 그 사람은 자만심이 강하고 인색한 데다 모든 일을 멋대로 하니까요."

수전이 고개를 쳐들며 말했다.

"드루 부부는 서로 미워한다고들 하던데요. 결혼한 사람들이 그럼 못쓰죠. 물론 결혼도 못 해본 내가 뭐라고 할 순 없겠지만요. 그리고 모든 걸 남자 탓으로 돌릴 순 없다고 생각해요. 드루 부인도 꽤나 고약한 사람이잖아요. 부인이 남에게 준 것이라고는 쥐가 빠졌던 크림으로 만든 버터뿐이래요. 그걸 교회 모임에서 내놓았다는 거예요. 다들 그 사실을 한참 뒤에야 알게 됐죠."

코닐리어가 말했다.

"메러디스 목사님 가족 때문에 마음 상한 사람들이 감리교인들뿐이라 얼마나 다행인지 몰라요. 제리가 두 주 전 밤에 감리교회의 기도회에 가서 윌리엄 마시 할아버지 옆에 앉았어요. 그 분은 평소처럼 귀에 거슬리는 걸걸한 목소리로 간증했죠. 할아버지가 자리에 앉자 제리는 작은 목소리로 물었어요. '이제 기분이 좀 나아지셨어요?' 제리는 단지 걱정되어 한 말인데 마시 할아버지는 아이가 자기를 놀렸다고 생각했는지 펄펄 뛰며 화를 냈죠. 애당초 제리가 그런 자리에 간 게 잘못이에요. 하지만 그 애들은 마음 내키는 대로 어디든 간다니까요."

수전이 말했다.

"그 애들이 항구 어귀에 사는 앨릭 데이비스 부인의 심기를 언짢게 할까 봐 걱정이에요. 부자라서 헌금은 많이 내지만 아주 예민한 사람이거든요. 메러디스 목사님의 자녀처럼 버릇없는 아이들은 처음 본다고 부인이 말하는 걸 들었어요."

앤이 단호하게 말했다.

"이야기를 들어보니 메러디스 가족은 요셉을 아는 자들이 분명하네요."

코닐리어도 인정했다.

"이러니저러니 해도 그 말이 맞아요. 그런 장점은 단점을 다 가려주기 마련이죠. 어쨌든 우리가 메러디스 목사님을 선택한 이상 그분이 감리교인들에게 욕을 먹지 않도록 최선을 다해서 지켜줘야 해요. 자, 이제 돌아가야겠어요. 마셜이 항구 건너편에 갔다가 돌아올 때가 됐거든요. 오자마자 저녁밥을 달라고 할 거예요. 남자가 다 그렇죠, 뭐. 다른 아이들을 보지 못해서 아쉽네요. 그런데 블라이드 선생님은 어디 가셨나요?"

"항구 어귀에 갔어요. 집에 온 지 사흘밖에 안 됐는데 세 시간밖에 못 잤고 집에서 밥을 먹은 것도 두 번이 고작인걸요."

"아픈 사람들은 탓할 순 없죠. 그동안 선생님이 돌아오기를 눈이 빠져라 기다리고 있었으니까요. 참, 항구 건너편에 있는 의사 선생님이 로브리지의 장의사 딸과 결혼했을 때 사람들이 뭔가 수상하다고 그랬어요. 별로 좋아 보이지 않았거든요. 아무튼 되도록 빨리 선생님과 우리 집에 와서 이번 여행 이야기를 들려줘요. 아주 멋진 시간을 보낸 거야 당연하겠지만요."

앤은 고개를 끄덕였다.

"맞아요. 정말 좋았어요. 오랫동안 간직해온 꿈을 이뤘으니까요. 유럽은 참 아름답고 훌륭하더군요. 하지만 돌아와 보니 역시 고향이 좋네요. 캐나다는 세상에서 가장 좋은 나라예요."

코닐리어가 흡족한 얼굴로 맞장구를 쳤다.

"두말하면 잔소리죠!"

"캐나다에서도 가장 멋진 지역은 프린스에드워드섬이고, 섬에서 가장 아름다운 곳은 바로 이곳 포윈즈예요."

앤은 미소를 띠며 글렌세인트메리 마을과 항구와 만에 비친 석양빛을 바라보다가 아름다운 풍경을 향해 손을 흔들었다.

"유럽에서도 여기보다 아름다운 곳은 못 봤어요. 아니, 벌써 가시게요? 아이들이 섭섭해하겠네요."

"우리 집에 놀러 오라고 해주세요. 도넛 단지는 언제나 가득 차 있다는 말도 전해주시고요."

"안 그래도 저녁때 찾아갈 계획을 세우고 있던데요. 머지않아 아이들이 들이닥칠지도 몰라요. 하지만 이제는 다시 학교 공부에 집중해야겠죠. 쌍둥이는 음악 수업을 받기로 했어요.”

코닐리어가 걱정스러운 얼굴로 말했다.

“설마 감리교회 목사 사모님이 가르치는 건 아니죠?”

“아니요. 로즈메리 웨스트에게 배워요. 엊저녁에 부탁했죠. 아주 예쁜 여인이던데요.”

“세월이 비껴간 얼굴이에요. 한창때만은 못하지만요.”

“이제껏 친분이 없다 보니 그렇게 매력적인 분인 걸 몰랐어요. 로즈메리는 외딴곳에 살고 있어서 그동안 교회에서나 마주쳤을 뿐이거든요.”

코닐리어는 로즈메리를 칭찬하면서 이야기를 이어갔다.

“다들 로즈메리 웨스트를 좋아해요. 하지만 그녀를 제대로 이해하고 있는 건 아니에요. 로즈메리는 항상 엘런에게 눌려 지냈어요. 말하자면 그렇다는 거죠. 엘런은 폭군처럼 굴면서도 로즈메리가 하고 싶다는 건 뭐든 하도록 허락해줬거든요. 로즈메리는 마틴 크로퍼드라는 청년과 약혼했었어요. 그런데 마틴이 탄 배가 마들렌제도에서 난파당해 선원 모두 익사한 거예요. 그때 로즈메리는 겨우 열일곱 살이었어요. 아이나 다름없었죠. 그 일을 겪은 뒤로 로즈메리는 무척 달라졌어요. 로즈메리와 엘런은 어머니가 돌아가신 뒤로 둘이서 살고 있어요. 원래 다니던 로브리지 교회에도 발길이 뜸하고, 특히 엘런은 장로교회에 가는 것도 별로 좋아하지 않아요. 다만 감리교회에는 발도 들이지 않으니 참 다행이죠. 웨스트 가문은 원래 독실한 성공회 신자였어요. 집이 꽤 부유한 편이라 로즈메리가 꼭 돈을 벌어야 하는 건 아니에요. 자기가 좋아서 음악 수업을 하는 거겠죠. 아, 웨스트 자매는 레슬리와 먼 친척뻘이네요. 포드 씨 가족은 올여름에도 항구로 오나요?"

"아니요. 일본으로 여행을 간대요. 1년쯤 집을 비운다고 해요. 오언이 쓸 새 작품의 배경이 일본이라네요. 우리가 떠난 뒤로 '꿈의 집'이 비게 되는 건 이번 여름이 처음이에요."

코닐리어가 불만스러운 얼굴로 말했다.

"아내와 순진한 아이들을 일본처럼 이교도들이 판치는 나라로 꼭 데려가야 할까요? 오언 포드는 캐나다에서도 글의 소재를 충분히 찾을 수 있을 텐데요. 『짐 선장의 인생록』이 그 사람 최고의 작품인데, 글감은 이곳 포윈즈에서 찾아낸 거잖아요."

"대부분 짐 선장님이 주셨죠. 짐 선장님은 그걸 전 세계에서 모아온 거고요. 아무튼 오언의 책은 전부 마음에 들어요."

"네, 소설치고는 대단한 것 같아요. 소설 읽는 건 시간 낭비라고 생각해왔지만, 오언의 작품만큼은 빠짐없이 읽고 있어요. 오언에게 편지를 써서 가족의 일본행에 대한 의견을 솔직하게 말해줄 거예요. 설마 그가 케네스와 퍼시스를 이교도로 만들려는 건 아니겠죠?"

코닐리어는 대답하기 어려운 질문을 던지고 떠났다. 수전이 릴라를 침대에 누이러 들어가자 앤은 이른 저녁 별빛이 비치는 베란다 계단에 앉아 종잡을 수 없는 꿈에 다시금 빠져들었다. 이미 수백 번도 넘게 느끼기는 했지만, 포윈즈항에 비치는 달빛은 오늘따라 유난히 멋지고 화려했다.

3장

잉글사이드 아이들

한낮이면 블라이드 집안 아이들은 잉글사이드와 글렌세인트메리 연못 사이 단풍나무가 우거진 숲에서 놀았다. 하지만 저녁 때 떠들썩하게 놀기에는 단풍나무 숲 뒤의 작은 골짜기만 한 곳이 없었다. 그곳은 아이들에게 낭만적인 요정 왕국이나 다름없었다. 언젠가 아이들은 천둥과 소나기가 그친 뒤 잉글사이드 다락방에서 안개가 자욱한 창밖을 내다보다가 자기들이 좋아하는 장소에 멋진 무지개가 걸려 있는 광경을 보게 되었다. 무지개의 한쪽 끝이 골짜기 아래쪽 연못의 귀퉁이에 내려앉아 있었다. 월터가 신이 나서 외쳤다.

"우리 저기를 무지개 골짜기라고 부르자."

그때부터 그곳의 이름은 '무지개 골짜기'가 되었다.

요란하게 불던 바람도 무지개 골짜기 안에만 들어오면 부드럽고 얌전해졌다. 작고 구불구불한 요정의 오솔길이 이끼 낀 가문비나무 뿌리 위로 여기저기 나 있고, 꽃이 필 무렵이면 안개처럼 하얗게 피어오르는 야생 벚꽃이 거무스레한 가문비나무와 어우러져 고개를 내밀었다. 글렌세인트메리 마을에서 시작된 작은 시내가 호박색 물을 머금고 이곳까지 흘렀다. 골짜기는 마을의 다른 집들과 적당히 떨어져 있었고, 골짜기 위쪽 끝에는 '베일리네 옛집'이라고 불리는 작은 집이 쓸쓸하게 서 있었다. 여러 해 동안 아무도 살지 않아 건물은 거의 무너졌고 집을 둘러싼 돌담에는 풀이 무성하게 돋아났다. 하지만 그곳에는 오래된 정원이 있어서 철마다 피는 제비꽃과 데이지꽃 그리고 6월 백합이 잉글사이드 아이들을 반겼다. 정원 가득 자라난 캐러웨이는 여름 달빛을 받아 물결치듯 일렁였다. 남쪽으로는 연못이 있었고 그 너머에는 울창한 보랏빛 숲이 보였다. 높은 언덕 위에는 오래되어 잿빛으로 바랜 농가가 홀로 서서 글렌세인트메리 마을과 항구를 내려다보고 있었다.

잉글사이드 아이들은 마을에서 멀리 떨어져 있지 않은데도 깊은 숲처럼 고즈넉한 분위기를 자아내는 무지개 골짜기를 무척 좋아했다. 정겹게 느껴지는 빈터가 곳곳에 있었고, 아이들은 그중 가장 넓은 곳에서 즐겨 놀았다. 그 특별한 저녁에도 아이들은 이곳에 모였다. 어린 가문비나무가 자라고 한가운데 풀이 우거진 그곳은 개울둑으로 이어져 있었다. 개울가에는 은빛 자작나무 한 그루가 서 있었는데 아직 어리고 곧게 뻗은 이 나무에 월터는 '흰옷 입은 귀부인'이라는 이름을 붙였다. '연인의 나무'도 여기 있었다. 가문비나무와 단풍나무가 바로 옆에서 자라다 보니 가지가 서로 얽혀 있는 모습을 보고 월터가 붙인 이름이었다. 젬은 마을의 대장장이가 준 낡은 썰매 방울을 연인의 나무에 매달아놓았다. 그때부터 산들바람이 불어올 때마다 요정의 방울 소리가 골짜기에 울려 퍼졌다.

낸이 감탄했다.

"집에 돌아와서 정말 기뻐! 에이번리에는 무지개 골짜기만큼 멋진 곳이 없잖아."

말은 그렇게 했지만 아이들은 에이번리를 무척 좋아했다. 초록지붕집을 다녀올 때마다 소중한 추억이 쌓여갔다. 마릴라 할머니는 아이들을 진심으로 아꼈고 레이철 린드 할머니도 마찬가지였다. 특히 린드 할머니는 앤의 딸들이 새 인생을 시작할 날을 대비해 조각보 이불을 만드는 일로 노년을 보내고 있었다. 그곳에는 유쾌한 놀이 친구도 있었다. 데이비 아저씨의 아이들과 다이애나 아주머니의 아이들이었다. 잉글사이드 아이들은 어머니가 초록지붕집에서 살던 때 무척 사랑했던 장소들을 알고 있었다. 들장미가 필 때면 연분홍빛 울타리처럼 변하는 '연인의 오솔길', 버드나무와 포플러나무가 자라며 언제나 깔끔한 마당, 한결같이 아름답게 빛나는 '드라이어드 거품' 그리고 '반짝이는 호수'와 '버들 연못'까지 모두 가보았다. 쌍둥이는 어머니가 쓰던 현관 위 다락방을 차지했고, 마릴라 할머니는 밤에 두 아이가 잠들었다 싶을 때면 방으로 들어와 흐뭇한 얼굴로 바라보았다. 하지만 마릴라가 가장 사랑하는 아이는 젬이었다. 마릴라는 누구라도 금세 알아차릴 만큼 젬에게 애정을 쏟아부었다.

지금 젬은 무지개 골짜기의 연못에서 갓 잡은 송어를 굽느라 정신이 없었다. 붉은 돌을 둥글게 둘러서 화로를 만들고 그 안에 불을 지폈는데, 조리 도구라고는 납작하게 펴놓은 양철통과 꼬챙이가 하나만 남은 포크뿐이었다. 그렇지만 이제까지 이런 식으로 제법 근사한 음식을 만들곤 했다.

젬은 앤의 아이들 중 유일하게 잉글사이드가 아니라 '꿈의 집'에서 태어났다. 곱슬머리는 어머니를 닮아 빨간색이었고 밝은 적갈색 눈은 아버지를 빼닮았다. 젬의 얼굴에서는 어머니의 고운 코와 아버지의 곧고 명랑한 입매를 볼 수 있었다. 특히 가족들 중에 가장 멋진 귀를 가졌다며 수전이 칭찬하곤 했다. 하지만 젬은 수전에게 한 가지 불만이 있었다. 열세 살이나 된 자기를 여전히 '꼬마 젬'이라고 불렀기 때문이다.

그런 면에서는 어머니가 젬의 마음을 훨씬 잘 헤아려주었다. 여덟 번째 생일날, 젬은 화를 내며 소리쳤다.

"전 꼬마가 아니에요. 이제 다 컸단 말이에요."

그때 어머니는 한숨을 쉬며 쌩그레 웃다가 다시 한숨을 쉬었다. 그 뒤로 젬 앞에서는 꼬마라고 부르지 않았다.

젬은 어렸을 때부터 다부지고 믿음직스러웠다. 약속을 어기는 법이 없었고 말 한 마디도 신중하게 했다. 선생님들은 젬이 천재는 아니지만 착실하며 다방면에 뛰어난 학생이라고 평가했다. 젬은 무슨 말을 들어도 무턱대고 믿는 대신 사실 여부를 직접 확인해보고 싶어 했다. 언젠가 수전이 서리 내린 걸쇠에 혀를 대면 살이 벗겨진다고 주의를 주었는데, 젬은 정말 그런지 알아보려고 즉시 걸쇠에 혀를 댔다. 수전의 말은 사실이었다. 그 일로 며칠 동안 혀가 아파서 애를 먹었지만, 젬은 그 뒤로도 새 지식을 얻기 위해서라면 고통을 마다하지 않았다.

젬은 이처럼 끊임없이 실험하고 관찰하며 많은 것을 배웠다. 동생들도 젬의 폭넓은 지식에 혀를 내두르며 감탄했다. 젬은 어떤 나무에서 산딸기가 가장 먼저 열리는지, 가장 잘 익은 산딸기는 어디 있는지, 연보랏빛 제비꽃이 겨울잠에서 가장 먼저 수줍게 깨어나는 곳이 어디인지, 단풍나무 숲 울새 둥지에 파란 알이 몇 개나 있는지 알고 있었다. 데이지 꽃잎으로 점을 칠 수 있었고 붉은 토끼풀에서 꿀을 빨아 먹는 법도 알았다. 연못가에 자라난 식물의 뿌리 중 먹을 수 있는 것을 구별할 수도 있었다. 그래서 수전은 아이들이 독이라도 먹게 되지는 않을까 날마다 노심초사했다. 젬은 가문비나무에서 가장 좋은 나뭇진을 찾으려면 이끼 낀 나무껍질의 엷은 호박색 옹이를 보면 된다는 것도 알았고, 항구 어귀 주변의 너도밤나무 숲에서 견과류가 가장 많이 자라는 곳과 개울에서 송어가 가장 잘 잡히는 곳도 줄줄 꿰고 있었다. 또한 들새를 비롯해 포윈즈에 서식하는 모든 동물의 울음소리를 흉내 낼 수 있었고, 봄부터 가을까지 어떤 야생화가 어디에서 피는지도 빠삭하게 꿰고 있었다.

월터 블라이드는 흰옷 입은 귀부인 아래에 앉아 있었다. 곁에는 시집이 한 권 놓여 있었지만 들춰 보지는 않았다. 대신 에메랄드빛 안개가 낀 버드나무와 바람에 이끌려 무지개 골짜기를 양 떼처럼 떠다니는 은빛 작은 구름을 바라보았다. 월터의 크고 근사한 눈은 기쁨으로 반짝거렸다. 풀밭 아래 잠든 여러 세대의 기쁨과 슬픔, 웃음과 충성심 그리고 열망이 짙고 깊은 회색 눈동자에 고스란히 담겨 있는 듯했다.

겉모습으로만 봤을 때 월터는 부모뿐 아니라 그 어떤 친척과도 닮은 구석이 없었다. 하지만 검은 생머리에 이목구비가 번듯해서 잉글사이드의 아이들 중 가장 잘생겼다는 말을 들었다. 그리고 비록 외모는 달랐지만 월터는 어머니의 풍부한 상상력과 미적감각을 고스란히 물려받았다. 그래서 겨울에 온 세상을 하얗게 덮은 서리, 봄날의 초대, 여름날의 꿈, 가을날의 매력이 월터에게는 특별한 의미로 다가왔다.

젬은 학교에서 대장 노릇을 했지만 월터는 별로 눈에 띄지 않았다. 주먹다짐하는 법도 없었고 운동경기에도 거의 참여하지 않았다. 아이들의 눈에 띄지 않는 구석에서 조용히 책을 읽는 게 더 좋았기 때문이다. 특히 시집을 좋아했다. 그런 이유로 계집애 같다거나 젖비린내 난다는 놀림을 받았다.

월터는 글을 배우자마자 시에 빠져들었다. 시인들이 빚어낸 운율은 불멸의 음악이 되어 그의 영혼에 깊숙이 스며들었다. 그래서 언젠가는 시인이 되겠다는 소망을 품었다. 특히 '미국'이라는 신비한 곳에 사는 폴 아저씨는 월터의 우상이었다. 어렸을 때 에이번리 학교에 다녔던 폴의 시는 어디에서나 찬사를 받고 있었다. 하지만 글렌세인트메리 마을 남자아이들은 월터가 어떤 꿈을 가졌는지 몰랐고, 알았다 하더라도 별다른 감명을 받지 못했을 것이다. 그래도 월터는 아이들에게 인정받고 있었다. 비록 힘이 세지는 않았지만 책에 대해서는 아는 게 많고 특히 학교에서 말을 가장 조리 있게 하는 학생이었기 때문이다. 한 아이는 월터가 목사님처럼 술술 말한다며 감탄하기도 했다. 덕분에 아무도 월터를 못살게 굴지 않았다. 만약 다른 남자아이였다면 싸움을 싫어하거나 무서워한다고 알려지는 즉시 기도 못 펴고 주눅 잡혀 지냈을 것이다.

잉글사이드의 쌍둥이는 이제 열 살이 되었다. 둘은 쌍둥이답지 않게 생김새가 딴판이었다. '낸'이라고 불리는 앤은 벨벳 같은 밤색 눈과 비단결 같은 밤색 머리가 아주 예쁜 아이였다. 성격은 쾌활했으며 몸가짐은 숙녀처럼 우아했다. 한 선생님은 낸이 '블라이드'라는 성처럼 천성이 명랑하다고 이야기했다.• 얼굴빛도 흠잡을 데 없이 밝아서 앤은 딸을 볼 때마다 흐뭇한 미소를 지으며 입버릇처럼 말했다.

"딸에게 분홍색 옷을 입힐 수 있어서 참 좋아요."

'다이'라고 불리는 다이애나 블라이드는 생김새가 어머니를 빼닮았다. 황혼 무렵이면 아이의 회녹색 눈과 빨간 머리가 독특한 광채로 빛났다. 그래서 길버트가 다이를 가장 예뻐했을지도 모른다. 다이는 형제자매 중에서도 유독 월터와 가까웠다. 월터는 자기가 쓴 시를 오직 다이에게만 보여주었다. 월터가 〈마미온〉••과 비슷한 시를 몰래 쓰고 있다는 사실도 다이만 알고 있었다. 다이는 월터의 비밀을 낸에게조차 말하지 않았으며 자기 비밀도 월터에게 전부 털어놓았다.

낸이 앙증맞은 코를 킁킁거리며 물었다.

"생선은 다 구웠어? 냄새를 맡으니 배가 고파지네."

젬이 능숙하게 생선을 뒤집으면서 말했다.

• 성 Blythe와 발음이 같은 단어 blithe에는 '쾌활한'이라는 뜻이 있다.

•• 스코틀랜드 시인 월터 스콧(1771-1832)의 서사시

"거의 끝났어. 숙녀분들, 빵과 접시를 놔줘요. 월터도 일어나."

"오늘 밤 공기가 얼마나 반짝거리는지 몰라. 꽃의 천사가 꽃을 부르면서 온 세상을 날아다니고 있나 봐. 숲 옆에 있는 언덕에서 천사의 파란 날개가 보이거든."

월터가 감상에 젖어 말했다. 송어구이를 무시하는 것은 아니었지만 월터는 영혼의 양식을 늘 우선순위로 두었다.

낸이 말했다.

"내가 본 천사는 날개가 하얀색이었는데."

"꽃의 천사는 안 그래. 희미하고 옅은 파란색이야. 이 골짜기에 끼는 실안개랑 비슷하지. 아, 나도 하늘을 날 수만 있다면 얼마나 좋을까? 정말 근사할 거야."

다이가 말했다.

"꿈에서는 가끔 날아다니기도 해."

월터가 얼른 이어받았다.

"난 하늘을 나는 꿈을 꾼 적이 없는걸. 대신 땅에서 떠올라 울타리와 나무 위로 떠다니는 꿈은 가끔 꿨지. 정말 기분 좋더라. 그럴 때마다 '이번만큼은 꿈이 아니야. 이건 진짜야'라고 생각하지만 그러다 잠에서 깨면 얼마나 아쉬운지 몰라."

"낸, 서둘러."

젬이 재촉하자 낸은 연회용 식탁을 가져왔다. 실제로는 널빤지였지만 식탁으로 쓰기에 조금도 손색없었다. 아이들은 그동안 다른 곳에서는 맛볼 수 없는 진수성찬을 이 식탁 위에 차려놓고 숱한 연회를 열어왔다. 이끼 낀 커다란 돌 두 개를 놓고 그 위에 널빤지를 올리면 금세 멋진 식탁으로 바뀐다. 신문지는 훌륭한 식탁보가 되었고, 수전이 버린 깨진 접시와 손잡이 없는 컵은 식기로 쓰기에 충분했다. 낸은 가문비나무 뿌리 사이에 감춰둔 양철 상자에서 빵과 소금을 꺼냈다. 그런 다음 개울에서 수정처럼 맑은 물을 떠 왔다. 소스는 맑은 공기와 식욕으로도 충분했으며 이 두 가지는 모든 음식에 풍미를 더해주었다. 절반은 황금 같고 절반은 자수정 같은 황혼이 물든 시간, 봄이 한창 무르익은 숲에서는 발삼전나무와 우거진 식물의 향기가 그득했으며, 곳곳에서 산딸기가 푸른 별처럼 반짝거렸다. 바람이 나뭇가지를 흔드는 소리와 나무에 매달린 방울의 청량한 소리가 울려 퍼지는 무지개 골짜기에 앉아 구운 송어와 아무것도 바르지 않은 빵을 먹으면 세상에 부러울 것이 없었다.

젬이 지글거리는 송어 요리가 담긴 양철 접시를 식탁에 올려놓자 낸이 말했다.

"다들 앉아. 젬이 기도할 차례야."

기도하는 것을 싫어하는 젬이 툴툴댔다.

"송어는 내가 구웠으니까 기도는 다른 사람이 해야지. 월터가 해. 기도하는 거 좋아하잖아. 대신 짧게 해줘. 배가 너무 고파!"

하지만 월터는 짧든 길든 곧바로 기도할 수 없었다. 다이가 손가락으로 가리키며 이렇게 말했기 때문이다.

"목사관 언덕에서 내려오는 사람이 누굴까?"

4장

목사관 아이들

마사 할머니처럼 집안일에 서투른 가정부는 없을 것이다. 존 녹스 메러디스 목사처럼 정신이 다른 곳에 팔려서 아이들의 응석을 다 받아주는 아버지도 없을 것이다. 하지만 어수선하기는 해도 글렌세인트메리 목사관에는 안락하고 사랑스러운 분위기가 감돌았다. 누구도 이 사실을 부인할 수 없었기에 이러쿵저러쿵 말이 많은 주부들까지도 목사관을 한결 부드러운 눈으로 바라보고 있었다.

어쩌면 아름다운 주위 환경 덕분에 목사관이 호감을 사는 것일 수도 있다. 회색 판자로 만든 벽을 따라 덩굴이 무성하게 자랐고 아카시아와 길르앗발삼나무가 오랜 친구처럼 사방에 가지를 뻗고 있었다. 앞쪽 창문으로 내려다보이는 항구와 모래언덕의 풍경도 무척 아름다웠다. 그러나 이런 정경은 메러디스 목사의 전임자가 살았을 때도 크게 다르지 않았다. 당시의 목사관은 마을에서 가장 단정하고 깔끔하면서도 한편으로는 더없이 따분한 곳이었다. 따라서 지금 목사관의 분위기는 새로 이사 온 사람들의 작품이라고 할 수밖에 없다. 지금 이곳에는 웃음과 우정이 있었다. 목사관의 문은 언제나 활짝 열려 있었고, 집 안과 바깥세상이 사이좋게 손을 맞잡고 있었다. 글렌세인트메리 목사관을 지배하는 유일한 법칙은 바로 '사랑'이었다.

신도들은 메러디스 목사가 아이들을 버릇없이 키운다고 비난했다. 어쩌면 그 말이 사실일 수도 있다. 목사는 좀처럼 아이들을 나무라지 않기 때문이다. 아이들이 제법 눈에 띄는 잘못을 저지를 때마다 그는 한숨을 쉬며 혼잣말을 했다.

"엄마가 없으니 오죽하겠어."

하지만 메러디스 목사는 아이들이 어떤 사고를 치는지 절반도 모르고 있었다. 서재 창문에서 묘지가 내려다보였지만 몽상가 기질이 다분했던 그는 방 안을 거닐며 영혼 불멸성에 관해 숙고하느라 제리와 칼이 지금 무슨 짓을 하고 있는지 알아차리지 못했다. 아이들은 감리교인들의 안식처에 세워진 납작한 비석 위에서 신나게 개구리뜀을 하고 있었던 것이다.

메러디스 목사도 아내인 서실리아가 살아 있을 때만큼 아이들을 육체적으로나 정신적으로 잘 돌보지 못하고 있다는 사실을 자각하곤 했다. 또한 마사 할머니가 살림을 맡으면서 음식을 비롯한 집 안의 모든 것이 이전과는 무척 달라졌다는 사실도 어렴풋이 느끼고 있었다. 하지만 그런 생각은 가뭄에 콩 나듯이 할 뿐이었고 평소에는 주로 책이나 관념의 세계에 깊이 빠져 있었다. 그러다 보니 솔질이 안 된 옷을 입고 다녀도, 창백한 얼굴과 앙상한 손을 본 마을 주부들이 목사가 제대로 얻어먹지도 못하는 모양이라고 수군거려도 본인은 불행한 줄 몰랐다.

묘지가 유쾌한 곳이 될 수 있다면 글렌세인트메리 감리교회에 딸린 오래된 묘지야말로 그 말에 어울리는 장소일 것이다. 감리교회 맞은편에는 깔끔하게 정돈된 새 묘지가 있었지만, 아이들이 놀기에는 대자연의 친절하고 은혜로운 손길이 담긴 옛 묘지가 훨씬 좋았다. 옛 묘지는 세 면이 돌담으로 둘러져 있었다. 담 위에는 부서진 회색 울타리가 있었고 바깥쪽에는 커다란 전나무가 줄지어 자라며 짙은 향기를 냈다. 글렌세인트메리 마을에 처음 이주한 사람들이 세운 이 돌담은 세월이 지나면서 점점 멋스러워졌고 갈라진 틈에서는 이끼와 풀이 자랐다. 이른 봄에는 바닥에서 보라색 제비꽃이 피었으며, 가을에는 구석구석마다 과꽃과 미역취가 장관을 이루었다. 돌 사이에는 작은 고사리가 옹기종기 모여 있었고 큰 고사리도 여기저기 자라났다.

돌담도 울타리도 없는 동쪽에서는 전나무 묘목이 뒷자리 쪽으로 슬금슬금 뻗어나갔으며 바깥쪽은 주위의 울창한 숲과 이어졌다. 하프를 켜는 듯한 바닷소리와 회색 고목들 사이를 지나는 바람의 연주가 항상 들려왔고, 봄날 아침에는 새들이 장로교회와 감리교회 주변 느릅나무 숲에 무리 지어 앉아 죽음이 아닌 삶을 노래했다.

메러디스 목사의 아이들은 이 오래된 묘지를 무척 좋아했다. 푸릇푸릇한 담쟁이덩굴이며 정원용 가문비나무며 박하가 세월이 지나 납작해진 무덤 위에 제멋대로 자라났다. 전나무 숲 옆

모래땅에는 월귤나무 덤불이 무성했다. 삼대에 걸쳐 세워진 묘비의 모양도 제각각이었다. 초기 정착민들은 붉은 사암으로 납작하고 길쭉한 묘석을 만들었다. 그다음 세대는 맞잡은 두 손과 수양버들을 묘비에 새겼으며, 뒤로 갈수록 커다란 기념탑에 주름진 천으로 항아리를 덮은 형태의 돌 조각을 올린 괴상한 묘비가 눈에 띄었다. 그중에서 가장 규모가 크고 보기에도 흉한 것은 앨릭 데이비스의 무덤이었다. 감리교인이었던 그는 장로교인인 더글러스 가문의 신부를 맞이했다. 결혼한 뒤에는 아내의 영향을 받아 평생 장로교인으로 살았다. 하지만 앨릭이 죽은 다음 그의 아내는 남편을 차마 항구 건너편 장로교회 묘지에 외로이 장사지낼 수 없었다. 남편의 친척들이 모두 감리교회 묘지에 묻혀 있었기 때문이다. 그리하여 앨릭 데이비스는 죽은 뒤에야 원래 교회로 돌아갔다. 남편을 떠나보내고 홀로 남은 부인은 다른 감리교인들이 엄두도 내지 못할 만큼 값비싼 비석을 세우는 것으로 마음의 짐을 덜었다.

메러디스 목사의 아이들은 앨릭 데이비스의 신식 비석보다, 오래되었지만 풀이 우거지고 납작한 벤치 같은 비석을 더 좋아했다. 편하게 앉아 무언가를 할 수 있기 때문이다. 지금도 다들 그곳에 앉아 있었다. 개구리뜀에 지친 제리는 주즈하프•를 불었다. 칼은 눈을 반짝거리면서 자기가 발견한 딱정벌레를 살펴보았다. 우나는 인형 옷을 공들여 만들고 있었다. 페이스는 햇볕에 그을린 가느다란 팔을 뒤로 뻗고 기대 앉아 주즈하프 소리에

• 입에 물고 손가락을 퉁겨서 소리를 내는 악기

맞춰 맨발을 힘차게 흔들어댔다.

제리는 아버지를 닮아 눈이 컸고 눈동자와 머리카락은 검은색이었다. 하지만 눈망울은 메러디스 목사처럼 꿈꾸듯 멍하지 않고 초롱초롱했다. 제리 바로 아래인 페이스는 금빛 도는 갈색 곱슬머리와 눈동자, 발그레한 뺨이 장미꽃처럼 예쁜 소녀였다. 성격은 쾌활했지만 지나치리만큼 자주 웃어서 때로는 교회 신도들에게 눈총을 받았다. 게다가 부주의한 면도 있다 보니 어느 날에는 남편을 여럿 떠나보내고 쓸쓸한 노년을 보내던 테일러 부인에게 엉뚱한 말을 건네기도 했다.

"테일러 할머니, 세상은 눈물의 골짜기가 아니에요. 웃음으로 가득 찬 곳이죠."

아이에게, 그것도 교회 현관에서 이런 말을 듣자 테일러 부인은 경악할 수밖에 없었다.

공상을 좋아하는 우나는 귀엽게 생겼지만 웃음기가 많은 편은 아니었다. 단정하게 땋은 새까만 머리는 흐트러지는 법이 없었고 아몬드 모양의 짙푸른 눈에는 그리움과 슬픔이 어려 있었다. 언뜻언뜻 입을 벌릴 때마다 조그맣고 하얀 이가 보였으며, 조막만 한 얼굴에는 수줍은 미소가 이따금씩 스쳤다. 우나는 페이스와는 달리 사람들의 시선에 퍽 신경을 썼고, 자기 가족의 생활 방식에 문제가 있는 것은 아닌지 늘 불안해했다. 하지만 어떻게든 바로잡고 싶어도 뾰족한 수가 떠오르지 않았다. 가끔씩 가구의 먼지를 털어보기도 했는데, 먼지떨이를 찾는 것부터가 큰일이었다. 목사관에서는 물건이 제자리에 놓여 있지 않았기 때문이다. 그래도 우나는 토요일에 옷솔이 눈에 띌 때마다 아버지의 가장 좋은 양복을 솔질했다. 한번은 떨어진 단추를 흰 실로 꿰매어 달았는데, 다음 날 메러디스 목사가 그 양복을 입고 설교단에 서자 한동안 교회가 들썩거리기도 했다.

칼은 짙푸른색 눈동자가 참 맑은 소년이었다. 두려움을 모르는 듯 솔직한 눈빛은 세상을 떠난 어머니를 빼닮았다. 군데군데 금발이 섞인 갈색 머리도 어머니에게 물려받았다. 칼은 곤충에 관심이 많았고 그중에서도 벌과 딱정벌레를 친구처럼 여겼다. 우나는 갑자기 이상한 생물체가 튀어나올까 봐 좀처럼 칼 옆에 앉지 않았다. 제리도 칼과 한 침대에 눕지 않았는데, 칼이 새끼 가터뱀을 안고 잔 적도 있었기 때문이다. 그래서 칼은 어릴 때 쓰던 작은 침대에서 잤다. 팔다리도 펼 수 없어서 웅크리고 자야 했지만 늘 '기묘한 친구들'과 함께 누웠다. 칼의 침대를 정리할 때만큼은 마사 할머니의 눈이 잘 보이지 않는 게 천만다행일 정도였다.

이처럼 목사관 아이들은 모두 쾌활하고 사랑스러웠다. 이 아이들을 남겨두고 떠나면서 서실리아 메러디스는 얼마나 마음이 아팠을까?

"만약 감리교회에 다닌다면 어디에 묻히고 싶어?"

페이스가 쾌활한 목소리로 말문을 열었다. 덕분에 재미있는 이야기가 줄줄이 이어졌다.

"고를 데도 없잖아. 여긴 이미 꽉 찼는걸. 난 길 옆의 저쪽 구석이 좋을 것 같아. 동물이 지나가는 모습도 보이고 사람들의 말소리도 들리니까."

제리의 말이 끝나자 우나가 이어받았다.

"난 가지가 늘어진 저 자작나무 아래쪽 우묵하게 패인 곳이 좋아. 새들이 아침마다 나무에 모여서 흥겹게 노래하거든."

페이스가 말했다.

"난 아이들이 많이 묻혀 있는 포터 가문 묘지로 정할래. 친구들이 많잖아. 칼, 넌 어디가 좋아?"

칼이 대답했다.

"난 땅에 묻히기 싫어. 꼭 그래야 한다면, 개미집이 좋겠네. 개미는 정말 재미있거든."

칭찬 일색인 옛 비문을 읽던 우나가 말했다.

"여기엔 훌륭한 사람들만 묻혀 있나 봐. 나쁜 말이 하나도 없어. 감리교인들은 장로교인들보다 착한 모양이야."

"감리교회에서는 나쁜 사람들을 몰래 묻어버릴지도 몰라. 고양이가 죽으면 그렇게 하잖아. 시체를 묘지까지 가지고 오지도 않을 거야."

칼의 말을 듣고 페이스가 반박했다.

"말도 안 돼. 그리고 우나, 여기 묻힌 사람들이 전부 훌륭하다고 볼 수는 없어. 단지 죽은 사람에 대해서는 나쁜 말을 하지 않을 뿐이라고. 만약 그랬다가는 유령이 되어 나타날 테니까. 마사 할머니한테 들었어. 아빠한테 그 말이 사실이냐고 물어보니까 날 빤히 쳐다보더니 이렇게 중얼거리시는 거야. '사실이냐고? 진실이냐고? 진리란 무엇인가? 오, 하찮은 빌라도•여.' 그래

• 서기 26년부터 36년까지 유대 지역을 통치한 로마 총독이다. 예수가 무죄임을 알고 있었지만 유대인의 압력에 굴복해서 그에게 십자가형(刑)을 내렸다.

서 난 그 말이 사실이라고 믿었지."

제리가 말했다.

"내가 앨릭 데이비스의 묘비 위쪽 유골함에 돌을 던지면 유령이 내 앞에 나타날까? 아, 궁금하다."

페이스가 킥킥거렸다.

"데이비스 아주머니가 쫓아올 거야. 교회에서도 고양이가 쥐를 노려보듯이 우리를 바라보잖아. 지난주에 그분 조카한테 얼굴을 찡그려 보이니까 걔도 나한테 똑같이 하는 거야. 그때 아주머니가 날 어찌나 사납게 노려보던지, 그 얼굴을 오빠도 봐야 했어. 아마 그 애는 예배가 끝나고 아주머니한테 따귀를 맞았을 거야. 무슨 일이 있어도 데이비스 아주머니의 심기를 건드려서는 안 된다고 마셜 엘리엇 아주머니가 가르쳐줬어. 안 그랬다면 난 데이비스 아주머니를 볼 때도 얼굴을 찡그렸을 거야."

제리가 말했다.

"언젠가 젬 블라이드가 데이비스 아주머니를 보고 혀를 날름 내밀었나 봐. 그래서 아주머니는 아무리 아파도 젬의 아버지한테 치료받으러 가지 않았대. 심지어 남편이 위독한 데도 그렇게 했다는 거야. 그건 그렇고 블라이드네 형제자매들은 대체 어떤 아이들일까?"

"난 걔네들의 얼굴이 마음에 쏙 들어. 특히 젬이 아주 잘생긴 것 같아."

페이스가 말했다. 목사관 아이들은 블라이드 가족이 역에 도착했을 때 마침 거기 있었던 것이다.

제리가 고개를 갸우뚱했다.

"학교에서는 아이들이 월터를 계집애 같다고 말하던데."

월터가 아주 멋지다고 생각했던 우나는 고개를 저었다.

"그렇게 보이진 않았어. 아무튼 걔는 시를 쓰잖아. 작년에도 시를 써서 선생님한테 상을 받았대. 버티 셰익스피어 드루가 말해줬어. 버티의 어머니는 이름 때문에라도 자기 아들이 상을 받을 거라고 생각했대. 하지만 걔는 이름이야 어떻든 간에 자기는 도저히 시를 쓸 수 없다고 하더라."

페이스가 중얼거렸다.

"그 집 아이들이 학교에 나오면 우리랑 금세 친해질 것 같아. 여자애들이 착했으면 좋겠어. 이 마을에는 시시한 여자애들뿐이잖아. 괜찮다고 칭찬받는 애들조차 고리타분할 뿐이야. 그런데 블라이드네 쌍둥이는 아주 쾌활해 보여. 쌍둥이는 다 똑같이 생긴 줄 알았는데, 걔네들은 안 그러네. 둘 중에서 머리 색깔이 빨간 애가 더 예쁜 것 같아."

"난 걔네들 엄마가 예뻐 보이던걸."

우나가 작게 한숨을 쉬며 말했다. 우나는 어머니가 있는 아이라면 누구든 부러워했다. 겨우 여섯 살 때 어머니를 하늘나라로 떠나보냈지만, 우나는 저녁에 자기를 꼭 안아주던 품과 아침에 함께 뛰놀던 시간, 다정한 눈동자, 부드러운 목소리, 달콤하고 환한 웃음 등 어머니에 대한 소중한 기억을 마음속 깊이 보석처럼 간직하고 있었다.

제리가 말했다.

"그 애들 엄마는 남들과 좀 다르다던데."

페이스가 말했다.

"그분은 앞으로도 늘 아이 같을 거라고 엘리엇 아주머니가 말해줬어."

"키는 엘리엇 아주머니보다 크잖아."

"키가 아니라 마음을 말하는 거야. 블라이드 아주머니의 마음속에는 조그마한 소녀가 산대."

"그런데 이게 무슨 냄새지?"

칼이 끼어들었다. 그러자 다른 아이들도 코를 킁킁거리면서 냄새를 맡았다. 목사관 언덕 아래쪽 나무가 우거진 작은 골짜기에서 맛있는 냄새가 고요한 저녁 공기에 실려 날아왔다.

제리가 말했다.

"아, 냄새를 맡으니 배가 고프네."

"먹은 거라곤 빵이랑 당밀뿐이잖아. 저녁에도 차가운 디토가 고작일 테지."

우나가 하소연했다. 마사 할머니는 커다란 양고기를 푹 삶아 놓고 매 끼마다 잘라서 식탁에 올렸다. 차갑게 식거나 기름이 엉기는 것 따위는 아랑곳없이 고기가 다 떨어질 때까지는 날마다 그것만 먹어야 했다. 어느 날 페이스가 식탁을 보면서 '디토'• 라는 말을 떠올렸으며, 그 뒤로 목사관에는 언제나 변함없는 음식을 그렇게 부르고 있었다.

제리가 말했다.

"어디서 냄새가 나는 건지 확인하러 가볼래?"

아이들 모두 벌떡 일어나 강아지들처럼 까불대며 잔디밭을

• ditto. '마찬가지', '상동', '판박이' 등을 뜻하는 단어다.

가로지르고, 울타리를 뛰어넘었다. 골짜기에 가까워질수록 냄새가 점점 짙어졌다. 이끼 낀 비탈길을 한달음에 내려간 아이들은 가쁜 숨을 몰아쉬며 무지개 골짜기의 깊숙한 피난처에 도착했다. 블라이드네 아이들은 식사 전 감사기도를 마친 뒤 음식을 먹으려던 참이었다.

목사관 아이들은 수줍은 듯 멈춰 섰다. 특히 우나는 창피해서 쥐구멍에라도 숨고 싶었다.

'이렇게 허둥대면서 달려오지 말았어야 했어.'

하지만 다이 블라이드는 이런 상황뿐 아니라 무슨 일이든 감당할 수 있는 아이였다. 다이는 동지를 만난 듯 친근한 미소를 띠고 앞으로 한 걸음 내디디며 말을 건넸다.

"너희가 누군지 알아. 목사관에서 왔지?"

페이스는 고개를 끄덕였다. 양쪽 뺨에 보조개가 피어 있었다.

"송어를 굽고 있었구나. 무슨 냄새인지 궁금해서 온 거야."

다이가 자리를 권했다.

"여기 앉아서 같이 먹자."

제리가 양철 접시를 보면서 시장기 가득한 얼굴로 말했다.

"너희 먹을 것밖에 없어 보이는데?"

그러자 젬이 다시 권했다.

"아니야, 충분해. 한 사람당 세 토막씩 먹을 수 있겠는걸. 그러니 어서 앉아."

더는 체면치레할 필요가 없었다. 모두들 이끼 낀 돌 위에 앉아서 오랫동안 잔치를 즐겼다. 이때 칼은 겉옷 주머니에 작은 생쥐 두 마리를 숨기고 있었는데, 페이스와 우나는 이 사실을 알고 있었지만 낸과 다이는 짐작도 못 했다. 만약 눈치챘다면 놀라서 기절했을지도 모른다.

함께 음식을 먹는 것만큼 친해질 수 있는 기회가 또 있을까? 송어구이가 바닥을 보일 때쯤 두 집안 아이들은 둘도 없는 친구이자 같은 편이 되었다. 마치 오래전부터 알고 지낸 사이처럼 느껴졌다. 요셉을 아는 자들끼리는 서로를 알아보는 법이다.

아이들은 그 자리에서 각자의 작은 역사를 털어놓았다. 목사관 아이들은 에이번리와 초록지붕집, 무지개 골짜기의 전통, 젬이 태어난 해안가의 작은 집에 얽힌 이야기를 들었다. 잉글사이드 아이들은 메러디스 목사 가족이 여기 오기 전에 살았던 메이워터 마을, 우나의 소중한 외눈박이 인형, 페이스가 기르는 수탉에 관한 사연을 들었다.

수탉을 귀여워하는 페이스는 사람들이 그런 자기를 비웃는다며 자주 화를 냈다. 그래서인지 잉글사이드 아이들이 그 사실을 편견 없이 받아들이자 무척 기뻐했다.

"애덤처럼 멋진 수탉은 개나 고양이만큼 훌륭한 애완동물이 될 수 있어. 만약 애덤이 카나리아였더라면 아무도 뭐라고 하지 않았을 텐데. 난 애덤이 작고 귀여운 병아리였을 때부터 키웠어. 메이워터에서 살 때 존슨 아주머니가 주신 거야. 애덤의 형제자매들은 족제비가 잡아먹었대. 존슨 아주머니의 남편 이름을 따서 병아리를 애덤이라고 불렀지. 그리고 난 인형이나 고양이는 좋아하지 않아. 고양이는 제멋대로 돌아다니기만 하고 인형은 살아 있는 게 아니잖아."

제리가 물었다.

"저 위에 있는 집에는 누가 살아?"

낸이 대답했다.

"저긴 웨스트 자매의 집이야. 로즈메리하고 엘런 아주머니가 같이 살고 있지. 다이와 난 이번 여름 로즈메리 아주머니에게 음악 수업을 받기로 했어."

우나는 이 행복한 쌍둥이를 바라보았다. 눈빛에는 부러움이라기보단 동경하는 마음이 담겨 있었다.

'아, 나도 음악 수업을 받을 수만 있다면!'

마음속에 품고 있던 여러 꿈 중 하나였지만, 가족 중에는 우나의 마음을 헤아려줄 수 있는 사람이 아무도 없었다.

"로즈메리 아주머니는 무척 다정하고 옷도 항상 예쁘게 입어. 머리 색깔은 갓 구운 당밀과자 같아."

다이가 부러운 듯이 말했다. 다이는 예전에 앤이 그랬던 것처럼 숱 많은 빨간 머리가 마음에 들지 않았던 것이다.

낸이 말했다.

"나는 엘런 아주머니도 좋아. 그분은 교회에서 만날 때마다 내게 사탕을 주시지. 그런데 다이는 그분이 무섭대."

다이가 말했다.

"눈썹이 너무 까맣고 목소리도 엄청 굵잖아. 케네스 포드도 어렸을 때는 그분을 얼마나 무서워했는데! 엄마가 그러는데 포드 아주머니가 케네스를 교회에 처음 데려왔을 때 엘런 아주머니가 마침 바로 뒤에 앉아 있었대. 그런데 케네스가 그분을 보자마자 갑자기 소리를 지르며 울었다는 거야. 결국 포드 아주머니가 아이를 안고 밖으로 나왔지."

우나가 물었다.

"포드 아주머니가 누구야?"

"아, 포드네 가족은 여기 살지 않고 여름에만 와서 지내고 있어. 아마 올여름에는 못 올 거야. 항구 해안가의 작은 집에 사는데, 거긴 우리 아빠와 엄마가 예전에 살던 곳이야. 네게 퍼시스 포드를 꼭 소개해주고 싶어. 그림처럼 예쁜 아이거든."

페이스가 대화에 끼어들었다.

"나도 포드 아주머니 이야기는 들어봤어. 버티 셰익스피어 드루가 말해줬지. 죽은 사람하고 결혼해서 14년 동안이나 같이 살았더니 남편이 갑자기 살아났다면서?"

낸이 고개를 저었다.

"말도 안 돼. 그런 얘기가 아니야. 버티 셰익스피어는 뭘 제대로 알려주는 법이 없다니까. 어떻게 된 일인지 내가 정확히 알고 있지만 지금은 시간이 없으니 나중에 이야기해줄게. 집에 가봐야 하거든. 엄마는 이렇게 축축한 저녁까지 우리가 밖에 나와 있는 걸 싫어하셔."

목사관 아이들에게는 축축한 곳에 나와 있거나 말거나 신경 써주는 사람이 없었다. 마사 할머니는 벌써 잠자리에 들었고 메러디스 목사는 영혼 불멸성에 관해 사색하느라 소멸될 육체를 생각할 겨를이 없었다. 그렇지만 집에는 돌아가야 했다. 아이들은 앞으로 이어질 즐거운 생활을 기대하며 목사관으로 발걸음을 옮겼다.

"무지개 골짜기가 묘지보다 훨씬 멋진 것 같아. 난 블라이드네 아이들이 마음에 들어. 누군가를 좋아할 수 있다는 건 정말 굉장한 일이야. 그럴 수 없는 경우도 많잖아. 아빠는 지난주에 모든 사람을 사랑해야 한다고 말씀하셨어. 어떻게 하면 그럴 수 있지? 생각해봐, 우리가 데이비스 아주머니를 어떻게 사랑할 수 있겠어?"

우나의 말에 페이스가 대수롭지 않다는 듯 대꾸했다.

"설교니까 그렇게 말씀하신 거야. 교회 밖에서도 꼭 그래야 한다고 생각하시진 않을걸?"

블라이드네 아이들은 모두 잉글사이드로 돌아갔지만 젬은 혼자 무지개 골짜기의 외딴 구석으로 갔다. 그곳에서 자라는 산사나무에 꽃이 피어 있었기 때문이다. 꽃이 지기 전까지 젬은 잊지 않고 산사꽃 다발을 만들어 어머니에게 가져다줄 것이다.

5장

메리 밴스의 등장

"오늘은 꼭 무슨 일이 일어날 것 같은 기분이야."

수정처럼 맑은 공기와 푸릇푸릇한 산의 매력에 흠뻑 빠진 페이스가 말했다. 흥을 주체할 수 없었던 페이스는 아이들이 벤치 삼아 노는 헤저키어 폴록의 묘비 위에서 혼파이프•를 추었다. 때마침 마차를 타고 지나가던 두 노처녀가 한쪽 발로 묘비 주위를 껑충거리면서 다른 쪽 발과 두 팔을 허공에 흔들어대는 페이스를 보고 깜짝 놀랐다.

"저길 봐요. 우리 목사님 딸이잖아요."

"홀아비가 키웠으니 저럴 만도 하죠."

두 사람은 끙, 앓는 소리를 내며 고개를 절레절레 저었다.

• 16세기부터 영국 선원들 사이에 유행했던 춤 또는 춤곡

토요일 아침 일찍 목사관 아이들은 휴일을 맞이한 기쁨에 들떠서 이슬 젖은 세상으로 나왔다. 이날에는 해야 할 일이 없었다. 낸과 다이도 토요일 아침에는 집안일을 도와야 했지만 목사관 여자아이들은 어스름한 아침부터 밤이슬이 내릴 때까지 마음 내키는 대로 돌아다녀도 누가 뭐라고 하지 않았다. 페이스는 이런 생활이 마냥 좋았지만 우나는 속으로 부끄러워했다. 같은 학년 여자아이들은 요리에 바느질에 뜨개질까지 했지만 자기는 제대로 할 줄 아는 일이 없었기 때문이다.

제리는 두 여동생에게 탐험을 가자고 제안했다. 그래서 셋은 전나무 숲을 해매고 다녔다. 이슬 내린 풀밭에 무릎을 꿇고 앉아 개미를 관찰하던 칼도 곧 합류했다. 숲을 빠져나가자 하얀 유령 같은 민들레가 가득 피어 있는 테일러 씨네 목장이 나왔다. 목장 구석에는 쓰러져가는 헛간이 있었는데, 테일러 씨가 가끔씩 건초를 넣어둘 뿐 다른 용도로는 쓰지 않는 곳이었다. 네 아이는 그곳에 들어가서 아래층을 서성거렸다.

"저게 무슨 소리지?"

갑자기 우나가 속삭이자 모두 귀를 기울였다. 건초 선반 위쪽에서 바스락대는 소리가 희미하지만 분명하게 들렸다. 아이들은 서로의 얼굴을 바라보았다.

페이스가 숨을 들이쉬며 소곤거렸다.

"저기 뭔가가 있어."

"내가 가서 뭔지 보고 올게."

제리가 앞으로 나서자 우나가 팔을 붙잡고 말렸다.

"안 돼, 가지 마!"

"갈 거야."

페이스가 어쩔 수 없이 말했다.

"그럼 다 같이 가자."

네 아이는 흔들거리는 사다리를 타고 위로 올라갔다. 제리와 페이스는 눈 하나 깜짝 안 했지만 우나는 겁이 나서 새파랗게 질려 있었다. 칼은 2층 선반에서 박쥐가 나올지도 모른다고 기대했다. 박쥐가 대낮에 움직이는 모습을 보고 싶었던 것이다.

사다리 끝까지 올라갔을 때 아이들은 소리가 난 이유를 알게 되었고, 한동안 멍하니 아무 말도 하지 못했다. 한 여자아이가 건초 속에서 몸을 웅크리고 있었기 때문이다. 막 잠에서 깨어난 듯했다. 아이는 네 사람을 보고 비틀거리며 일어났다. 거미줄 친 창문으로 흘러 들어온 햇살 아래 여위고 그을린 얼굴이 드러났다. 안색은 무척 창백했다. 숱이 많고 기다란 황갈색 머리를 두 가닥으로 땋았고 눈동자는 특이하게도 흰색이었다. 실제로는 옅은 파란색이었는데 홍채를 둘러싼 가늘고 검은 선과 대조를 이루면서 더욱 희게 느껴졌다. 어쩌면 아이가 반쯤은 공격적이고 반쯤은 동정을 구하는 눈으로 바라보았기 때문에 더욱 하얗게 보였을지도 모른다. 소녀는 맨발에 모자도 쓰지 않았으며 몸에 걸친 격자무늬 낡은 드레스는 너무 짧고 꽉 꼈다. 앙상하고 작은 얼굴 때문에 몇 살인지 알아보기 힘들었지만 키로 짐작해 보면 열두 살쯤 된 듯했다.

제리가 물었다.

"넌 누구야?"

소녀는 빠져나갈 길을 찾듯 주위를 둘러보았다. 그러나 곧바

로 포기하고 몸을 조금 떨었다.

소녀가 말했다.

"난 메리 밴스야."

"너 어디서 왔어?"

제리가 다시 묻자 메리는 대답하는 대신 건초 위에 주저앉았다. 앉았다기보다는 쓰러지는 것 같았고 갑자기 울기까지 했다. 페이스는 곧장 메리 옆으로 달려가서 파르르 떨고 있는 가느다란 어깨를 감싸 안았다.

"얘를 다그치지 마!"

페이스가 제리에게 소리친 뒤 아이를 끌어안으며 달랬다.

"얘, 울지 마. 왜 우는지 말해줄래? 우린 네 친구야."

메리가 흐느꼈다.

"배가 너무너무 고파. 목요일 아침부터 지금까지 아무것도 못 먹었어. 저기 개울에서 물을 떠 마신 게 전부야."

목사관 아이들은 깜짝 놀라 서로를 바라보았다. 페이스가 벌떡 일어나서 말했다.

"지금 당장 우리 집에 가자. 얘기는 나중에 하고 일단 뭘 좀 먹는 게 낫겠어."

그 말을 듣고 메리가 뒷걸음질했다.

"아, 안 돼! 너희 엄마랑 아빠가 싫어할 수도 있잖아? 아마 날 쫓아낼 거야."

"우린 엄마가 없어. 아빠도 너한테 신경 쓰지 않으실 거야. 마사 할머니도 그렇고. 자, 가자."

페이스는 안타까운 마음에 발을 동동거렸다.

'참 특이한 아이네. 목사관이 바로 앞인데도 차라리 굶어 죽겠다고 고집부리는 이유가 뭘까?'

결국 메리는 고집을 꺾었다. 몸이 너무 쇠약해진 탓에 사다리를 타고 내려오는 일도 힘들었지만 아이들의 도움으로 간신히 땅에 발을 디뎠다. 아이들은 메리를 데리고 들판을 지나 목사관 부엌까지 갔다. 토요일 식사 준비로 정신이 없었던 마사 할머니는 낯선 아이가 온 것을 눈치채지 못했다. 페이스와 우나가 식료품 저장실로 가서 디토를 비롯해 빵, 버터, 우유 그리고 재료가 의심스러운 파이 등 먹을 만한 것을 가져왔다. 메리 밴스가 음식을 가리지 않고 게걸스럽게 먹는 동안 아이들은 주위에 서서 그 모습을 지켜 지켜보았다. 제리는 메리의 입매가 참 예쁘고 이는 하얗고 가지런하기까지 하다는 사실을 알아차렸다. 페이스는 메리가 허름한 드레스 외에는 몸에 아무것도 걸치지 않았다는 생각이 들어 가슴이 철렁했다. 우나는 오직 가엾다는 생각뿐이었고 칼은 재미있는 구경이라도 하는 듯했다. 모두들 메리에 대한 호기심으로 가득 차 있었다.

"이제 묘지로 가서 네 이야기 좀 해줘."

먹는 속도가 느려진 것을 본 페이스가 말했다. 배를 채웠기 때문인지 메리는 꺼리지 않고 쾌활하게 입을 열었다.

"지금부터 내가 하는 얘기를 너희 아빠나 다른 사람들한테 고자질하지 않겠다고 약속해줘."

폴록 씨의 묘비 위에 자리를 잡은 메리가 다짐을 받았다. 메리 맞은편에는 목사관 아이들이 줄지어 섰다. 이제 곧 짜릿한 비밀 이야기와 수수께끼로 가득 찬 모험이 펼쳐지리라는 기대

감으로 아이들은 가슴이 설렜다. 무언가 재미있는 일이 일어나려는 순간이었다.

"걱정 마. 비밀은 꼭 지킬 테니까."

"맹세할 수 있어?"

"당연하지. 맹세할게."

"난 도망쳐 나온 거야. 항구 건너편 와일리 부인 집에 살고 있었어. 혹시 와일리 부인이 누군지 알아?"

"아니."

"괜찮아. 너희는 모르는 게 나으니까. 정말 지독한 사람이거든. 난 그 아주머니가 싫어. 죽을 만큼 일을 시키면서 먹을 것도 제대로 안 줘. 게다가 매일같이 때린다니까. 여길 좀 봐."

메리는 너덜너덜한 옷소매를 걷어 올리더니 앙상한 팔과 여윈 손을 내밀었다. 피부가 벗겨져 생살이 보였고 군데군데 까맣게 멍이 들어 있었다. 메리의 몸을 살펴본 목사관 아이들은 몸서리를 쳤다. 특히 페이스는 화가 나서 얼굴이 시뻘겋게 달아올랐고 우나의 파란 눈에는 눈물이 가득 고였다. 그러나 메리는 아무렇지도 않다는 얼굴로 태연하게 말했다.

"수요일 밤에는 몽둥이로 맞았어. 소가 우유 통을 걷어찬 게 내 탓이라는 거야. 그 빌어먹을 늙은 소가 그런 짓을 할 줄 내가 어떻게 알겠니?"

아이들은 메리의 말을 들으며 왠지 마음속이 후련했다. 자기들은 도저히 할 수 없는 점잖지 못한 말을 누군가가, 그것도 또래 여자아이가 자연스럽게 하는 것을 보니 도리어 신선하기까지 했다. 메리 밴스는 참 흥미로운 아이였다.

페이스가 말했다.

"네가 도망친 건 당연해."

"부인이 날 때렸다고 도망친 건 아니야. 하도 그러다 보니까 이젠 얻어맞는 것쯤은 젠장맞을 정도로 익숙해. 난 일주일 전부터 도망칠 생각을 하게 됐어. 와일리 부인이 농장을 다른 사람에게 빌려주고 로브리지로 이사 가면서 나를 샬럿타운에 있는 사촌한테 보낸다고 했거든. 하지만 그것만큼은 견딜 수 없었어. 그 사촌이라는 사람은 와일리 부인보다 훨씬 나빠. 지난여름에 한 달 동안 거기서 지냈는데, 차라리 악마랑 사는 게 나을 정도였다니까."

아이들은 두 번째로 전율에 휩싸였다. 하지만 우나는 메리의 말을 미심쩍어하는 기색이었다.

"그래서 도망치기로 마음먹은 거야. 내겐 봄에 감자를 심어주고 존 크로퍼드 부인에게 받은 돈 70센트가 있었어. 와일리 부인은 그걸 몰랐지. 부인이 사촌 집에 갔을 때 감자를 심었으니까. 이 마을까지 몰래 와서 샬럿타운으로 가는 기차표를 산 다음 거기서 일을 구할 생각이었어. 난 일을 정말 잘하거든. 진짜야. 게으른 구석이라곤 하나도 없다니까. 그래서 목요일 아침 와일리 부인이 일어나기 전에 글렌세인트메리 마을까지 10킬로미터나 걸어왔어. 그런데 역에 도착하니까 돈이 없어졌지 뭐야. 어디서 어떻게 잃어버렸는지는 모르겠어. 어쨌든 돈이 없으니 앞으로 어떻게 해야 하나 고민했지. 와일리 부인한테 돌아가면 산 채로 가죽이 벗겨지겠다 싶었거든. 그래서 이 낡은 헛간에 숨어 있었던 거야."

제리가 물었다.

"그럼 앞으로 어떻게 할 거야?"

"모르겠어. 아마도 돌아가서 매를 맞아야 하겠지. 이제 배를 든든히 채웠으니 버틸 수 있을 것 같기도 해."

허세를 부리기는 했지만 메리의 눈에는 두려움이 서려 있었다. 우나는 앉아 있던 묘비에서 내려와 메리를 꼭 안았다.

"돌아가지 마. 그냥 우리랑 여기 있자."

"와일리 부인이 날 잡으러 올 거야. 벌써 날 쫓고 있을걸? 너희만 괜찮다면 부인이 날 찾아낼 때까지는 여기 숨어 있으려고 해. 이런 젠장맞을, 도망갈 생각을 하다니 난 참 바보 같았어. 부인은 지구 끝까지라도 날 쫓아올 거야. 하지만 그동안 너무 힘들었거든. 더는 버틸 수 없었지."

약한 모습을 보이지 않으려 애썼지만 메리의 목소리는 심하게 떨렸다. 메리는 얼굴을 찌푸리며 덧붙였다.

"4년 동안 개만도 못한 생활을 했어."

"와일리 부인 집에서 4년이나 살았던 거야?"

"응, 내가 여덟 살이었을 때 호프타운의 고아원에서 부인이 날 데려왔거든."

페이스가 소리쳤다.

"블라이드 아주머니가 계셨던 곳이네."

"난 그 고아원에 2년 있었어. 여섯 살 때 갔으니까. 엄마는 목을 매달아 죽었고 아빠는 칼로 목을 그었어."

제리가 물었다.

"세상에! 왜 그러신 거야?"

메리가 짧게 대답했다.

"술 때문이지, 뭐."

"친척은 없어?"

"어디 있기는 할 텐데, 난 한 명도 몰라. 내 정식 이름은 메리 마사 루실라 무어 볼 밴스야. 친척 여섯 명의 이름을 따서 붙인 거래. 어때, 끝내주지? 우리 할아버지는 부자였어. 너희 할아버지보다도 훨씬 잘살았을 거야. 그런데 아빠는 술만 마시다가 그 많은 재산을 다 날려버렸고 엄마도 마찬가지였어. 둘 다 걸핏하면 날 때렸지. 나중에는 안 맞으면 왠지 어색하더라니까."

메리는 고개를 쳐들었다. 매를 너무 많이 맞는다며 자기를 가엾게 바라보는 목사관 아이들의 시선을 느낀 것이다. 동정은 달갑지 않았다. 모두가 자신을 부러워하길 바랐다. 그래서 밝은 얼굴로 주위를 둘러보았다. 처음에는 이상하게 보였던 눈이 허기를 채우고 난 뒤에는 반짝거리고 있었다. 메리는 젖비린내 나는 이 아이들에게 자기가 어떤 사람인지 보여주고 싶었다.

"난 정말 끔찍하게 아팠어. 나처럼 병에 많이 걸렸는데도 살아남은 아이는 별로 없을 거야. 성홍열, 홍역, 단독, 볼거리, 백일해는 물론 폐렴까지 앓았거든."

우나가 물었다.

"죽을병에 걸린 적도 있어?"

"그건 모르겠는데."

메리가 고개를 갸웃하자 제리가 코웃음을 쳤다.

"당연히 없겠지. 죽을병에 걸리면 죽잖아."

메리가 말했다.

"그래, 진짜로 죽지는 않았으니까. 그런데 죽다 살아난 적은 있었어. 다들 내가 죽은 줄 알고 묻으려고 할 때 일어났거든."

제리가 호기심 가득한 얼굴로 물었다.

"그때 기분이 어땠어?"

"아무렇지도 않던걸? 내 상태가 그렇게 나빴다는 걸 나중에야 알았거든. 폐렴에 걸렸을 때의 일이야. 와일리 부인은 내가 아파도 의사를 불러주지 않았어. 집안일이나 하는 계집애한테 쓸 돈이 어디 있냐고 하더라. 크리스티나 매캘리스터 할머니가 내 몸을 주무르면서 돌봐주신 덕분에 살아난 거야. 하지만 가끔씩은 그때 죽어서 인생이 끝나버렸더라면 좋았겠다는 생각도 들어. 적어도 지금보다는 훨씬 나았을 거야."

페이스가 확신할 수는 없다는 듯한 얼굴로 말했다.

"천국에 가는 거라면 그것도 나쁘지는 않았을 거야."

메리가 어리둥절한 목소리로 물었다.

"그럼, 천국 말고 가는 데가 또 있다는 거야?"

"지옥도 있잖아."

우나는 목소리를 낮추어 말한 뒤 메리를 껴안아주었다.

"지옥? 그게 뭔데?"

메리의 질문에 이번에는 제리가 대답했다.

"악마들이 사는 곳이야. 악마에 대해서는 들어봤지? 아까 너도 말했잖아."

"그랬지. 그런데 악마가 어디 사는지는 몰랐어. 그저 돌아다닌다고만 생각했거든. 아, 와일리 부인의 남편이 살아 있을 때 가끔씩 지옥 이야기를 하긴 했어. 사람들을 향해서 거기에나 가라고 만날 떠들어댔거든. 그래서 난 지옥이란 곳이 와일리 아저씨가 태어난 뉴브런즈윅 근처 어디일 거라고 생각했지."

"지옥은 무서운 곳이야. 나쁜 사람들이 죽으면 거기 가서 영원히 꺼지지 않는 불구덩이에 던져진다고."

페이스는 무서운 이야기를 꺼내자 신바람이 나는 듯했다. 그때 메리가 믿을 수 없다는 얼굴로 물었다.

"누가 그런 말을 해줬니?"

"성경책에 나와 있어. 메이워터의 아이작 크로더스 선생님도 주일학교에서 그렇게 말씀하셨지. 그 선생님은 장로님이고 교회에서 무척 높은 사람이라 뭐든지 다 알고 계셔. 하지만 넌 걱정할 필요가 없어. 네가 착한 사람이면 천국에 갈 테고 나쁜 사람이면 지옥에 갈 테니까."

메리가 자신 있게 말했다.

"난 거기 안 갈 거야. 내가 아무리 나쁜 사람이라 해도 불에 타고 싶지는 않아. 그리고 난 그게 어떤 건지 알아. 빨갛게 달아오른 부지깽이를 실수로 덥석 잡은 적이 있거든. 아무튼 착한 사람이 되려면 어떻게 해야 해?"

우나가 말했다

"교회 예배랑 주일학교에 참석하고, 성경책도 읽고, 매일 밤 기도해야지. 아! 그리고 전도도 해야 해."

메리가 말했다.

"할 일이 아주 많네. 다른 건 또 없어?"

"자기가 지은 죄를 용서해달라고 하느님께 빌어야 해."

"난 죄를 지은 적이 없는걸? 여태껏 단 한 번도. 그런데 죄를 짓는다는 게 뭐야?"

"너도 죄 지은 적이 있을 거야. 사람은 누구나 죄를 짓거든. 너 거짓말 한 적 있지?"

"그야 산더미처럼 많이 했지."

우나가 엄숙하게 말했다.

"그건 무서운 죄야."

메리가 반문했다.

"가끔씩 거짓말 좀 했다고 지옥에 가야 한다는 거야? 그땐 어쩔 수 없었어. 사실대로 말했다가는 와일리 아저씨가 내 몸에 있는 뼈를 모조리 부러뜨렸을지도 몰라. 그동안 거짓말을 한 덕분에 매를 맞지 않고 넘어간 적이 제법 많아. 진짜야."

우나는 절로 한숨이 나왔다. 대답하기에는 너무 어려운 문제였기 때문이다. 잔인하게 매를 맞는 메리의 모습이 떠올라 몸서리가 나기도 했다. 그런 상황이라면 자기라도 거짓말을 했을 것 같았다. 우나는 메리의 작고 거친 손을 꼭 잡았다.

"넌 옷이 그것밖에 없니?"

페이스가 화제를 돌렸다. 성격이 쾌활한 페이스는 이처럼 우울한 주제에서 얼른 벗어나고 싶었다. 그러자 메리가 얼굴을 붉히며 외쳤다.

"일부러 안 좋은 옷을 입은 거야. 와일리 부인이 옷을 사주긴 했는데, 이젠 그 사람 신세를 지고 싶지 않았어. 난 정직한 아이거든. 도망칠 때 그 집 물건 중에서 조금이라도 값나가는 건 가져오지 않으려 했다고. 난 커서 꼭 파란색 새틴 드레스를 입을 거야. 너희 옷도 별로 멋있지는 않네. 목사님의 아이들은 항상 좋은 옷을 입고 다니는 줄 알았는데."

메리는 성미가 급했고 특정 문제는 예민하게 반응했다. 그러면서도 거칠지만 특이한 매력으로 모두를 사로잡았다. 아이들은 그날 오후 메리를 무지개 골짜기로 데려가서 잉글사이드 아이들에게 "항구 건너편에서 찾아온 친구"라고 소개했다. 잉글사이드 아이들은 메리를 기꺼이 친구로 받아들였다. 얼굴과 옷차림이 이제 봐줄 만해서 아무도 의심하지 않았다. 아까 메리를 배불리 먹인 뒤 페이스는 메리를 설득해 자기 드레스를 입히고 옷매무새를 가다듬어주었다. 마사 할머니는 무슨 말인가를 계속 중얼거리기만 했고, 메러디스 목사는 주일 설교를 생각하느라 정신이 없어서 아이들이 뭘 하든 신경 쓰지 않았다. 머리까지 단정하게 땋아놓자 메리는 누구와 견주어도 손색없을 만한 외모가 되었다. 놀이 친구로도 괜찮았다. 재미있는 게임도 몇 가지 알고 있었으며, 이야기도 재미있게 했기 때문이었다. 하지만 메리가 하는 어떤 말들을 듣고 낸과 다이는 조금 당황했다. 어머니는 몰라도 수전이 뭐라고 할지는 불 보듯 뻔했다. 그래도 메리는 목사관 손님이니 괜찮을 것이라고 여겼다.

밤이 되자 메리를 어디서 재울 것인지가 문제로 떠올랐다. 페이스가 곤란한 얼굴로 우나에게 말했다.

"손님방에서 재울 수는 없잖아."

메리는 기분이 상한 듯했다.

"걱정 마. 내 머리에 이 같은 건 없으니까."

페이스가 당황해하며 말했다.

"아, 그런 뜻이 아니었어. 손님방이 너무 엉망이라서 그런 거야. 쥐가 이불에 구멍을 내고 아예 자기 집을 만들어놨거든. 지난주에 샬럿타운에서 온 피셔 목사님이 손님방에 묵을 때까지만 해도 우린 전혀 몰랐어. 목사님이 그걸 발견했지 뭐야. 그래서 아빠는 그 목사님께 침대를 양보하고 서재 소파에서 주무셨다니까. 마사 할머니는 손님방 침대 이불을 아직 수선하지 않았어. 그래서 지금은 그 방을 쓸 수 없어. 머리에 이가 없다고 해도 마찬가지야. 게다가 우리 방은 너무 좁고 침대도 작아서 같이 잘 수 없는데, 어쩌면 좋을까?"

메리가 곰곰이 생각하다가 말했다.

"이불만 빌려주면 그 헛간에서 잘게. 건초 위에 누우면 되거든. 어젯밤에는 좀 추웠지만 그것만 빼면 그럭저럭 괜찮은 잠자리야. 더 나쁜 곳에서도 잤는걸, 뭐."

우나가 말했다.

"그건 안 돼. 나한테 좋은 생각이 있어. 다락방에 낡은 매트리스가 놓인 간이침대가 있잖아. 전에 살던 가족이 놓고 간 거 말이야. 메리를 거기서 재우자. 손님방 침구를 가져다주면 돼. 메리, 다락방에서 자는 건 괜찮지? 우리 방 바로 위야."

"어디든 상관없어. 난 지금껏 변변한 곳에서 잔 적이 없거든. 와일리 부인 집에서는 부엌 위 다락방에서 잤어. 여름에는 지붕에서 비가 새고 겨울에는 눈송이가 날아들었지. 침대라고 해봤자 짚을 쌓아놓은 게 전부였다고. 그러니 어디서 자든 불평 같은 건 안 해."

목사관 다락방은 폭이 좁고 천장이 낮은 데다 어두컴컴했으며 지붕 한쪽이 갈라져 있었다. 아이들은 우아하게 수놓은 시트와 이불을 가져와서 그럴듯한 잠자리를 꾸몄다. 예전에 어머니가 손님방에 두려고 만들었던 것으로, 마사 할머니가 그동안 험하게 빨았는데도 용케 망가지지 않았다. 잘 자라는 인사가 오간 뒤 목사관에는 침묵이 흘렀다. 막 잠에 들려고 할 때 천정 위에서 무슨 소리가 들리자 우나는 벌떡 일어나 앉았다.

"저 소리 들어봐. 메리가 울고 있어."

페이스는 대답이 없었다. 이미 잠들어 있었던 것이다. 살그머니 침대를 빠져나온 우나는 하얀 잠옷을 입은 채로 복도를 지나 다락방 계단으로 올라갔다. 바닥이 삐걱거린 탓에 누군가 오고 있다는 사실은 충분히 알 수 있었을 테지만, 우나가 다락방으로 갔을 때는 적막한 달빛 속에서 간이침대의 가운데 부분이 혹처럼 솟아 있을 뿐이었다.

"메리!"

우나가 속삭이듯 불렀지만 아무런 대답이 없었다.

우나는 침대 곁으로 조용히 다가와 이불을 잡아당겼다.

"메리, 너 우는 거 알아. 다 들렸어. 외로워서 그런 거야?"

메리는 아무 말 없이 불쑥 얼굴을 내보였다.

"옆에 누워도 되지? 난 지금 춥거든."

우나가 몸을 바들바들 떨며 말했다. 열린 창문으로 북쪽 해안의 날카로운 밤바람이 불어와 공기가 무척 서늘했다.

메리가 자리를 내주자 우나는 그 옆으로 파고들었다.

"자, 이젠 외롭지 않을 거야. 우리 집에서 자는 첫날 밤인데 널 혼자 두지 말았어야 했어."

메리가 콧방귀를 뀌었다.

"난 외롭지 않았어."

"그럼 왜 울고 있었니?"

"여기 혼자 있으니까 이런저런 생각이 나서 그랬던 거야. 와일리 부인에게 돌아가야 하는 건 아닌지, 그랬다간 도망갔다고 매를 맞을 텐데…. 그리고 그동안 했던 거짓말 때문에 지옥에 가는 건 아닌지…. 그런 생각을 하니까 정말 창피하더라."

마음 약한 우나는 메리가 안쓰러워졌다.

"메리, 네가 거짓말을 했다고 해도 하느님이 널 지옥에 보내진 않을 거야. 넌 그게 나쁘다는 걸 몰랐잖아. 하느님은 널 용서해주실 거야. 친절하고 좋은 분이거든. 물론 너도 이젠 거짓말이 나쁘다는 걸 알았으니까 앞으로 거짓말하면 절대 안 돼."

그 말을 듣고 메리가 흐느꼈다.

"거짓말을 하지 말라고? 나더러 어쩌라는 거야? 내 사정을 넌 하나도 몰라. 넌 집도 있고 다정한 아빠도 있어. 집을 자주 비우기는 하지만, 어쨌든 네 아빠는 너희를 때리지 않잖아. 이곳에는 먹을 것도 넉넉히 있어. 할머니라는 분의 요리 솜씨가 엉망인 건 사실이지만, 아무튼 난 오늘처럼 배불리 먹은 적이 언제인지 기억도 안 나. 그리고 난 평생 두들겨 맞으면서 살았어. 아, 고아원에서 지냈던 2년은 빼고. 때리진 않았으니 그렇게 나쁜 곳은 아니었지만, 원장님이 화를 많이 냈지. 별것 아닌 일로 만날 야단을 맞았으니까. 그런데 와일리 부인은 정말 무서운 사람이야. 다시 돌아갈 생각만 해도 겁이 나서 죽을 것 같아."

"꼭 돌아갈 필요는 없어. 다른 방법을 찾을 수도 있잖아. 와일리 부인에게 돌아가지 않도록 우리 같이 기도하자. 너 기도는 하고 있지?"

메리가 별것 아니라는 듯 말했다.

"어, 하고 있어. 날마다 잠들기 전에 기도문을 외우거든. 하지만 특별히 뭘 부탁한 적은 없어. 세상에서 날 걱정해주는 사람은 하나도 없으니까 하느님도 그럴 거라고 생각했지. 하지만 너는 하느님이 더 신경 쓰실 거야. 목사님 딸이잖아."

우나가 말했다.

"하느님은 너도 똑같이 대해주실 거야. 그건 확실해. 누구네 아이인지는 상관없어. 그냥 하느님께 부탁하기만 하면 돼. 나도 같이 기도할게."

"알았어. 도움은 별로 안 되겠지만 기도한다고 나쁠 건 없겠지. 너도 와일리 부인에 대해 나만큼 알고 있다면, 하느님도 그런 여자 일에는 끼어들고 싶지 않을 거라고 생각할 거야. 어쨌든 난 이제 그런 생각을 하면서 울지 않기로 했어. 여기저기 쥐가 뛰어다니는 낡은 헛간보다는 여기가 훨씬 좋잖아. 저기 포윈즈의 불빛 좀 봐. 정말 예쁘지?"

"우리 집에서는 이 창문으로만 저 불빛이 보여. 난 여기서 밖을 내다보는 게 정말 좋아."

"정말? 나도 그래. 와일리 부인네 다락방에서도 저 불빛이 보여. 그 집에 살 때 딱 하나 좋은 점이었지. 매를 맞고 나서 저 불빛을 바라보며 마음을 달래곤 했어. 아주 먼 곳으로 항해하는 배들을 바라볼 땐 그중에 한 척을 타고 멀리 떠나가는 상상을 하기도 했지. 모든 짐을 벗어버리고 싶었거든. 겨울밤에 불빛 한 점 없을 땐 얼마나 외로웠는지 몰라. 우나, 그런데 너희는 나

같이 전혀 모르는 애한테 왜 이렇게 잘해주는 거야?"

"그게 옳은 일이니까. 모든 사람을 친절하게 대하라고 성경책에 적혀 있어."

"그래? 뭐, 사람들은 그런 건 별로 신경 쓰지 않는 것 같아. 지금껏 나를 친절히 대해준 사람은 없었거든. 정말이야. 그런데, 우나. 벽에 비친 그림자가 참 예쁘지? 작은 새들이 춤추고 있는 것 같잖아. 아, 그리고 난 너희와 블라이드네 집 남자아이들 그리고 다이는 좋지만 낸은 별로야. 잘난 척만 하잖아."

우나가 낸을 편들었다.

"아니야, 메리. 낸은 잘난 척 안 해. 절대로!"

"아냐. 그렇게 머리를 빳빳이 드는 사람은 잘난 척하기 좋아하는 거야. 난 걔가 싫어."

"우린 모두 낸을 아주 좋아하는걸."

메리가 시샘하듯 물었다.

"그럼 나보다 낸이 더 좋아? 그런 거야?"

"음, 메리. 우린 낸을 몇 주 동안이나 알고 지냈는데 넌 몇 시간밖에 안 됐잖아."

우나가 더듬거리며 입을 열자 메리는 화를 냈다.

"그래서 걔가 더 좋다는 거지? 알았어, 네 마음대로 해. 난 괜찮으니까. 네가 날 좋아하지 않아도 상관없어."

메리는 일부러 동작을 크게 하면서 벽 쪽으로 돌아누웠다. 우나가 메리의 등을 부드럽게 감싸 안으며 말했다.

"그렇게 말하지 마. 난 네가 참 좋아. 이러면 난 참 속상해."

대답이 없었다. 우나가 더는 참지 못하고 흐느꼈다. 그러자 메리가 몸을 홱 돌리더니 우나를 힘껏 껴안으며 말했다.

"뚝! 내가 한 말 때문에 울지 마. 네게 그런 식으로 말하다니, 난 악마처럼 못된 아이인가 봐. 벌을 받아 마땅해. 너희가 그렇게나 잘해줬는데 고마운 것도 모르잖아. 그러니 네가 나보다 다른 아이를 좋아하는 건 당연하지. 난 얻어맞아도 싸. 그러니까 그만 울어. 네가 계속 울면 난 잠옷을 입은 채로 항구에 가서 물에 뛰어들 거야."

무시무시한 위협을 듣고 우나는 눈물을 삼켰다. 메리는 손님방 베개의 레이스 장식으로 우나의 눈물을 닦아주었다. 용서한 친구와 용서받은 친구는 껴안고 화해한 뒤 달빛을 받아 벽에 드리워진 담쟁이덩굴 그림자를 바라보다가 잠이 들었다.

아래층 서재에서는 메리디스 목사가 이리저리 서성거리며 다음 날 설교를 구상하고 있었다. 들뜬 기색이 얼굴에 그대로 드러났고 눈동자는 반짝거렸다. 하지만 그는 같은 지붕 아래 쓸쓸한 작은 영혼이 있다는 사실을 몰랐다. 어둠과 무지에 발이 걸려 휘청거리며 공포에 시달리는 영혼, 크고 냉담한 세상과 맞서 싸우기에는 너무도 연약한 영혼이 잠들어 있다는 사실을 그는 짐작조차 하지 못했다.

6장

목사관의 새 가족이 된 메리

다음 날 목사관 아이들은 메리 밴스를 교회로 데려갔다. 처음에는 메리가 좀처럼 따라나서려 하지 않았다.

우나가 물었다.

"항구 건너편에 살 때는 교회에 안 다녔니?"

"물론 다녔지. 와일리 부인은 교회를 별로 좋아하지 않았지만 난 주일마다 갈 수 있었어. 잠깐이라도 앉아 있을 수만 있다면 난 어디든 좋았으니까. 그런데 이런 누더기를 걸치고 교회에 갈 순 없잖아."

페이스가 자기 옷 중에 두 번째로 좋은 드레스를 빌려주면서 이 문제는 해결되었다.

"색이 좀 바랬고 단추도 두 개나 떨어졌지만, 이 정도면 그럭저럭 괜찮을 거야."

"단추야 금세 달면 되지."

메리의 말에 우나가 깜짝 놀랐다.

"일요일에는 그런 일 하면 안 돼."

"괜찮아. 좋은 날에는 뭘 해도 좋을 거야. 바늘과 실만 가져다 줘. 꺼림칙하면 다른 데를 보고 있든가."

페이스의 등교용 구두를 신고 서실리아 메러디스의 낡은 검정 벨벳 모자까지 쓰고 나니 메리는 제법 교회에 갈 만한 차림새가 되었다. 목사관 아이들이 데려온 초라한 여자아이가 누구인지 궁금해하는 사람들도 있었지만, 메리는 교회에서 눈에 띌 만한 행동을 하지 않았다. 얌전히 설교를 듣고 찬송가를 불렀다. 목소리가 맑고 힘찬 데다 음감(音感)이 좋아서 처음 듣는 노래도 잘 따라 했다.

"그의 흘리신 피로 내 제비꽃• 씻었네."

메리가 즐겁게 찬송가를 부르고 있을 때 목사 가족석 바로 앞에 앉아 있던 지미 밀그레이브 부인이 느닷없이 몸을 돌리더니 이 낯선 아이를 위아래로 훑어보았다. 메리가 장난삼아 부인에게 혀를 날름 내밀자 우나는 깜짝 놀랐다.

메리는 예배가 끝난 뒤 우나에게 변명했다.

"아깐 그럴 수밖에 없었어. 그 아주머니는 날 왜 그렇게 쳐다본 거야? 그건 예의 없는 행동이잖아! 혀를 내밀길 잘했지. 더 길게 내밀 걸 그랬나? 그런데 아까 교회에서 항구 건너편에 사는 롭 매캘리스터를 봤어. 와일리 부인한테 가서 내가 여기 있

• 원래 가사인 vice(죄)를 violet(제비꽃)으로 혼동했다.

다고 알려주면 어쩌지?"

다행히도 와일리 부인은 나타나지 않았고 며칠이 지나자 아이들은 그녀의 존재를 잊어버렸다. 이제 메리는 목사관의 가족이나 다름없었다. 하지만 학교에는 가기 싫다고 버텼다.

학교에 가야 한다고 페이스가 설득하자 메리가 말했다.

"싫어. 와일리 부인 집에 온 뒤로 4년이나 학교에 다녔으니 그걸로 충분해. 숙제를 안 했다고 야단맞는 게 얼마나 지긋지긋한지 아니? 시간이 있어야 숙제든 뭐든 할 거 아니야."

"우리 선생님은 야단치지 않을 거야. 아주 좋은 분이거든."

"그래도 안 갈 거야. 난 읽고 쓸 줄 알고 분수도 계산할 수 있어. 그 정도면 됐지, 뭐. 너희만 갔다 와. 난 집에 있을게. 내가 뭘 훔칠까 봐 걱정할 필요는 없어. 난 정말 정직하니까."

메리는 아이들이 학교에 가 있는 동안 목사관을 청소했다. 며칠 지나자 목사관은 몰라볼 정도로 달라졌다. 바닥은 깨끗했고 가구에는 먼지 하나 없었으며 모든 물건이 제자리에 놓여 있었다. 뿐만 아니라 메리는 손님방 이불을 기우고, 옷에 단추를 달거나 해진 부분에 천을 덧대어 수선했다. 심지어 빗자루와 쓰레받기를 들고 서재에 들어가서는, 청소하는 동안 나가 있으라고 메러디스 목사에게 명령하기까지 했다. 하지만 부엌만큼은 절대로 손댈 수 없었다. 마사 할머니는 귀가 어둡고 눈이 침침한데다 정신이 오락가락하기는 했지만, 메리가 온갖 감언이설로 구슬려도 부엌만은 뺏기지 않겠다고 고집을 부렸기 때문이다.

어느 날 메리는 화를 내며 아이들에게 말했다.

"마사 할머니가 허락만 해준다면 내가 너희에게 요리를 해줄 수 있을 텐데. 제대로 된 음식 말이야. 디토라는 걸 먹을 필요도 없고 덩어리진 죽이나 푸르스름한 우유•는 구경도 못 할 거야. 그런데 저 할머니는 크림으로 대체 뭘 하는 거야?"

페이스가 말했다.

"고양이한테 주던데. 저 고양이는 할머니 거잖아."

메리가 소리쳤다.

"할머니를 고양이에게나 줘버리고 싶네. 고양이 같은 건 아무짝에도 쓸모없잖아. 그놈들은 악마 편이야. 눈을 보면 알 수 있어. 어쨌든 마사 할머니가 허락하지 않는다면 안 되는 거겠지. 그래도 음식을 망치는 걸 보면 화가 날 수밖에 없어."

학교가 끝나면 아이들은 언제나 무지개 골짜기로 갔다. 메리는 유령이 무섭다는 핑계를 대면서 묘지에서 노는 것을 꺼렸다. 그 사실을 알고 젬 블라이드가 말했다.

"유령 같은 건 없어."

"정말 없는 게 확실해?"

"물론이지. 넌 유령을 본 적 있어?"

메리는 서슴없이 대답했다.

"수백 번은 봤지."

그러자 칼이 물었다.

"어떻게 생겼는데?"

"정말 끔찍해. 얼굴과 손은 뼈밖에 없고 흰색 옷을 입었지."

우나가 물었다.

• 미생물에 의해 푸른색으로 변한 생우유(blue milk)를 가리킨다.

"그때 넌 어떻게 했어?"

"죽어라 도망쳤지, 뭐."

메리가 이렇게 말하다가 월터와 눈이 마주치자 얼굴을 붉혔다. 평소에도 메리는 월터가 신경 쓰였다. 그래서 월터를 보면 괜히 긴장된다고 다른 여자아이들한테 말하곤 했다.

"이상하게도 월터의 눈만 보면 그동안 내가 했던 거짓말이 떠올라. 그리고 '거짓말을 하지 말걸' 하는 생각이 들어."

메리가 가장 좋아하는 아이는 젬이었다. 젬이 잉글사이드의 다락방으로 자기를 데려가서 짐 보이드 선장이 남겨준 진기한 수집품을 보여주자 메리는 왠지 우쭐한 기분이 들었다. 메리는 딱정벌레와 개미에 관심을 보이면서 칼의 마음도 완전히 사로잡았다. 누가 봐도 메리는 여자아이들보다 남자아이들과 잘 지냈다. 낸과 두 번째 만났을 때는 심하게 다투기도 했다. 메리가 조롱하듯 이렇게 말했기 때문이다.

"너희 엄마는 마녀야. 빨간 머리 여자는 다 마녀잖아."

페이스와도 사이가 틀어진 적이 있었다. 페이스가 기르는 수탉의 꽁지가 너무 짧다고 트집을 잡았기 때문이다. 수탉 꽁지가 어느 정도 길어야 하는지는 오직 하느님만 아신다고 페이스가 맞받아치자 두 사람은 이 일로 온종일 말도 하지 않았다. 하지만 우나를 대할 때만은 달랐다. 메리는 머리카락도 없고 눈도 하나밖에 없는 우나의 인형을 비웃지 않으려고 조심했다. 그러다가 우나가 아끼는 다른 보물, 즉 천사가 아기를 안고 천국으로 가는 그림을 보고는 유령 같다고 말해버렸다. 우나가 말없이 자기 방으로 들어가 울자 메리는 우나를 껴안고 용서를 빌었다.

이처럼 티격태격할 때도 있었지만 메리와 오랫동안 불편한 사이로 지내려는 아이는 없었다. 좀처럼 화를 풀지 않고 어머니를 모욕하면 절대 용서하지 않는 낸도 예외는 아니었다. 메리는 명랑할 뿐만 아니라 오싹한 유령 이야기도 잘했다. 메리가 온 뒤로 아이들은 무지개 골짜기에서 훨씬 흥미진진하게 놀 수 있었다. 메리는 주즈하프 연주법을 배웠는데 금세 제리를 뛰어넘을 만큼 실력이 늘었다.

"난 마음만 먹으면 뭐든 할 수 있어."

메리는 틈만 나면 자기 자랑을 했다. 베일리네 옛집 정원에 가득 핀 '꿩의비름'의 두꺼운 잎사귀로 주머니 만드는 법을 아이들에게 가르쳐주었고, 묘지의 돌담 틈새에서 자라난 시큼한 풀을 빨아 먹으면 단맛이 난다는 것도 알려주었다. 가늘고 유연한 손가락을 움직여서 벽에 멋진 그림자를 만들 줄도 알았다. 무지개 골짜기로 송진을 따러 갈 때면 가장 큰 것을 찾아내서 모두에게 자랑하곤 했다. 아이들은 메리가 싫을 때도 있었고 좋을 때도 있었지만, 메리와 놀면 재미있다는 것만큼은 부인할 수 없었다. 그래서 메리가 대장 노릇을 해도 가만히 내버려두었다. 그렇게 두 주가 지나자 아이들은 메리를 오래전부터 알고 지낸 친구처럼 여기게 되었다.

어느 날 메리가 말했다.

"와일리 부인은 왜 날 찾지 않을까? 이해할 수가 없네."

우나가 말했다.

"널 잊은 건 아닐까? 그럼 넌 여기서 계속 지낼 수 있어."

메리가 어두운 얼굴로 말했다.

"이 집은 나랑 마사 할머니가 함께 집안일을 해야 할 만큼 크지 않아. 먹을 게 많은 건 정말 좋아. 그러면 얼마나 행복할까 상상했던 적이 많거든. 그런데 난 요리만큼은 좀 까다롭게 하는 편이야. 게다가 와일리 부인이 어느 날 불쑥 날 찾아올 수도 있잖아. 어쩌면 날 때려주려고 잔뜩 벼르고 있을지도 몰라. 낮에는 그런 생각을 잘 안 하는데 밤이 되어 다락방에 올라가면 나도 모르게 자꾸만 생각나는걸. 차라리 와일리 부인이 와서 이런 상황이 다 끝나버리는 게 낫겠다 싶을 정도야. 도망친 다음 계속 겁먹고 있는 것보다는 제대로 한 대 맞는 게 나을지도 모르잖아. 혹시 너희도 누구한테 맞은 적 있니?"

페이스가 펄쩍 뛰었다.

"당연히 없지. 아빠는 절대 우릴 때리지 않아."

메리가 부러움과 자랑이 뒤섞인 마음으로 한숨을 쉬었다.

"그럼 넌 인생이라는 게 뭔지 잘 모르는 거야. 내가 무슨 일을 겪었는지 넌 상상도 못할걸? 블라이드네 아이들도 맞은 적은 없겠지?"

"없을 거야. 하지만 어렸을 때 엉덩이 정도는 맞아봤겠지."

메리가 경멸하듯 말했다.

"그렇게 때리는 건 아무것도 아냐. 나도 엄마 아빠에게 엉덩이만 맞았다면, 그걸 쓰다듬는 것쯤으로 생각했을 거야. 어쩔 수 없지 뭐. 세상은 공평한 곳이 아닌걸. 내가 잘못해서 맞는 건 괜찮지만 난 터무니없이 고생하며 살았다고. 이런 젠장맞을!"

우나가 나무랐다.

"그런 말은 하는 게 아냐, 메리. 다시는 그러지 않겠다고 나랑 약속했잖아."

"상관없어. 내가 할 수 있는 말이 얼마나 많은지 안다면 '젠장 맞을' 정도에 요란 떨지는 않을 거야. 내가 여기 와서 거짓말한 적 없다는 건 너도 잘 알잖아."

페이스가 물었다.

"네가 봤다는 유령 이야기는 뭔데?"

메리는 얼굴이 빨개져서 덤빌 듯 대꾸했다.

"그건 달라. 난 너희가 그 말을 믿지 않을 거라 생각했어. 속이려고 했던 것도 아니야. 실제로 난 어느 날 밤에 항구 건너편 묘지를 지나가면서 이상한 존재를 목격한 적도 있다고. 그게 유령인지 샌디 크로퍼드네 늙은 흰 말인지는 모르겠지만, 아무튼 엄청 이상해 보였단 말이야. 그래서 걸음아 날 살려라 하고 잽싸게 달아났지."

7장

물고기 소동

릴라 블라이드는 글렌세인트메리 마을의 큰 거리를 따라 목사관 언덕으로 씩씩하게 걸어갔다. 손에 작은 바구니를 든 모습이 조금은 새침해 보였다. 바구니 속에는 잉글사이드의 양지바른 땅에서 수전이 정성껏 기른 햇딸기가 들어 있었다. 수전은 릴라에게 딸기 바구니를 건네면서 마사 할머니나 메러디스 목사님에게 전해주라고 단단히 일렀다. 중요한 심부름을 맡게 되어 무척 자랑스러웠던 릴라는 수전이 시킨 일을 실수 없이 해내겠다고 굳게 마음먹었다.

수전은 릴라에게 풀을 빳빳이 먹이고 무늬를 수놓은 하얀색 드레스를 입혔다. 그 위에는 파란색 허리띠를 매준 뒤 구슬이 달린 구두까지 신겼다. 또한 목사관에 존경심을 보인다는 뜻으로 가장 좋은 모자까지 씌웠다. 모자 아래로 보이는 릴라의 길고 붉은 곱슬머리에는 윤기가 흘렀다. 이처럼 공들여 꾸민 릴라의 옷차림은 앤보다 수전의 취향에 더 가까웠다.

릴라는 비단과 레이스와 꽃으로 화려하게 꾸민 자기 모습이 참 좋았다. 특히 모자가 마음에 들었다. 그래서 뿌듯한 가슴으로 목사관을 향해 걸어갔다. 잔디밭 문에 앉아 앞뒤로 몸을 흔들던 메리 밴스는 그 모습을 보고 기분이 상했다. 뽐내는 모습 때문인지 모자 때문인지 아니면 둘 다 거슬렸는지는 알 수 없었다. 아까 있었던 일로 기분이 상해 있기도 했다. 메리가 감자 껍질을 벗기겠다고 했지만 마사 할머니는 그 말을 귓등으로도 듣지 않고 부엌에서 내쫓았기 때문이다.

"흥! 또 껍질이 그대로 붙은 감자를 완전히 익히지도 않고 식탁에 올리겠네요! 그런 건 할머니 장례식에나 어울릴 거예요."

메리는 악을 쓰며 말한 뒤 마사 할머니도 들을 수 있을 만큼 문소리를 크게 내면서 부엌을 나갔다. 서재에 있던 메러디스 목사는 집이 흔들리는 것을 느끼며 약한 지진이 일어난 게 분명하다고 멍하니 생각했다. 그러고는 아무런 일도 없었다는 듯 설교 준비를 계속했다.

메리는 문에서 미끄러지듯 밖으로 나오더니 곱게 차려입은 잉글사이드 아가씨 앞을 가로막았다. 그러고는 바구니를 낚아채려 했다.

"뭘 가져온 거야? 줘봐."

릴라는 뺏기지 않으려고 버티면서 혀 짧은 소리로 말했다.

"이건 메러디스 목사님한테 드릴 거야."

"이리 줘. 내가 목사님한테 전해줄게."

"안 돼. 수전 아줌마가 꼭 목사님이나 할머니한테만 줘야 된다고 그랬단 말야."

메리는 짜증스러운 얼굴로 릴라를 쳐다보았다.

"그렇게 차려입으니까 네가 잘난 것 같지? 날 봐. 옷은 다 해졌지만 난 아무렇지도 않아. 인형처럼 입는 것보단 누더기 차림으로 사는 게 훨씬 나으니까. 넌 집에 가서 유리 상자에나 넣어 달라고 해. 날 봐. 고개 돌리지 말고 날 좀 보라고!"

어쩔 줄 몰라 쩔쩔매는 릴라 앞에서 메리는 요란스럽게 춤을 추기 시작했다. 너덜너덜한 치마를 펄럭이며 "날 봐, 날 봐"라고 고래고래 소리치는 바람에 릴라는 머리가 핑 돌 지경이었다. 릴라가 몸을 피하며 문 쪽으로 움직이자 메리가 다시 달려들었다.

"그 바구니 나한테 줘."

메리가 얼굴을 찌푸리며 쏘아붙였다. 메리는 무시무시한 표정을 짓는 재주가 있었다. 기괴한 표정과 하얗게 번뜩이는 눈동자를 보면 누구든 등골이 오싹해졌다.

릴라는 겁에 질렸지만 단호한 목소리로 말했다.

"안 돼. 날 보내줘, 메리 밴스."

메리는 놀림을 잠시 멈추고 주위를 둘러보았다. 대문 안쪽의 작은 덕• 위에 커다란 대구 여섯 마리가 놓여 있었다. 신자 한 사람이 얼마 전에 헌금 대신 가져온 것이었다. 메리디스 목사는 그에게 고맙다고 인사한 뒤 생선에 대해서는 완전히 잊어버렸다. 부지런한 메리가 잘 손질하고 덕을 만들어 그 위에 널어두

• 널이나 막대기를 기둥 사이에 얹어 만든 시렁 혹은 선반

지 않았더라면 대구는 금세 상해버렸을 것이다.

메리에게 문득 짓궂은 생각이 떠올랐다. 메리는 곧장 덕으로 뛰어가서 자기 키만큼이나 거대하고 납작해진 대구 한 마리를 집어 들었다. 그런 다음 "와!" 하고 소리치며 겁에 질린 릴라에게 달려가 이 기분 나쁜 물건을 휘둘렀다. 말린 대구로 누군가 자기를 공격한다는 것은 상상도 해본 적 없는 릴라가 이 상황을 어떻게 감당할 수 있겠는가? 릴라는 바구니를 떨어뜨리고 비명을 지르며 달아났다. 수전이 메러디스 목사에게 주려고 그토록 정성스럽게 골라 담은 딸기는 먼지투성이 비탈길에 쏟아져 붉은 물결처럼 굴러가다 쫓고 쫓기는 사람의 발에 짓밟히고 말았다. 바구니나 그 속에 담긴 물건은 메리의 관심 밖이었다. 이제부턴 릴라를 마음껏 혼내줄 수 있겠다는 기쁨에만 잠겨 있었다. 예쁜 옷을 입었다고 거들먹거리는 릴라에게 본때를 보여줄 생각이었다.

릴라는 언덕을 뛰어 내려가 큰길로 달려갔다. 두려움이 발에 날개를 달아주었는지, 가까스로 메리에게서 벗어날 수 있었다. 메리는 웃으면서 뛰었던 탓에 속도를 낼 수 없었지만 그래도 가끔씩은 대구를 흔들어대며 피가 얼어붙을 만큼 무시무시한 소리를 질렀다. 글렌세인트메리 마을의 큰길을 두 아이가 그런 식으로 달려가자 사람들은 창이며 문으로 달려가 이들을 구경했다. 메리는 자기가 엄청난 소동을 일으키고 있다는 사실을 인식하자 더욱 신이 났다. 반면에 릴라는 두려움에 사로잡혀 제정신이 아니었다. 숨이 차서 더는 뛸 수 없었는데, 걸음을 멈추면 금세라도 저 무서운 여자아이가 대구를 들고 자신에게 덤벼들 것

만 같았다. 바로 그 순간, 발을 헛디딘 릴라는 가엾게도 길섶의 진흙탕에 빠져버렸다. 코닐리어가 카터 플래그의 가게에서 막 나오던 순간에 벌어진 일이었다.

코닐리어는 한눈에 모든 상황을 파악했다. 메리도 마찬가지였다. 메리는 엄청난 기세로 달려오다가 딱 멈추더니 코닐리어가 무슨 말을 하기도 전에 돌아서서 방금까지 달려오던 기세로 빠르게 도망쳤다. 코닐리어는 무서운 표정으로 입을 굳게 다물었지만 메리를 쫓아가봤자 소용없다는 사실을 깨달았다. 그래서 엉망진창이 되어 처량하게 흐느끼는 릴라를 안아 일으킨 뒤 집까지 데려다주었다. 드레스며 구두며 모자까지 지저분해진 릴라는 무척 속상해했다. 여섯 살 꼬마의 자존심은 끔찍한 상처를 입고 말았다.

메리 밴스가 한 짓을 코닐리어에게 전해 들은 수전은 분한 나머지 얼굴이 새파랗게 질렸다.

"저런 나쁜, 왈패 같은 계집애 같으니라고!"

릴라를 씻기고 위로하면서 수전이 말했다. 코닐리어도 단호한 목소리로 맞장구를 쳤다.

"더는 두고 볼 수 없어요. 뭔가 조처를 해야죠. 앤, 목사관에서 지내고 있는 저 생명체는 도대체 누구예요? 어디서 온 아이죠?"

"목사관 손님인데 항구 건너편에서 왔다고 하더군요."

앤이 대답했다. 앤은 이 우스꽝스러운 대구 추격전을 계기로 허영심이 있는 릴라가 교훈을 얻길 바랐다.

"글쎄요. 우리 교회에 다니는 항구 건너편 가족은 내가 모두 알고 있는데, 그 말괄량이는 뉘 집 아인지 모르겠어요. 평소에는 누더기 같은 옷을 걸치고 있다가 교회 갈 때만 페이스의 낡은 옷을 입더라고요. 뭔가 이상하지 않아요? 아무도 그 아이에 대해 알아보려고 하지 않으니 나라도 나서야겠어요. 요전 날 워런 미드의 가문비나무 숲에서 있었던 일도 그 아이가 꾸민 게 분명해요. 워런의 어머니가 놀라서 발작했다는 말 들으셨죠?"

"아니요. 길버트에게 진찰을 받은 건 알았지만 무슨 일이 있었는지는 못 들었어요."

"그분은 심장이 약하잖아요. 지난주에 그분이 베란다에 혼자 있었는데 숲속에서 '살인이야. 도와주세요!'라는 끔찍한 비명이 들렸대요. 그런 소리를 듣고 누군들 놀라지 않을 수 있겠어요. 부인의 심장에 금세 이상이 생겼죠. 워런이 헛간에서 그 소리를 듣고 숲으로 곧장 달려가 살펴봤더니 거기 목사관 아이들이 있었대요. 다들 쓰러진 나무에 앉아 목이 터지게 "살인이야" 하고 소리쳤다지 뭐예요. 아이들은 워런에게 그저 인디언 매복 놀이를 했을 뿐 누가 들을 줄은 몰랐다고 했대요. 그런데 워런이 집에 가봤더니, 어머니가 베란다에서 정신을 잃고 쓰러져 있었다는 거예요."

마침 돌아온 수전이 콧방귀를 뀌었다.

"정신을 잃은 건 아닐 텐데요. 엘리엇 부인은 그렇게 믿고 싶은가 보네요. 나는 어밀리아 워런의 심장이 약하다는 이야기를 40년 동안이나 들었어요. 스무 살 때부터 그래온걸요. 툭하면 난리를 떨면서 의사를 부르곤 하지요."

앤이 말했다.

"길버트도 그분의 몸에 별다른 이상이 없다고 했어요."

코닐리어가 말했다.

"아마 그랬을 거예요. 하지만 그 일로 온갖 이야기가 떠돌았어요. 미드 가문은 감리교인들이라 문제가 더 커졌고요. 목사관 아이들은 대체 왜 그러는 걸까요? 그 생각만 하면 잠이 안 와요. 밥이나 제대로 챙겨 먹고 있을까요? 아버지라는 사람은 몽상에 빠져 있느라 끼니를 거를 때가 많은 것 같고, 마사 할머니는 요리에 별로 관심이 없더군요. 아이들은 멋대로 뛰어다니기만 하는데, 머지않아 방학이 되면 상황이 더 나빠질 거라고요."

"아이들은 재미있게 지내는 것 같던데요. 착하고 용감하고 솔직한 아이들이에요. 우애도 깊고요."

앤은 이렇게 말하면서 아이들에게 들었던 무지개 골짜기의 여러 사건을 떠올리며 미소 지었다.

"그 말은 맞아요, 앤. 지난번 목사님의 말 많고 거짓말 잘하는 두 아이를 떠올려보면, 메러디스 목사님의 아이들이 저지른 일쯤은 그냥 넘어갈 수 있을 정도죠."

수전이 말했다.

"사모님, 이러니저러니 해도 메러디스 목사님의 아이들은 제법 착한 편이에요. 물론 그 아이들에게도 원죄•는 있고, 그게 오히려 도움이 된다고 생각해요. 자기가 죄인이라는 것을 자각하면 제멋대로 굴지 못할 테니까요. 그래도 아이들이 묘지에서 노는 건 꺼림칙하네요. 그것만큼은 막아야 한다고 생각해요."

• 기독교의 교리 중 하나로 인류의 시조인 아담과 하와가 선악과를 따 먹은 죄 때문에 모든 인간이 날 때부터 가지고 있다는 죄

앤은 아이들 편을 들었다.

"그래도 거기서는 아주 얌전하게 놀잖아요. 다른 곳에서처럼 소리 지르며 뛰어다니지 않아요. 오히려 우리 애들이 더 심하죠. 가끔씩 무지개 골짜기에서 나는 고함 소리가 여기까지 들리거든요. 어젯밤에도 거기서 전쟁놀이를 했는데, 대포가 없어서 직접 '쾅' 소리를 냈다고 젬이 말하더군요. 남자아이들은 군인이 되고 싶어 하는 시기가 있잖아요. 젬이 딱 그때인가 봐요."

코닐리어가 말했다.

"이런, 맙소사! 하지만 젬은 군인 같은 건 하지 않을 거예요. 난 우리나라 젊은이들을 남아프리카의 전쟁터•로 보낸 건 말도 안 된다고 생각해요. 어쨌든 전쟁은 끝났고 그런 비극은 두 번 다시 일어나지 않을 거라 믿어요. 세상이 점점 더 분별력을 찾아가고 있는 것 같으니까요. 그리고 메러디스 목사님 아이들 말인데요. 전에도 여러 번 말했고 거듭 이야기하는 거지만, 목사님에게 부인만 있다면 그런 문제는 자연스럽게 해결될 거예요."

수전이 말했다.

"목사님이 지난주 커크네 집을 두 번이나 찾아갔다면서요?"

코닐리어가 곰곰이 생각하며 대답했다.

"그랬죠. 음, 난 원래 목사님이 자기 교회 신자와 결혼하는 걸 반대해요. 그럴 경우 대부분은 평판이 나빠지니까요. 하지만 이

• 1899년에 영국이 남아프리카의 금이나 다이아몬드 같은 광물을 얻고자 보어인이 건설한 트란스발공화국과 오렌지자유국을 침략해서 벌어진 '보어전쟁'의 전장을 가리킨다.

번에는 문제될 일이 없어 보여요. 다들 엘리자베스 커크를 좋아할 뿐만 아니라 아이들의 새어머니가 되고 싶어 하는 여자도 없으니까요. 힐 씨네 자매들도 그건 꺼리잖아요. 메러디스 목사님에게 잘 보이려고 하는 것 같지도 않고요. 메러디스 목사님만 마음먹으면 엘리자베스는 좋은 아내가 될 거예요. 하지만 엘리자베스가 좀 평범한 게 문제죠. 메러디스 목사님은 항상 멍해 보여도 예쁜 여자를 좋아하거든요. 남자들이 다 그렇죠. 그 점에 있어서는 그분도 세속적인 사람이에요."

수전이 굳은 얼굴로 말했다.

"엘리자베스 커크야 두말할 것 없이 좋은 여자죠. 하지만 엘리자베스의 어머니는 좀 달라요. 이제껏 그 집의 손님방에서 묵었던 사람들은 죄다 얼어 죽을 뻔했다더군요. 목사님의 결혼 같은 중대한 문제에 대해 감히 제 의견을 말하자면, 항구 건너편에 사는 엘리자베스의 사촌 새러가 목사 사모님으로 적합하다고 생각해요."

"아이고, 새러 커크는 감리교인이에요."

코닐리어는 수전이 마치 호텐토트족• 여인을 목사의 아내로 들이자고나 한 것처럼 말했다. 그러자 수전이 반박했다.

"메러디스 목사님과 결혼하면 장로교회에 다니겠죠."

코닐리어는 단호하게 고개를 저었다. 일단 감리교인이 되면 평생 교단을 바꿀 수 없다고 생각하는 듯했다.

• 아프리카 남부 칼라하리 사막 주변에 사는 종족이다. 키가 작고 피부는 황갈색이며 여성의 엉덩이가 툭 튀어나온 것이 특징이다.

"새러 커크는 절대 안 돼요. 에멀라인 드루도 마찬가지고요. 드루 가문에서는 어떻게든 두 사람을 맺어주려고 애쓰지만, 목사님은 전혀 관심이 없어 보여요."

수전이 말했다.

"에멀라인 드루는 뭐랄까, 좀 이상한 면이 있어요. 몹시 더운 날 밤 침대에 뜨거운 물병을 넣어주고는 고맙다는 말을 안 했다고 상처받는 사람이죠. 그리고 에멀라인의 어머니는 집안일을 정말 못해요. 사모님, 행주 이야기 들어보셨어요? 어느 날 그녀가 행주를 잃어버렸어요. 그러다 다음 날 발견했죠. 그게 어디 있었는지 아세요? 저녁 식탁에 올라온 거위 요리의 배 속에서 음식 재료들과 범벅이 되어 있었어요. 그런 여자가 목사님의 장모가 될 수 있다고 생각하시는 건 아니죠? 절대 안 돼요. 물론 이웃 험담이나 하라고 제가 이 집에서 일하는 건 아닐 테죠. 젬의 바지를 수선하라고 고용되었으니까요. 젬이 어젯밤에 무지개 골짜기에서 놀다가 바지를 찢뜨렸거든요."

앤이 물었다.

"월터는 어디 있죠?"

"아무짝에도 쓸모없는 일이나 하고 있어서 걱정이에요. 다락방에서 연습장에 뭘 쓰고 있던데요. 이번 학기에 월터의 수학 성적이 나쁘다고 선생님이 말씀하셨어요. 전 왜 그런지 잘 알아요. 수학을 공부해야 할 시간에 바보 같은 시나 쓰고 있었으니까요. 월터가 시인이 될 것 같아 걱정이에요, 사모님."

"수전, 그 아이는 이미 시인인 걸요."

"사모님은 대수롭지 않게 여기시는 모양이군요. 재주가 있다면야 이런 일에 침착히 대처하는 게 가장 좋겠죠. 제 삼촌은 시인이었는데 결국 부랑자가 되고 말았어요. 우리 가족은 삼촌을 무척 부끄럽게 생각했죠."

"시인이 되면 별로 좋을 게 없다고 생각하나 보네요."

앤이 웃으며 말하자 수전이 놀란 얼굴로 물었다.

"시인 따위를 대단하게 여기는 사람도 있나요, 사모님?"

"그러면 밀턴이나 셰익스피어에 대해서는 어떻게 생각해요? 성경에 등장하는 시인들은요?"

"밀턴은 부인과 사이가 나빴고 셰익스피어에 대한 평가는 시대에 따라 다르잖아요. 성경의 시인들은, 물론 그들이 살았던 신성한 시대가 지금과는 많이 달랐겠지만, 적어도 다윗왕만큼은 영 탐탁지 않아요. 아무튼 전 누가 시를 써서 잘됐다는 이야기를 들어본 적이 없네요. 월터도 시 같은 건 그만 썼으면 좋겠어요. 계속 저런다면, 대구간유•를 꾸준히 먹이는 게 어떨까요?"

• 간유는 명태, 대구, 상어 등 물고기의 간장에서 뽑아낸 지방유로 비타민 A와 비타민 D를 많이 함유하고 있어서 영양장애, 구루병, 빈혈증 등의 예방 및 치료에 효과가 있다. 수전은 시 쓰는 것을 일종의 질병으로 보고 간유를 먹여서라도 치료하고 싶다는 의지를 나타낸 것으로 보인다.

8장

코닐리어가 나서다

다음 날 코닐리어는 목사관으로 찾아가서 메리에게 여러 가지를 자세히 따져 물었다. 나이는 비록 어렸지만 분별력이 있고 눈치가 빠른 메리는 전날 있었던 일을 불평이나 과장 없이 정직하게 털어놓았다. 코닐리어는 짐작했던 것과 달리 그 아이에게 좋은 인상을 받았지만, 그래도 잘못한 일에 대해서는 호되게 야단치는 것이 어른의 의무라고 생각했다.

"너는 도대체 생각이 있는 거니? 이 집 식구가 네게 얼마나 친절하게 대했는데, 감사하다고 하진 못할망정 어린 친구를 괴롭히다니! 그게 말이 된다고 생각해?"

메리는 순순히 잘못을 인정했다.

"제가 정말 몹쓸 짓을 했어요. 뭐에 홀렸나 봐요. 하필 그때 바짝 마른 대구가 눈에 들어왔거든요. 그래도 정말 죄송해요.

어젯밤 잠자리에 들었을 때 얼마나 울었는지 몰라요. 정말이에요. 우나한테 물어보면 아실 거예요. 너무너무 창피해서 우나한테는 왜 우는지 말도 못 했어요. 우나도 같이 울었어요. 누가 저를 속상하게 만든 건 아닌지 걱정했나 봐요. 물론 당치도 않은 말이지만요. 제가 지금 걱정하는 건 하나밖에 없어요. 와일리 부인이 왜 날 잡으러 오지 않느냐는 거죠. 그 부인 성격에 그럴 리가 없거든요."

코닐리어도 그 점이 이상하다고 생각했지만 더는 언급하지 않았다. 그리고 앞으로 목사님의 대구를 함부로 휘두르지 않겠다는 다짐을 받은 뒤 잉글사이드로 경과를 알리러 갔다.

코닐리어가 말했다.

"만약 그 아이 말이 사실이라면, 어떻게 된 일인지 알아봐야 해요. 와일리 부인이라면 내가 좀 알죠. 내 남편 마셜이 항구 건너편에 살았을 때 부인과 친분이 있었거든요. 와일리 부인과 그 집에서 일하는 아이에 대한 이야기를 지난여름 마셜에게 들은 기억이 나요. 그 메리라는 아이였겠죠. 와일리 부인이 그 아이에게 죽도록 일을 시키면서도 먹을 것이나 입을 것은 신경도 쓰지 않는다는 거예요. 원래 항구 건너편 사람들과는 어울리지도 않고 그들이 뭘 하든 참견하지도 않는다는 게 내 철칙이란 걸 앤도 잘 알죠? 하지만 이번만큼은 그냥 넘어갈 수 없네요. 내일 마셜을 거기로 보내서 잘잘못을 따져보게 해야겠어요. 그런 다음 목사님과 이야기하려고요. 앤, 생각해봐요. 목사관 아이들이 제임스 테일러네 낡은 건초 헛간에서 말 그대로 굶어 죽어가는 아이를 발견한 거잖아요. 고픈 배를 부여잡고 추위에 덜덜 떨며 밤새 혼자 있었다고 해요. 우리가 맛있는 저녁을 먹고 따뜻한 침대에 누워 자고 있을 때 말이에요."

"정말 가엾은 아이예요. 만약 학대를 당한 게 사실이라면 아이를 그곳으로 돌려보내서는 안 돼요. 저도 고아였고 비슷한 처지였던 적도 있었어요."

앤은 자기의 사랑스러운 자녀가 춥고 배고픈 상태로 혼자 그런 곳에 버려졌다면 어떤 마음이었을지 떠올리면서 그렇게 말했다. 코닐리어가 계속 말을 이었다.

"호프타운 고아원 사람들과도 의논해봐야겠어요. 메리를 계속 목사관에 둘 수는 없으니까요. 아이가 욕을 잘한다던데, 같이 있다 보면 그 집의 순진한 아이들이 물들지도 모르잖아요. 그런데 메리가 두 주나 거기서 지내고 있다는 걸 메러디스 목사님이 아직도 모른다면서요? 대체 어찌 된 일일까요? 그런 사람이 어떻게 가족을 꾸린다는 거예요? 앤, 그 목사님은 수도원에나 들어가야 해요."

이틀 뒤 저녁 코닐리어가 잉글사이드를 다시 찾았다.

"정말 이상한 일도 다 있죠! 메리라는 아이가 도망친 다음 날 아침에 와일리 부인이 침대에 누워 숨진 채로 발견되었다네요. 몇 년 전부터 심장에 문제가 있어서 늘 조심하라고 의사가 주의를 줬대요. 일하는 사람을 어딘가로 보냈던 터라 부인이 쓰러졌을 때 집에는 아무도 없었고, 다음 날에야 이웃 사람이 그 광경을 본 거예요. 아이가 거기 없는 건 알았지만 다들 대수롭지 않게 여겼어요. 와일리 부인이 전에 말했던 대로 샬럿타운의 사촌 집에 보냈다고 생각한 거죠. 그 사촌이라는 사람이 장례식에 오지 않아서 메리가 사촌 집에도 없다는 걸 아무도 알아차리지 못했던 거예요. 마셜은 와일리 부인이 메리를 어떻게 대했는지 전해 듣고 피가 부글부글 끓었대요. 전부터 그이는 아이들이 학대받는다는 이야기를 들으면 몹시 화를 냈어요. 사람들이 그러는데 와일리 부인은 아이가 사소한 잘못을 저지르거나 실수했을 때도 무자비하게 매질을 했대요. 고아원 책임자에게 편지를 쓰자고 말하는 사람들도 있었지만 총대 메고 나서는 사람이 없어서 결국 흐지부지된 거죠."

수전이 화를 내며 말했다.

"와일리 부인이 세상을 떠난 게 유감이네요. 항구 건너편에 가서 따지고 싶었거든요. 아이를 굶기고 때리다니요! 사모님, 아시다시피 전 엉덩이 정도야 손을 대지만 그 이상은 하지 않아요. 엘리엇 부인, 가엾은 메리는 이제 어떻게 되는 거죠?"

"호프타운으로 돌려보내야 할 것 같은데요. 집안일 하는 아이가 필요한 집이라면 이미 한 명씩 데리고 있으니까요. 내일 메러디스 목사님을 만나서 내 의견을 말씀드릴까 해요."

코닐리어가 돌아간 뒤 수전이 말했다.

"사모님, 저 사람은 내일 분명 목사님에게 따질 거예요. 뭐든 마음먹으면 반드시 하고야 마니까요. 교회에 첨탑 세우는 일이라도 너끈히 해낼걸요? 하지만 아무리 그래도 목사님한테 그런 식으로 말하는 건 좀 심하지 않나요? 물론 사모님은 목사님도 여느 사람과 다를 게 없다고 생각하시겠지만요."

코닐리어가 집을 나섰을 때 해먹에서 공부하고 있던 낸 블라이드는 슬그머니 일어나 무지개 골짜기로 갔다. 다른 아이들은 벌써 그곳에 모여 있었다. 젬과 제리는 글렌세인트메리 마을 대장장이에게 빌려온 편자로 고리 던지기 놀이를 하고 있었다. 칼은 햇볕이 잘 드는 언덕에서 개미를 살펴보고 있었다. 월터는 고사리 위에 배를 깔고 엎드려서 메리, 다이, 페이스, 우나에게 책을 읽어주고 있었다. 프레스터 존•, 방황하는 유대인••, 점치는 막대기와 꼬리 달린 사람, 바위를 깨고 황금 보물이 있는 곳까지 가는 길을 열어준 곤충 샤미르 이야기, 행운의 섬과 백조 아가씨의 환상적인 이야기가 담긴 전설집이었다.

빌헬름 텔이 가상 인물이고 겔레트••• 이야기도 전설이라는 사실을 알았을 때 월터는 큰 충격을 받았다.

하토 주교 이야기••••는 밤을 꼬박 새우며 읽었을 만큼 재미있었다. 하지만 가장 좋아했던 이야기는 '피리 부는 사나이'••••• 그리고 '성배'였다. 월터가 설레는 마음으로 책을 읽는 동안 연인의 나무에 달아둔 방울이 여름 바람에 딸랑거렸고 서늘한 저녁 그림자가 골짜기를 가로지르며 내려앉았다.

월터가 책을 덮자 메리가 감탄하며 말했다.

• 아시아와 아프리카에 강대한 기독교국을 건설했다는 전설상의 왕

•• 형장으로 끌려가면서 물을 달라고 하던 예수의 청을 거절해 죽지도 못하고 영원히 세계를 떠돌아다녀야만 하는 유대인에 대한 전설

••• 늑대와 싸워 아이를 구했지만 오해를 받아 주인의 손에 죽은 충직한 개

•••• 독일 마인츠의 주교였던 하토가 가난한 사람을 불태워 죽인 벌로 쥐에게 물려 죽었다는 이야기

••••• 독일 하멜른에서 전해 내려오는 전설 속 인물이다. 130명의 아이가 사라진 사건에서 유래된 이 이야기는 독일의 그림 형제가 쓴 동화와 영국 시인 로버트 브라우닝(1812-1889)이 쓴 시를 통해 널리 알려졌다.

"거짓말이긴 하지만 참 재미있네."

"거짓말 아니야."

다이가 발끈하자 메리는 믿을 수 없다는 듯 물었다.

"그럼 진짜 있었던 일이라는 거야?"

"아니, 꼭 그렇진 않아. 네가 해준 유령 이야기 같은 거야. 너도 우리가 진짜라고 믿을 거라 생각하진 않았잖아. 그러니까 거짓말은 아닌 거지."

메리가 말했다.

"생각해보니 점치는 막대기 이야기는 거짓말이 아니야. 항구 건너편에 사는 제이크 크로퍼드 할아버지도 그런 지팡이를 썼어. 마을 사람들이 우물을 팔 때마다 할아버지를 부르거든. 그리고 방황하는 유대인은 내가 만났던 사람이야."

"어머, 메리!"

우나가 겁먹은 얼굴로 소리쳤지만 메리는 아랑곳하지 않고 이야기를 계속했다.

"정말이야. 네가 살아 있는 게 진짜인 것처럼 그 이야기도 진짜라고. 작년 가을 와일리 부인 집에 어떤 할아버지가 찾아왔어. 어찌나 늙었던지, 무엇이든 알고 있을 것 같은 분이었어. 삼나무 기둥이 얼마나 오래갈 것 같으냐고 와일리 부인이 물어보자 그분이 이렇게 말하는 거야. '오래가는 것 정도가 아니라 천 년은 버틸 겁니다. 두 번이나 써본 적이 있어서 내가 잘 알죠.' 그러면 2천 년이나 살았다는 말인데, 그 할아버지가 방황하는 유대인이 아니면 누구겠니?"

페이스가 딱 잘라 말했다.

"방황하는 유대인이 와일리 부인 같은 사람이랑 알고 지낼 것 같지는 않아."

그때 다이가 끼어들었다.

"나는 피리 부는 사나이 이야기가 좋아. 우리 엄마도 좋아하시고. 특히 난 친구들을 따라서 산에 가지 못한 절름발이 아이가 가엾게 느껴져. 그 아이는 몹시 실망했을 거야. 그 뒤로는 자기가 보지 못한 멋진 것들이 무엇인지 궁금해하면서 살았겠지? 다른 아이들과 같이 갔으면 얼마나 좋았을까 하면서 후회했을지도 몰라."

우나가 가만히 말했다.

"그래도 그 아이 엄마는 정말 기뻐하셨을 거야. 그동안 자기 아이가 절름발이인 걸 미안하게 생각했겠지. 속상해서 운 적도 많았을 것 같아. 하지만 그 일이 있은 뒤로는 절대로 가엾게 생각하진 않았을걸? 절름발이라서 아들을 잃지 않았으니 얼마나 기뻐했겠니."

월터가 멀리 하늘을 바라보며 감상에 젖어 말했다.

"언젠가는 피리 부는 사나이가 저기 언덕을 넘어서 무지개 골짜기로 내려오지 않을까? 아름다운 소리로 흥겹게 피리를 연주하면서 유유히 걸어올 거야. 그러면 난 그 사람을 따라갈 것 같아. 바닷가를 지나 바닷속으로 빠져들 거야. 그럼 너희 모두와 헤어지겠지. 물론 꼭 가고 싶은 건 아니야. 아마 젬이라면 가고 싶어 할걸? 정말 대단한 모험일 테니까. 하지만 나는 가고 싶지 않아. 물론 어쩔 수 없이 가게 될 수도 있겠지만. 내가 따라나설 때까지 음악이 나를 부르고 또 부를 테니까."

"우리 다 같이 가자."

다이가 월터의 상상에 불을 붙이며 외쳤다. 반신반의하던 다이도 멀고 흐릿한 골짜기 끝에서 피리 부는 사나이가 희미하게 사라져가는 모습을 떠올릴 수 있었다.

"아니야. 너희는 우리가 돌아올 때까지 여기서 기다리는 게 좋겠어. 우린 돌아오지 않을지도 몰라. 피리 부는 사나이가 연주를 계속하는 동안에는 오지 못할 테니까. 그 사나이는 피리를 불면서 우리를 전 세계로 데리고 다닐 수도 있어. 그래도 너희는 여기서 기다리도록 해. 그래야만 한다고."

월터의 크고 빛나는 눈은 신기한 매력으로 가득 차 있었다. 그 말을 듣고 메리가 몸서리를 치며 대꾸했다.

"그만해! 그렇게 쳐다보지 마, 월터 블라이드. 얼마나 무서운지 아니? 내가 울었으면 좋겠어? 남자애들은 그 무시무시한 피리 부는 사나이를 따라가고 여자애들만 여기 앉아서 기다리는 모습이 눈에 선하단 말이야. 내가 눈물이 헤픈 편은 아닌데도 네가 그 이야기를 시작하자마자 왠지 울고 싶어졌어."

월터는 승리의 미소를 지었다. 월터는 늘 아이들에게 영향력을 끼치고 싶어 했다. 그래서 여러 가지 감정을 끌어내고 두려움을 불러일으키며 영혼을 떨게 만들곤 했다. 그럴 때마다 마음속의 극적 본능이 충족되는 것을 느꼈다. 하지만 월터의 승리감 속에는 까닭 모를 두려움 때문에 생긴 작지만 오싹한 기운이 도사리고 있었다. 월터에게는 피리 부는 사나이가 실존 인물로 느껴졌던 것이다. 마치 미래를 가리고 있던 베일이 무지개 골짜기의 별빛 어린 황혼 아래서 잠시 펄럭이며 앞으로 다가올 날들을 어렴풋이 보여주는 듯했다.

칼이 개미 왕국에서 일어난 일을 알려주려고 다가오자 아이들은 현실세계로 돌아왔다. 피리 부는 사나이의 어두운 속박에서 벗어난 메리는 기쁜 얼굴로 소리쳤다.

"개미들은 끝내주게 재밌어. 칼하고 같이 토요일 오후 내내 묘지에 있는 개미집을 지켜봤는데, 그 속에 그렇게 많은 개미가 살고 있는지 몰랐어. 그런데 자기들끼리 걸핏하면 싸우더라. 어떤 놈들은 아무런 이유 없이 싸우는 것 같았어. 물론 이유가 있어도 우리가 알아챌 순 없겠지만. 겁쟁이도 있었지. 몸을 공 모양으로 말아놓고는 다른 개미가 덤벼도 가만히 있는 거야. 싸울 생각이 전혀 없어 보였어. 게을러서 일을 안 하는 놈도 있었고 요령을 부리는 놈도 눈에 보였어. 심지어 슬퍼서 죽은 개미도 있었어. 다른 개미가 죽어서 그랬던 모양이야. 움직이지도 않고, 먹지도 않고, 그냥 죽어버렸지. 하느… 아니, 진심으로 맹세컨대 내 말은 다 사실이야."

아이들은 모두 충격을 받아 입을 다물었다. 다들 메리가 '하느님'이라고 하려다가 재빨리 말을 바꿨다는 것쯤은 알고 있었다.* 페이스와 다이는 걱정스러운 눈빛을 주고받았다. 아마 코닐리어가 두 아이를 봤다면 이런 상황에서 적절하게 반응했다고 기특히 여겼을 것이다. 월터와 칼은 안절부절못해 보였고 우

* 원문에서 메리는 '진짜로'라는 뜻의 "honest to God"이라고 말하려다가 실수를 깨닫고 재빨리 "honest to goodness"라고 얼버무렸다. 당시의 보수적인 기독교 문화에서는 'God'을 함부로 말하면 불경하다고 여겼기 때문이다.

나는 입술을 떨고 있었다.

메리는 거북한 듯 움찔거리며 변명했다.

"아무 생각 없이 입에서 나온 말이야. 맹세할 수 있어! 금세 고쳐서 말했잖아. 이곳 사람들은 너무 까다로운 것 같아. 와일리 부부가 싸울 때 하는 말을 들으면 깜짝 놀라 기절할걸?"

페이스가 굳은 얼굴로 타일렀다.

"숙녀는 그런 말을 쓰지 않아."

우나도 작은 소리로 말했다.

"그러면 안 되는 거야."

메리가 말했다.

"난 숙녀가 아니야. 그런 건 될 기회도 없었다고. 하지만 되도록이면 그런 말 안 할게. 약속해."

우나가 말했다.

"하느님의 이름을 함부로 입에 올리면 앞으로 네 기도를 들어주시지 않을 거야, 메리."

"어차피 하느님은 내 기도를 들어주실 것 같지 않아. 난 일주일 동안 와일리 부인 문제를 해결해달라고 기도했는데, 아무 일도 일어나지 않았잖아. 이젠 기도하지 않을 거야."

신앙심이 엷은 메리에게는 하느님이 기도를 들어주신다는 말이 와닿지 않았던 것이다. 그때 낸이 숨을 헐떡이며 뛰어왔다.

"메리, 알려줄 소식이 있어. 엘리엇 아주머니가 항구 건너편에 갔다가 무슨 이야기를 들었는지 알아? 와일리 부인이 죽었대. 네가 도망친 다음 날 아침에 침대에서 죽은 채로 발견됐다는 거야. 그러니까 넌 이제 거기 돌아가지 않아도 돼."

"죽었다고?"

메리는 얼빠진 얼굴로 말하더니 몸을 부르르 떨며 우나에게 소리쳤다.

"내가 기도해서 이렇게 된 거라고 생각하니? 만약 그런 거라면 난 살아 있는 동안 다시는 기도하지 않을 거야. 와일리 부인의 유령이 내 앞에 나타날지도 몰라."

우나가 위로했다.

"아니야, 메리. 와일리 부인은 네가 그런 기도를 하기 훨씬 전에 죽었잖아."

"아, 그렇지. 하지만 정말 놀랐어. 내 기도로 누군가 죽었다는 생각은 하고 싶지 않아. 기도할 때 그런 일은 꿈도 못 꿨거든. 도무지 죽을 것 같지 않은 사람이었으니까. 엘리엇 아주머니가 또 무슨 말을 했니?"

메리는 한결 마음이 놓인 듯했다.

"네가 고아원으로 돌아가야 할 것 같다고 그랬어."

낸을 말을 듣고 메리는 얼굴이 어두워졌다.

"나도 그럴 것 같았어. 고아원에서는 날 다시 어디론가 쫓아내겠지. 와일리 부인 같은 사람의 집으로 가게 될 거야. 괜찮아, 견뎌낼 수 있어. 난 강한 아이니까."

목사관으로 돌아가는 길에 우나가 속삭였다.

"네가 고아원에 돌아가지 않도록 기도할게."

메리가 딱 잘라 말했다.

"마음대로 해. 하지만 난 절대로 기도하지 않을 거야. 그런 건 이제 넌더리가 나. 어떻게 됐는지 좀 보라고. 만약 내가 기도한

다음에 일이 벌어졌다면, 와일리 부인은 나 때문에 죽은 게 될 뻔했잖아."

우나가 말했다.

"아니야, 그렇지 않아. 내가 말을 좀 더 잘할 수 있으면 좋을 텐데. 우리 아빠랑 이야기해볼래? 잘 설명해주실 거야."

"싫어! 난 너희 아빠가 어떤 분인지 모르겠어. 훤한 대낮에 내 옆을 지나가면서도 내가 보이지 않나 봐. 내가 그렇게 대단한 사람은 아니지만, 그렇다고 현관에 놓인 깔개처럼 취급하는 건 너무하잖아."

"아니야. 아빠는 원래 그러셔. 늘 생각에 빠져 있다 보니 우리조차 못 알아보신다니까. 그뿐이라고. 난 네가 포윈즈에서 살게 해달라고 기도할 거야. 난 널 좋아해, 메리."

"좋아. 기도 때문에 또 누가 죽었다는 소리만 안 들리게 해줘. 나도 포윈즈에 있고 싶어. 난 여기가 좋고 항구랑 등대도 참 좋거든. 너희랑 블라이드 선생님 댁 아이들도 좋아. 너희는 내가 처음으로 사귄 친구들이자 유일한 친구들이야. 헤어지기 싫어."

9장

우나가 나서다

늘 무언가에 몰두해서 넋이 나간 채로 살던 메러디스 목사는 코닐리어와 이야기를 나누는 동안 큰 충격을 받았다. 코닐리어는 메리 밴스 같은 고아를 집에 들이고 제대로 알아보지도 않은 채 자녀와 어울리도록 허락해준 목사의 직무 태만을 거리낌 없이 꼬집은 뒤 이렇게 결론 내렸다.

"물론 아이가 해만 끼쳤다는 말은 아니에요. 이러니저러니 해도 메리는 질 나쁜 아이가 아니니까요. 목사관과 잉글사이드 아이들에게 물어봤는데, 메리는 상스럽게 말하는 것 말고는 문제될 만한 게 없었대요. 하지만 만약 메리가 이 집에서 더부살이하는 아이였다면 무슨 일이 생겼을지 생각해보세요. 짐 플래그네서 일하는 아이가 그 집 자녀에게 뭘 가르치고 무슨 말을 해서 문제가 생겼는지는 목사님도 잘 알고 계실 겁니다."

물론 메러디스 목사는 그런 사정을 잘 알고 있었다. 그래서 이 문제에 대해 자기가 무심했다는 사실을 깨닫고 큰 충격을 받았다. 그는 어쩔 줄 몰라 하며 코닐리어에게 물었다.

"엘리엇 부인, 그러면 제가 어떻게 해야 할까요? 그 가엾은 아이를 쫓아낼 수는 없지 않습니까? 누군가는 돌봐줘야지요."

"당연한 말씀이에요. 즉시 호프타운 고아원으로 편지를 보내는 게 좋겠네요. 답장이 올 때까지는 이곳에 며칠 머물러도 괜찮을 것 같아요. 하지만 늘 눈과 귀를 열어두고 잘 지켜보세요, 목사님."

만약 수전이 그 자리에 있어서 코닐리어가 목사에게 이런 식으로 훈계하는 것을 봤다면 분노에 차서 부들부들 떨다가 숨이 넘어갔을지도 모른다. 하지만 코닐리어는 의무를 다했다는 만족감에 젖어 뿌듯한 얼굴로 그 자리를 떠났다.

그날 밤 메러디스 목사가 서재로 부르자 메리는 겁에 질려 새파래진 얼굴로 따라갔다. 하지만 지금껏 매 맞고 고단한 삶을 살았던 메리는 이날 뜻밖의 경험을 했다. 무서운 사람인 줄로만 알았던 이 신사가 이제껏 만났던 어른 중에서 가장 친절하고 다정했기 때문이다. 자기도 모르는 사이에 메리는 그동안 얼마나 고된 삶을 살아왔는지를 빠짐없이 털어놓았고, 목사는 메리가 상상조차 해본 적 없는 동정심과 이해심으로 그 말을 차분하게 들어주었다. 얼마 후 서재에서 나온 메리의 얼굴과 눈은 우나가 몰라볼 정도로 편안해졌다.

메리는 코를 훌쩍거리며 눈물을 삼켰다.

"정신을 차리셨을 때 보면 너희 아빠는 참 좋은 분이야. 자주 그러시면 좋을 텐데. 와일리 부인이 죽은 일은 내 잘못이 아니라고 하셨어. 그렇지만 부인의 좋은 점만 생각해야지 나쁜 점은 곱씹으면 안 된다고도 하셨지. 그런데 난 와일리 부인의 좋은 점이 뭔지 잘 모르겠어. 기껏해야 집이 깨끗하다는 거랑 버터를 잘 만든다는 것 말고는 떠오르지 않네. 낡고 울퉁불퉁한 부엌 바닥을 닦느라 내 팔이 다 닳아버릴 정도였거든. 그래도 난 너희 아빠가 해주신 말씀 전부를 평생 잊지 않을 거야."

하지만 이튿날부터 메리는 점점 기운이 빠지는 듯했다. 우나에게는 고아원으로 돌아갈 생각을 하면 슬퍼서 견딜 수 없다고 털어놓았다. 우나는 어떻게 해야 그런 일을 막을 수 있을지 고민하느라 작은 머리가 터질 것 같았다. 그런데 낸 블라이드가 생각지도 못했던 방법을 말해주었다.

"엘리엇 아주머니가 메리를 맡으면 되잖아. 집이 너무 커서 집안일을 할 사람을 두라고 아저씨가 늘 말씀하셨거든. 메리가 그 집에서 살면 정말 좋을 것 같지 않니? 얌전하게 굴기만 한다면 잘 지낼 수 있을 거야."

"낸, 그런데 엘리엇 아주머니가 메리를 데려가실까?"

"네가 한번 물어볼래? 밑져야 본전이잖아."

우나는 도저히 그 일을 할 수 없을 것 같았다. 워낙 수줍음이 많아서 누군가에게 무언가 부탁하는 걸 몹시 어려워했기 때문이다. 게다가 우나는 몸놀림이 재고 활달한 엘리엇 부인을 조금 부담스러워했다. 물론 평소에는 종종 그녀의 집에 놀러가곤 했지만, 메리 밴스를 맡아달라고 부탁하는 건 지나친 행동이라고 느꼈다. 소심한 우나는 점점 움츠러들기만 했다.

마침내 메리를 곧장 보내달라는 호프타운 고아원의 답장이 메러디스 목사에게 도착했다. 그날 밤 메리는 목사관 다락방에서 울다가 잠이 들었다. 우나는 이제 어떻게든 용기를 내야만 했다. 다음 날 저녁 우나는 마음을 굳게 먹고 목사관을 몰래 빠져나와 항구 도로로 향했다. 저 멀리 무지개 골짜기에서 즐거운 웃음소리가 들렸지만 지금은 그곳에 갈 수 없었다. 우나는 창백하게 질린 얼굴로 길을 걸었다. 생각에 깊이 빠진 나머지 도중에 누군가와 마주쳐도 알아채지 못했다. 그 모습을 본 스탠리 플래그 할머니는 혀를 끌끌 차면서 벌써부터 저러는 걸 보면 커서는 아버지 못지않게 얼빠진 사람이 될 것이라고 했다.

코닐리어는 글렌세인트메리 마을과 포윈즈곶의 중간쯤 되는 곳에 살고 있었다. 외벽은 본래 눈부신 초록색이었지만 지금은 차분한 녹회색으로 바래 있었다. 마셜 엘리엇은 집 주위에 나무를 심고 장미 정원과 가문비나무 울타리를 만들었다. 덕분에 이 집은 몇 년 전과 사뭇 다른 곳이 되었다. 목사관 아이들과 잉글사이드 아이들은 이곳에 놀러가는 것을 좋아했다. 오래된 항구 길은 아름다운 산책로였고, 종착지인 코닐리어의 집에 가면 단지에 도넛이 늘 가득했기 때문이다.

안개 낀 바다는 멀리 모래 위에서 부드럽게 찰랑거렸다. 커다란 배 세 척이 희고 덩치 큰 바닷새처럼 항구로 미끄러져 들어왔다. 범선 한 척이 해협 쪽으로 다가왔다. 포윈즈의 세계는 빛나는 색채와 은은한 음악이 어우러져 신비롭게 반짝거렸고, 여기 사는 사람들은 모두 행복할 것 같았다. 하지만 우나는 코닐리어의 집 앞에 도착한 뒤로 좀처럼 발을 뗄 수 없었다.

코닐리어는 베란다에 혼자 있었다. 우나는 엘리엇 아저씨도 집에 있으면 좋겠다고 생각했다. 체격이 크고 마음도 넓고 유쾌한 아저씨가 함께 있으면 기운이 날 것만 같았다. 코닐리어는 우나를 작은 의자에 앉히고 도넛을 가져다주었다. 우나는 긴장한 나머지 도넛을 목구멍으로 넘길 수 없었지만 코닐리어의 기분을 상하게 할까 봐 억지로 삼켰다. 그러는 동안 우나는 여전히 창백한 얼굴로 아무런 말도 하지 못했다. 크고 짙푸른 눈이 너무나 가엾어 보였다. 그 모습을 본 코닐리어는 이 아이에게 무슨 문제가 있다는 것을 알아챘다.

"얘야, 무슨 걱정거리라도 있니? 그렇게 보이는구나."

우나는 마지막 도넛 한 조각을 가까스로 삼킨 뒤 입을 열어 애원하듯 말했다.

"아주머니가 메리 밴스를 데려가실 순 없나요?"

코닐리어는 멍하니 우나를 바라보았다.

"메리 밴스를 데려가라고? 그러니까 나더러 그 아이를 키우라는 말이니?"

일단 입을 열자 우나는 용기가 샘솟았다.

"네, 맞아요. 메리를 입양해주세요. 제발요. 메리는 고아원으로 돌아가고 싶지 않아서 밤마다 펑펑 울어요. 고아원에 있다가 다시 힘든 곳으로 가게 될까 봐 덜덜 떨고 있어요. 그리고 메리는 정말 똑똑한 아이예요. 못하는 일이 없어요. 메리를 데려가도 후회하지는 않으실 거예요."

"그런 생각은 해본 적이 없는걸."

코닐리어가 어쩔 줄 몰라 쩔쩔매자 우나가 애원했다.

"그럼 생각해보시겠어요?"

"하지만 얘야, 집안일은 나 혼자서도 충분히 할 수 있단다. 게다가 일할 사람이 필요해진다고 해도 살림을 거들 아이를 데리고 있을 생각은 해본 적이 없구나."

우나의 입술이 바르르 떨렸다. 눈에서는 희망의 빛이 사라졌다. 실망한 우나는 의자에 앉아 애처롭게 울기 시작했다.

"애고머니, 울지 마라."

당황한 코닐리어가 외쳤다. 아이에게 상처를 준 것 같아서 마음에 가책을 느꼈다.

"내가 메리를 맡지 않겠다고 말하진 않았잖니. 뜻밖의 이야기라 당황했을 뿐이란다. 네 말대로 잘 생각해볼게."

우나가 다시 말했다.

"메리는 정말 똑똑해요."

"음, 그렇다고는 들었어. 그리고 욕을 한다는 말도 있던데, 그건 사실이니?"

우나가 우물쭈물하며 대답했다.

"욕하는 걸 들어본 적은 없어요. 좋지 않은 말을 많이 알고 있는 것 같긴 하지만요."

"믿어주마. 혹시 그 아이가 거짓말은 안 하니?"

"안 하는 거 같아요. 매 맞지 않으려 할 때만 빼고요."

"그런데도 나더러 그 아이를 데려가라는 거야?"

우나가 다시 흐느꼈다.

"누군가는 메리를 데려가야 해요. 누군가는 메리를 돌봐줘야 한단 말이에요."

코닐리어는 한숨을 길게 쉬었다.

"그건 그렇지. 어쩌면 그게 내 의무일 수도 있겠구나. 어쨌든 남편과 의논해야 하니 아직은 이런 말을 아무에게도 하지 마라. 자, 도넛 하나 더 먹으렴."

우나는 도넛을 입에 넣었다. 아까보다 맛이 좋았다.

"전 도넛이 정말 좋은데 마사 할머니는 절대로 만들어주지 않아요. 다행히 잉글사이드의 수전 아주머니가 가끔씩 도넛을 잔뜩 만들어서 무지개 골짜기로 가져다주시죠. 도넛이 무척 먹고 싶을 때 제가 어떻게 하는지 아세요?"

"글쎄다. 어떻게 하는데?"

"엄마가 옛날에 보던 요리책을 꺼내서 도넛 만드는 법을 읽어요. 그리고 다른 요리법도요. 그렇게 하면 맛이 느껴지는 것 같거든요. 전 배가 고프면 항상 그렇게 해요. 특히 저녁에 디토를 먹은 날은 닭튀김과 거위구이 요리법을 읽죠. 엄마는 맛있는 음식을 전부 만들어주셨거든요."

우나가 떠난 뒤 코닐리어는 화를 내며 남편에게 말했다.

"이대로 가다간 목사관 아이들이 굶어 죽을지도 몰라요. 그런데도 메러디스 목사님은 왜 재혼할 생각을 하지 않는 걸까요? 무언가 대책이 필요해요. 그건 그렇고, 메리라는 아이를 우리가 데려오는 것에 대해서 어떻게 생각해요?"

마셜이 짧게 대답했다.

"뭐, 데려옵시다."

코닐리어는 체념한 듯 말했다.

"아이고, 정말 남자다운 말이네요. '데려옵시다'라니요? 데려오기만 하면 다 되는 줄 아나 보네요. 간단한 문제가 아니에요. 따져봐야 할 일이 수두룩하다고요."

"데려옵시다. 다른 건 그다음에 생각하면 돼요."

코닐리어는 결국 메리를 맡아 기르기로 했고, 자기의 결정을 알리기 위해 잉글사이드로 찾아갔다.

앤이 기뻐하며 말했다.

"정말 잘됐네요! 저도 코닐리어가 그렇게 해줬으면 좋겠다고 생각했어요. 가엾은 그 아이에게는 좋은 가정이 필요하거든요. 저도 한때는 메리처럼 집 없는 고아 소녀였잖아요."

코닐리어가 우울한 표정으로 말했다.

"메리라는 아이는 앤과 다르고, 앞으로도 앤처럼 되지는 못할 거라고요. 그 아이는 참 별나요. 하지만 구원받아야 할 인간이기도 하죠. 어린이용 교리문답서와 작은 칫솔을 준비해놨어요. 내 의무는 다해야 하니까요. 손에 쟁기를 잡고 뒤를 돌아봐서는 안 되겠죠?•"

메리는 이 소식을 듣고 비로소 마음을 놓았다.

"생각했던 것보다는 내가 운이 좋은 것 같아."

"엘리엇 아주머니 집으로 가면 예의 바르게 굴어야 해."

낸의 말에 메리가 발끈했다.

"그 정도는 나도 할 수 있어. 마음만 먹으면 너만큼은 예의 바르게 행동할 수 있다고!"

• 신약성경 누가복음 9장 62절에 있는 예수의 말을 인용한 것으로, 일단 결정한 일에 대해 후회하거나 망설이지 않겠다는 뜻이다.

우나가 걱정스러운 얼굴로 말했다.

“나쁜 말도 하면 안 되는 거 알지?”

“내가 그러면 엘리엇 아주머니는 놀라 까무러치실까?”

메리는 짓궂은 상상을 하면서 하얀 눈을 반짝거렸다.

“걱정하지 마, 우나. 앞으로 점잖게 지낼 테니까. 아주 고상한 아가씨처럼 굴 거야.”

페이스가 덧붙였다.

“거짓말도 하면 안 돼.”

메리가 물었다.

“매를 안 맞으려고 거짓말하는 것도 안 돼?”

다이가 소리쳤다.

“엘리엇 아주머니는 절대 널 때리지 않을 거야, 절대로!”

메리는 못 미더운 표정을 지었다.

“정말? 매 맞지 않고 살 수 있다면 거기가 바로 천국일 거야. 그러면 거짓말이 툭 튀어나올까 봐 걱정할 필요도 없잖아. 나도 거짓말하는 거 싫어. 이유 없이 거짓말하지는 않을 거야.”

메리가 목사관을 떠나기 전날에 무지개 골짜기에서는 송별식이 열렸다. 그날 저녁 목사관 아이들은 저마다 소중하게 간직했던 물건을 메리에게 선물로 주었다. 칼은 ‘노아의 방주’라고 불리는 조가비를, 제리는 두 번째로 좋은 주즈하프를 주었다. 페이스는 뒤에 거울이 달린 작은 머리빗을 주었다. 메리가 전부터 멋지다고 생각했던 물건이었다. 우나는 구슬 달린 지갑과 사자 굴에 들어간 다니엘을 그린 그림 중에서 고민하다가 메리더러 고르라고 했다. 사실 메리는 구슬 달린 지갑이 갖고 싶었지만 우나가 무척 아끼는 물건임을 알고 있었기에 이렇게 말했다.

"다니엘 그림이 좋겠어. 난 사자를 아주 좋아하거든. 이야기에서 사자가 다니엘을 잡아먹었더라면 더 좋았을 텐데. 그럼 훨씬 재미있었을 거야."

밤이 되자 메리는 우나에게 같이 자자고 졸랐다.

"마지막 밤이잖아. 게다가 비까지 내리고 있어. 저 묘지 때문에 비 오는 날엔 혼자 자기 싫어. 날씨가 좋은 밤에는 상관없지만 지금은 오래된 하얀 비석 위로 빗방울이 쏟아지는 것만 보이거든. 특히 창문을 두드리는 바람소리는 죽은 사람들이 방에 들어오고 싶은데 그럴 수 없어서 우는 것처럼 들려."

둘이 작은 다락방에 나란히 누워 서로를 꼭 끌어안았을 때 우나가 말했다.

"난 비 오는 밤이 좋아. 잉글사이드 여자아이들도 그렇대."

"묘지 옆만 아니었으면 난 아무렇지도 않았을 거야. 오늘 밤에 여기 혼자 있으면 너무 외로워서 눈이 붓도록 울었을지도 몰라. 너희랑 헤어지는 건 참 괴롭거든."

"엘리엇 아주머니는 가끔씩 네가 무지개 골짜기에 와서 노는 걸 허락해주실 거야. 그러니까 착하게 굴어야 해. 그럴 거지?"

메리는 한숨을 쉬었다.

"응, 그렇게 해볼게. 하지만 너처럼 좋은 아이가, 그러니까 겉으로 보이는 모습뿐만 아니라 마음씨도 착한 아이가 되는 건 쉽지 않아. 너희 집안에는 나처럼 못된 사람이 없잖아."

"네 친척도 좋은 점과 나쁜 점을 골고루 가지고 있을 거야. 좋은 점을 지키려고 노력하며 살아야 해. 나쁜 점은 아예 생각하지도 말고."

메리가 어두운 얼굴로 말했다.

"난 우리 집안 사람들에게선 좋은 점을 찾지 못하겠는걸? 착하다고 말할 수 있는 사람이 한 명도 없다니까. 우리 할아버지는 부자였는데 다들 악당이라고 했대. 난 혼자 힘으로 처음부터 시작해볼 거야. 할 수 있는 한 열심히 노력해야겠지?"

"네가 기도한다면 하느님이 도와주실 거야."

"솔직히 그 말을 곧이곧대로 믿기는 어려워."

"메리, 네가 머물 곳을 마련해달라고 우리가 기도했더니 하느님께서 그렇게 해주셨어. 그건 너도 알잖아."

"그게 하느님과 무슨 관계가 있는지 모르겠다는 거야. 엘리엇 아주머니한테 그런 생각을 하게 만든 사람은 바로 너잖아."

"하지만 아주머니가 널 데려가겠다고 결심하게 만든 분은 하느님이야. 하느님이 그렇게 하지 않으셨으면 내가 아무리 부탁해봤자 아무 소용이 없었을 거야."

"그건 그럴 수도 있겠네. 우나, 내가 하느님을 싫어하는 건 아냐. 하느님이 나를 위해 무슨 일을 하시는 것도 괜찮아. 하지만 솔직히 말하자면, 하느님은 너희 아빠랑 닮은 것 같아. 아무것도 안 하고 멍하니 계시다가 가끔씩 정신을 차리고 나서는 아주 착하고 친절하고 똑똑해지시잖아."

우나가 겁에 질려 소리쳤다.

"어머, 아니야! 하느님은 우리 아빠랑 하나도 안 닮았어. 아니, 그러니까 내 말은 하느님이 우리 아빠보다 백배는, 아니 천배는 더 훌륭하고 친절하신 분이라는 거야."

"하느님이 너희 아빠만큼 훌륭하다면 날 위해서 많은 걸 해주실 거야. 너희 아빠랑 이야기하고 나니까 다시는 나쁜 짓을 할 수 없을 것 같았거든."

우나가 한숨을 쉬었다.

"아빠가 너한테 하느님 이야기를 해주셨으면 좋았을 텐데. 아빠는 나보다 훨씬 설명을 잘하니까."

메리가 약속했다.

"다음에 꼭 들어볼게. 너희 아빠가 정신을 차리시면. 그날 밤 너희 아빠랑 서재에서 이야기를 나눴는데, 내가 기도해서 와일리 부인이 죽은 게 아니라고 분명하게 말해주셨어. 그때부터 내 마음이 얼마나 편해졌는지 몰라. 그래도 기도하는 건 정말 부담돼. 옛날 기도문을 암송하는 게 가장 안전한 것 같아. 있잖아, 우나. 기도를 꼭 해야 한다면, 하느님 말고 악마한테 하는 게 좋을 것 같아. 하느님은 선한 분이라고 네가 말해줬잖아. 그러니까 그분은 다른 사람을 괴롭히진 않으실 거 아냐? 하지만 내 경험상 악마는 잘 구슬려야 할 필요가 있어. 악마한테 이렇게 말하는 게 좋은 방법 같아. '악마님, 절 유혹하지 말아주세요. 제발 절 좀 가만히 두세요'라고 말이야. 안 그래?"

"안 돼, 메리. 악마한테 기도하면 못써. 악마는 나쁘니까 기도해봤자 아무런 소용이 없거든. 악마를 화나게 만들 수도 있다고. 그렇게 되면 악마는 전보다 훨씬 못되게 굴 거야."

하지만 메리는 고집을 꺾지 않았다.

"아무튼 하느님에 관해서는 너와 내가 같은 결론을 내릴 수 없을 것 같아. 뭐가 옳은지는 나중에야 알게 되겠지. 그때까지는 나 혼자서라도 최선을 다해 알아볼게."

우나가 한숨을 쉬며 말했다.

"엄마가 살아 계셨다면 전부 다 말씀해주셨을 텐데."

"나도 너희 엄마가 살아 계셨으면 좋았겠다 싶어. 내가 가버리면 너희가 어떻게 살아갈지 걱정되거든. 어쨌든 집을 좀 더 깔끔하게 정리하도록 해. 안 그러면 사람들이 계속 손가락질할 거야. 그리고 너희 아빠가 재혼하시면 너희는 찬밥 신세가 된다는 것도 명심해."

우나는 깜짝 놀랐다. 아버지의 재혼은 지금껏 한 번도 생각해본 적이 없었다. 듣기만 해도 소름이 끼친 나머지 우나는 한동안 말없이 누워 있었다.

메리가 말을 계속했다.

"새엄마란 아주 무서운 사람이야. 내가 아는 걸 다 말해주면 넌 피가 얼어붙을지도 몰라. 와일리 부인의 집 건너편에 사는 윌슨네 아이들에게 새엄마가 있었어. 그녀는 와일리 부인이 내게 했던 것처럼 아이들한테 못되게 굴었지. 너희도 새엄마가 생기면 정말 끔찍할 거야."

우나가 떨면서 말했다.

"우리 집에는 새엄마가 오지 않을 거야. 아빠는 누구랑도 결혼하지 않으실 거니까."

메리가 어두운 얼굴로 말했다.

"글쎄다. 내 생각엔 틀림없이 하실걸? 이 마을에서 혼자 살고 있는 여자들은 다들 목사님만 쳐다보고 있어. 그 여자들이 포기하지 않을 거야. 그리고 새엄마가 생겼을 때 벌어질 수 있는 가장 최악의 상황은, 아빠와 자녀 사이가 멀어지도록 이간질한다는 거지. 재혼한 뒤에 아빠는 너희를 신경 쓰지 않게 될 거야. 새엄마랑 새엄마가 낳은 자식들 편만 들겠지. 새엄마는 목사님이 너희를 모두 나쁜 아이라고 생각하게 만들 테니까."

우나가 울기 시작했다.

"그런 말은 왜 한 거야? 정말 속상하잖아."

메리는 조금 후회하는 기색으로 둘러댔다.

"난 그저 너희가 조심했으면 해서 말했을 뿐인걸. 물론 너희 아빠는 평소에 멍하니 있기만 하니 재혼 같은 건 꿈도 꾸지 않으실 테지만, 그래도 대비는 해두는 게 좋을 거야."

메리가 조용히 잠든 뒤에도 우나는 한참 동안 깨어 있었다. 너무 울어서 눈두덩이 퉁퉁 부었다. 아빠가 누군가와 결혼하고, 그 사람 때문에 자기와 제리와 페이스와 칼을 싫어하게 된다면…. 생각만 해도 끔찍해서 견딜 수 없었다.

메리는 코닐리어가 우려했던 방식으로 목사관 아이들에게 나쁜 영향을 끼치지는 않았지만 약간의 해를 남긴 것은 분명했다. 비록 좋은 의도로 말했더라도 결과는 썩 바람직하지 않았다.

곁에서 우나가 뒤척거렸지만 메리는 깊이 잠들어 있었다. 밖에서는 비가 내렸고 바람은 낡은 회색빛 목사관 주위를 맴돌며 흐느꼈다. 그 시각 메러디스 목사는 잠자리에 드는 것도 잊고 아우구스티누스 전기에 푹 빠져 있었다. 그는 새벽녘이 되어서야 책을 덮고 2천 년 전의 문제를 고민하며 2층으로 올라갔다. 여자아이들의 방문은 열려 있었다. 곤히 잠든 페이스의 장밋빛 얼굴이 무척 예뻐 보였다. 그런데 우나는 보이지 않았다. 잉글사이드에 가서 그 집 딸들과 밤새도록 놀고 있는 모양이라고 생각했다. 우나는 가끔씩 그렇게 했고 그때마다 무척 즐거워했으니까. 메러디스 목사는 우나가 어디 있는지도 모르는 자신이 부끄러워서 한숨을 내쉬었다. 문득 아내 생각이 났다. 그녀가 살아 있었다면 지금보다는 우나를 잘 돌봤을 것이다.

예쁘고 쾌활했던 아내 서실리아! 메이워터의 목사관에 울려 퍼지던 그녀의 노랫소리가 귀에 선했다. 하지만 아내는 갑자기 떠나버렸고 웃음소리와 노랫소리가 가득하던 자리에는 침묵만 흘렀다. 너무도 갑작스러운 일이었기에 그때 느꼈던 감정에서 아직 벗어나지 못하고 있었다. 아름답고 생기 있던 아내가 그토록 허망하게 죽다니, 도저히 납득할 수 없었다.

메러디스 목사는 재혼을 진지하게 생각해본 적이 한 번도 없었다. 아내를 깊이 사랑했기에 다시는 그 누구도 사랑할 수 없을 것 같았다. 다만 페이스가 자라면 아이들에게 어머니 역할을 해주지 않을까 막연하게 기대한 적은 있었다. 그때까지는 홀로 최선을 다해야 한다. 목사는 한숨을 쉬며 자기 방으로 갔다. 침구는 흐트러진 상태 그대로였다. 마사 할머니가 침대 정리를 깜빡한 것이다. 목사님 방은 절대로 손대지 말라고 마사 할머니에게 단단히 주의를 들은 터라 메리는 그런 일을 할 엄두도 내지 못했다. 하지만 메러디스 목사는 침구가 흐트러져 있다는 사실조차 알아차리지 못하고, 잠들기 전까지 오직 아우구스티누스만을 생각할 뿐이었다.

10장

목사관 딸들의 대청소

페이스는 몸을 부르르 떨며 일어나 침대에 앉았다.

"아유, 추워. 비가 내리잖아. 주일날 비가 오는 건 정말 싫어. 가뜩이나 따분한 날인데 날씨까지 이 모양이람."

"주일이 따분하다고 말해서는 안 돼."

여전히 잠에 취한 목소리로 우나가 말했다.

"하지만 따분한 건 사실이잖아. 메리 밴스가 주일은 목을 매달고 싶을 만큼 따분하다고 한 말 기억 안 나?"

페이스가 솔직하게 털어놓았지만 늦잠을 잔 것 때문에 마음이 불안했던 우나는 졸음을 떨쳐내려고 애쓰며 대답했다.

"우린 적어도 메리보다는 주일을 좋아해야 해. 우리 아빤 목사님이잖아."

페이스는 스타킹을 찾다가 짜증을 내며 말했다.

"대장장이의 딸로 태어났으면 더 좋았을 텐데. 그러면 사람들이 우리가 다른 아이들에게 본을 보여야 한다고 기대하지는 않을 거잖아. 이것 봐. 스타킹 뒤꿈치에 구멍이 났어. 메리가 같이 살 때는 다 꿰매줬는데, 지금은 옛날처럼 엉망이야. 우나, 일어나. 같이 아침 차려야지. 아빠랑 제리가 얼른 왔으면 좋겠다. 아빠가 보고 싶을 거라고는 생각도 못 했어. 집에 계실 때도 자주 못 봤잖아. 하지만 막상 안 계시니까 집이 텅 빈 것 같네. 우나, 난 마사 할머니가 괜찮으신지 보고 올게."

페이스가 돌아오자 우나가 물었다.

"좀 나아지셨어?"

"아니, 아직 끙끙거리는 걸 보면 여전히 편찮으신가 봐. 블라이드 선생님께 말씀드려야 할 것 같아. 그런데 마사 할머니가 한사코 말리시는 거야. 평생 동안 의사에게 진찰받은 적이 없대. 의사는 사람들에게 독을 먹이면서 돈을 버는 사람들이라나? 너도 그렇게 생각하니?"

우나가 화를 내며 말했다.

"말도 안 돼! 블라이드 선생님이 사람들에게 일부러 독을 먹이실 리 없잖아."

"아무튼 아침을 먹은 다음에 마사 할머니의 등을 다시 주물러 드려야겠어. 수건을 어제처럼 뜨겁게 덥히면 안 될 것 같아."

페이스는 어제 일이 생각나 낄낄거렸다. 하마터면 마사 할머니의 피부를 홀라당 벗겨놓을 뻔했다. 우나는 한숨을 쉬었다.

'메리 밴스라면 아픈 등에 댈 수건을 얼마만큼 뜨겁게 해야 하는지 정확하게 알고 있을 텐데….'

메리는 모르는 게 없었지만 자기들은 아는 게 없었다. 마사 할머니가 이번에 겪은 일처럼 쓰라린 대가를 치르면서 하나씩 배워가야 하는 것일까?

지난 월요일 메러디스 목사는 잠시 휴가를 내어 제리를 데리고 노바스코샤로 갔다. 그런데 하필이면 수요일에 마사 할머니의 원인 모를 고질병이 도졌다. 할머니는 이 증상을 '지지리 궁상병'이라고 불렀는데, 어째서인지 형편이 곤란할 때만 발병하곤 했다. 마사 할머니는 조금만 움직여도 아프다며 침대에서 일어나지도 못했다. 하지만 의사는 절대로 부르지 말라고 난리를 피웠다. 결국 페이스와 우나가 집안일을 하면서 할머니를 간병했다. 둘이 만든 음식의 맛이나 모양은 입에 담기도 부끄러운 수준이었지만, 할머니가 만든 것과 큰 차이는 없었다. 마을에는 사정을 이야기하면 기꺼이 와서 도와줄 부인들이 많았지만, 마사 할머니는 자기의 병을 사람들에게 알리지 못하게 했다.

마사 할머니가 신음하듯 말했다.

"내가 낫기 전까지는 너희가 많이 도와줘야겠다. 존이 여기 없어서 그나마 다행이지. 빵과 고기 요리는 많이 만들어놓았으니 죽은 직접 끓여보도록 해라."

페이스와 우나는 나름 애썼지만 결과는 형편없었다. 첫날 끓인 죽은 너무 묽었다. 다음 날은 너무 걸쭉해서 칼로 잘라도 될 정도였다. 심지어 몽땅 태우기도 했다.

페이스가 짜증스레 말했다.

"난 죽이 싫어. 결혼해도 죽 같은 건 절대 만들지 않을 거야."

우나가 물었다.

"그럼 아이들은 어떻게 하고? 어른들이 그러는데 죽을 안 먹으면 키가 안 큰대."

페이스가 고집을 꺾지 않고 반박했다.

"죽을 먹지 않아도 어떻게든 자라겠지. 그냥 작은 채로 있어도 되고. 자, 우나. 내가 식탁을 차리는 동안 이거 좀 젓고 있어. 잠깐이라도 내버려두면 이 끔찍한 게 다 타버릴 테니까. 아, 벌써 9시 30분이네. 이러다가는 주일학교에 늦겠다."

"지나가는 사람이 아직 안 보이는걸. 오늘은 교회에 오는 신도가 많지 않을 거야. 비가 저렇게 쏟아지는 데다 설교도 없잖아. 사람들이 멀리서 아이들을 데리고 오지도 않을 테지."

"가서 칼을 불러와."

칼은 전날 저녁 무지개 골짜기에서 잠자리를 쫓아다니다가 축축한 땅에 넘어져 흠뻑 젖은 채로 돌아왔다. 집에서도 물이 뚝뚝 떨어지는 양말과 구두를 신고 있었던 탓에 인후염에 걸린 듯했다. 아침도 못 먹을 만큼 상태가 나빠서 페이스는 칼을 다시 침대에 눕혔다. 페이스와 우나는 식탁을 치우지 않고 주일학교에 갔다. 교실은 텅 비어 있었다. 두 아이는 11시까지 기다렸다가 아무도 오지 않자 집으로 돌아왔다.

우나가 말했다.

"감리교회 주일학교도 똑같나 봐. 아무도 안 온 것 같아."

페이스가 대답했다.

"참 다행이야. 비 내리는 주일날 그곳이 우리 교회 주일학교보다 북적거리는 건 싫거든. 하지만 오늘은 감리교회에서도 설교를 안 하니까 어쩌면 주일학교는 오후에 시작할지도 몰라."

우나는 잠자코 설거지를 했다. 메리 밴스에게 배운 터라 제법 능숙했다. 페이스는 바닥을 적당히 쓸고 난 뒤 점심으로 먹을 감자의 껍질을 벗기다가 손가락을 베었다.

우나가 한숨을 쉬며 푸념했다.

“점심에는 디토 말고 다른 음식 좀 먹었으면 좋겠어. 생각만 해도 지겹다고. 잉글사이드 아이들은 디토가 뭔지도 몰라. 우린 집에서 푸딩 같은 것도 못 먹잖아. 낸은 주일날이면 꼭 푸딩을 먹는대. 수전 아주머니가 잊지 않고 식탁에 올린다는 거야. 왜 우린 남들처럼 살지 못하는 걸까?”

페이스는 피가 나는 손가락을 싸매며 웃었다.

“난 다른 사람들처럼 되고 싶지 않아. 난 그냥 나잖아. 남들과 똑같이 살면 얼마나 재미없겠어? 제시 드루는 자기 엄마를 닮아서 집안일을 잘하지만, 난 걔처럼 멍청해지고 싶진 않거든.”

“그래도 우리 집은 뭔가 이상해. 메리가 그러는데, 다들 우리 집이 너무 지저분하다고 흉을 본다는 거야.”

페이스는 문득 좋은 생각이 났다.

“우리가 집을 깨끗이 청소하자. 내일 해치우는 거야. 마사 할머니도 누워 계시니 우릴 방해할 사람은 없어. 지금이 좋은 기회라고. 아버지가 돌아오시기 전까지 멋지고 깨끗하게 만들어 놓자. 메리가 있었을 때처럼 해보는 거야. 바닥을 쓸고 먼지를 털고 창문을 닦는 건 누구든 할 수 있어. 그러면 우리한테 뭐라고 하는 사람도 없을 거야. 젬은 못된 할머니들만 그런 말을 한다고 그랬지만, 누가 말했든 기분 좋은 소리는 아니잖아.”

우나가 신이 나서 말했다.

"내일은 날씨가 맑았으면 좋겠어. 우리 집이 다른 집들처럼 깨끗해지면 얼마나 멋질까?"

페이스가 말했다.

"마사 할머니의 지지리 궁상병이 내일도 계속되길! 안 그러면 우린 아무것도 할 수 없을 거야."

페이스의 애틋한 소원은 이루어졌다. 다음 날에도 마사 할머니는 자리에서 일어나지 못했다. 칼도 여전히 침대에 누워 있었다. 주의 깊은 어머니라면 칼을 곧바로 의사에게 데려갔겠지만, 두 누나는 막냇동생이 얼마나 아픈지 가늠할 수가 없었다. 가엾은 칼은 목이 붓고 머리가 지끈거리고 열이 나서 뺨이 벌게졌지만 꾸깃꾸깃한 잠옷을 입고 몸을 웅크린 채로 누워서 혼자 아픔을 견뎌야 했다. 그나마 누더기 같은 잠옷 주머니에 들어 있던 초록색 도마뱀 덕분에 위안을 얻을 수 있었다.

비가 그치고 여름 햇살이 세상을 환하게 비췄다. 대청소를 하기에 더없이 좋은 날이어서 페이스와 우나는 즐거운 마음으로 일하기 시작했다.

"식당과 응접실을 청소하자. 서재는 건드리면 안 되고 2층에서는 별로 할 일이 없잖아. 우선 여기 있는 물건들을 전부 밖으로 내놓아야겠어."

페이스의 말에 따라 모든 물건을 밖으로 내놓았다. 베란다와 잔디밭에 가구들을 쌓아놓았고 감리교회 묘지 울타리에는 형형색색의 양탄자와 깔개를 널어두었다. 그런 다음 본격적으로 청소를 시작했다. 우나는 먼지를 털었고 페이스는 식당 창문을 닦았다. 그러다가 유리창 한 장을 깨뜨렸고 두 장은 금이 가게 만들었다. 닦기는 했지만 더러운 자국이 그대로 남아 있는 유리창을 보며 우나는 탐탁지 않은 표정을 지었다.

"제대로 닦은 거 맞아? 엘리엇 아주머니랑 수전 아주머니가 닦은 유리창에선 반짝반짝 빛이 나던데."

페이스가 쾌활하게 말했다.

"괜찮아. 그래도 햇빛은 잘 들어오잖아. 비누랑 물로 닦았으니 이 정도면 충분해. 벌써 11시네. 바닥에 지저분하게 어질러져 있는 것들을 치우고 밖으로 나가자. 네가 가구의 먼지를 털면 나는 깔개를 털게. 묘지에서 하는 게 좋겠어. 잔디밭에서 먼지를 풀풀 날리고 싶지는 않으니까."

페이스는 즐겁게 깔개를 털었다. 헤저키어 폴록의 비석 위에 서서 깔개를 털고 흔들어대는 일은 정말 재미있었다. 때마침 에이브러햄 클로 장로와 부인이 큼직한 2인승 마차를 타고 지나가다가 못마땅한 얼굴로 페이스를 바라보았다.

에이브러햄 장로가 굳은 얼굴로 말했다.

"저 아이들이 대체 무슨 짓을 하는 거야?"

장로의 부인이 한층 더 굳은 얼굴로 말했다.

"눈으로 직접 보지 않았다면 절대 믿지 못했을 거예요."

페이스는 쾌활한 표정으로 클로 일행에게 현관 매트를 흔들어보였다. 장로 부부는 인사를 받아주지 않았지만 페이스는 아무렇지도 않았다. 에이브러햄 장로가 14년 전부터 주일학교 교장으로 일하기 시작한 뒤로 좀처럼 웃지 않았다는 사실을 모르는 사람이 없었기 때문이다. 하지만 미니와 애덜러 클로가 손을 흔들어주지 않았을 때는 페이스도 조금 상처를 받았다. 페이스는 미니와 애딜러를 좋아했다. 두 아이는 학교에서 블라이드네 아이들 다음으로 친한 사이였으며 페이스는 애딜러의 수학 공부를 도와주기도 했다. 그 고마움을 이렇게 갚다니! 메리 밴스가 했던 말처럼 요 몇 년 동안 장사 지낸 사람도 없는 오래된 묘지에서 깔개 먼지 좀 털었다고 친구에게 이토록 상처를 주다니. 화가 난 페이스가 베란다로 뛰어오자 우나도 클로네 아이들이 인사를 하지 않았다며 속상해하고 있었다.

페이스가 말했다.

"걔네들은 뭔가 화난 것처럼 보였어. 우리가 무지개 골짜기에서 블라이드네 아이들과 자주 노는 걸 보고 질투하는 모양이야. 어디, 개학만 해보라지. 애딜러가 수학 문제 푸는 걸 물어봐도 무시할 거야. 그대로 되갚아줄 거라고. 자, 물건을 다시 들여놓자. 피곤해서 죽을 것 같은데 청소를 시작하기 전보다 더 좋아보이지도 않는 것 같아. 묘지에서 먼지를 다 털었는데도 그러네. 이러니 내가 대청소를 싫어하지."

대청소는 오후 2시가 되어서야 끝났다. 녹초가 된 두 사람은 점심을 대충 때운 뒤 곧바로 설거지를 하려고 했다. 그런데 페이스는 다이가 빌려준 새 이야기책을 무심코 집어 들었다가 해가 질 때까지 붙들고 있었다. 우나는 맛이 지독한 차 한 잔을 칼에게 주려고 가져갔는데, 칼이 곤하게 자고 있어서 잠시 쉴 생각으로 제리의 침대에 누웠다가 까무룩 잠이 들어버렸다.

그러는 동안 글렌세인트메리 마을에 이상한 소문이 퍼졌다. 사람들은 목사관 여자아이들이 한 일에 대해 심각한 표정으로 이야기를 나누었다.

코닐리어가 한숨을 무겁게 쉬며 남편에게 말했다.

"이건 가벼운 문제가 아니에요. 처음에는 귀를 의심했죠. 오늘 오후 미란다 드루가 감리교회 주일학교에서 돌아오는 길에 이 이야기를 해줬을 때만 해도 그냥 웃어넘겼거든요. 그런데 에이브러햄 장로님의 부인이 말하길, 자기와 남편이 두 눈으로 똑똑히 봤다는 거예요."

"뭘 봤다는 거요?"

"페이스와 우나가 주일학교도 가지 않고 집에 남아서 청소를 했다지 뭐예요. 에이브러햄 장로님이 도서관 책을 정리하느라 교회에서 조금 늦게 나왔는데, 집으로 가는 길에 목사관의 두 여자아이가 감리교회 묘지에서 현관 깔개를 털고 있는 걸 봤대요. 이제 다시는 감리교인들 앞에서 얼굴을 들 수 없을 거예요. 얼마나 어처구니없는 말들이 오갈지 생각 좀 해보라고요!"

코닐리어의 말투와 표정으로 미루어 보면 골치 아픈 일이 벌어진 것은 분명했다. 그녀가 예상한 것처럼 이런저런 말들이 나와서 여기저기로 퍼졌다. 항구 건너편 사람들의 귀에 들어갈 때쯤에는 목사관 아이들이 주일에 청소와 빨래를 했을 뿐만 아니라 감리교회 주일학교가 열리는 시간에 묘지로 소풍을 갔다는 이야기로 부풀려졌다. 이 무시무시한 소문이 전해지지 않은 곳은 오직 목사관뿐이었다. 페이스와 우나가 화요일이라고 굳게 믿었던 날에 비가 내렸고, 그 뒤로 사흘 동안이나 비가 그치지 않았던 탓에 목사관을 찾아온 사람이 아무도 없었을뿐더러 아이들도 밖에 나가지 않았기 때문이다. 안개 낀 무지개 골짜기를 지나 잉글사이드로 갈 수도 있었지만, 하필이면 그때 수전과 의사 선생을 제외한 나머지 가족이 에리번리에 가 있었다.

페이스가 말했다.

"이게 마지막 남은 빵이야. 디토도 다 떨어졌어. 마사 할머니가 얼른 낫지 않으면 우린 어떻게 해야 하지?"

우나가 말했다.

"마을에서 빵을 좀 사 오면 되잖아. 메리가 말려놓은 대구도 있고. 그런데 대구를 어떻게 요리해야 하는지 모르겠어."

페이스가 웃었다.

"아, 그건 쉬워. 그냥 끓이면 돼."

두 아이는 대구를 냄비에 넣고 끓였다. 하지만 미리 물에 담가놓아서 소금기를 빼야 한다는 것까지는 몰랐다. 결국 대구 요리는 너무 짜서 먹을 수 없었고, 그날 밤 아이들은 배가 등에 붙을 지경이 되어 잠자리에 들었다. 하지만 날이 밝으면서 둘의 고생도 끝났다. 햇빛이 세상을 다시 환하게 비추면서 칼은 씻은 듯 회복되었고, 마사 할머니의 지지리 궁상병도 갑자기 생긴 것과 똑같이 순식간에 사라져버렸다. 정육점 주인이 목사관을 찾아와 고기를 전해주면서 굶주림도 면하게 되었다. 무엇보다 기쁜 일은 그날 저녁에 있었다. 블라이드네 아이들이 돌아왔고, 목사관 아이들과 메리 밴스까지 무지개 골짜기에 모여 해 지는 모습을 함께 바라본 것이다. 데이지꽃이 이슬 요정처럼 풀밭 여기저기에 피었고, 연인의 나무에 매달린 방울에서 나는 요정의 종소리가 향기로운 황혼 사이로 울려 퍼졌다.

11장

등골 오싹한 깨달음

"세상에, 너희 정말 엄청난 짓을 저질렀더라."

메리가 무지개 골짜기로 오자마자 던진 인사말이었다. 그 시각 잉글사이드에서는 코닐리어와 앤과 수전이 고뇌에 찬 비밀 회의를 열었고, 메리는 이 모임이 길어졌으면 좋겠다고 생각했다. 무려 두 주 만에 정다운 무지개 골짜기에서 친구들과 놀게 되었기 때문이다.

"그게 무슨 말이야?"

아이들이 한목소리로 물었다. 단 한 사람, 월터만 빼고. 월터는 언제나처럼 공상에 빠져 있었다.

"너희 목사관 아이들 이야기야. 너희가 말도 안 되는 일을 벌였잖아. 나 같으면 엄두도 못 냈을 거야. 목사관에서 자라지 않은 나도 그런 짓까지는 안 해. 물론 난 누가 키워준 게 아니라 혼자 자란 것이나 다름없지만.”

메리의 말을 듣고 어안이 벙벙해진 페이스가 물었다.

“우리가 뭘 어쨌다는 거야?”

“뭘 했냐고? 정말 모르는 거야? 끔찍한 이야기가 돌고 있어. 이제 너희 아버지는 교회 신자들에게 얼굴도 못 들 거야. 다시 인심을 얻기는 어려울 것 같아. 다들 목사님 탓을 하고 있으니까. 물론 그게 공정한 건 아니야. 하지만 세상이 꼭 공정하게 돌아가지는 않잖아. 아무튼 너희는 반성 좀 해야 해.”

“우리가 대체 무슨 짓을 저질렀다고 그래?”

우나가 울먹거리며 다시 물었다. 페이스는 말없이 금갈색 눈을 반짝거리며 메리를 노려보고 있었다. 하지만 메리는 여전히 시큰둥한 표정으로 말했다.

“시치미 떼지 마. 너희가 뭘 했는지는 다들 알고 있어.”

젬 블라이드가 화난 얼굴로 끼어들었다.

“난 몰라. 메리 밴스, 우나를 울리면 가만두지 않을 거야. 대체 무슨 말을 하고 있는 거니?”

젬에게만큼은 꼼짝 못 하는 메리가 조금 누그러진 말투로 이야기했다.

“너희는 모르는 게 당연하지. 이제 막 돌아왔잖아. 하지만 마을 사람들은 다 알고 있어. 정말이야.”

“뭘 안다는 건데?”

“페이스와 우나가 지난 주일에 주일학교에도 안 가고 집에 남아 청소한 일을 말하는 거야.”

“뭐라고? 우린 그런 적 없어.”

깜짝 놀란 페이스와 우나가 고갯짓을 하며 소리쳤다. 메리는 업신여기는 듯한 눈으로 두 사람을 바라보았다.

"나더러 거짓말하지 말라고 그렇게 잔소리하더니, 정작 너희가 거짓말을 할 줄은 몰랐네. 안 했다고 잡아떼도 소용없어. 너희가 그랬다는 건 다들 알고 있으니까. 클로 장로님 부부가 똑똑히 봤대. 이 일로 교회에 큰 문제가 생길 거라고 말하는 사람들도 있지만, 난 그렇게까지 생각하진 않아. 너희는 참 괜찮은 아이들이니까."

낸 블라이드는 벌떡 일어나서 멍하게 있던 페이스와 우나를 껴안았다. 그런 다음 메리를 향해 말했다.

"괜찮은 아이들이 맞아. 네가 테일러 아저씨 헛간에서 굶어 죽을 뻔했을 때 집에 데려가 먹을 것과 옷을 주었잖아. 메리 밴스, 넌 얘들에게 고마워해야 해."

메리가 쏘아붙였다.

"그래, 고맙다. 그동안 난 무슨 소리가 나와도 메러디스 목사님 편을 들었어. 이번 주 내내 그러다가 혀에 물집이 잡히는 줄 알았다고. 아이들이 일요일에 대청소를 한 건 목사님 잘못이 아니라고 몇 번이나 말했어. 목사님은 집에 없었으니까. 물론 그런 건 욕하는 사람들도 알고 있는 사실이지만."

우나가 반박했다.

"하지만 우린 안 그랬어. 우리가 대청소한 날은 월요일이었어. 그렇지, 페이스?"

페이스가 눈을 반짝이며 말했다.

"맞아. 우린 비가 왔는데도 주일학교에 갔어. 그런데 아무도 오지 않더라. 심지어 에이브러햄 장로님도 안 왔어. 날씨가 좋은 날에만 기독교인처럼 군다고 사람들에게 잔소리해대던 분이 어떻게 그럴 수 있지?"

메리가 말했다.

"비가 온 날은 토요일이야. 주일에는 날씨가 비단처럼 맑았어. 난 그날 이가 아파서 주일학교에 못 갔지만, 다녀온 사람들이 그러는데 너희 집 물건이 죄다 잔디밭에 나와 있더래. 그리고 에이브러햄 장로님과 부인은 너희가 묘지에서 깔개를 터는 걸 똑똑히 봤대."

우나는 데이지꽃 사이에 주저앉아 울기 시작했다. 그러자 젬이 단호하게 말했다.

"좋아, 이건 분명히 해야 해. 순전히 실수였던 거야. 주일에는 날씨가 맑았던 게 확실해. 페이스, 어떻게 토요일을 주일이라고 생각한 거야?"

페이스가 외쳤다.

"목요일 밤에 기도회가 있었잖아. 그리고 애덤이 마사 할머니의 고양이한테 쫓기다가 수프 냄비에 뛰어드는 바람에 우리 점심을 망쳐버렸고, 토요일에는 지하실로 들어온 뱀을 칼이 부지깽이로 잡아다가 밖에 던졌어. 일요일에는 비가 내렸지. 그러니까 그날은 일요일 맞아!"

메리가 말했다.

"아니야, 기도회는 수요일 밤이었어. 백스터 장로님이 인도하기로 했는데 목요일 밤에 일이 있다고 수요일로 바꿨거든. 페이스 메러디스, 넌 딱 하루를 착각한 거야. 그러니까 일요일에 그

난리를 부린 거라고."

갑자기 페이스가 웃음을 터뜨렸다.

"아, 그렇게 된 거로구나. 정말 웃긴다!"

메리가 심술궂게 말했다.

"너희 아버지한테는 별로 우스운 일이 아닐걸?"

페이스가 가벼운 마음으로 말했다.

"그건 단지 실수였다는 걸 사람들에게 알려주면 되잖아. 우리가 해명할게."

메리가 말했다.

"얼굴이 시뻘게지도록 열을 내면서 해명하고 다닐 순 있겠지. 하지만 이런 오해는 해명보다 훨씬 빨리 퍼지는 법이야. 너희보다는 내가 세상 경험이 더 많으니까 잘 알아. 게다가 그게 실수였다고 믿지 않는 사람들도 많을 거야."

페이스가 말했다.

"내가 솔직히 이야기하면 다들 믿어줄 거야."

메리가 말했다.

"말도 안 되는 소리야. 모든 사람을 다 만나서 해명할 순 없잖아. 아무튼 너희는 아버지 얼굴에 먹칠을 한 거야."

우나는 이 끔찍한 일을 걱정하느라 저녁 시간을 망쳐버렸다. 하지만 페이스는 과거의 실수에 매여 있지 않고 현재의 즐거움을 만끽했다. 그러면서 어그러진 상황을 바로잡을 계획을 차근차근 세워나갔다.

젬은 낚시를 하러 갔고 월터는 공상의 세계에서 빠져나와 아이들에게 천국의 숲을 이야기해주었다. 메리는 감탄하는 얼굴로 귀를 기울였다. 메리는 월터를 대할 때 조심스러운 마음이 들었지만, 월터가 들려주는 이야기는 무척 좋아했다. 그날 콜리지의 시를 읽은 월터는 천국의 모습을 눈으로 직접 본 것처럼 생생하게 묘사했다.

> 정원에는 빛나는 실개천이 굽이치며 흐르고
> 향기로운 나무들이 꽃을 피웠네.
> 태곳적 언덕만큼 오랜 세월을 지내온 숲은
> 양지바른 초록빛 땅을 품에 안고 있었네.•

메리가 긴 숨을 내쉬며 말했다.

"천국에도 숲이 있는지는 몰랐어. 길만 있는 줄 알았지. 여기에도 길, 저기에도 길…."

낸이 말했다.

"당연히 천국에는 숲도 있어. 우리 엄마는 나무 없는 곳에선 살 수 없다고 하셨어. 나도 마찬가지야. 그러니까 천국에 숲이 없다면 그곳에 가봤자 무슨 소용이 있겠니?"

어린 몽상가가 말했다.

"천국에는 도시도 있어. 노을빛으로 물든 아주 멋진 도시야. 그 안에는 사파이어 탑과 무지개 돔이 있어. 건물은 황금과 다이아몬드로 지었지. 다이아몬드가 깔린 길이 태양처럼 빛나고, 광장에는 수정 분수가 반짝거리며, 곳곳에 아스포델이 피어 있

• 영국 작가 새뮤얼 콜리지(1772-1834)의 시 〈쿠블라 칸〉의 일부분

어. 천국의 꽃 말이야.”

메리가 감탄했다.

“정말 멋지다! 샬럿타운의 번화가에 가본 적이 있었는데, 그 곳이 참 웅장하다고 생각했어. 하지만 천국에 비하면 아무것도 아니겠지? 음, 네 말을 듣고 있으면 천국이 정말 멋진 곳 같기는 한데, 한편으로는 지루하게 느껴지기도 해.”

페이스가 문제없다는 듯 말했다.

“천사들이 등을 돌리고 다른 데 보고 있을 때는 우리끼리 재미있게 놀 수 있을 거야.”

다이가 단언했다.

“천국에는 재미있는 일만 있어.”

“성경에는 그런 말이 없잖아!”

메리가 큰 소리로 반박했다. 메리는 일요일 오후마다 코닐리어의 감시를 받으며 성경을 읽어왔기 때문에 자기가 성경에 대해서는 빠삭하다고 자부했다.

낸이 말했다.

“엄마가 그러셨는데 성경에 쓰인 내용은 모두 비유래.”

메리가 기대 어린 얼굴로 물었다.

“그럼 사실이 아니라는 거야?”

“아니, 꼭 그렇다는 건 아냐. 하지만 천국은 우리가 바라는 모습과 같을 거라고 생각해.”

메리가 말했다.

“난 천국이 무지개 골짜기 같은 곳이었으면 좋겠어. 지금처럼 너희 모두와 이야기하고 놀 수 있는 곳이면 충분해. 어쨌든 우린 죽기 전까지 천국에 갈 수 없잖아. 그러니까 천국이 어떤 곳이냐로 고민할 필요는 없어. 아, 젬이 송어 몇 마리를 잡아왔네. 이제 내가 구울 차례야."

그날 밤 집으로 돌아오는 길에 우나가 말했다.

"우린 월터보다 천국에 대해 더 많이 알고 있어야 해. 우리는 목사님의 자녀잖아."

페이스가 말했다.

"우리도 충분히 알고 있어. 월터는 상상력이 무척 뛰어날 뿐이야. 엘리엇 아주머니가 그러는데, 월터는 자기 엄마한데 상상력을 물려받았대."

우나가 한숨을 쉬었다.

"우리가 요일을 착각하지 않았더라면 좋았을 텐데."

페이스가 안심시켰다.

"그건 걱정 마. 모두에게 해명할 수 있는 좋은 방법을 생각해 놨어. 내일 저녁까지만 기다려."

12장

용기 있는 해명

다음 날 저녁 쿠퍼 목사가 글렌세인트메리 교회의 설교단에 서기로 하자 예배당 안은 곳곳에서 몰려든 사람들로 발 디딜 틈이 없었다. 박사학위까지 취득한 쿠퍼 목사는 탁월한 설교자로 명성이 높았다. 그는 "가장 좋은 옷은 도시에서 입고 가장 좋은 설교는 시골에서 하라"라는 격언대로 이날 수준 높고 감동적인 설교를 했다. 하지만 그날 밤 사람들이 집으로 돌아오면서 나눈 이야기의 소재는 쿠퍼 목사의 설교가 아니었다. 도리어 신자들은 설교 내용이 무엇이었는지 까맣게 잊어버렸다.

열정적으로 호소하며 설교를 끝낸 쿠퍼 목사는 커다란 이마에 맺힌 땀을 닦았다. 이어서 자기의 전매특허나 다름없는 "기도합시다"라는 말을 시작으로 명성에 걸맞은 기도를 했다. 잠시 동안 침묵이 흐르고 헌금 시간이 되었다. 글렌세인트메리 교회에서는 설교가 끝난 뒤 헌금을 걷었는데, 그처럼 옛 방식을 고수하는 이유가 있었다. 감리교회가 새 방식을 채택하자 그것을 따라 할 수는 없다며 코닐리어와 클로 장로가 끝끝내 고집을 부렸기 때문이었다.

찰스 백스터와 토머스 더글러스가 헌금 바구니를 돌리기 위해 막 일어나려던 참이었다. 오르간 반주자는 찬송가의 전주를 연주했고 성가대원들은 목을 가다듬고 있었다. 그때 갑자기 페이스 메러디스가 목사 가족석에서 일어나 설교단으로 올라가더니 깜짝 놀란 신도들을 마주 보며 섰다.

코닐리어는 반쯤 일어섰다가 다시 앉았다. 자리가 설교단과 너무 멀리 떨어져 있어서 페이스를 말리러 가기에는 이미 늦었기 때문이다. 게다가 자기가 나서면 더 큰 소동이 벌어질 가능성도 있었다. 그녀는 앤과 감리교회의 워런 집사를 괴로운 눈초리로 바라보면서 다시금 이상한 소문이 돈다 해도 어쩔 수 없다고 체념했다.

'저 아이가 옷이라도 단정하게 입었더라면 좋았을 텐데.'

코닐리어는 마음속으로 신음했다. 페이스는 하필이면 낡고 색이 바랜 분홍 무늬 드레스를 입고 있었다. 자기가 입던 가장 좋은 드레스에는 잉크를 쏟았던 것이다. 치마 쪽 찢어진 부분은 진홍색 무명실로 기웠고, 치맛단을 아래로 내린 탓에 선명한 무늬가 빙 둘러져 있었지만 페이스에게 옷차림 따위는 아무런 문제가 되지 않았다. 그저 사람들 앞에 서 있는 것이 긴장될 뿐이었다. 상상할 때만 해도 쉬워 보였지만 막상 해보니 입이 떨어지지 않았던 것이다. 의아한 눈으로 바라보는 사람들의 얼굴을 마주하자 페이스는 점점 용기를 잃어갔다. 불빛은 유난히 환했고, 주위에는 무거운 침묵이 감돌았다. 페이스는 덜컥 겁이 났다. 도저히 말을 할 수 없을 것 같았다. 그래도 포기할 수는 없었다. 아버지가 쓴 누명을 벗겨드려야 했다. 그렇지만 입술이 찰싹 달라붙어서 떨어지지 않았다.

목사관 가족석에서는 우나가 애원하는 눈빛으로 페이스를 바라보고 있었다. 우나의 작은 얼굴이 진주처럼 파리해졌다. 잉글사이드 아이들은 놀라서 어쩔 줄 몰라 하는 기색이었다. 2층석 아래쪽에서는 로즈메리 웨스트가 상냥하게 미소 짓고 있었다. 그 옆에는 엘런 웨스트가 흥미로운 표정으로 앉아 있었다. 하지만 이들 중 누구도 페이스에게 힘이 되지는 않았다.

이런 상황에서 페이스를 구해준 사람은 버티 셰익스피어 드루였다. 버티 셰익스피어는 2층석 앞자리에 앉아 페이스를 비웃고 있었다. 페이스는 즉시 얼굴을 찌푸리며 맞섰다. 버티 셰익스피어 따위에게 놀림을 받았다는 분노가 일자 페이스는 두려움을 잊고 또박또박 말하기 시작했다.

"해명해야 할 일이 있습니다. 모든 분이 들어주시길 바라기 때문에 이 자리에 나와서 말씀드리는 거예요. 지금 마을에는 우나와 제가 지난 주일날 교회에 가지 않고 집에 남아 청소했다는 말이 돌고 있습니다. 사실이긴 해요. 하지만 일부러 그런 건 아니었습니다. 우린 요일을 혼동했던 거예요. 모두 백스터 장로님 때문에 벌어진 일입니다."

백스터 가족 자리에서 웅성거리는 소리가 들렸다. 페이스가 계속 말을 이었다.

"장로님이 기도회를 수요일 저녁으로 바꾸셨어요. 그래서 우리는 목요일을 금요일로, 토요일을 주일로 착각했던 겁니다. 칼은 아파서 누워 있었고 마사 할머니도 몸이 불편했습니다. 그런 상황이다 보니 우리에게 잘못을 깨우쳐줄 사람이 없었어요. 우리는 토요일에 비가 그렇게 많이 오는데도 주일학교에 갔습니다. 하지만 교회에는 우리 말고 아무도 없었어요. 집에 돌아온 우리는 월요일에 대청소를 하기로 결심했습니다. 더는 못된 할머니들에게 목사관이 더럽다는 말을 듣고 싶지 않았거든요."

교회 전체가 술렁거렸다.

"그래서 대청소를 했습니다. 저는 감리교회 묘지에서 깔개를 털었어요. 죽은 사람들을 모욕한 것이 아니라 거기가 깔개를 털기에 좋은 곳이라서 그랬을 뿐입니다. 무덤에 묻힌 사람들은 이 일로 아무런 말도 하지 않았어요. 도리어 살아 있는 사람들만 뭐라고 했습니다. 우리 실수를 아빠 탓으로 돌리는 것은 옳지 않다고 생각합니다. 아빠는 그날 집에 안 계셔서 아무것도 모르기 때문입니다. 어쨌든 우리는 그날을 월요일이라고 생각했습니다. 그리고 저는 세상 누구보다 훌륭한 아빠를 두었습니다. 우리는 아빠를 진심으로 사랑합니다."

페이스는 흐느끼며 이야기를 마쳤다. 샘솟았던 용기도 어느덧 사그라들었다. 페이스는 순식간에 계단을 달려 내려와 교회 옆문으로 뛰쳐나갔다. 여름밤의 다정한 별빛이 페이스를 위로해주었다. 시간이 지나서 눈과 목의 아픔도 가라앉자 페이스는 무척 행복한 기분이 들었다. 끔찍했던 해명 시간이 끝났다. 이제는 다들 아버지의 잘못이 아니라는 걸 깨달았을 테고, 자기와 우나가 일요일인 줄 알면서 대청소를 할 만큼 나쁜 아이가 아니라는 사실도 알아줄 것이라고 페이스는 기대했다.

사람들이 멍하니 서로의 얼굴을 바라보고만 있을 때 토머스 더글러스는 근엄한 얼굴로 일어나 통로를 돌기 시작했다. 그의 의무는 하늘이 무너지더라도 헌금을 걷는 것이기 때문이다. 헌금 시간이 끝나고 성가대가 찬송가를 불렀지만 본인들도 엉망이라고 느낄 만큼 화음이 맞지 않았다. 쿠퍼 목사는 축복 기도를 했지만 평소처럼 열성적인 모습은 아니었다. 그는 유머 감각이 있는 사람이었기에 페이스의 행동을 흥밋거리로 여겼다. 게다가 메러디스 목사는 장로교 목사들 사이에서 독특하다고 알려진 인물이기도 했다.

메러디스 목사는 다음 날 오후에 집으로 돌아왔지만, 그가 도착하기 전에 페이스가 또다시 마을을 떠들썩하게 할 만한 일을 저질렀다. 일요일 저녁에 느꼈던 중압감과 긴장에 대한 반작용 탓인지 월요일이 되자 페이스의 머릿속은 코닐리어가 '악마의 소행'이라고 부를 법한 장난기로 가득 찼다. 악마의 속삭임에 굴복한 페이스는 월터 블라이드가 돼지 등에 올라타서 마을 큰길을 달려가도록 부추겼고 자기도 다른 돼지의 등에 올라타서 그 뒤를 따라갔다. 길쭉하지만 비쩍 바른 두 돼지는 버티 셰익스피어 드루의 아버지가 키우던 것이었는데 지난 몇 주 동안 목사관 옆 길가를 돌아다니고 있었다. 월터는 돼지 등에 타고 싶지 않았으나 페이스의 고집을 꺾을 수 없어서 어쩔 수 없이 시키는 대로 했다. 두 아이는 언덕을 뛰어내리고 마을을 가로질렀다. 페이스는 겁에 질린 돼지 위에서 허리가 꺾일 정도로 크게 웃었고 월터는 부끄러워서 얼굴이 시뻘겋게 달아올랐다. 두 아이는 때마침 역에서 집으로 가는 중이던 목사를 정신없이 지나쳐 갔다. 평소보다 정신이 또렷했던 목사는 두 아이를 한눈에 알아보았다(목사가 코닐리어와 기차에서 이야기를 나누었던 덕분이다. 코닐리어는 목사가 얼마 동안 정신을 차리게 만들 수 있는 사람이었다). 그는 집에 가면 페이스와 이 일에 관해 대화하면서 그런 행동은 적절하지 않다는 것을 일깨워주어야겠다고 생각했다. 하지만 집에 도착하자마자 이런 사소한 일은 모두 잊어버렸다.

한편 두 아이가 옆을 지나갔을 때 데이비스 부인은 공포에 질려 소리쳤고, 로즈메리 웨스트는 웃으며 한숨을 쉬었다. 돼지들은 버티 셰익스피어 드루의 뒷마당에 처박혔고 엄청난 충격을 받았는지 다시는 뒷마당 밖으로 나오지 않았다.

페이스와 월터가 돼지 등에서 뛰어내릴 때 블라이드 부부가 마차를 타고 달려왔다. 길버트가 짐짓 엄한 표정으로 말했다.

"이게 바로 당신이 아들을 키우는 방법이군."

앤이 후회하는 눈빛으로 말했다.

"내가 아이들 버릇을 망치고 있나 봐. 하지만 길버트, 초록지붕집에 오기 전 내 어린 시절을 생각하면 아이들을 엄격하게 대하기가 어려워. 사랑에 굶주려 있었고 일만 하느라 놀지도 못했거든. 우리 아이들은 목사관 아이들과 친구가 되어서 정말 즐겁게 지내고 있어."

길버트가 물었다.

"저 가엾은 돼지들은 무슨 죄야?"

앤은 진지한 얼굴로 반박하려고 했지만 쉽지 않았다.

"돼지들이 정말 상처받았다고 생각하는 거야? 저 녀석들은 아무렇지도 않을 거야. 그리고 올여름 내내 이 동네의 골칫거리였는데 드루 씨 가족은 쟤네를 가두기는커녕 저대로 내버려두었잖아. 그래도 내가 월터를 잘 타이를게. 말할 때 웃음이 나오지 않길 바라야겠지만."

그날 저녁 코닐리어는 일요일 밤에 벌어진 일을 털어놓고 속상한 마음을 달래고자 잉글사이드로 찾아왔다. 코닐리어는 앤이 페이스의 행동에 대해 자기와 다른 견해를 가졌다는 사실을 알고 깜짝 놀랐다.

앤이 말했다.

"페이스가 사람들 앞에 나선 것은 용감한 행동이었다고 생각해요. 그 아이의 말에는 마음을 움직이는 힘이 있었어요. 페이스가 죽을 만큼 겁에 질려 있었던 건 아셨죠? 하지만 아버지에게는 잘못이 없다는 사실을 꼭 밝히고 싶었던 거예요. 전 그 아이의 그런 점이 좋아요."

코닐리어가 한숨을 쉬었다.

"아, 물론 그 가엾은 아이는 좋은 뜻으로 그랬던 거예요. 하지만 터무니없는 짓을 한 건 사실이죠. 주일에 대청소를 한 것보다 더 많은 말이 돌고 있어요. 대청소 이야기는 사그라지기 시작했는데 새로운 소문이 다시 퍼지기 시작한 거라고요. 로즈메리 웨스트도 앤처럼 생각하는 것 같더군요. 페이스가 결단력 있게 행동하긴 했지만 안타까운 마음도 들었다고 어젯밤 교회에서 나올 때 말했으니까요. 엘런은 모든 게 재미있는 농담 같았대요. 오랫동안 교회에 다녔지만 이렇게 즐거웠던 적은 없었다고 하네요. 물론 두 사람에게는 그리 신경 쓸 일도 아니었을 테지만요. 로즈메리와 엘런은 성공회 신자들이잖아요. 하지만 우리 장로교인들은 달라요. 게다가 어젯밤 그곳에는 호텔에서 묵고 있는 사람들도 많았고 감리교회에 다니는 사람도 수십 명이나 있었어요. 리앤더 크로퍼드 부인은 마음이 많이 상했는지 울기까지 하던데요. 데이비스 부인은 저 말괄량이의 볼기짝을 때려야 한다고 했어요."

수전이 경멸하는 얼굴로 말했다.

"리앤더 크로퍼드 부인은 그 일이 아니더라도 교회에서 늘 울던데요. 목사님이 감동적인 말을 할 때마다 눈물을 흘리죠. 하지만 헌금을 낸 사람 명단에는 이름이 어쩌다가 한 번씩만 보여요. 그냥 울어대는 게 헌금을 내는 것보다 싸게 먹힌다고 생각하는 것 아닐까요? 언젠가 크로퍼드 부인이 마사 할머니가 집안일을 엉망으로 한다고 흉본 적 있어요. 그때 전 이렇게 쏘아붙이고 싶었죠. '부인이 설거지통에다 케이크 가루를 넣고 반죽한다는 걸 다들 알고 있어요!' 하지만 전 그렇게 말하지 않았어요, 사모님. 그런 사람과 언쟁해봤자 결국 똑같은 부류가 되는 거니까요. 저도 그 정도 자존심은 있거든요. 물론 마음만 먹으면 크로퍼드 부인보다 더 심한 말을 할 수 있지만요. 데이비스 부인도 그래요. 만약 그녀가 제게 그런 말을 했다면 전 이렇게 대꾸했을 거예요. '페이스의 볼기짝을 때려주고 싶은 심정이야 이해가 가지만, 부인에게는 목사님 딸의 엉덩이를 때릴 기회가 이 세상에서건 저 세상에서건 절대 없을 거예요'라고요."

코닐리어가 또다시 한탄했다.

"페이스가 옷이라도 번듯하게 입었더라면 상황이 이렇게 나빠지지는 않았을 거예요. 그런 옷을 입고 설교단에 섰으니 더더욱 기가 막힐 따름이죠."

수전이 말했다.

"사모님, 그래도 옷은 깔끔했어요. 목사관 아이들은 부주의하고 당돌한 구석이 있긴 하지만 옷은 단정하게 입고 다녀요. 귀 뒤쪽도 잘 씻어서 깨끗하고요."

코닐리어는 고집을 꺾지 않았다.

"주일과 다른 날을 분간하지 못한 걸 보면 페이스는 커서 아버지처럼 무심하고 무신경한 사람이 될 거예요. 칼이 아프지만 않았어도 그런 일이 일어나진 않았을 텐데…. 어쩌다 탈이 났는지는 모르겠지만, 아마도 묘지에서 자라는 블루베리를 먹었을 거예요. 그런 걸 먹고 병이 안 나는 게 이상하죠. 내가 감리교인이라면 적어도 묘지는 깨끗하게 유지하려고 신경 쓸 거예요."

수전이 자신 있게 말했다.

"칼은 돌담에서 자라는 시큼한 열매를 따 먹고 배탈이 난 게 아닌가 싶은데요. 설마 목사님 아들이 무덤에서 자란 블루베리를 먹었겠어요? 돌담에서 자란 것을 먹어도 크게 문제가 될 건 없잖아요, 사모님."

코닐리어가 말했다.

"어젯밤에 일어난 일 중에서 가장 심했던 건 페이스가 말을 시작하기 전에 신도들 중 누군가를 노려봤다는 거예요. 클로 장로님은 그게 바로 자기일 거라더군요. 오늘은 페이스가 돼지 등에 올라탔다는데, 혹시 들은 얘기가 있나요?"

"저도 봤어요. 월터도 페이스랑 같이 있었죠. 월터한테 조금, 아주 조금 야단을 쳤어요. 그랬더니 변명을 늘어놓기는커녕 페이스 잘못이 아니라 자기에게 책임이 있다고 저를 이해시키려 하는 거예요."

수전이 화를 내며 소리쳤다.

"사모님, 저는 그 말을 믿을 수 없어요. 월터는 늘 그래왔어요. 자기 잘못이라고 하면서 책임을 혼자 뒤집어쓴다니까요. 그 사랑스러운 아이가 돼지 등에 탈 생각을 하다니요. 아무리 월터가 시를 쓰는 데 빠져 있다고 해도 그건 말이 안 돼요. 사모님도 저만큼 잘 아시겠지만요."

코닐리어가 말했다.

"페이스 메러디스가 부추긴 건 확실해요. 그리고 에이머스 드루의 늙은 돼지들이 딱하다는 생각도 들지 않아요. 마땅한 벌을 받은 거니까요. 하지만 목사님 딸이 어떻게 그런 짓을 할 수 있어요? 그건 심각한 문제예요."

"의사 선생님 아들이 어떻게 그런 짓을 할 수 있죠?"

앤이 코닐리어의 말투를 흉내 내며 웃음을 터뜨렸다.

"그 아이들은 아직 어리잖아요. 여태껏 심각하게 나쁜 짓을 한 적이 없다는 건 코닐리어도 잘 아실 거예요. 그저 조심성 없고 충동적으로 행동할 뿐이죠. 저도 어렸을 땐 그랬어요. 아이들도 자라면 차분하고 진지해질 거예요. 저처럼요."

코닐리어는 결국 웃음을 터뜨렸다.

"앤의 눈을 보면 겉으로는 차분한 척하지만 속으로는 어린아이처럼 소란 피우고 싶어 못 견딘다는 게 느껴져요. 그런데 이

상하게도 기운이 나네요. 왜 그런지는 모르겠지만 앤과 대화를 나눌 때면 늘 그런 느낌이 들어요. 바버라 샘슨을 만날 때와 완전히 달라요. 그 사람과 함께 있으면 모든 게 잘못된 것 같고 앞으로도 그럴 거라는 기분이 들거든요. 물론 조 샘슨 같은 남자와 평생을 살다 보니 낙이 없어서 그렇게 된 거겠죠."

수전이 덧붙여 말했다.

"다른 사람을 마다하고 조 샘슨이랑 결혼한 건 참 이상한 일이에요. 처녀 시절엔 그녀를 따라다니는 남자가 많았어요. 애인이 스물한 명이나 있고 그중에는 페식 씨도 있다고 제게 자주 자랑하곤 했거든요."

"페식 씨가 누구인가요?"

"음, 뭐 얻을 게 없나 여기저기 찝쩍대는 사람이라고 할까요? 하지만 애인이라고 부를 정도는 아니었어요. 그가 진지한 마음으로 쫓아다닌 건 아니니까요. 어쨌든 누구는 애인이 스물한 명인데 난 한 명도 없었다니! 하지만 바버라는 숲을 헤매고 다니다가 결국 쓸모없는 막대기를 주워 든 셈이죠. 그래도 남편이 바버라보다 스콘을 잘 굽는다고 하던데요. 바버라는 손님이 와서 차를 마실 때 항상 남편에게 스콘을 만들어달라고 해요."

코닐리어가 말했다.

"아, 그러고 보니 내일 우리 집에 손님이 오기로 했어요. 가서 빵을 구워야겠네요. 그 정도쯤은 자기도 할 수 있다고 메리가 말하더군요. 물론 사실이겠죠. 하지만 이렇게 살아서 움직이는 동안엔 내가 직접 해야죠."

앤이 물었다.

"메리는 요즘 어떻게 지내나요?"

코닐리어가 조금 어두운 얼굴로 말했다.

"결점은 아직 발견하지 못했어요. 전에 비해 살이 좀 붙고 차림새가 아주 깔끔해졌죠. 예의도 바르고요. 하지만 속을 알 수 없는 아이라고 해야 할까요? 천 년을 파 내려가도 그 아이 마음속을 정확하게 알아낼 순 없을 것 같아요. 일은 정말 야무지게 잘해요. 뭐든지 뚝딱 해낸다니까요. 와일리 부인이 메리를 인정사정없이 대했을 수도 있지만, 아이에게 억지로 일을 시킬 필요는 없었을 것 같아요. 타고난 살림꾼이니까요. 가끔씩 메리는 다리부터 닮을까 아니면 혀부터 닮을까 궁금해질 때가 있어요. 내가 할 일이 너무 없다 보니 이러다가는 못된 짓이라도 저지르지 않을까 걱정될 정도예요. 지금은 개학만 기다리고 있어요. 그래야 내 일을 되찾을 수 있을 테니까요. 메리는 학교에 가고 싶어 하지 않지만 그것만큼은 절대 양보하지 않을 거예요. 학교에는 꼭 가야 한다고 신신당부했죠. 나 편하자고 아이를 학교에 안 보낸다는 말을 감리교인들이 떠벌리고 다니도록 내버려두지는 않을 거예요."

13장

언덕 위의 집

무지개 골짜기 아래쪽 후미진 곳에는 자작나무로 둘러싸인 샘이 있었다. 거기서는 언제나 얼음처럼 차갑고 수정처럼 맑은 물이 솟아났지만 이 샘을 아는 사람은 많지 않았다. 물론 마법의 골짜기에 훤한 잉글사이드와 목사관 아이들은 종종 이 샘으로 물을 마시러 갔다. 때로는 샘을 옛 연애담에 등장하는 낭만적인 분수로 가정하고 여러 가지 새로운 놀이를 생각해내기도 했다. 앤에게도 이 샘은 초록지붕집의 '드라이어드 거품'을 떠올리게 하는 사랑스러운 장소였다.

로즈메리 웨스트도 이 샘을 알고 있었다. 특히 이곳은 로즈메리에게 연애담 속 분수 같은 곳이었다. 18년 전 어느 봄날의 황혼 무렵 로즈메리가 샘 옆에 앉아 있을 때 마틴 크로퍼드라는 청년이 달뜬 얼굴로 열렬하게 사랑을 고백했기 때문이다. 로즈메리는 이에 대한 응답으로 마음속에 깊이 간직해왔던 비밀을 속삭였다. 그런 다음 두 사람은 입을 맞추고 장래를 약속했다. 하지만 젊은 연인은 두 번 다시 이곳에서 함께 있지 못했다. 마틴이 돌아올 수 없는 항해를 떠나버렸기 때문이다. 그 뒤로 로즈메리 웨스트에게 이곳은 청춘과 사랑의 시간이 소중하게 새겨진 특별한 장소로 남아 있었다. 로즈메리는 샘 곁을 지날 때마다 오래 간직해온 꿈과 비밀스럽게 만났다. 고통은 오래전에 사라지고 달콤한 추억만 담겨 있는 꿈이었다.

샘은 사람들의 눈에 띄지 않는 곳에 있었다. 여느 사람이라면 바로 곁을 지나간다 해도 그런 곳에 샘이 있다는 사실을 알아채지 못할 것이다. 두 세대 전에 거대한 고목이 샘 위로 쓰러져 지금은 바스러진 나무줄기만 남아 있는데, 무성하게 자란 고사리가 그 위를 푸른 지붕처럼 덮어버렸다. 샘 옆에서 자라난 단풍나무 한 그루는 나무줄기가 기묘한 형태로 울퉁불퉁하게 구부러져 있었다. 바닥을 향해 뻗어 나가다가 하늘로 솟는 모습이 마치 고풍스러운 의자 같았다. 9월이 되면 옅은 푸른색 과꽃이 샘 주위에 스카프를 펼쳐놓은 것처럼 피어났다.

어느 날 저녁 메러디스 목사는 항구 어귀에 사는 신도들을 방문한 뒤 집으로 돌아가고 있었다. 그는 무지개 골짜기로 나 있는 샛길을 지나다가 물을 마시려고 샘으로 향했다. 며칠 전 오후에 월터 블라이드가 이곳을 알려주었고, 두 사람은 단풍나무 의자에 앉아 긴 대화를 나누었다. 존 메러디스의 숫기 없고 무심해 보이는 외모 속에는 소년의 영혼이 담겨 있었다. 글렌세인트메리 마을 사람들은 믿지 못하겠지만, 그는 어렸을 때 '잭'

이라고 불렸다. 서로 마음이 통했던 목사와 월터는 그 자리에서 허물없는 대화를 나누었다. 메러디스 목사는 다이조차 엿보지 못한 이 소년의 내면에 깊이 들어갔고, 외부와 단절된 신성한 방으로 가는 길을 발견했다. 함께 시간을 보내는 동안 두 사람은 다정한 친구가 되었다. 월터는 두 번 다시 목사를 무서워하지 않아도 된다는 사실을 깨달았다.

그날 밤 월터는 어머니에게 말했다.

"목사님하고 친해질 거라고는 생각도 못 했어요."

메러디스 목사는 희고 가느다란 손으로 샘물을 마셨다. 연약해 보였지만 손아귀의 힘은 무척 셌다. 그래서 그와 악수를 한 사람들은 깜짝 놀라곤 했다. 그는 이날 서둘러 집에 갈 생각이 없었기 때문에 물을 마신 뒤 단풍나무 의자에 앉았다. 이곳이 무척 아름답기도 했고, 조금 전까지 선량하지만 어리석은 사람들과 지루한 대화를 나누었던 터라 정신적으로 지쳐 있었기 때문이다.

하늘에는 달이 떠 있었다. 무지개 골짜기에서 그가 있는 곳에만 바람이 불고 별빛이 반짝거렸다. 골짜기 위쪽에서는 아이들이 왁자그르르 웃고 떠드는 소리가 즐거운 음악처럼 들려왔다. 달빛을 받은 과꽃은 천상의 아름다움을 자랑하는 듯했다. 작은 샘의 수면에서 빛나는 광채, 시냇물의 부드러운 노랫소리, 바람에 흔들리는 고사리의 우아한 움직임이 메러디스 목사를 선한 마법으로 감싸고 있었다. 그 순간 그는 신도들에 관한 걱정과 신학적인 고민을 모두 잊었다. 세월도 어디론가 사라져버리고 그는 다시 애젊은 신학생이 되었다. 사랑하는 여인 서실리아의 여왕 같은 흑발 위로 6월의 장미가 붉게 피어올라 향기를 내뿜고 있었다. 그는 이곳에 앉아 청년처럼 꿈에 빠져들었다.

때마침 로즈메리 웨스트가 길을 벗어나 위험한 마법에 휩싸인 이곳으로 다가왔다. 메러디스 목사는 벌떡 일어나 그녀를 쳐다보았다. 로즈메리의 얼굴을 제대로 본 것은 이번이 처음이었다. 그동안 교회에서 한두 번 마주친 적은 있었지만, 통로를 지나가다 만난 사람에게 으레 그랬던 것처럼 형식적으로 악수를 나눴을 뿐, 다른 곳에서는 한 번도 만난 적이 없었다. 웨스트 가문은 성공회 신자였으며 로브리지의 교회에 연고를 두었기 때문에 그 집안을 방문할 기회는 없었다. 만약 그 전까지 누군가가 메러디스 목사에게 로즈메리 웨스트의 생김새를 물었다면 그는 전혀 대답하지 못했을 것이다. 하지만 이날 밤 매혹적인 달빛을 받으며 나타난 로즈메리는 그에게 절대 잊을 수 없는 존재가 되었다.

로즈메리는 메러디스 목사의 이상형으로 남아 있는 서실리아와 닮은 점이 전혀 없었다. 서실리아는 검은 머리에 체구가 작고 쾌활한 성격이었다. 로즈메리 웨스트는 금발에 키가 크고 차분했다. 하지만 목사는 로즈메리를 본 순간 그녀처럼 아름다운 여성은 처음이라고 생각했다. 로즈메리는 다이 블라이드가 당밀과자 색깔이라고 말한 금발을 곱게 감아올려 핀으로 단정하게 고정했고, 모자는 쓰지 않았다. 크고 푸른 눈은 잔잔하고 상냥했으며 넓고 하얀 이마가 두드러져 보였다. 이목구비가 참 고운 얼굴이었다.

로즈메리 웨스트는 상냥한 여인으로 알려져 있었다. 교양 있고 당당하면서도 사람들을 살갑게 대했던 터라 거만하다는 평판은 전혀 없었다. 만약 다른 사람이 그런 태도를 보였다면 분명 잘난 체한다는 말이 돌았을 것이다. 로즈메리는 살아오면서 용기를 내고, 인내하고, 사랑하고, 용서하는 법을 배웠다. 연인이 탄 배가 포윈즈항에서 일몰이 내리는 바다로 떠나갈 때 그녀는 그 모습을 가만히 지켜보았다. 하지만 배는 다시는 돌아오지 않았다. 잠 못 이루며 기다리는 동안 로즈메리의 눈은 처녀 시절의 생기를 잃어버렸다. 그럼에도 여전히 놀랍도록 젊어 보였다. 사소한 일에도 기뻐하며 감동하는 자세로 살아왔기 때문일 것이다. 아이에서 어른이 될 때 대부분 그런 모습을 잃어버리지만, 로즈메리는 달랐다. 그래서인지 그녀와 대화를 나눈 사람들은 자기도 젊어진 것 같은 착각에 빠져들었다.

메러디스 목사는 로즈메리의 사랑스러운 모습에 놀랐고 로즈메리는 그곳에 목사가 있어서 놀랐다. 로즈메리는 외딴 샘에서 누군가를, 그것도 글렌세인트메리 목사관의 은둔자를 볼 것이라고는 상상도 하지 못했다. 그녀는 하마터면 마을 도서관에서 빌려온 책들을 떨어뜨릴 뻔했다.

"안녕하세요, 웨스트 양."

메러디스 목사가 굵은 목소리로 인사를 건네자 로즈메리는 더듬거리며 대답했다.

"저, 저는 물을 마시러 온 거예요."

당황한 모습을 감추려다 보니 자기도 모르게 작은 거짓말이 튀어나왔다. 아무리 훌륭한 여인이라도 때에 따라서는 그런 식으로 둘러대는 법이다. 자기가 숙맥처럼 군다고 느낀 그녀는 정신을 추스르려고 애썼다. 메러디스 목사도 분별없는 사람이 아닌지라 로즈메리의 처지를 이해했다. 아마 그녀는 이렇듯 뜻밖의 장소에서 클로 장로를 만났다 해도 지금처럼 놀랐을 것이다. 그녀의 당황해하는 모습을 보자 목사는 오히려 안심하면서 여느 때와 다르게 행동했다. 달빛 아래에서는 숫기 없는 남자도 제법 대담해질 수 있었다.

목사는 미소를 지으며 말했다.

"제가 컵을 가져다드리죠."

컵은 바로 옆에 있었다. 금이 가고 손잡이가 떨어진 파란색 컵을 아이들이 단풍나무 밑에 숨겨둔 것이다. 하지만 그 사실을 몰랐던 목사는 자작나무로 다가가 흰 나무껍질을 조금 벗겨냈다. 그러고는 능숙한 솜씨로 다듬어 세모난 컵을 만든 다음 컵에 샘물을 담아 로즈메리에게 건네주었다.

로즈메리는 컵을 받아들었다. 그녀는 거짓말을 한 자신을 탓하며 한 방울도 남기지 않고 마셨다. 목이 전혀 마르지 않은 상태에서 큰 컵에 가득 담긴 물을 마시려니 엄청난 고역이 아닐 수 없었지만 이 일은 로즈메리에게 즐거운 추억이자 소중한 의미로 남았다. 아마도 로즈메리가 컵을 돌려준 뒤 목사가 한 행동 때문이었을 것이다. 컵을 건네받은 목사는 다시 몸을 굽혀 물을 뜨더니 이번에는 자기가 들이켰다. 목사는 로즈메리의 입술이 닿은 곳에 입을 댔다. 단지 우연일 뿐이라 해도 로즈메리는 이 일에 특별한 의미가 담겨 있다고 느꼈다. 할머니에게 자주 들었던 이야기가 어렴풋이 떠올랐던 것이다.

"두 사람이 같은 컵으로 물을 마시면 이후에 좋건 나쁘건 인

연을 이어가게 된단다."

메러디스 목사는 컵을 든 채로 머뭇거렸다. 컵을 버리는 것이 자연스러운 행동이겠지만 왠지 그러고 싶지는 않았다. 그때 로즈메리가 손을 내밀었다.

"제게 주시겠어요? 정말 멋진 컵이라서요. 자작나무 껍질로 이렇게 컵을 잘 만드는 사람은 처음 봐요. 오래전에 오빠가 만들어주곤 했죠. 하늘나라로 가기 전까지는요."

"어렸을 때 여름 캠프에서 컵 만드는 법을 배웠습니다. 나이 지긋한 사냥꾼이 가르쳐줬지요. 아, 제가 그 책을 댁까지 들어다 드리겠습니다."

로즈메리는 깜짝 놀라 무겁지 않다고 손사래를 쳤다. 또다시 거짓말을 해버린 것이다. 그러나 목사는 당연히 해야 할 일이라는 듯 책을 받아 들더니 그녀와 나란히 걷기 시작했다. 로즈메리가 무지개 골짜기의 샘에 와서 마틴 크로퍼드를 생각하지 않은 적은 이번이 처음이었다. 비밀스레 지속해왔던 옛 애인과의 만남이 끝나는 순간이었다.

습지를 둘러 가는 작은 샛길은 숲이 길게 우거진 언덕으로 이어졌다. 로즈메리는 언덕 위에 살고 있었다. 달빛은 언덕 너머의 나무들 사이로 넓게 펼쳐진 여름 들판에 쏟아졌다. 하지만 샛길은 폭이 좁은 데다 길 위로 나무가 우거져 있어서 어둑어둑했다. 해가 지고 나면 나무들은 낮에 그랬던 것과 달리 사람들에게 친절하지 않다. 자기들끼리 몸을 감싸며 사람을 멀리한다. 때로는 작게 속삭이면서 은밀한 일을 꾸미기도 한다. 사람이 손을 내밀어도 주저하면서 쌀쌀맞게 반응할 뿐이다. 밤이 찾아온 뒤 나무 사이를 거니는 사람들은 자기도 모르게 서로 몸을 가까이 붙인다. 몸과 마음을 하나로 합쳐서 주위를 둘러싼 알 수 없는 세력에 맞서려는 움직임이다. 걸음을 옮길 때마다 로즈메리의 드레스가 존 메러디스의 옷을 스쳤다. 평소 얼이 빠진 채로 지내는 목사라 해도 아직은 젊은 남자였다. 이제 자기에게는 낭만적인 일이 없을 거라고 굳게 믿었지만 밤길이라는 분위기와 동행이 만들어내는 매력에 마냥 무심할 수는 없는 법이다.

인생이 다 끝났다고 생각하는 순간에도 운명은 인생의 책장을 넘겨 또 다른 장을 시작하는 마법을 부린다. 메러디스 목사와 로즈메리는 자기 마음이 과거에 갇혀서 빠져나올 수 없다고 줄곧 생각해왔다. 그런데 지금 두 사람은 함께 언덕을 오르면서 커다란 즐거움을 맛보았다. 로즈메리는 글렌세인트메리 마을의 목사가 숫기 없고 과묵한 사람인 줄로만 알고 있었다. 그런데 소문과 달리 그는 자연스럽게 대화를 이끌어나가며 상대방을 편안하게 해주었다. 만약 마을의 부인들이 지금 목사가 하는 말을 들었다면 깜짝 놀랐을 것이다. 하지만 그들이 평소 나누는 이야기라고 해봤자 동네에 도는 소문이나 달걀값 같은 것뿐이었고, 메러디스 목사는 그중 무엇에도 관심이 없었다. 그는 로즈메리에게 책과 음악과 세상사와 자기 과거를 이야기했는데, 로즈메리는 그의 말을 이해할뿐더러 적절하게 반응하기까지 했다. 메러디스 목사는 자기가 읽고 싶었던 책을 로즈메리가 갖고 있다는 사실도 알게 되었다. 로즈메리는 기꺼이 그 책을 빌려주겠다고 했다. 이윽고 두 사람은 언덕 위 낡은 농가에 도착했고, 목사는 책을 빌리러 대문 안으로 들어갔다.

로즈메리의 집은 고풍스러운 회색 저택이었다. 건물을 뒤덮은 담쟁이덩굴 사이로 거실의 불빛이 은은하게 깜빡거렸다. 집에서는 마을이 내려다보였고, 달빛을 받아 하얗게 물든 항구 너머로는 모래언덕과 앓는 소리를 하는 바다까지 보였다. 두 사람은 장미꽃이 피지 않았을 때도 장미 향기가 날 듯한 정원을 걸었다. 문 앞에는 백합꽃이 자매처럼 사이좋게 피었고 마당의 넓은 길 양쪽으로 과꽃이 리본처럼 늘어서 있었으며 집 뒤편의 언덕 가장자리에는 전나무가 가지를 늘어뜨리고 있었다.

메러디스 목사가 긴 한숨을 쉬며 말했다.

"이곳에서는 문만 나서면 세상을 다 가진 기분이 들 것 같군요. 전망이 참 좋아요. 장관입니다! 저 아래 글렌세인트메리 마을에 있다 보면 숨이 막힐 것 같을 때가 있죠. 여기서라면 숨을 쉴 수 있겠네요."

로즈메리가 웃으며 말했다.

"오늘 밤은 조용하네요. 바람이 불면 숨 같은 건 날아가버린답니다. 여기서는 바람이 사방에서 불어와요. 저쪽 항구가 아니라 이곳을 '포 윈즈'(Four Winds)라고 불러야 해요."

목사가 말했다.

"전 바람을 좋아합니다. 바람이 불지 않으면 죽은 것이나 다름없이 느껴져요. 바람은 저를 깨워주지요."

그는 미소 지으며 말을 이었다.

"고요한 날에는 백일몽에 빠지곤 합니다. 저에 관한 이야기는 들으셨죠? 다음에 만날 때 제가 알아차리지 못하고 지나가더라도 예의 없는 사람으로 여기진 말아주세요. 멍하니 있을 뿐이거든요. 너그럽게 이해하고 용서해주길 바랍니다. 그럴 땐 그냥 제게 말을 걸어주면 됩니다."

거실에 있던 엘런 웨스트는 메러디스 목사와 로즈메리가 함께 들어오는 것을 보자 안경을 벗고 읽던 책을 내려놓더니 놀라움뿐만 아니라 다른 감정까지 섞인 표정으로 두 사람을 바라보았다. 그러면서도 엘런은 메러디스 목사를 반기며 악수를 청했다. 로즈메리가 방에서 책을 찾는 동안 메러디스 목사는 앉아서 엘런과 이야기를 나누었다.

엘런 웨스트는 로즈메리보다 열 살 위였는데, 자매라고는 믿기 힘들 정도로 동생과 닮은 데가 없었다. 엘런은 피부색이 어두운 편이었고 체격은 컸다. 머리는 검고 눈썹은 짙었으며 맑은 눈은 북풍 속의 바닷가처럼 잿빛이 도는 푸른색이었다. 다소 근엄하고 가까이 다가가기 어려워 보였지만 성격은 무척 쾌활했으며 거침없이 웃어댔다. 남성적인 목소리는 깊고 부드러우면서 유쾌했다. 그녀는 로즈메리에게 언제 한번 글렌세인트메리 마을의 장로교회 목사와 이야기를 나누고 싶다는 말을 한 적이 있었다. 궁지에 몰리면 여자에게 뭐라고 대꾸하는지 확인하고 싶었기 때문이다. 엘런은 이 절호의 기회를 맞아 세계정치에 대한 질문을 던졌다. 대단한 독서가인 데다 마침 독일 황제에 대한 책을 탐독하던 중이라 목사에게 빌헬름 2세를 어떻게 생각하는지 물은 것이다.

목사가 대답했다.

"위험한 사람입니다."

엘런이 고개를 끄덕였다.

"저도 그렇게 생각해요! 메러디스 목사님, 그 사람은 앞으로 전쟁을 일으킬 거예요. 틀림없어요. 그러고 싶어서 안달이 나 있으니까요. 그는 전 세계를 태워버릴 거예요."

메러디스 목사가 대꾸했다.

"그가 제멋대로 세계대전을 일으킬 것이라는 뜻인가요? 그렇다면 제 의견은 다르다고 해야겠군요. 그런 일이 일어나는 시대는 끝났다고 생각합니다."

엘런이 소리쳤다.

"세상에, 아니에요. 남자와 여러 국가가 바보처럼 서로 주먹을 휘두르는 시대는 절대 끝나지 않을 거예요. 천년왕국•은 아직 가까이 오지 않았어요. 저보다는 목사님이 더 잘 알고 계실 텐데요. 그리고 독일 황제에 대해서는 제 말을 명심하세요. 그는 수많은 문제를 일으킬 거예요."

이렇게 말한 뒤 엘런은 방금 전까지 읽고 있던 책을 긴 손가락으로 힘껏 찔러댔다.

"꽃봉오리를 피우기 전에 그 싹을 자르지 않는다면 장차 큰 문제가 생길 거예요. 목사님과 제가 살아 있을 때 그걸 보게 되겠죠. 메러디스 목사님, 누가 그 사람의 싹을 자를 수 있을까요? 영국이 해야 하지만 그들은 그러지 않을 거예요. 그럼 누가 해야 할까요? 말해보세요, 목사님."

메러디스 목사는 이 질문에 대답할 수 없었다. 두 사람은 로즈메리가 책을 찾은 뒤에도 오랫동안 독일 군국주의에 대해 토

• 기독교에서 그리스도가 재림해 천 년 동안 다스린다고 믿는 이상의 왕국

론했다. 엘런 뒤쪽 흔들의자에 앉은 로즈메리는 거드름을 피우는 검은 고양이를 쓰다듬으며 말없이 무언가를 생각했다. 메러디스 목사는 엘런과 함께 유럽의 정세를 탐색하면서도 로즈메리 쪽으로 자주 눈길을 돌렸고 엘런도 그 사실을 눈치챘다. 이윽고 로즈메리가 목사를 배웅하고 돌아오자 엘런은 자리에서 일어나더니 책망하듯 동생을 쳐다보았다.

"로즈메리 웨스트, 저 남자는 네게 청혼할 생각인 거야."

그 순간 로즈메리는 주먹으로 맞은 것 같은 충격을 받았다. 즐거웠던 저녁에 피었던 꽃은 한순간에 모두 떨어져버렸다. 하지만 자기의 상처를 엘런에게 보여주기는 싫었다.

"말도 안 돼. 언니는 숲만 봐도 거기에 날 좋아하는 남자가 있다고 생각하는 모양이지? 오늘 밤에 목사님은 돌아가신 부인 이야기를 해주셨어. 얼마나 소중한 사람이었는지, 돌아가신 뒤 얼마나 세상이 공허하게 느껴졌는지 털어놓았다고."

로즈메리는 이렇게 말하며 웃었지만 표정은 왠지 어색했다. 그러자 엘런이 쏘아붙였다.

"그런 게 그 사람의 청혼 방식일 수도 있잖아. 남자는 별의별 방법을 다 쓰니까. 어쨌든 약속은 잊지 말도록 해, 로즈메리."

로즈메리가 조금 피곤한 듯한 얼굴로 말했다.

"약속을 잊든 기억하든, 내겐 다 쓸모없는 일이야. 나도 이젠 노처녀라는 걸 잊었나 봐. 언니 눈에나 젊고 꽃다운 나이로 보이는 거야. 괜한 걱정이라고. 메러디스 목사님은 그저 친구가 필요했을 뿐이야. 어쩌면 그 정도 사이도 아닐 수 있지. 오늘 일은 목사관으로 돌아가기도 전에 잊어버릴걸?"

엘런이 조금 누그러진 태도로 물러섰다.

"네가 그분과 친구로 지내는 것까지 반대하지는 않아. 하지만 우정을 넘어서면 안 된다는 걸 명심해. 홀아비들은 미덥지 않은 사람들이야. 우정을 낭만이 아니라 거래 정도로 생각하니까. 그 장로교회 목사님 말인데, 다들 그를 숫기가 없다고 하잖아. 하지만 그는 그런 사람이 아니야. 물론 멍한 편이기는 하지. 정신이 얼마나 없던지 네가 배웅하러 나갈 때 나한테 인사하는 것도 잊어버렸잖아. 머리는 아주 좋더라. 이 근방에는 사리에 맞는 말을 하는 남자가 거의 없는데 오늘 저녁엔 제법 즐거웠거든. 그를 종종 만나도 괜찮을 것 같아. 하지만 명심해, 로즈메리! 그 사람과 시시덕거리는 건 안 돼. 불장난은 절대 금지야."

로즈메리는 언니에게 남자와 시시덕거리지 말라는 소리를 귀에 못이 박히도록 들어왔다. 열여덟 살에서 여든 살 노인까지 결혼 가능한 남자와 5분 정도만 이야기를 나눠도 엘런은 곧바로 문제를 삼았다. 그럴 때마다 로즈메리는 웃어넘기곤 했다. 그러나 이번에는 달랐다. 심지어 조금 화가 나기도 했다. 대체 누가 불장난 따위를 했단 말인가?

"바보 같은 소리 하지 마."

로즈메리는 평소와 달리 무뚝뚝한 말을 내뱉고 나서 잘 자라는 인사도 없이 등불을 손에 들고 위층으로 올라갔다. 엘런은 이해할 수 없다는 표정으로 고개를 저으며 검은 고양이에게 말을 걸었다.

"쟤는 왜 저렇게 화가 났을까, 세인트 조지? '짖는 개는 얻어맞는다'라는 말도 있잖아. 아무튼 로즈메리는 약속했어. 굳게 약속했다고! 우리 웨스트 가문 사람들은 약속을 꼭 지키거든. 그러니까 목사님이 불장난을 하고 싶어 하거나 말거나 상관없어. 로즈메리가 약속했으니 걱정할 게 없잖아."

로즈메리는 자기 방 창가에 앉아 달빛이 비치는 정원과 저 멀리 빛나는 항구를 오랫동안 바라보았다. 왠지 모르게 속상하고 불안했다. 꿈에 젖어 사는 삶이 문득 지겨워졌다. 정원에서는 마지막까지 남아 있던 빨간 장미 꽃잎이 갑작스레 불어닥친 바람에 떨어져 허공으로 흩어졌다. 어느덧 여름이 지나고 가을이 찾아온 것이다.

14장

데이비스 부인의 제안

존 메러디스는 집으로 천천히 걸어갔다. 얼마간은 로즈메리를 생각했지만 무지개 골짜기에 닿았을 때는 까맣게 잊어버리고 엘런이 제기한 독일 신학의 문제를 곰곰이 생각하고 있었다. 무지개 골짜기를 지나가면서도 자기가 어디에 있는지 몰랐다. 이 특별한 공간이 주는 매력조차 독일 신학 앞에서는 무력했던 것이다. 그는 목사관에 도착하자마자 곧장 서재로 가서 두꺼운 책을 꺼내들고 자기와 엘런 중 누가 옳았는지를 따져보기 시작했다. 그렇게 새벽까지 미로에 빠져 있었고 그다음 주 내내 경찰견처럼 그 문제를 탐색했다. 밤낮으로 책에 빠져 있느라 세상사와 교회와 가족 일은 모두 뒷전으로 밀려났다. 우나가 챙겨주지 않으면 끼니도 걸렀을 것이다. 로즈메리나 엘런도 기억에서 사라져버렸다. 항구 건너편에 사는 마셜 할머니가 몸이 아프니 방문해달라고 소식을 전했지만 그는 편지를 책상에 놓아두고 거들떠보지도 않았다. 애꿎은 편지 위로 먼지가 쌓여가는 동안 마셜 할머니는 건강을 회복했다. 하지만 그녀는 목사의 처신을 결코 용서하지 않겠다고 마음먹었다. 젊은 연인이 결혼식을 올리려고 목사관에 찾아왔을 때도 메러디스 목사는 머리에 까치집을 짓고 실내용 슬리퍼에 빛바랜 실내복 차림으로 주례를 섰다. 심지어 결혼식에서는 "재는 재로 돌아가고, 티끌은 티끌로 돌아가리니"라는 구절에 이르러서야 자기가 장례식 기도문을 읽고 있다는 사실을 어렴풋이 느낄 정도였다.

"이런. 뭔가 이상한데, 아주 이상해."

목사가 멍하니 중얼거리자 잔뜩 긴장하고 있었던 신부는 울음을 터뜨렸다. 결국 신랑이 킥킥대면서 바로잡았다.

"저, 목사님. 지금 결혼식이 아니라 장례식을 인도하고 계신 것 같은데요."

"아, 실례가 많았습니다."

메러디스 목사는 별로 큰 실수가 아니라는 투로 말한 다음 결혼식 기도문을 읽기 시작했다. 이렇게 그럭저럭 예식을 마무리했지만 가엾은 신부는 그날 일을 두고두고 아쉬워했다.

메러디스 목사는 기도회에 참석하는 것도 잊어버렸다. 하지만 별문제 없었다. 비가 오는 밤이라 아무도 참석하지 않았기 때문이다. 만약 데이비스 부인이 방문하지 않았더라면 일요일 예배까지 잊어버렸을지도 모른다. 토요일 오후 마사 할머니가 서재로 들어오더니 데이비스 부인이 응접실에서 기다린다고 메러디스 목사에게 알려주었다. 메러디스는 한숨을 쉬었다. 데이비스 부인은 글렌세인트메리 교회에서 그가 유일하게 싫어하는 여성이었기 때문이다. 하필이면 큰 부자이기도 했다. 그래서 메러디스 목사는 교회 제직회로부터 부인의 기분을 상하게 하지 말라고 주의를 받은 적도 있었다. 메러디스 목사는 월급 같은 세속적인 문제를 거의 생각하지 않았다. 하지만 제직회 구성원들은 좀 더 현실적인 사람들이었다. 또한 눈치가 빨랐다. 그래서 돈 문제를 언급하지 않고도 메러디스 목사의 머릿속에 데이비스 부인의 기분을 상하게 해서는 안 된다는 생각을 그럭저럭 심어주었다. 그러지 않았다면 목사는 마사 할머니가 서재에서 나가자마자 데이비스 부인이 기다리고 있다는 사실을 까맣게 잊어버렸을 것이다. 메러디스 목사는 성가시다는 생각이 들었지만 어쩔 수 없이 하인리히 에발트의 책을 내려놓고 복도를 가로질러 응접실로 갔다.

데이비스 부인은 소파에 앉아 경멸하는 눈초리로 주위를 둘러보고 있었다.

'정말 형편없는 거실이군. 창문에는 커튼도 없잖아!'

하필 페이스와 우나가 전날 커튼을 떼어 연극 놀이용 드레스로 사용하고는 다시 달아놓는 것을 잊어버렸던 것이다. 데이비스 부인은 이 사실을 몰랐지만 만약 알았다 하더라도 도리어 창문 상태를 더 호되게 비난했을 게 뻔했다. 차양은 금이 가고 찢어져 있었다. 벽에 걸어놓은 그림은 비뚤어져 있었고 깔개는 엉망으로 망가져 있었다. 꽃병엔 시든 꽃이 잔뜩 꽂혀 있었다. 먼지는 글자 그대로 둥글게 뭉쳐 있었다.

"도대체 이걸 어쩐다지?"

데이비스 부인은 이렇게 혼잣말을 하고는 볼품없는 입을 꼭 다물었다.

부인이 복도를 지날 때 제리와 칼이 소리를 지르며 계단 난간을 타고 내려왔다. 둘은 부인을 보지 못했지만 부인은 아이들이 일부러 그러는 것이라 확신했다. 페이스의 애완용 수탉은 복도를 어슬렁거리다가 응접실 입구에 멈춰 서서 부인을 바라보았다. 그러고는 부인의 표정이 마음에 들지 않았는지 들어오려고 하지 않았다. 경멸하는 얼굴로 콧방귀를 뀐 데이비스 부인은 주름 장식이 달리고 광택이 있는 비단양산을 흔들어대며 말했다.

"정말 대단한 목사관이군. 수탉이 복도를 돌아다니다가 무안하게 사람을 빤히 쳐다보는 꼴이라니. 쉿, 저리 가!"

데이비스 부인은 50년이라는 세월 동안 그 아름다운 손으로 수탉의 목을 수도 없이 비틀었던지라 몸에서 사형집행인의 분위기가 감돌았다. 수탉 중에서도 영리한 편이었던 애덤은 위기를 느끼고 황급히 달아났다. 애덤이 복도를 허둥지둥 달려가고 있을 때 목사가 응접실로 들어왔다.

메러디스 목사는 아직까지 슬리퍼에 실내복 차림이었고 넓은 이마 위로는 검은 머리가 헝클어져 있었다. 하지만 신사다운 품격이 느껴졌다. 데이비스 부인은 비단 드레스 차림에 깃털 장식 모자를 쓰고 염소 가죽 장갑과 금목걸이까지 갖추었지만 아무리 치장해도 천박하고 상스러운 영혼을 가릴 수는 없었다. 둘 다 상대방에게 악감정을 품고 있었다. 하지만 지금 메러디스 목사는 잔뜩 움츠러든 반면 데이비스 부인은 한바탕 싸움이라도 벌일 듯한 태세였다. 부인은 목사에게 무언가를 제안하려고 찾아온 터라 시간을 낭비하고 싶지 않았다. 목사에게 도움이 될 일, 그것도 아주 큰 도움이 될 일을 하려는 것이기에 얼른 용건을 말하는 게 낫다고 생각하고 있었다.

부인은 여름내 이 일을 고민했고 마침내 마음을 먹었다. 부인에게는 본인이 어떤 결정을 내렸다는 것 자체가 중요했다. 그다음은 모든 일을 자기 뜻대로 진행해왔기 때문이다. 아무도 부인의 결정에 대해 왈가왈부할 수 없었다. 심지어 결혼할 때도 그랬다. 지금의 남편과 결혼하겠다고 결심한 것으로 끝이었다. 그녀의 남편은 일이 어떻게 돌아가는지 전혀 몰랐지만 결국은 그녀의 뜻대로 따랐다. 그녀는 이렇게 살아왔던 터라 이번 일도 자기가 모든 것을 결정해놓고 목사관을 찾아온 것이다. 남은 일은 메러디스 목사에게 통보하는 것뿐이었다.

"문을 좀 닫아주시죠. 중요한 이야기를 나눠야 하는데 복도가 저렇게 시끄러워서야 어디 한 마디나 꺼내겠어요?"

데이비스 부인은 다물었던 입을 조금 열었지만 말투는 무척 퉁명스러웠다. 메러디스 목사는 시키는 대로 문을 닫은 다음 부인 앞에 앉았다. 목사는 부인을 눈앞에 두고도 머릿속으로는 에발트의 논증과 씨름하느라 정신이 다른 곳에 가 있었다. 부인은 목사의 멍한 상태를 알아차리자 짜증이 나서 공격적인 말투로 이야기했다.

"메러디스 목사님, 나는 우나를 입양하기로 결정했어요. 그걸 알려드리려고 오늘 찾아온 겁니다."

메러디스 목사는 멍하니 부인을 바라보았다. 무슨 뜻인지 전혀 이해하지 못한 얼굴이었다.

"네? 우나를 입, 입양한다고요?"

"맞아요. 난 한동안 이 일을 고민해왔어요. 남편이 세상을 떠난 뒤로 아이를 하나 입양해야겠다고 생각했죠. 그런데 적당한 아이를 구하기가 힘들더군요. 변변한 아이가 없었으니까요. 그렇다고 남의 집에서 일하고 있는 아이를 데려올 순 없잖아요. 대부분 빈민가에서 버려진 아이들이니까요. 그러다 보니 집에 들일 아이가 없네요. 항구 마을에 사는 어부가 지난가을에 여섯 아이를 남기고 죽었어요. 누가 그중 한 명을 데려가라고 그랬는데, 난 그렇게 근본 없는 아이를 입양할 생각은 없다고 말해줬죠. 그 아이들의 할아버지가 말을 훔친 적이 있었거든요. 게다가 걔네들은 죄다 남자아이들이었어요. 난 여자아이를 원해요. 얌전하고 순종적이어서 잘 가르치면 숙녀가 될 수 있는 여자아이요. 우나가 바로 그런 아이죠. 제대로 보살펴주기만 하면 반듯하게 자랄 수 있을 거예요. 페이스하고는 달라요. 페이스를 입양할 생각은 절대 없답니다. 그러니 우나는 내가 데려갈게요. 그 아이를 훌륭한 가정에서 잘 키울 겁니다. 아이가 똑바로 크기만 한다면 내가 죽을 때 전 재산을 물려줄 생각도 있어요. 친척들에게는 한 푼도 주지 않을 거예요. 그건 장담해요. 아이를 입양하려고 하는 이유 중에는 날 화나게 만든 친척들을 곤란하게 만들려는 의도도 있거든요. 우나에게는 좋은 옷을 입히고 훌륭한 교육을 시키고 예의범절도 잘 가르칠 겁니다. 음악과 그림도 배우게 하고요. 내 친자식처럼 키울 거예요."

이쯤 되자 메러디스 목사도 충분히 정신을 차렸다. 그의 창백한 뺨에는 홍조가 희미하게 피어났고 맑고 검은 눈에는 분노의 빛이 일었다. 땀구멍 하나하나마다 천박함과 물욕이 배어나오는 이 여자가 우나를 당장 내놓으라고 말하는 것이다. 우나는 서실리아의 짙푸른 눈을 빼닮은 작고 소중한 딸이었다. 그의 아내는 죽어가면서도 우나를 가슴에 꼭 안고 있었다. 다른 아이들이 울면서 방을 뛰쳐나간 뒤에도 팔에 힘을 풀지 않았다. 두 사람 사이에 놓인 죽음의 문이 닫히는 순간까지도 아이를 놓지 않으려 했다. 서실리아는 우나의 작고 검은 머리 너머로 남편 존 메러디스를 쳐다보며 간청했다.

"여보, 이 아이를 잘 돌봐줘요. 우나는 조그맣고 여린 아이예요. 다른 아이들은 자기의 길을 스스로 헤치며 나아가겠지만, 이 아이는 세상에서 상처를 많이 받을 거예요. 아, 당신과 우나가 앞으로 어떻게 살아갈 수 있을지 모르겠어요. 두 사람 곁에는 제가 있어야 하는데…. 그래도 항상 이 아이를 지켜주세요. 가까이에서… 꼭이요."

남편에게 남긴 몇 마디를 제하면 우나에 대한 이 말은 서실리아의 유언이나 다름없었다. 그런데 데이비스 부인은 뻔뻔하게도 목사에게서 우나를 빼앗아가겠다고 선언한 것이다. 메러디스 목사는 자세를 꼿꼿이 하고 앉아 데이비스 부인을 쳐다보았다. 낡은 실내복과 닳아빠진 슬리퍼 차림이었지만 메러디스 목사에게는 데이비스 부인이 어릴 적부터 쌓아온 '성직자'에 대한 오랜 존경심을 불러일으키는 힘이 있었다. 비록 가난하고 세상일에 무지하며 정신을 딴 데 팔고 있다 해도 그에게는 목사다운 신성함이 느껴졌다.

"데이비스 부인, 마음 써주셔서 감사합니다. 하지만 제 아이를 드릴 수는 없습니다."

메러디스 목사는 조용하지만 단호하면서 오싹할 만큼 정중한 말투로 자기 뜻을 전했다. 데이비스 부인은 무척 당황했다. 거절당하리라고는 꿈에도 생각하지 못했던 것이다.

"뭐라고요, 메러디스 목사님? 설마 머리가 돌아버린 것은, 아니 진심은 아니겠죠? 다시 생각해보세요. 내가 그 아이에게 얼마나 많은 걸 줄 수 있는지 헤아려보시라고요."

"다시 생각하고 말고 할 것도 없습니다. 그럴 필요가 전혀 없으니까요. 부인이 그 아이에게 줄 수 있는 세상의 어떤 혜택도 아버지의 사랑과 보살핌에는 미칠 수 없습니다. 거듭 감사드립니다만, 재고할 여지가 남아 있지 않습니다."

데이비스 부인은 무척 실망하고 화가 머리끝까지 나서 평소의 자제력을 잃어버렸다. 넓적하고 불그레한 얼굴이 보랏빛으로 변했고 목소리는 부르르 떨렸다.

"난 목사님이 내게 무척 고마워하면서 아이를 얼른 데려가라고 할 줄 알았어요."

부인이 비웃자 메러디스 목사가 조용히 물었다

"왜 그렇게 생각하신 거죠?"

부인은 경멸하는 얼굴로 쏘아붙였다.

"목사님은 아이들을 제대로 보살피지 않으니까요. 그렇게 생각하는 사람은 한 명도 없어요. 아이들이 형편없이 굴어도 그냥 내버려두잖아요. 다들 그렇게 말해요. 이곳 아이들은 밥도 제대로 못 먹고 옷도 형편없이 입고 다니는 데다 훈육도 전혀 못 받는다고요. 심지어 야만적인 인디언 무리보다 예의가 없다는 말까지 들려요. 목사님은 아버지의 의무도 내팽개쳤잖아요. 집도 없이 떠도는 아이가 와서 두 주나 머물렀는데도 눈치도 못 챘다면서요? 걸핏하면 욕을 해대는 아이라고 들었어요. 그 애가 이 집 아이들에게 천연두를 옮겼다 해도 목사님은 개의치 않았을 거예요. 또 페이스는 갑자기 설교대에 올라가서 이상한 말이나 늘어놓았잖아요. 길에서 돼지 등에 올라타 내달린 건 또 어떻고요. 목사님이 보고 있는 데서 그랬다고 들었어요. 아이들이 이해할 수 없는 짓을 하고 있는데 목사님은 그냥 내버려둘 뿐만 아니라 뭘 가르치려고도 하지 않아요. 그러면서 내 제안을 거절하다니, 기가 막히는군요. 난 지금 한 아이에게 훌륭한 가정과 좋은 미래를 보장하겠다고 나서는 거예요. 그런데도 목사님은 도리어 날 모욕하고 있네요. 네, 아주 훌륭한 아버지예요. 말로만 자식을 사랑하고 잘 보살핀다고 하면 단 줄 아세요?"

메러디스 목사는 자리에서 일어나 누구라도 주춤하게 만들 만큼 강렬한 눈빛으로 데이비스 부인을 쳐다보았다.

"그만하시죠, 부인! 그만하면 됐습니다. 더는 듣고 싶지 않군요. 말씀이 너무 지나치세요. 제가 부모의 의무를 소홀히 했을지는 몰라도, 굳이 그런 식으로 제게 상기시킬 필요는 없습니다. 그럼 안녕히 가십시오."

데이비스 부인은 안녕히 계시라는 작별 인사조차 입 밖에 내지 않고 자리에서 일어났다. 부인이 목사 옆을 지날 때 기다란 의자 밑에서 칼이 숨겨놓은 통통한 두꺼비가 튀어나왔다. 데이비스 부인은 깜짝 놀라 비명을 질렀다. 그러고는 이 끔찍한 것을 밟지 않으려고 피하다가 균형을 잃고 양산을 놓쳐버렸다. 완전히 넘어지지는 않았지만 볼썽사나운 모습으로 휘청거리며 방을 가로질러 문간까지 가서는 문에 세게 부딪치고 말았다. 두꺼비를 보지 못한 메러디스 목사는 부인이 혹시라도 중풍이나 발작 같은 것을 일으켰을까 봐 염려되어 얼른 달려가 부축했다. 하지만 데이비스 부인은 불같이 화를 내며 목사의 손을 뿌리치고 혼자 힘으로 똑바로 섰다.

"어디다 손을 대는 거예요? 이것도 목사님 아이들 짓이잖아요. 여긴 품위 있는 여성이 올 만한 곳이 아니군요. 양산이나 이리 줘요. 이제 두 번 다시 목사관이나 교회에는 발도 들여놓지 않을 거예요."

메러디스 목사는 무늬가 요란한 양산을 말없이 집어 들어 건네주었다. 데이비스 부인은 양산을 낚아채고는 여봐란듯이 나가버렸다. 층계 난간 타기를 마친 제리와 칼이 페이스와 함께 베란다 끝에 앉아 있었다. 하필 세 아이는 "오늘 밤 옛 마을에서 신나는 일이 벌어질 거야"라는 가사의 노래를 목청껏 부르고 있었다. 이 노래가 자신을 겨냥한 것이라 생각한 데이비스 부인은 멈춰 서서 아이들을 향해 양산을 흔들어댔다.

"너희 아버지는 멍청이야. 너희 같은 해충 세 마리는 죽을 만큼 매를 맞아도 싸."

페이스가 소리쳤다.

"아빠는 멍청이가 아니에요."

"우리는 해충이 아니라고요."

이어서 남자아이들도 외쳤지만 데이비스 부인은 이미 가버린 뒤였다. 제리가 동생들을 돌아보며 말했다.

“저 아주머니가 미쳤나 봐! 그런데 ‘해충’이 뭐야?”

존 메러디스 목사는 한동안 응접실 안을 서성거리다가 서재로 돌아가 자리에 앉았다. 독일 신학으로 돌아가기에는 너무나 슬프고 착잡했다. 정직하게 말하자면 데이비스 부인 덕분에 정신이 번쩍 들기도 했다.

‘부인이 비난한 것처럼 내가 아이들 양육에 무심하고 태만한 아버지였을까? 어머니도 없이 나만 바라보는 네 아이를 돌보지 않고 정신적으로나 육체적으로 방치해두었던 것일까? 다른 사람들도 데이비스 부인처럼 생각하고 있는 것은 아닐까? 틀림없이 그럴 거야. 데이비스 부인은 내가 길을 잃고 환영받지 못하는 새끼 고양이를 내어주듯 기꺼이 우나를 보내줄 거라 확신하고 있었어. 그렇다면 앞으로 어떻게 해야 할까?’

존 메러디스 목사는 신음 소리를 내며 먼지가 켜켜이 쌓인 방을 다시 서성거렸다.

‘도대체 어떻게 하면 좋을까? 나는 그 어떤 아버지 못지않게 아이들을 사랑한다. 아이들이 나를 깊이 사랑한다는 사실도 잘 알고 있다. 데이비스 부인 같은 사람들이 뭐라고 하든지 이 확신은 흔들리지 않는다. 하지만 내가 과연 이 아이들을 돌보기에 적합한 사람인가? 나는 내 약점과 한계를 누구보다도 잘 알고 있다. 지금 내겐 가족에게 좋은 영향을 주고 아이들을 상식에 맞게 돌봐줄 현숙한 여인이 필요하다. 그렇다면 어떻게 해야 하는 걸까? 만약 그런 가정부를 구한다면 마사 이모가 상처를 받을 것이다. 그분은 이 집에 필요한 일이라면 자기가 얼마든지 해낼 수 있다고 생각한다. 그동안 나와 내 아이들을 그토록 헌신적으로 섬겼던 노인에게 상처를 줄 수는 없다. 마사 이모가 서실리아를 얼마나 정성껏 돌봐줬던가! 아내도 마사 이모를 잘 보살펴달라고 부탁하지 않았던가.'

메러디스 목사는 언젠가 마사 할머니가 자기에게 재혼 이야기를 내비쳤던 일이 문득 떠올랐다. 만약 가정부를 새로 들이면 마사 할머니가 상처를 받겠지만, 아내를 새로 맞이한다면 기꺼이 환영해줄 것이다. 하지만 그런 일은 불가능해 보였다. 메러디스 목사는 재혼할 생각이 없기 때문이다. 그는 아내 외의 다른 여인에게 마음을 준 적도 없었고 그럴 수도 없었다. 그렇다면 어떻게 해야 할까?

문득 잉글사이드로 가서 블라이드 부인과 이 어려운 문제를 상의해봐야겠다는 생각이 들었다. 숫기 없는 그가 편안하게 이야기를 나눌 수 있는 여성이라고 해봤자 손에 꼽을 정도였는데, 블라이드 부인은 그중 한 명이었다. 언제나 다른 사람의 마음을 공감해주고 기운을 북돋아주는 블라이드 부인이라면 이 문제에 대한 해결책을 제시해줄지도 모른다는 희망이 생겼다. 만약 답을 얻을 수 없더라도 데이비스 부인과 만난 일로 지쳐 있던 메러디스 목사는 진실한 만남이 필요했다. 데이비스 부인이 심어 놓은 악몽에서 벗어날 돌파구가 필요했던 것이다.

메러디스 목사는 서둘러 옷을 갈아입은 뒤 평소보다는 공상을 덜 하면서 저녁을 먹었다. 덕분에 그는 자기 집의 음식이 엉망이라는 사실을 깨달았다. 목사는 아이들을 살펴보았다. 장밋빛을 띤 얼굴이 건강해 보였다. 하지만 우나는 달랐다. 서실리아가 살아 있었을 때도 우나는 몸이 약한 편이었다. 아버지의 고민을 아는지 모르는지 아이들은 즐겁게 웃으며 떠들었다. 다들 행복해 보였다. 그중에서도 멋진 거미 두 마리를 가져와 자기 접시 주위에 놓고 관찰하던 칼은 유난히 활짝 웃고 있었다. 아이들의 목소리는 쾌활했고 예의범절도 몸에 배어 있는 듯했다. 무엇보다 아이들은 서로를 배려하면서 다정하게 대했다. 그런데도 데이비스 부인은 아이들의 행동에 문제가 있어서 신도들이 수군거린다고 말했다.

메러디스 목사가 대문을 나설 때 하필이면 블라이드 부부가 마차를 타고 로브리지로 이어진 길을 지나가고 있었다. 순간 그의 얼굴이 흐려졌다. 블라이드 부인이 집에 없으니 잉글사이드에는 갈 이유가 없었다. 하지만 지금 그는 누군가와 대화를 나누고 싶은 마음이 간절했다. 체념한 채로 주위를 둘러보던 메러디스 목사의 눈에 언덕 위쪽 고풍스러운 농가가 들어왔다. 창문에 비치는 석양빛이 마치 희망의 등불처럼 장밋빛으로 타오르고 있었다. 문득 로즈메리와 엘런이 생각났다. 엘런과 날카롭게 의견을 주고받으며 대화를 나눈다면 기분이 한결 나아질 것 같았다. 무엇보다 로즈메리의 부드럽고 달콤한 미소와 차분한 하늘색 눈을 다시 보면 무척 즐거울 것 같았다. 필립 시드니 경을 추모하는 옛 시•에서, 시인은 "늘 위안을 주는 얼굴"이라고 노래하지 않았던가? 로즈메리에게 딱 맞는 말이다. 지금 메러디스 목사에게는 위안이 필요했고, 그곳에 가지 못할 이유는 없었다. 가끔 들러달라는 엘런의 말이 기억났다. 로즈메리에게 돌려줄

• 영국 시인 매슈 로이던(1580-1622)의 시 〈필립 시드니 경을 애도하며〉

책도 있었다. 잊어버리기 전에 돌려주어야 한다. 그는 여러 곳에서 빌렸다가 깜빡 잊고 돌려주지 않은 책이 서재에 쌓여 있다는 사실을 깨닫고 마음이 불편해졌다. 이번만큼은 그렇게 하지 않도록 주의해야 한다. 그는 서재로 돌아가 로즈메리의 책을 챙긴 뒤 밖으로 나와 무지개 골짜기를 향해 걷기 시작했다.

15장

또 다른 소문

항구 건너편 마이러 머리 부인의 장례식이 있던 날 저녁에 코닐리어가 메리 밴스를 데리고 잉글사이드를 찾아왔다. 코닐리어는 속을 털어놓고 싶어서 입이 근질근질했다. 물론 장례식과 관련된 이야기도 빼놓을 수 없었다. 수전과 코닐리어는 시시콜콜한 이야기를 나누었다. 괴상망측한 소재까지 다루는 대화에 끼고 싶지 않았던 앤은 두 사람과 조금 떨어져 앉아 가을의 불꽃처럼 피어 있는 달리아꽃과 9월의 저녁노을에 물든 꿈결 같은 항구를 바라보고 있었다. 메리 밴스는 앤 옆에 앉아 얌전히 뜨개질을 했다. 메리의 마음은 아이들의 흥겨운 웃음소리가 어렴풋이 들려오는 무지개 골짜기에 가 있었지만 메리의 손가락은 코닐리어의 눈 아래 있었다. 무지개 골짜기로 가려면 스타킹을 몇 켤레 더 짜야 했다. 메리는 입을 다물고 부지런히 손을 움직이면서도 귀는 쫑긋 세우고 있었다.

코닐리어가 재판관이라도 된 듯 말했다.

"그렇게 고운 시신은 처음 봤어요. 마이러 머리는 원래 예뻤죠. 로브리지의 코리 가문 사람인데, 그 집안사람들은 전부터 인물이 훤하기로 유명했어요."

수전이 한숨을 쉬었다.

"저는 고인의 곁을 지날 때 이렇게 말했어요. '참 안됐네요. 부인의 고운 얼굴처럼 행복하기를 기도합니다.' 그분은 살아생전의 모습과 별반 다르지 않았어요. 검은색 새틴 드레스 차림이었는데 14년 전 딸의 결혼식에서도 그걸 입었죠. 그때 그녀의 이모가 장례식에서 입을 수 있도록 그 옷을 잘 보관해두라고 하셨대요. 하지만 마이러는 웃으면서 이렇게 말했어요. '제 장례식 때 입을 수도 있겠지만, 그 전에도 입고 다니면서 재미있게 지낼 거예요.' 그리고 실제로 그렇게 했죠. 죽기도 전에 자기 장례식 생각이나 하면서 시간을 보낼 사람은 아니니까요. 마이러가 다른 사람들과 즐겁게 지내는 모습을 볼 때마다 저는 속으로 생각했답니다. '당신은 멋진 여성이고 그 드레스는 당신에게 참 잘 어울려요. 하지만 마지막에는 수의가 될 수도 있을 거예요.' 그랬는데 제 말대로 된 셈이잖아요."

수전은 다시 크게 한숨을 쉬었다. 장례식은 이야기를 나누기에 무척 즐거운 주제였던지라 기분이 들떠 보였다.

코닐리어가 말했다.

"마이러를 만나면 늘 즐거웠어요. 밝고 쾌활했으니까요. 악수만 해도 기분이 좋아졌죠. 마이러는 무슨 일을 하든지 언제나 최선을 다하는 분이었어요."

수전이 맞장구쳤다.

"그건 사실이에요. 그분 시누이가 해준 말인데, 이제는 뾰족한 방법이 없고 다시는 침대에서 일어나지 못할 거라고 의사가 진단하자 마이러는 밝은 얼굴로 이렇게 말했대요. '다행이네요. 과일을 다 절여놓았거든요. 이번 가을에는 대청소를 안 해도 되겠죠?' 그러고는 이렇게 덧붙였어요. '봄에 청소하는 건 좋은데 가을에는 무척 하기 싫거든요. 올가을엔 청소를 건너뛸 수 있어서 정말 다행이에요.' 이런 말을 경박하게 여기는 사람도 있겠죠. 시누이도 왠지 부끄러워하는 것 같았어요. 마이러가 병 때문에 정신이 좀 멍해진 것 같다고 했거든요. 그렇지만 전 '그런 걱정은 안 하셔도 돼요. 그분은 항상 사물의 밝은 면을 보니까요'라고 말해줬죠."

코닐리어가 말했다.

"마이러의 언니 루엘러는 동생과 영 딴판이었어요. 인생이 온통 어두컴컴하고 그늘져 있었으니까요. 자기는 머지않아 죽을 거라는 말을 입에 달고 살았거든요. '오래 살아서 누군가에게 짐이 되고 싶진 않아'라는 말도 입버릇처럼 했죠. 가족 중 누군가가 앞날의 계획이라도 이야기할라치면 루엘러는 또 한숨을 쉬며 '아, 그땐 내가 여기 없겠네'라고 하는 거예요. 난 루엘러를 보러 갈 때마다 당신 말이 다 맞는다고 해줬어요. 루엘라는 그 말을 듣고 화를 많이 내더군요. 덕분에 며칠 동안은 상태가 꽤 나아지곤 했어요. 지금은 전보다 건강해지긴 했는데, 그렇다고 성격까지 달라지는 건 아니더라고요. 마이러와 루엘러는 자매인데도 어쩜 그렇게 성격이 다른지, 참 신기해요. 마이러는 무슨 말을 하건, 어떤 일을 하건 언제나 상대방을 즐겁게 해주었으니까요. 아마도 두 사람이 결혼한 남자들과 관련 있을 거예요. 루엘러의 남편은 타타르족• 같은 사람이었어요. 반면에 짐 머리는 남자치고 됨됨이가 괜찮았죠. 짐은 오늘 무척 상심해 보였어요. 상처한 남자를 딱하게 여긴 적이 거의 없었는데, 오늘은 가엾다는 마음이 들더군요."

수전이 말했다.

"그 사람이 그렇게나 슬퍼하는 것도 무리는 아니에요. 마이러 같은 아내가 또 어디 있겠어요? 아마 재혼은 하지 않을 거예요. 아이들도 다 컸고 집안일은 미러벨이 할 수 있으니까요. 하지만 홀아비가 뭔가를 할지 말지는 알 수 없는 법이죠. 그래서 섣불리 뭐라고 말할 순 없네요."

코닐리어가 말했다.

"특히 교회에서는 마이러의 빈자리가 참 크게 느껴져요. 일을 정말 잘했거든요. 게다가 무슨 일이든 몸을 사리지 않았어요. 가망 없어 보이는 일도 어떻게든 시도했고, 여의치 못하면 아무렇지 않은 척했죠. 그래도 뭔가를 해내지 못한 경우는 거의 없었지만요. 언젠가 마이러는 '내 인생 여정이 끝날 때까지 힘든 일이 있어도 내색하지 않을 거예요'라고 말했어요. 이제 그 여정이 끝났네요."

• 몽골족 가운데 한 부족, 혹은 몽골족을 통틀어 이르는 말이다. 여기에서는 침략자, 기독교의 공적(公敵), 전염병을 퍼뜨린 장본인 등 부정적인 의미로 쓰였다.

꿈나라에서 돌아온 앤이 갑자기 끼어들었다.

"정말 그렇게 생각하세요? 전 그 여정이 끝난 것 같지 않아요. 그분이 가만히 앉아서 두 손을 모으고 있는 모습을 상상할 수 없거든요. 열정이 넘치고 호기심도 강하고 모험심 가득한 마이러는 절대 그럴 수 없을 것 같아요. 전 머리 부인이 죽은 뒤에도 문을 활짝 열어젖히고 새롭고 멋진 모험의 세계를 찾아 나섰을 거라고 생각해요."

코닐리어도 동의했다.

"음, 어쩌면 그럴 수도 있겠네요. 실은 나도 영원한 안식이라는 교리가 마음에 들지 않아요. 이렇게 말한다고 이단이라는 오해를 받진 않겠죠? 난 여기 있을 때처럼 천국에서도 바쁘게 지내고 싶어요. 그리고 그곳에도 파이와 도넛 비슷한 것이 있었으면 좋겠어요. 뭔가 만들 게 있으면 좋겠다는 말이에요. 물론 아주 피곤할 때가 있긴 하죠. 나이가 들수록 피곤할 때가 많아지기도 하고요. 하지만 아무리 피곤해도 영원한 시간 속에서라면 짧은 휴식만으로 충분할 것 같아요. 지독한 게으름뱅이들에게는 그것도 부족하겠지만요."

앤이 말했다.

"하늘나라에 갔을 때 머리 부인이 활기차게 웃으면서 절 맞아주었으면 좋겠어요. 이곳에서 늘 그랬던 것처럼."

수전이 놀란 목소리로 물었다.

"어머나, 사모님. 설마 마이러가 저 세상에서도 웃을 거라고 생각하시는 건 아니죠?"

"그렇게 생각하면 안 되나요? 설마 거기서는 다들 울상으로 지낸다고 생각하는 거예요?"

"그런 건 아니에요, 사모님. 오해하지 마세요. 하지만 전 천국에서 우리가 울거나 웃을 거라고 생각하지는 않거든요."

앤이 진지한 척하며 물었다.

"그럼 우린 어떤 모습으로 있을까요?"

수전이 당황해하며 말했다.

"글쎄요? 이건 제 생각인데, 근엄하고 엄숙한 얼굴을 하고 있지 않을까요?"

앤이 근엄한 얼굴로 말했다.

"정말 그렇게 생각해요? 마이러 머리나 제가 영원토록 근엄하고 거룩한 얼굴로 지낼 수 있을까요?"

수전이 마지못해 인정했다.

"음, 두 분 다 가끔씩은 웃어야만 할 것 같다고 말해야겠네요. 하지만 천국에 가서도 웃을 수 있다는 건 인정할 수 없어요. 정말 불경스러운 생각이에요."

코닐리어가 말했다.

"자, 이제 이승 이야기로 돌아가보죠. 주일학교에서 마이러가 맡았던 반은 앞으로 어떻게 해야 할까요? 마이러가 몸져누운 뒤로 줄리아 클로가 대신해왔는데, 겨울에는 도시로 나간다고 하니까 이제 다른 사람을 구해야 해요."

앤이 말했다.

"로리 제이미슨 부인이 관심 있다고 들었어요. 제이미슨 부부는 로브리지에서 글렌세인트메리 마을로 이사 온 뒤부터 매주 빠지지 않고 교회에 왔잖아요."

코닐리어는 마땅찮은 표정을 지었다.

"새로 온 사람이잖아요! 적어도 1년 정도는 교회에 성실히 다니는지 지켜봐야 해요."

수전이 진지한 얼굴로 말했다.

"제이미슨 부인은 믿을 수 없어요, 사모님. 언젠가 숨을 거두었다가 다시 살아난 사람이잖아요. 시신을 아름답게 단장시키고 눕힌 다음 관 치수를 재고 있을 때 갑자기 살아났다지 뭐예요. 그런 여자를 어떻게 믿겠어요."

코닐리어가 덧붙였다.

"그리고 그녀는 언제라도 감리교회로 옮길 수 있어요. 로브리지에 있을 때 장로교회와 감리교회를 같이 다녔다더군요. 여기 와서까지 그러는지는 확인을 못 했지만, 아무튼 제이미슨 부인에게 주일학교 교사를 맡겨서는 안 된다고 생각해요. 물론 그녀의 기분을 상하게 만들면 안 되겠죠. 죽거나 사이가 나빠져 교회를 떠나는 사람이 늘어나다 보니 신도 수가 점점 줄고 있으니까요. 데이비스 부인도 우리 교회를 떠났는데, 아무도 왜 그랬는지는 몰라요. 메러디스 목사님의 월급은 한 푼도 내지 않겠다고 제직회에 말했대요. 물론 목사관 아이들이 데이비스 부인의 기분을 상하게 했다고 사람들이 떠들어대지만, 왠지 난 그게 주된 이유는 아닌 것 같아요. 페이스를 떠보면서 물어봤는데 알아낸 거라고는 데이비스 부인이 기분 좋게 목사님을 만나러 왔다가 몹시 화를 내면서 돌아갔다는 것뿐이었어요. 게다가 아이들을 해충이라고 불렀다지 뭐예요."

수전이 화를 냈다.

"해충이라니, 제정신인가요? 데이비스 부인은 자기 삼촌이 아내를 독살했다고 의심받는다는 사실을 잊어버렸나 보죠? 아직 진상을 밝히지 못했고 소문을 다 믿을 수는 없지만, 그런 삼촌을 둔 사람이 순진한 아이들에게 해충이라고 부르면서 고개를 들고 다니는 건 말이 안 된다고 봐요."

코닐리어가 말했다.

"가장 큰 문제는 데이비스 부인이 그동안 헌금을 많이 내고 있었다는 거죠. 부인이 떠나면 앞으로 부족한 부분을 어떻게 메우느냐가 관심거리네요. 그리고 데이비스 부인이 더글러스 가문의 다른 사람들까지 부추겨 메러디스 목사님에게서 등을 돌리게 만들 수도 있어요. 아마 분명히 그렇게 할 거예요. 그러면 목사님은 이 마을을 떠날 수밖에 없겠죠."

수전이 말했다.

"친척들도 데이비스 부인을 별로 좋아하지 않는 것 같은데요. 그러니 데이비스 부인이 다른 사람들에게 영향을 끼칠 것 같지는 않네요."

"하지만 더글러스 가문 사람들은 똘똘 뭉쳐 있잖아요. 한 사람을 건드리면 그들 전부에게 시비를 건 것이나 매한가지라고요. 안타깝지만 그들 없이는 교회를 정상적으로 운영하기 힘들어요. 목사님 월급의 절반을 내고 있으니까요. 다른 건 몰라도 인색하지는 않아요. 노먼 더글러스는 교회를 떠나기 전까지 1년에 100달러나 냈었죠."

앤이 물었다.

"그분은 왜 교회를 떠나신 거예요?"

"당회원[•] 중 한 사람이 자기를 속였다고 하더군요. 교회에 안 나온 지도 벌써 20년이나 됐네요. 그의 아내는 죽기 전까지 출석했죠. 하지만 노먼은 아내가 헌금을 한 푼도 내지 못하게 했어요. 예배 때 1센트짜리 빨간 동전을 헌금 바구니에 넣는 게 고작이라 부인은 몹시 부끄러워했죠. 부인의 불평을 직접 들은 적은 없지만, 그가 좋은 남편이었는지는 모르겠네요. 그녀는 늘 겁먹은 표정이었으니까요. 30년 전에 노먼 더글러스는 마음에 둔 여자와 결혼하지 못했어요. 더글러스 가문은 차선책으로 만족하는 사람들이 절대 아니에요."

"그가 결혼하고 싶어 했던 여자는 누구였나요?"

"엘런 웨스트요. 정식으로 약혼하지는 않았던 것 같고, 2년 정도 사귀다가 헤어진 거예요. 왜 그랬는지는 아무도 몰라요. 그저 바보 같은 말다툼을 하다가 사이가 멀어진 게 아닐까요? 노먼은 화가 채 가라앉기도 전에 헤스터 리스를 신부로 맞이했어요. 단지 엘런을 괴롭히려고 결혼한 거예요. 남자들이 다 그렇잖아요! 헤스터는 착한 여자였지만 지나치게 소극적이었어요. 게다가 노먼이랑 살면서 기가 팍 꺾여버렸는지 지나치다 싶을 만큼 온순하게 굴었어요. 하지만 노먼은 자기에게 맞설 수 있는 여자가 필요했던 거예요. 엘런이었다면 노먼을 꼼짝 못하게 다룰 수 있었겠죠. 엘런의 그런 점에 노먼이 매력을 느꼈으니까요. 노먼은 늘 헤스터를 깔봤어요. 자기 말을 잘 듣는다는 이유 하나 때문에요. 오래전 그가 젊었을 때 이렇게 말하는 걸 여러

• 개별 교회의 의사결정 기구인 '당회'의 구성원.

번 들었죠. '난 드센 여자가 좋아. 내가 뭐라고 하든지 절대 내게 기죽지 않는 여자를 만나고 싶어.' 그런데 정작 결혼은 거위 한 마리도 차마 쫓아내지 못하는 여자와 한 거예요. 남자들이 다 그렇잖아요. 리스 가문에는 무기력한 사람들밖에 없나 봐요. 생기라곤 하나도 없고 다들 허깨비 같아요."

수전이 기억을 더듬으며 말했다.

"러셀 리스는 재혼할 때 전처에게 줬던 결혼반지를 다시 썼대요. 돈을 아끼려고 그랬나 봐요. 그리고 그 사람의 동생 존은 자기 묘비를 항구 건너편 묘지에 세워놨어요. 묘비엔 사망일만 빼고 모든 내용이 새겨져 있죠. 그러고는 일요일마다 그 묘비를 보러 가는 거예요. 그게 어디 보통 사람이 할 만한 일인가요? 물론 자기가 좋다는데 어쩌겠어요. 노먼 더글러스 이야기가 나와서 말인데, 그는 이교도가 맞아요. 교회에 나오지 않는 이유를 목사님이 물었더니 그는 이렇게 대답했대요. '목사님, 거기엔 못생긴 여자가 너무 많아요. 그런 여자들뿐이니 가고 싶은 마음이 들겠소?' 사모님, 그런 사람에겐 '지옥에나 떨어져!'라고 쏘아붙이고 싶어요."

코닐리어가 말했다.

"하지만 노먼은 지옥이 있다는 것조차 믿지 않으니까 문제죠. 제발 죽기 전엔 잘못을 깨달았으면 좋겠네요. 자, 메리. 뜨개질을 그쯤 했으니 가서 아이들과 30분 정도 놀다 와도 좋아."

메리는 다음 말을 기다리지도 않고 마음만큼이나 가벼운 몸짓으로 무지개 골짜기를 향해 달려갔다. 그러고는 페이스에게 데이비스 부인의 일을 모두 말해주었다.

"엘리엇 아주머니가 그러는데, 데이비스 부인이 부추겨서 더글러스 집안사람들이 너희 아버지에게 등을 돌리도록 만들 거래. 그러면 목사님이 월급을 받을 수 없게 되니까 글렌세인트메리 마을을 떠나야 할지도 모른다는 거야. 어떻게 하면 좋을지 나도 모르겠어. 노먼 더글러스 아저씨가 교회로 돌아와 헌금을 많이 낸다면 문제가 해결되겠지만, 그럴 일은 없을 것 같고…. 만약 더글러스 집안사람들이 교회에 안 나온다면 너희는 여길 떠나야 할 거야."

페이스는 그날 밤 무거운 마음으로 잠자리에 들었다. 글렌세인트메리 마을을 떠나야 한다니, 생각만 해도 끔찍했다. 블라이드네 아이들 같은 친구는 세상 어디에도 없을 것이다. 메이워터를 떠나면서 그곳 친구들과 헤어질 때 얼마나 마음이 아팠던가. 엄마에 대한 추억이 깃든 그 낡은 목사관을 떠나면서 페이스는 쓰라린 눈물을 흘렸다. 그런데 그보다 더한 아픔을 또다시 겪을 거라 생각하니 도무지 견딜 수 없었다. 무슨 일이 있어도 글렌세인트메리 교회와 무지개 골짜기와 그 멋진 묘지를 절대 떠나고 싶지 않았다.

"목사 가족으로 사는 건 참 힘들어. 어떤 곳을 좋아하게 되자마자 곧 다른 곳으로 가야 하잖아. 난 절대, 절대, 절대 목사님과는 결혼하지 않을 거야! 아무리 멋진 사람이라 해도 어림없어."

베개에 얼굴을 묻고 한숨을 쉬던 페이스는 일어나 앉아 담쟁이덩굴이 붙어 있는 작은 창문으로 밖을 내다보았다. 우나의 부드러운 숨소리만 들릴 뿐 주위는 무척 고요했다. 페이스는 세상에 홀로 남은 것 같은 기분이 들었다. 가을밤 별빛이 쏟아지는 목초지 아래로 글렌세인트메리 마을이 보였다. 골짜기 너머 잉글사이드의 여자아이들 방에서 불빛이 반짝거렸다. 월터의 방도 불이 켜져 있었다. 페이스는 월터의 치통이 도진 것은 아닌지 걱정되었다. 문득 낸과 다이가 부러워서 한숨이 나왔다. 그 아이들은 어머니도 있고 제대로 된 가정도 있다. 아무 이유 없이 화를 내면서 해충이라고 욕하는 사람들에게 휘둘리지 않아도 된다.

글렌세인트메리 마을 너머의 조용한 들판에서 또 다른 불빛이 보였다. 페이스는 불빛이 노먼 더글러스가 사는 집에서 나온다는 사실을 알고 있었다. 그는 밤늦게까지 책을 읽는다고 알려져 있었다. 그를 교회에 다시 나오게 한다면 모든 일이 잘 풀릴 것이라고 메리가 말했다. 정말 그럴 수 있을까? 페이스는 감리교회 정문 앞에 서 있는 크고 뾰족한 가문비나무 위에 매달린 별을 바라보다가 문득 어떤 생각이 떠올랐다. 페이스는 이제 무엇을 해야 할지 알고 있었다.

'나, 페이스 메러디스는 그 일을 할 거야. 모든 문제를 바로잡을 거라고!'

페이스는 안도의 한숨을 내쉬며 외롭고 어두운 세계에서 돌아와 우나 곁에 웅크리고 누웠다.

16장

받은 만큼 돌려주다

페이스에게 결심이란 곧 행동을 의미했다. 페이스는 어떤 일을 하겠다고 마음먹으면 지체 없이 실행에 옮기는 아이였다. 다음 날 페이스는 학교에서 집으로 돌아오자마자 목사관을 나와 마을 쪽으로 걸었다.

우체국 앞을 지날 때 페이스는 월터와 마주쳤다. 월터가 말을 건네왔다.

“난 엄마 심부름으로 엘리엇 아주머니 집에 가는 길이야. 넌 어디 가니?”

“교회 일로 어디 갈 데가 있어.”

페이스는 조금 거만한 투로 대답했다. 페이스가 자세한 이야기를 해주지 않아서 월터는 기분이 조금 상했다. 두 아이는 한동안 말없이 함께 걸었다. 바람이 조금 불긴 했지만 저녁 공기는 따뜻했고 달콤한 나뭇진 향기도 풍겨왔다. 모래언덕 너머에는 잔잔하고 아름다운 회색 바다가 펼쳐져 있었다. 시냇물 위를 둥둥 떠가는 황금색과 진홍색 나뭇잎은 마치 요정이 탄 조각배 같았다. 추수를 마친 뒤 아름다운 적갈색으로 변한 제임스 리스 씨의 메밀밭에 까마귀들이 모여 있었다. 마치 자기들 나라의 복지와 관련해서 진지하게 토의하는 듯했다. 페이스가 갑자기 울타리 위로 올라가더니 부러진 난간을 집어던지며 8월의 까마귀 의회를 무자비하게 해산시켰다. 하늘은 순식간에 펄럭이는 검은 날개로 어두워졌고 분노의 울음소리가 주위를 가득 채웠다.

월터가 책망하며 말했다.

"왜 그랬어? 까마귀들이 재미있게 놀고 있었잖아."

페이스는 대수롭지 않은 듯했다.

"난 까마귀가 싫어. 너무 시커멓고 음흉해 보여. 걔네들은 다 위선자일 거야. 작은 새의 둥지에서 알을 훔치잖아. 작년 봄 우리 집 잔디밭에서도 그런 짓을 하더라. 그런데 월터, 오늘따라 얼굴이 왜 그렇게 창백해? 어젯밤에 또 이가 아팠어?"

월터는 몸을 떨었다.

"응, 너무 아파서 한숨도 못 잤어. 그래서 방 안을 왔다 갔다 하며 내가 네로 황제의 명으로 고문을 당하던 순교자라고 생각했지. 얼마 동안은 그나마 버틸 만했는데 나중에는 너무 아파서 아무것도 상상할 수 없게 됐어."

페이스가 걱정스레 물었다.

"많이 울었니?"

월터가 솔직히 고백했다.

"아니. 하지만 바닥에 누워서 끙끙 앓았지. 그러고 있는데 여동생들이 들어왔어. 낸이 매운 고추를 입에 넣어주더라. 그러니까 더 아픈 거야. 다이가 찬물을 한 모금 입에 머금으라고 했는데 그래도 참을 수 없었어. 결국 동생들이 수전 아주머니를 불러왔지. 아주머니는 내가 어제 차가운 다락방에서 아무 짝에도 쓸모없는 시나 끄적거리니까 이렇게 된 거라고 하더니 부엌에 불을 피우고 병에 뜨거운 물을 담아서 가져다줬어. 덕분에 아픈 게 가라앉았지. 난 좀 나아지자마자 수전 아주머니한테 말했어. 내 시는 쓸데없는 게 아니고 아주머니는 재판관이 아니라고 말이야. 그러자 아주머니는 자기가 재판관이 아니라서 다행이고 시 같은 것도 전혀 모르지만, 시가 거짓말만 늘어놓는다는 건 안다고 그랬어. 너도 알잖아, 페이스. 시는 그런 게 아니야. 내가 시를 좋아하는 이유는 그걸 통해 많은 이야기를 할 수 있기 때문이야. 물론 그런 소재로 산문을 쓰면 거짓말이 되지만 시에서는 아무런 문제가 없어. 내가 이렇게 말했더니 수전 아주머니는 이제 이야기는 그만 하고 물이 식기 전에 자라는 거야. 시키는 대로 하지 않을 거면 어디 한번 시를 읊어보고 통증이 잦아드는지 확인해보자고도 그랬어. 그러고는 내가 이 일로 교훈을 얻길 바란다고 설교를 늘어놓았어."

"로브리지의 치과에 가서 이를 뽑아버리면 되잖아?"

월터가 다시 몸을 떨었다.

"다들 그러라고는 하는데, 난 못 하겠어. 정말 아플 거야."

"그게 뭐가 아프다고 그래?"

페이스가 잘난 척하자 월터는 얼굴이 빨개졌다.

“난 아픈 건 딱 질색이라고! 아빠가 날 억지로 치과에 보내지 않으셔서 다행이야. 내가 가겠다고 결심할 때까지 기다리겠다고 하셨어.”

페이스가 설득했다.

“넌 벌써 다섯 번째 아픈 거잖아. 그냥 뽑아버리면 더는 밤새 아파할 일이 없을 거야. 나도 전에 이를 뽑은 적이 있는데, 비명 한 번 지르고 나니까 끝이었지. 피만 조금 났을 뿐이야.”

월터가 소리쳤다.

“난 피를 보는 게 싫은 거야. 정말 소름이 끼친다고. 지난여름 젬이 발을 다쳤을 때 난 속이 울렁거려 혼났어. 수전 아주머니는 젬보다 내가 먼저 기절할 것처럼 보였대. 아무튼 젬이 다친 걸 보면서 얼마나 힘들었는지 몰라.”

월터는 고개를 절레절레 흔들며 말을 계속했다.

“늘 누군가는 다치잖아. 참 끔찍한 일이야. 난 상처를 보는 게 너무 힘들어. 상처가 보이지 않고, 비명도 들리지 않는 곳으로 도망치고 싶어.”

페이스가 곱슬머리를 위로 들어 올리며 말했다.

“누가 다친 걸 가지고 그렇게 난리를 떠는 건 아무런 도움이 안 돼. 물론 심하게 다치면 소리를 지를 수밖에 없겠지. 피라는 게 썩 보기 좋은 것은 아니고. 나도 다른 사람이 다치는 게 싫어. 그렇다고 해서 도망치고 싶은 건 아니야. 다친 사람을 도와주고 싶어. 너희 아빠도 사람들을 치료하려고 어쩔 수 없이 아프게 만든 일이 많았을 거야. 만약 블라이드 선생님이 도망치셨다면 그 사람들은 어떻게 됐을까?”

"난 도망치겠다고 말한 게 아냐. 도망치고 싶은 마음이 들었다는 거지. 그건 다른 거야. 나도 다친 사람을 도와주고 싶어. 하지만 세상에 보기 싫고 무서운 일이 없었으면 좋겠어. 모든 게 즐겁고 아름답기만 하면 얼마나 좋을까?"

"있지도 않은 건 생각하지 않는 게 좋아. 살다 보면 재미있는 일도 많잖아. 죽으면 이가 아플 일도 없겠지만, 죽는 것보단 살아 있는 게 훨씬 좋지. 안 그래? 난 그게 훨씬 낫다고 생각해. 어머, 저기 댄 리스가 있네. 항구에서 낚시를 하고 있었나 봐."

월터가 말했다.

"난 댄 리스가 싫어."

"나도 그래. 여자애들은 다 개를 싫어해. 난 아는 척하지 않고 지나갈 거야. 어디 한번 잘 지켜보라고."

페이스는 턱을 쑥 내밀고 댄의 영혼까지 비웃는 듯한 표정을 지으며 지나쳐 갔다. 그러자 댄이 몸을 돌려서 소리쳤다.

"돼지 계집애! 돼지 계집애! 돼지 계집애!"

점점 큰 소리로 욕을 했지만 페이스는 못 들은 척하며 계속 걸어갔다. 하지만 분노가 솟아올라 입술이 가늘게 떨렸다. 험한 말로는 자기가 댄 리스를 이길 수 없다는 것을 페이스는 잘 알고 있었다.

'지금 내 옆에 월터가 아니라 젬이 있었으면 얼마나 좋을까? 젬이라면 날 돼지라고 놀리는 댄 리스를 흠씬 때려줬을 텐데.'

하지만 페이스는 월터가 그렇게 해주기를 기대하지 않았고, 그러지 않았다고 탓할 생각도 없었다. 월터가 누군가와 주먹다짐을 한 적이 없다는 건 페이스도 알고 있었다. 남자인데도 싸움을 하지 않는 아이가 한 명 더 있었다. 북쪽 길에 사는 찰리 클로였다. 하지만 두 아이가 풍기는 분위기는 전혀 달랐다. 페이스는 찰리를 겁쟁이로 여기며 업신여겼지만, 이상하게도 월터에게는 그런 마음이 전혀 들지 않았다. 월터는 이곳과 관습이 전혀 다른 자신만의 세계에 살고 있는 것처럼 보였을 뿐이다. 월터가 자기를 위해 지저분한 차림의 주근깨투성이 댄 리스를 혼내주길 기대하느니 차라리 별처럼 눈동자가 반짝거리는 어린 천사가 나타나 도와주길 바라는 것이 낫겠다 싶었다. 물론 페이스는 천사를 탓할 생각이 없었고 월터를 탓할 생각은 더더욱 없었다. 그래도 페이스는 믿음직스러운 젬이나 제리가 여기 함께 있었더라면 좋았을 것이라는 생각이 들었다. 댄에게 받은 모욕이 머릿속에서 떠나지 않았기 때문이다.

월터의 얼굴은 더 이상 창백하지 않았다. 뺨은 새빨갛게 달아올랐고 아름다운 눈동자는 수치심과 분노로 흐려져 있었다. 월터는 페이스가 당한 모욕을 자신이 되갚아주어야 한다는 것을 알고 있었다. 젬이라면 당장 댄에게 달려들어서 무례하게 군 대가를 톡톡히 치르게 해줬을 것이다. 리치 워런이라면 댄이 페이스에게 했던 것보다 더 심한 욕을 퍼부어 댄을 꼼짝 못하게 만들었을 것이다. 하지만 월터는 도저히 욕을 할 수 없었다. 그랬다가는 상황이 더 나빠질 게 뻔했다. 댄 리스가 내뱉는 욕설은 월터가 머릿속으로 떠올릴 수도, 차마 입에 담을 수도 없을 만큼 흉하고 상스러웠다. 또한 주먹으로 싸울 수도 없었다. 월터에게는 생각하고 싶지도 않은 일이었다. 누군가와 치고받는다는 건 거칠고 고통스러우면서 무엇보다 추악한 일이었다. 가끔씩 아이들과 싸우면서 의기양양해하는 젬을 월터는 절대 이해할 수 없었다. 하지만 지금은 댄 리스와 싸울 수 있으면 좋겠다는 생각까지 들었다. 자기 앞에서 모욕을 당한 페이스 메러디스를 위해 당당히 나서지 못하는 것이 참으로 부끄러웠다. 월터는 이제 페이스가 자기를 경멸할 것이라고 확신했다. 실제로 페이스는 댄과 마주친 다음부터 월터에게 말도 걸지 않았다. 이윽고 갈림길에 접어들자 월터는 안도감이 들었다.

비록 다른 이유였지만 페이스도 안도감이 들었다. 자기가 해야 할 일을 떠올리자 불안한 마음이 들어서 혼자 있고 싶었기 때문이다. 처음에 가졌던 열정은 이미 차갑게 식어 있었다. 댄의 말에 자존심이 상하면서부터는 더욱 그랬다. 어떻게 해서든 계획한 일을 해내야 했지만 이미 기운이 빠져버렸다.

페이스는 노먼 더글러스를 만나서 교회에 다시 나오라고 부탁할 생각이었다. 그런데 갑자기 노먼이 무서워졌다. 집을 나설 때만 해도 아주 쉽고 간단한 일이라고 생각했지만 지금은 전혀 달랐다. 노먼 더글러스에 대한 소문은 그동안 숱하게 들었고 덩치 큰 남자아이들조차 그를 무서워한다는 것도 알고 있었다. 그의 입이 험하다는 말을 들었던 페이스는 그가 자기에게 고약한 말을 할까 봐 걱정되었다. 페이스는 누군가에게 욕설을 들으면 금세 풀이 죽었다. 차라리 얻어맞는 게 낫겠다고 생각할 만큼 고통스러워했다. 하지만 늘 그래왔던 것처럼 페이스는 어떻게든 이 일을 해내리라 마음먹었다. 만약 실패한다면 아버지가 글렌세인트메리 마을을 떠나야 했기 때문이다.

긴 오솔길이 끝나자 마침내 크고 고풍스러운 집이 나타났다.

행진하는 군대처럼 양버들이 집 주위에 늘어서 있었다. 뒤쪽 베란다에 나와 신문을 읽는 노먼 더글러스와 곁에 앉아 있는 개 한 마리가 보였다. 부엌에서는 가정부로 일하는 윌슨 부인이 저녁을 준비하고 있었는데, 분풀이라도 하듯이 그릇을 덜그럭거리는 소리가 크게 들려왔다. 방금 전에 노먼 더글러스와 윌슨 부인이 말다툼을 했고 두 사람 모두 기분이 풀리지 않아서 그랬을 것이다. 그러다 보니 페이스가 베란다로 올라섰을 때 노먼 더글러스가 짜증스러운 눈총을 보낸 것은 당연했다.

노먼 더글러스는 꽤 잘생긴 남자였다. 떡 벌어진 가슴 위로 붉은 수염이 길게 내려와 있었고 커다란 머리에는 빨간 머리카락이 갈기처럼 나 있었다. 적지 않은 나이였음에도 흰머리 하나 없었으며 높고 하얀 이마는 주름살 없이 팽팽했다. 파란 눈동자는 혈기 왕성했던 청년 시절과 다름없이 반짝거렸다. 그는 점잖고 친절할 때도 있었지만, 마음이 상하면 몹시 사나워졌다. 교회를 위기에서 구해낼 일념으로 가득했던 페이스는 하필 그가 기분이 가라앉아 있을 때 찾아온 것이다.

노먼은 못마땅한 눈으로 아이를 바라보았다. 그는 잘 웃고 명랑하면서 화낼 줄도 아는 여자아이를 좋아했다. 그래서 자기 앞에 나타난 이 아이에게는 호감을 느낄 수 없었다. 페이스는 얼굴빛에 따라 인상이 달라졌는데, 이때는 몹시 창백했던지라 숫기 없고 볼품사나워 보였기 때문이다. 무서워서 주눅 들어 있는 페이스를 보자 평소 약한 사람을 싫어했던 노먼 더글러스는 아이를 골려주고 싶어졌다.

"넌 누구냐? 여기 왜 온 거지?"

노먼이 무섭게 노려보며 큰 소리로 묻자 페이스는 태어나서 처음으로 말문이 막혀버렸다. 노먼 더글러스가 이런 사람일 줄은 상상도 하지 못했다. 어찌나 무서운지 손가락 하나 움직일 수 없었다. 그 모습을 본 노먼은 더 크게 화를 냈다.

"지금 뭐 하는 거야? 할 말이 있는데 무서워서 입도 못 떼겠다는 거냐? 시간 끌지 말고 어서 털어놓지 못 해?"

페이스는 한 마디도 하지 못하고 입술만 파르르 떨었다.

"참 나, 울지 마! 훌쩍거리는 건 딱 질색이라고. 할 말 있으면 얼른 해버려. 이런 얼빠진 녀석을 봤나. 멍청한 귀신이라도 들러붙은 거야? 그런 눈으로 보지 마. 나도 사람이야. 꼬리 달린 괴물이 아니라고! 대체 넌 누구냐? 누구냐고 묻잖아."

목소리가 어찌나 큰지 항구에서도 들렸을 것이다. 부엌에서 덜그럭거리던 소리도 어느새 그쳤다. 윌슨 부인은 눈과 귀를 활짝 열고 이 소동에 주의를 기울였다. 노먼은 큼직한 구릿빛 손을 무릎에 얹고 몸을 앞으로 기울여서 페이스의 창백하고 움츠러든 얼굴을 응시했다. 마치 동화 속에서 사악한 거인이 소녀 앞에 서 있는 듯한 장면이었다. 페이스는 자기를 통째로 집어삼킬 것 같은 노먼의 기세에 눌려 입을 열지 못했다.

이윽고 페이스가 기어 들어가는 목소리로 간신히 말했다.

"저는, 페이스, 메러디스라고 해요."

"메러디스라고? 아, 목사 아이들 중 하나로군. 맞지? 네 이야기는 들었어. 돼지 등에 올라타서 달리고 주일도 지키지 않았다며? 정말 대단해! 그런데 여긴 왜 온 거야, 응? 이 늙은 이교도에게 볼일이라도 있나? 난 목사한테 부탁할 게 없어. 줄 것도 없고. 도대체 뭘 원하는 거냐고?"

페이스는 당장이라도 머나먼 곳으로 도망치고 싶었다. 하지만 마음을 가다듬고 자신의 생각을 더듬더듬 솔직하게 말했다.

"저는 아저씨가, 교회에 다시 나와서, 우리 아빠 월급으로 쓸 헌금을 내달라고, 부탁하러, 왔어요."

노먼은 페이스를 노려보면서 다시 화를 냈다.

"이런 주제넘은 계집애 같으니라고! 누가 시킨 거야? 대체 누가 널 여기 보냈냐고?"

"아무도 시키지 않았어요."

"거짓말하지 마! 그런 말에 속아 넘어갈 같아? 누가 시킨 건지 얼른 정직하게 말해. 네 아버지는 아니겠지? 배짱이 쥐똥만큼도 없는 사람이니까. 자기가 하지도 않을 일을 네게 시킬 리는 없어. 그럼 글렌세인트메리 마을의 빌어먹을 할망구 중 하나가 부추겼겠군. 그렇지?"

"아니에요. 그냥, 저 스스로 온 거예요."

노먼이 소리쳤다.

"그걸 믿으라고? 내가 바본 줄 아냐?"

"아뇨, 전 아저씨가 신사라고 생각했어요."

페이스가 작은 목소리로 말했다. 비꼬려는 생각은 없었다. 하지만 노먼은 펄쩍 뛰었다.

"쓸데없는 소리 말고 네 일에나 신경 써. 이제 네 말은 한 마디도 듣고 싶지 않아. 네가 어리지만 않았어도 남의 일에 참견하면 어떻게 되는지 똑똑히 가르쳐줬을 거야. 나중에 목사나 의사가 필요하게 되면 내가 직접 부를 거다. 그때까지는 상대할 일 없을 거야. 알겠니? 자, 이제 돌아가. 젖비린내 나는 애랑 말도 섞기 싫어!"

더는 그 자리에 있을 수 없었다. 휘청거리며 계단을 내려온 페이스는 마당 문을 지나 오솔길로 들어섰다. 그런데 길을 절반쯤 가자 멍했던 정신이 돌아오면서 두려움이 사라지고 분노가 스멀스멀 끓어올랐다. 오솔길 끝에 다다르자 처음 느껴보는 감정에 휩싸여 심장이 두근거렸다. 노먼 더글러스에게 당한 모욕이 페이스의 마음을 불타오르게 만든 것이다.

'집에 가라고? 난 절대 안 가! 지금 돌아가서 저 늙고 못된 괴물에게 내가 자기를 어떻게 생각했는지 말해줄 거야. 똑똑히 말해주겠어! 뭐? 나한테 젖비린내가 난다고?'

페이스는 주저 없이 되돌아갔다. 베란다에는 아무도 없었고 부엌문은 닫혀 있었다. 페이스는 노크도 없이 문을 열고 안으로 들어갔다. 노먼 더글러스는 저녁이 차려진 식탁에 앉아 있었지만 여전히 신문을 들고 있었다. 페이스는 서슴없이 방을 가로질러 가서 신문을 낚아챈 다음 바닥에 내던진 뒤 발로 밟았다. 그러고는 불꽃같은 눈을 뜨고 노먼 앞에 섰다. 뺨이 붉게 달아오르고 얼굴은 분노로 반짝거렸다. 노먼이 몰라볼 정도로 예쁘게 변한 얼굴이었다.

"왜 다시 돌아온 거냐?"

그는 으르렁거리듯 말했지만 화가 났다기보다는 당황한 듯 보였다. 페이스는 조금도 겁먹지 않고 노먼의 성난 눈을 노려보았다. 노먼 앞에서 그렇게 할 수 있는 사람은 거의 없었다. 이윽고 페이스는 맑고 또랑또랑한 목소리로 말했다.

"제가 아저씨를 어떻게 생각하는지 정확하게 말해주려고 돌아온 거예요. 전 아저씨가 무섭지 않아요. 아저씨는 무례하고 비뚤어지고 난폭하고 고약한 사람일 뿐이니까요. 수전 아주머니는 아저씨가 지옥에 갈 거라고 했어요. 그 말을 듣고 저는 아저씨가 안됐다고 생각했지만, 지금은 생각이 바뀌었어요. 아저씨 부인은 10년 동안 새 모자를 사지 못했다고 하던데, 부인이 돌아가실 만했네요. 이제부터는 아저씨를 볼 때마다 얼굴을 찌푸릴 거예요. 제가 아저씨 뒤에 있을 때마다 무슨 일이 벌어질지 각오하세요. 우리 아빠 서재에는 악마 그림이 그려진 책이 있는데, 전 집에 가서 그 그림 밑에 아저씨 이름을 적어놓을 거예요. 아저씨는 늙은 흡혈귀예요. 옴이나 올랐으면 좋겠네요!"

페이스는 흡혈귀가 무엇인지 몰랐고 옴에 올랐다는 것도 어떤 상태인지 몰랐다. 수전이 이렇게 말하는 것을 들은 적이 있었고, 말투로 보아 둘 다 무언가 끔찍한 뜻이라고 생각했던 것이다. 하지만 노먼 더글러스는 적어도 뒤의 말이 무슨 뜻인지는 알고 있었다. 그는 페이스의 장황한 말을 아무 말 없이 모두 들었다. 페이스가 발을 동동 구르면서 숨을 멈추자 노먼은 갑자기 크게 웃음을 터뜨렸다. 그러고는 무릎을 세게 치며 소리쳤다.

"이제야 기운을 차렸군. 난 너처럼 맹랑한 아이가 좋아. 자, 여기 앉아라."

"싫어요. 앉지 않을 거예요."

페이스의 눈은 더욱 맹렬하게 타올랐다. 자기를 조롱하며 바보 취급한다고 생각한 것이다. 페이스는 더 크게 화를 낼 수도 있었지만 일단 마음을 가라앉혔다.

"아저씨 집에서는 앉아 있을 생각 없어요. 우리 집으로 돌아갈 거예요. 그래도 여기 다시 와서 아저씨에 대한 제 생각을 똑똑히 말하고 나니까 속이 후련해요."

노먼이 킬킬대며 웃었다.

"나도 그래. 아주 후련하구나. 난 네가 마음에 든다. 넌 참 괜찮은 애야. 정말 대단해. 장밋빛으로 달아오른 얼굴도 보기 좋고 기운이 펄펄 넘치는구나. 내가 너한테 젖비린내 난다고 했던가? 천만에, 넌 젖비린내와는 거리가 멀구나. 어서 앉아라. 처음부터 그런 식으로 나오지 그랬니. 그래, 악마 그림 밑에 내 이름을 쓰겠다고? 하지만 악마는 시커멓잖아. 난 빨간색이니까 악마는 아니지. 암, 확실히 아니야. 그리고 옴이나 오르라고 했던가? 세상에나, 이 아가씨야. 난 어렸을 때 몸에 옴이 오른 적 있었어. 그러니 또 오르라는 말은 하지 말아다오. 앉아라. 기분 좋게 차라도 마시자꾸나."

페이스가 도도하게 말했다.

"아뇨, 괜찮아요."

"아, 그러지 말고 여기 앉으라니까. 내가 사과하지. 바보 같은 짓을 했어. 정말 미안하다. 이 정도면 충분하지 않니? 훌훌 털고 용서해줬으면 좋겠는데. 우리 악수할까? 싫다고? 정말 안 할 건가? 아니, 해야 해. 자, 나랑 악수하고 차를 마신다면 예전에 냈던 만큼 헌금도 내고 매달 첫 번째 일요일에는 교회에 갈게. 그래서 데이비스 부인이 아무 말도 못 하게 만들 거야. 친척들 중에서 나만 그 여자 입을 다물게 할 수 있어. 내 제안이 어때?"

페이스가 생각하기에 괜찮은 조건인 것 같았다. 정신을 차려

보니 페이스는 그 못된 괴물과 악수를 한 뒤 식탁에 함께 앉아 있었다. 어느새 분노가 사그라들었다. 원래 페이스는 오랫동안 화를 내는 법이 없었다. 하지만 흥분이 가시지 않아서 눈동자는 여전히 반짝거렸고 볼에도 발그스레한 홍조가 떠올라 있었다. 노먼 더글러스는 페이스의 얼굴을 감탄 어린 눈으로 바라보다가 윌슨 부인에게 명령했다.

"윌슨 부인, 가서 가장 좋은 잼을 가져와요. 그리고 그만 좀 부루퉁하게 있어요. 아, 그만하라니까! 말다툼해보니 어때요? 원래 크게 싸우고 나면 마음이 후련해지는 법이라오. 부슬비나 안개비를 맞은 것처럼 찝찝한 건 참을 수 없지. 여자가 화를 내는 건 괜찮지만 우는 건 딱 질색이야. 자, 아가씨. 여기 고기랑 으깬 감자 요리 좀 먹어봐. 윌슨 부인은 이 요리에 멋진 이름을 붙였지만 난 이걸 '곤죽'이라고 부르지. 정체 모를 음식은 '곤죽'이고 음료 중에서 뭔지 모르겠다 싶은 것은 '질척'•이야. 그러니까 윌슨 부인이 끓인 차는 '질척'이라고. 저 시커먼 물은 마시지 마라. 우엉을 끓인 물일 거야. 자, 여기 우유가 있어. 그런데 네 이름이 뭐라고 했지?"

"페이스예요."

"그런 거 말고. 그건 이름이 아냐! 난 그런 이름은 차마 못 부르겠다. 다른 이름은 없나?"

"네, 없어요."

• 원서의 'macanaccady'와 'shallamagouslem'을 '곤죽'과 '질척'으로 번역했다. 아무런 뜻이 없고 우스꽝스럽게 들리는 말을 지어낸 것으로 볼 수 있다.

"별로 좋은 이름은 아니군. 영 마음에 안 들어. 기운이 하나도 없는 것 같잖아. 그러고 보니 지니 이모가 생각나. 세 딸에게 '페이스'(Faith, 믿음), '호프'(Hope, 소망), '채리티'(Charity, 사랑)라는 이름을 지어주었지. 하지만 페이스는 아무것도 믿지 않았고, 호프는 타고난 비관주의자였고, 채리티는 구두쇠였어. 넌 화가 나면 빨간 장미처럼 보이니까 '레드 로즈'가 딱 어울리는구나. 이제부터 널 그렇게 부르마. 넌 날 설득해서 교회에 간다는 약속을 받아냈지? 하지만 명심해. 한 달에 한 번뿐이야. 더는 안 돼. 혹시 이런 건 어떠냐? 난 1년에 100달러씩 헌금을 내면서 교회에 다녔는데, 앞으로 1년에 200달러씩 내고 그 대신 교회에 안 가는 거야. 어때?"

페이스가 짓궂게 미소 지으며 말했다.

"안 돼요, 아저씨. 교회에도 나오셔야 해요."

"알았다. 약속은 약속이니까. 뭐, 1년에 열두 번 정도야 참아볼 수 있겠지. 내가 교회에 얼굴을 들이밀면 다들 놀라서 자빠질 거야. 그런데 수전 베이커는 내가 지옥에 떨어질 거라고 했다면서? 네 생각은 어때? 너도 내가 지옥에 갈 것 같니?"

페이스는 당황해서 말을 더듬거렸다.

"아저씨가, 지옥에, 안 가셨으면 좋겠어요."

"왜 내가 지옥에 가지 않기를 바라는 거니? 왜 그렇게 생각하는 거야? 이유를 말해봐라, 애야."

"그러니까, 거기는, 아주 불편한 곳이니까요."

"불편하다고? 편한지 불편한지는 그 사람의 성향에 달린 거야. 난 천사랑 있으면 금세 질려버릴걸? 그리고 수전 할망구 뒤에 후광이 비치는 걸 상상해봐!"

페이스는 그 모습을 떠올리며 소리 내어 웃었다. 노먼은 흡족한 얼굴로 페이스를 바라보았다.

"재미있나 보군. 그렇지? 나는 네가 마음에 든다. 넌 참 대단한 아이야. 그리고 이건 교회 이야기인데, 너희 아버지는 설교를 잘하니?"

아버지를 깊이 신뢰하는 페이스가 대답했다.

"정말 잘하세요."

"음, 그래? 어디, 정말 그런지 확인해야겠다. 잘못된 점은 없는지 자세히 살펴볼 생각이야. 무슨 주장을 하는지도 잘 지켜봐야겠어. 그러니까 내 앞에서 설교할 때는 정신을 바짝 차리는 게 좋을 거다. 이렇게 생각하면 교회에 가는 것도 꽤 재미있을 것 같네. 혹시 네 아버지가 지옥에 대해서 설교할 때도 있니?"

"그런 적은 없는 것 같아요."

"정말 안타깝군. 난 그런 주제로 하는 설교를 좋아하거든. 날 기분 좋게 하려거든 아버지한테 6개월에 한 번씩 지옥을 주제로 멋진 설교를 하시라고 전해줘. 참, 지옥의 유황불은 많을수록 좋다. 연기가 자욱해야 분위기가 날 테니까. 늙은 할망구들도 즐거워하지 않을까? 다들 날 계속 쳐다보면서 이렇게 생각할거야. '그건 너한테 하는 설교야, 이 타락한 늙은이야. 널 위해 마련된 곳이야!'라고 말이야. 만약 네 아버지가 지옥에 대해 설교하게 만든다면 그때마다 10달러씩 더 내마. 윌슨 부인이 잼을 가져왔군. 잼 좋아하니? 이건 곤죽이 아니야. 한번 먹어봐라!"

페이스는 노먼이 큰 숟가락으로 내민 잼을 사양도 못하고 삼켰다. 다행히도 맛이 좋았다. 노먼이 큰 접시에 잼을 가득 채우고 페이스 앞에 내려놓으며 말했다.

"세상에서 가장 맛있는 자두잼이지. 마음에 들었다니 다행이군. 집에 가져가게 잼 두 병을 줄게. 난 그렇게 인색한 사람은 아니야. 전에도 그렇지 않았어. 그 점에 있어서는 악마도 날 잡아갈 수 없을 거라고. 헤스터가 10년 동안 새 모자를 쓰지 못한 건 내 잘못이 아니야. 자기가 그렇게 한 거지. 모자 살 돈을 아껴서 중국놈들에게 보내려고 했나 봐. 난 평생 동안 선교 사업에 한 푼도 기부한 적이 없어. 앞으로도 그럴 일이 절대 없을 테니까 날 속여서 거기 쓸 돈을 내놓게 만들 생각은 절대 하지 말도록! 헌금으로 1년에 100달러를 내고 한 달에 한 번씩 예배는 참석할 거야. 하지만 선량한 이교도를 망가뜨려 가련한 기독교인으로 만드는 짓은 하지 마. 그러니까, 이교도들은 천국이나 지옥에 어울리는 사람들이 아니야. 어느 쪽에 가더라도 제멋대로 굴 거야. 정말 그럴걸? 어이, 윌슨 부인. 아직도 얼굴을 찌푸리고 있는 거요? 여자들은 어쩜 저렇게 부루퉁할 수 있는지 모르겠어! 난 태어나서 한 번도 부루퉁한 적이 없거든. 크게 화가 났을 때 퍽 하고 터뜨려버리면 그만이야. 싸움이 끝나고 햇빛이 비칠 때쯤 모든 게 해결되거든."

저녁 식사가 끝난 뒤 노먼은 페이스를 데려다주겠다고 고집하면서 사과, 양배추, 감자, 호박, 잼이 담긴 병을 가득 가져다가 마차에 실었다.

"헛간에 귀여운 새끼 수고양이가 있어. 갖고 싶다면 그것도 주마. 말만 해."

노먼이 호의를 보였지만 페이스가 딱 잘라 말했다.

"아뇨, 저는 고양이를 별로 안 좋아해요. 지금은 수탉을 키우기도 하고요."

"세상에, 수탉은 고양이처럼 안고 있을 수 없잖아. 그런데 수탉을 애완동물로 키운다는 말은 처음 들어보는구나. 새끼 고양이를 데려가는 게 좋을 거야. 그놈한테 좋은 주인을 찾아주고 싶었거든."

"안 돼요. 마사 할머니가 지금 고양이를 키우고 있는데, 그 고양이가 처음 보는 새끼를 죽일 수도 있어요."

노먼도 그 부분만큼은 마지못해 양보했다. 그는 페이스를 두 살짜리 거친 말이 끄는 마차에 태우고 신나게 달렸다. 목사관에 도착하자 노먼은 부엌문 앞에 페이스를 내려놓고 뒤쪽 베란다에 짐을 쌓아둔 뒤 이렇게 소리치며 돌아갔다.

"한 달에 한 번뿐이야. 명심해, 한 달에 한 번!"

페이스는 조금 어질어질하고 숨이 가쁜 상태로 잠자리에 들었다. 회오리바람에 갇혔다가 벗어난 듯한 느낌이었다. 참으로 행복했고 고마운 마음이 들었다. 글렌세인트메리 마을과 묘지와 무지개 골짜기를 떠나야 한다는 두려움은 이제 사라졌다. 하지만 댄 리스가 자기를 돼지라고 부른 일이 떠올랐다. 앞으로 기회 있을 때마다 돼지라 놀려댈 게 뻔했다. 페이스는 불쾌한 기분을 떨쳐내지 못한 채로 잠이 들었다.

17장

잇따른 승리

11월 첫 번째 일요일, 노먼 더글러스가 교회에 왔다. 그리고 그가 예상한 대로 사람들의 눈이 휘둥그레졌다. 메러디스 목사는 교회 계단에서 그와 악수하면서 멍한 표정으로 더글러스 부인의 안부를 물었다.

"10년 전 내가 그 사람을 땅에 묻을 때까지만 해도 건강이 썩 좋지 않았소이다. 하지만 지금은 그때보다 튼튼해졌을 거요."

노먼이 큰 소리로 대답하자 주위에 있던 사람 일부는 재미있어했지만 어떤 사람은 섬찟 놀라기도 했다. 다만 메러디스 목사는 설교 마지막 부분을 자기가 의도한 만큼 명확하게 전했는지 되짚어 보는 데 골몰해 있었기 때문에 노먼이 한 말에 마음을 쓰기는커녕 자기가 뭐라고 물어봤는지도 기억하지 못했다.

노먼은 교회 정문 앞에서 페이스를 불러 세웠다.

"이봐, 레드 로즈. 보다시피 난 지금 이 자리에 나왔다. 약속을 지켰다고! 이제 12월 첫 번째 일요일까지 난 자유야. 설교는 좋더구나. 아주 훌륭했어. 네 아버지는 얼굴에 드러난 것보다는 머리에 든 게 많아. 하지만 딱 한 번 앞뒤가 안 맞는 이야기를 했어. 그렇다고 목사님께 전해드려라. 12월에는 유황불에 관한 설교를 듣고 싶다는 말도 전해줬음 좋겠구나. 묵은해를 보내기에 아주 괜찮은 방법이지. 지옥을 경험해보는 거니까. 그리고 새해에 천국을 경험할 수 있는 근사한 설교를 하면 되잖아. 물론 지옥의 절반만큼도 재미가 없을 테지만. 아, 난 그저 네 아버지가 천국을 어떻게 생각하는지 듣고 싶은 것뿐이란다. 네 아버지라면 가능하잖아. 세상에는 생각이란 걸 할 줄 아는 사람이 드물거든. 하지만 네 아버지 말에도 앞뒤가 안 맞는 점은 있었어, 하하! 아버지가 정신을 차리면 이걸 한번 물어보렴. '하느님은 자신이 들어 올릴 수 없을 만큼 무거운 돌을 만들 수 있을까?'라고 말이야. 꼭 기억해라. 난 그의 대답을 듣고 싶으니까. 난 이 질문으로 그동안 많은 목사들을 당황하게 만들었지."

페이스는 겨우겨우 노먼에게서 빠져나와 집으로 달려갔다. 그런데 하필 댄 리스가 다른 남자아이들과 문 앞에 서 있었다. 댄은 페이스를 바라보며 입 모양으로 '돼지'라고 말했다. 차마 소리 내어 말할 수는 없었기 때문이다. 하지만 다음 날 학교에서는 달랐다. 점심시간에 학교 뒤편 가문비나무 조림지에서 페이스와 마주치자 댄은 다시 한번 소리쳤다.

"돼지 계집애! 돼지 계집애! 이 수탉 계집애야!"

그 말을 듣고 숲 뒤쪽 이끼 위에 앉아 책을 읽고 있던 월터가 벌떡 일어났다. 얼굴은 창백했지만 눈은 불타고 있었다.

월터가 말했다.

"입 다물어, 댄 리스!"

"오, 안녕하세요. 월터 아가씨."

댄은 전혀 기죽지 않고 응수한 뒤 울타리 꼭대기로 날듯이 뛰어올라 노래하듯 놀려대기 시작했다.

> 겁쟁이, 겁쟁이 커스터드, 겨자 단지를 훔쳤다네.
> 겁쟁이, 겁쟁이 커스터드!•

"그 말은 너랑 부합하는 거야!"

월터는 아까보다 하얗게 질린 얼굴로 경멸하듯 말했다. '부합'이라는 말이 무슨 뜻인지 월터는 어렴풋이 알고 있었다. 하지만 전혀 몰랐던 댄은 고약한 욕설이 틀림없다고 생각했다.

"야, 겁쟁이! 너희 어머니는 거짓말만 해. 거짓말, 거짓말 말이야! 페이스 메러디스는 돼지야. 돼지, 돼지라고! 그리고 수탉이야. 수탉, 수탉이라고! 겁쟁이. 겁쟁이 커스…."

댄은 말을 잇지 못했다. 어느새 울타리 틈을 가로질러 간 월터가 몸을 날리더니 댄을 일격에 반대편으로 쓰러뜨렸기 때문이다. 댄이 별안간 볼썽사나운 모습으로 바닥에 나자빠지자 페이스는 크게 웃으며 손뼉을 쳤다. 댄이 화가 나서 시뻘게진 얼굴로 벌떡 일어나 울타리에 발을 딛는 순간 종이 울렸다. 댄은

• 영국에서 구전되는 노래로 조롱의 뜻이 담겨 있다.

해저드 선생님의 수업 시간에 늦은 남자아이들은 어떤 벌을 받는지 알고 있었다.

"나중에 싸우자, 겁쟁이!"

댄이 악을 쓰며 말하자 월터도 지지 않고 대꾸했다.

"언제든지 좋아!"

페이스가 월터를 말렸다.

"안 돼, 월터. 댄하고 싸우지 마. 저런 애가 뭐라고 하든지 난 상관없어. 신경도 쓰고 싶지 않다고."

월터가 무서울 만큼 침착하게 말했다.

"저 녀석이 널 놀리고 우리 엄마까지 모욕했어. 댄, 오늘 수업 끝나고 보자."

댄이 부루퉁한 얼굴로 대답했다.

"오늘은 안 돼. 아빠가 수업이 끝나면 곧장 집에 와서 감자를 고르라고 했어. 하지만 내일은 싸울 수 있어."

월터가 고개를 끄덕였다.

"좋아. 내일 여기로 와."

댄이 허세를 부렸다.

"계집애 같은 네 얼굴을 부숴놓을 거야."

월터는 몸을 떨었다. 댄이 무서워서가 아니라 댄의 말이 추하고 천박했기 때문이다. 하지만 월터는 고개를 꼿꼿이 들고 당당하게 교실로 들어갔다. 페이스는 복잡한 마음으로 그 뒤를 따랐다. 월터가 저 비겁한 아이와 싸울 것을 생각하니 소름이 끼쳤다. 그러면서도 월터가 참 멋있어 보였다. 월터는 자기를 위해 싸우려고 한다. 이 페이스 메러디스를 모욕한 사람에게 복수하려고 나선 것이다. 페이스는 월터가 이길 거라고 믿었다. 월터의 눈을 보면 그 사실을 똑똑히 알 수 있었다.

하지만 저녁이 되자 자신을 지켜줄 기사에 대한 확신이 조금씩 흐려졌다. 그 일 이후 월터는 학교에서 너무 조용하고 기운 없어 보였기 때문이다. 페이스는 헤저키어 폴록의 비석에 앉아 우나를 보며 한숨을 쉬었다.

"월터가 아니라 젬이었으면 좋을 텐데. 젬은 댄을 금세 때려눕힐 수 있을 거야. 하지만 월터는 싸움을 못하잖아."

"월터가 다칠까 봐 걱정돼."

누가 싸우는 걸 싫어하는 우나가 한숨을 쉬었다. 페이스가 미묘하고 비밀스러운 흥분에 휩싸여 있는 이유를 우나는 절대 이해할 수 없었다.

페이스가 마음이 좀 상한 듯한 표정으로 말했다.

"다치지 않을 거야. 월터는 댄만큼 크잖아."

"하지만 댄이 한 살 많아."

"알고 보면 댄도 싸운 적은 별로 없어. 사실 걔는 겁쟁이야. 월터가 덤빌 거라고는 생각도 못 했겠지. 그럴 줄 알았으면 월터 앞에서 욕도 하지 않았을 거야. 아, 댄을 노려볼 때 월터의 얼굴이 어땠는지 너도 봤어야 하는데. 너무 놀라고 무서워서 벌벌 떨기는 했지만 기분은 참 좋더라. 월터는 토요일에 아빠가 읽어 준 시에 나오는 갤러해드 경• 같았어."

"난 둘이 싸운다는 건 생각만 해도 싫어. 지금이라도 말렸으

• 아서왕 전설에 등장하는 기사로 동료 두 명과 함께 성배를 찾으러 떠난다.

면 좋겠어.”

우나가 말하자 페이스가 소리쳤다.

“안 돼! 이제 와서 그만둘 순 없어. 이건 명예가 달린 문제야. 그리고 이 일은 아무에게도 말하면 안 돼. 만약 누군가에게 털어놓는다면 다시는 너한테 비밀 이야기를 안 해줄 거야.”

우나가 약속했다.

“절대로 말하지 않을 거야. 하지만 싸우는 건 보고 싶지 않아. 내일 난 집으로 곧장 돌아올 거야.”

“그래, 좋아. 난 거기 있어야 해. 월터가 나 때문에 싸우는데 내가 그 자리에 없으면 나쁜 아이가 되잖아. 내가 좋아하는 색깔의 리본을 월터 팔에 묶어줄 거야. 자기를 위해 싸우는 기사한테는 그렇게 해주는 거래. 블라이드 아주머니가 내 생일날에 주신 파란색 예쁜 리본이 있어서 다행이야! 두 번밖에 안 써서 거의 새것 같거든. 아무튼 월터가 이겼으면 좋겠어. 혹시라도 진다면 정말 창피할 것 같아.”

만약 그때 페이스가 자기를 위해 싸울 기사의 모습을 보았다면 훨씬 더 불안해졌을 것이다. 수업을 마치고 집으로 돌아올 때까지만 해도 월터의 마음속에는 정의감에서 비롯된 분노가 활활 타오르고 있었다. 하지만 시간이 지날수록 울분이 점차 사그라지면서 그 자리를 불쾌한 기분이 대신 채웠다. 월터는 솔직히 댄 리스와 싸우기 싫었다. 누군가와 치고받아야 한다는 것만으로도 치가 떨렸고, 한시도 그 생각이 머릿속에서 떠나지 않았다. 맞은 데가 많이 아프지는 않을지, 싸움에 져서 망신을 당하지는 않을지 두렵기도 했다.

월터는 저녁도 제대로 먹지 못했다. 가장 좋아하는 원숭이 얼굴 과자가 식탁에 잔뜩 있었지만 겨우 하나만 삼켰을 뿐이었다. 월터는 과자를 네 개째 입에 넣고 있는 젬을 신기하다는 눈으로 바라보았다.

'어쩌면 저렇게 많이 먹을 수 있을까? 어째서 다들 아무렇지도 않은 얼굴로 즐겁게 이야기를 나누고 있는 걸까?'

어머니의 뺨은 분홍빛으로 물들었고 눈동자는 반짝반짝 빛났다. 어머니는 다음 날 아들이 싸워야 한다는 사실을 모르고 있었다. 알고 있다면 지금처럼 밝은 표정을 짓지 못했을 것이다. 월터가 어두운 얼굴로 생각에 빠져 있는 동안 잉글사이드 사람들은 젬의 새 카메라로 찍은 수전의 사진을 돌려보고 있었다.

"사모님, 전 미인이 아니에요. 예전부터 똑똑히 알고 있었죠. 하지만 이 사진에 찍힌 것처럼 못생겼다고요? 절대, 절대로 믿을 수 없어요."

수전이 기분이 몹시 상한 듯했다. 하지만 그 말을 듣고 젬이 웃자 앤도 따라 웃었다. 그 순간 월터는 도저히 견딜 수 없을 만큼 속이 상해서 벌떡 일어나 자기 방으로 도망쳤다.

수전이 말했다.

"사모님, 월터에게 뭔가 걱정이 있나 봐요. 거의 먹지도 않았잖아요. 혹시 새로운 시를 구상하는 건 아닐까요?"

그러나 그 순간만큼은 월터의 마음이 반짝거리는 시의 영역에서 아주 멀리 떨어져 있었다. 월터는 열린 창문의 턱에 팔꿈치를 괴고 두 손으로 머리를 감쌌다.

젬이 불쑥 들어와 소리쳤다.

"월터, 해변에 가자. 남자애들이 오늘 밤 모래언덕에서 풀을 태울 거래. 아빠가 가도 된다고 하셨어. 자, 얼른 준비해."

다른 때였다면 월터도 신이 나서 따라나섰을 것이다. 모래언덕에서 풀이 타는 모습을 지켜보는 일은 언제 봐도 장관이었다. 하지만 지금은 딱 잘라서 안 간다고 거절했다. 젬이 아무리 조르고 부추겨도 마음을 돌리지 않았다. 항구까지 길고 어두운 길을 혼자 가고 싶지 않았던 젬은 결국 다락방에 있는 자신만의 박물관으로 가서 책을 펼쳤다. 젬은 곧 옛 영웅들의 이야기에 빠져들었다. 가끔씩 책을 내려놓고 자기가 유명한 장군이 되어 군사들을 이끌고 전장에서 위대한 승리를 거두는 모습을 그려보기도 했다. 그러는 동안 실망감은 씻은 듯 사라졌다.

월터는 잠자리에 들기 전까지 창가에 앉아 있었다. 다이가 방으로 살며시 들어와 무슨 일이 있는지 말해달라고 했지만 월터는 입을 꾹 다물고 있었다. 다이에게까지도 털어놓을 수 없었던 것이다. 그 일을 입 밖에 내면 두려워했던 일들이 현실로 다가올 것만 같았다. 생각을 떠올리는 것 자체만으로 고문당하는 느낌이었다. 바짝 마른 단풍나무 잎들이 바스락거리는 소리가 창밖에서 들려왔다. 장밋빛으로 물들었던 하늘이 희미한 은빛으로 변했고 무지개 골짜기 위에 보름달이 찬란하게 떠올랐다. 저 멀리 언덕 너머 지평선에는 붉은 장작불이 영광의 한 순간을 그리고 있는 듯했다. 저녁 공기는 서늘하고 상쾌했으며 멀리서 나는 소리도 또렷하게 들렸다. 연못 건너편에서는 여우 한 마리가 울고 있었다. 글렌세인트메리역을 오가는 기차 소리도 어렴풋이 들려왔다. 단풍나무 숲에서는 파랑어치가 큰 소리로 지저귀고 있었다. 목사관 뜰에서도 웃음소리가 들려왔다.

'어쩌면 저렇게 웃을 수 있지? 여우도, 파랑어치도, 기차 엔진도 내일 아무 일도 일어나지 않을 것처럼 굴고 있잖아.'

월터는 한숨을 내쉬었다.

"아, 얼른 끝나버렸으면 좋겠어."

그날 밤을 새우다시피 한 월터는 아침 식사 때도 곤란을 겪었다. 수전이 음식을 수북하게 담아주었기 때문이다. 그래서 죽을 억지로 삼키느라 무척 애먹었다.

학교에서도 평소와 달랐다. 해저드 선생님은 월터가 그날따라 수업에 집중하지 못하고 딴생각에 빠져 있는 것을 알아챘다. 페이스도 정신이 딴 데 가 있었다. 댄 리스는 자기 석판에 돼지와 수탉 머리를 한 여자아이 그림을 몰래 그려서 모두가 볼 수 있도록 살짝 들어올렸다. 어디서 새나간 것인지 곧 싸움이 있을 거라는 소식이 퍼졌고, 수업이 끝난 뒤 댄과 월터가 가문비나무 조림지로 갔을 때는 남자아이 대부분과 여자아이 여럿이 그곳에 모여 있었다. 우나는 집으로 가버렸지만 페이스는 자리를 지키며 월터의 팔에 파란 리본을 묶어주었다. 월터는 구경하는 아이들 속에 젬과 다이와 낸이 없는 것을 보고 안도의 한숨을 쉬었다. 아마 소문을 듣지 못해서 집으로 돌아간 듯했다.

월터는 용감하게 댄을 마주 보며 섰다. 일이 닥치자 두려움은 사라졌지만 싸움에 대한 혐오감은 여전히 마음속에 남아 있었다. 댄의 주근깨투성이 얼굴은 월터보다 하얗게 질려 있었다. 이윽고 고학년 남학생이 시작하라는 신호를 하자 댄이 먼저 월터의 얼굴을 때렸다. 온몸이 찌르르한 충격으로 월터는 조금 비틀거렸다. 하지만 고통은 금세 사라졌고 이제껏 경험해보지 못한 감정이 홍수처럼 밀려들었다. 월터의 얼굴이 시뻘겋게 달아올랐고 눈은 불꽃처럼 타올랐다. 계집애라고 놀림을 받던 월터가 이렇게 돌변하리라고는 아무도 예상하지 못했다. 몸을 추스른 월터는 살쾡이처럼 펄쩍 뛰어서 댄에게 덤벼들었다.

글렌세인트메리 학교 남자아이들의 싸움에는 특별한 규칙이 없었다. 어디든 닥치는 대로 손으로 때리고 발로 차는 게 전부였다. 월터는 분노에 휩싸여 주먹질을 하면서도 한편으로는 알 수 없는 희열을 느꼈다. 댄은 월터의 기세를 당해낼 수 없었고 승부는 빠르게 판가름 났다.월터는 무아지경에 빠져 주먹과 발을 내뻗다가 눈앞을 가렸던 붉은 안개가 별안간 걷히면서 자기가 축 늘어진 댄 위에 올라타고 있다는 사실을 깨달았다. 댄의 코에서는 피가 흘러나오고 있었다.

월터가 어금니를 앙다물며 말했다.

"네가 졌지?"

볼이 퉁퉁 부어오른 댄은 패배를 순순히 인정했다.

"우리 엄마는 거짓말 안 하지?"

"응."

"페이스 메러디스는 돼지가 아니지?"

"그래."

"수탉도 아니야. 그렇지?"

"응."

"그리고 나는 겁쟁이가 아니지?"

"아니라니까."

순간 월터는 "너는 거짓말쟁이지?"라고 물을 뻔했다. 하지만 불쌍하다는 생각이 들어서 더는 댄을 모욕하지 않았다. 게다가 댄이 흘린 피는 정말 보기 흉했다. 그래서 경멸하는 목소리로 말했다.

"그럼 이제 가봐."

울타리 위에 앉아 있던 남자아이들은 박수를 보냈지만 여자아이 몇몇은 얼굴이 파랗게 질려 있었다. 싸움 구경이야 전에도 해봤지만 월터처럼 무지막지하게 덤벼드는 모습은 처음 봤기 때문이다. 저러다가 댄을 죽이지는 않을까 걱정될 정도였다. 겁에 질려 울음을 터뜨린 아이도 있었다. 하지만 페이스는 눈물 한 방울 흘리지 않고 벌건 얼굴로 얼어붙은 듯 서 있었다.

월터는 환호를 뒤로한 채 울타리를 넘고 가문비나무 언덕을 지나 무지개 골짜기 쪽으로 뛰어갔다. 승자의 기쁨 같은 것은 조금도 없었지만 의무를 다하고 명예를 회복했다는 만족감은 어느 정도 느낄 수 있었다. 한편으로는 피투성이가 된 댄의 코가 눈앞에 어른거려서 속이 거북하기도 했다. 평소에도 추한 것이라면 질색했기 때문이다. 그리고 자기 몸도 이곳저곳 아프고 욱신거린다는 사실을 깨달았다. 입술은 터져서 부어 있었고 한쪽 눈도 뜨고 감을 때 무척 거북했다.

월터는 무지개 골짜기에서 메러디스 목사와 마주쳤다. 목사는 오후에 웨스트 자매를 찾아갔다가 집으로 돌아가던 중이었다. 이 경건한 신사는 월터를 진지하게 바라보았다.

"월터, 누구랑 싸운 모양이로구나."

월터는 혼이 날 것을 각오하며 대답했다.

"네, 목사님."

"무슨 일로 싸웠니?"

월터는 솔직하게 대답했다.

"댄 리스가 함부로 말해서 그랬어요. 우리 엄마를 거짓말쟁이라고 모욕했고 페이스더러 돼지라고 놀렸거든요."

"그렇구나! 정당한 이유가 있었던 거야."

월터가 의아한 얼굴로 물었다.

"싸워도 괜찮다고 생각하세요, 목사님?"

"늘 괜찮은 건 아니지. 자주 그래서도 안 돼. 하지만 가끔씩은 괜찮아. 예를 들어 누군가 여자를 모욕했을 때는 용감히 나서야 한단다. 오늘 넌 정말 훌륭한 행동을 했어. 내 좌우명을 말해줄까? '반드시 그래야 한다는 확신이 설 때까지는 싸우지 않는다. 하지만 일단 싸움이 시작되면 전력을 다한다.' 얼굴에 멍이 들긴 했지만, 싸움은 네가 이긴 것 같구나."

"네. 댄이 자기가 한 말을 취소하게 만들었어요."

"잘했다. 아주 잘했어. 난 네가 그렇게 잘 싸울 줄 몰랐다."

"전 지금껏 한 번도 주먹다짐을 해본 적이 없어요. 마지막까지도 싸우지 않으려고 했죠. 그런데 막상 싸움을 시작하니까 이상하게도 즐거운 마음이 들었어요."

월터가 털어놓자 메러디스 목사는 눈을 반짝거렸다.

"처음에는 좀 무서웠다는 말이니?"

"네. 솔직히 무서웠어요. 하지만 이젠 아무렇지도 않아요. 무서워하는 대상보다 무서워하는 마음이 더 문제라는 걸 깨달았거든요. 그래서 아픈 이도 뽑아버리겠다고 결심했어요. 내일 해버리려고요. 아빠한테 말씀드릴 거예요."

"네 말이 옳다. '고통 그 자체보다 고통을 두려워하는 마음이 더 고통스럽다'라는 말이 있거든. 누가 한 말인지 아니? 셰익스피어란다.• 그 위대한 작가는 인간의 마음이 지니고 있는 느낌과 감정, 경험에 대해 모르는 것이 없었지. 집에 가면 어머니께 내가 널 자랑스러워한다는 걸 꼭 말씀드리도록 해라."

하지만 월터는 이 말을 전하지 않았다. 그 밖의 일은 모두 이야기했다. 앤은 월터의 마음을 이해했고 자기와 페이스를 위해 용감히 나서주어 기쁘다고 말했다. 그리고 상처에 약을 발라준 다음 지끈거리는 머리를 향수로 문질러주었다.

월터는 어머니를 껴안으며 물었다.

"우리 엄마처럼 좋은 엄마가 세상에 또 있을까요? 엄마를 위해서라면 얼마든지 싸울 수 있어요."

거실에 있던 코닐리어와 수전은 아래층으로 내려온 앤에게 자초지종을 전해 듣고 무척 기뻐했다. 특히 수전은 입꼬리를 올리며 활짝 웃었다.

"월터가 멋지게 싸웠다니 정말 기뻐요, 사모님. 이제 시처럼 말도 안 되는 건 내팽개칠 수 있겠네요. 저라도 댄 리스를 가만두지 않았을 거예요. 독사같이 못된 아이잖아요. 엘리엇 부인, 불 옆에 와서 앉으시겠어요? 올해 11월 저녁은 제법 춥네요."

"괜찮아요, 수전. 아직은 춥지 않아요. 여기 오기 전에 목사관

• 원문은 "Fear is more pain than is the pain it fears"이며 셰익스피어가 아니라 영국 시인 필립 시드니(1554-1586)가 쓴 시구절로 보인다.

에 들러서 몸을 덥혔거든요. 불을 피운 곳이 없어서 부엌에 가긴 했지만요. 그런데 그 집 부엌은 꼭 막대기로 휘저어놓은 것처럼 어수선하더군요. 메러디스 목사님은 집에 안 계셨어요. 아마도 웨스트 자매 집에 가신 것 같아요. 앤, 올가을에 목사님이 거길 자주 드나든다고 하네요. 로즈메리를 만나러 간다는 말이 돌고 있어요."

앤은 벽난로에 장작을 넣으며 말했다.

"목사님이 매력적인 아내를 얻을 수도 있겠네요. 로즈메리는 참 상냥한 사람이에요. 요셉을 아는 자가 틀림없어요."

코닐리어가 미심쩍은 듯 말했다.

"그야 그렇죠. 하지만 로즈메리는 성공회 신자예요. 감리교인보다야 낫지만, 그래도 기왕에 그럴 거라면 장로교회 안에서 배필을 구하는 게 옳다고 봐요. 물론 그럴 일은 없을 테지만요. 한 달 전쯤 내가 목사님한테 꼭 재혼해야 한다고 이야기했더니, 뭔가 부적절한 말이라도 들은 것처럼 화들짝 놀라더라고요. 그러고는 점잖은 목소리로 '제 아내는 무덤 속에 잠들어 있습니다, 엘리엇 부인'이라고 대답하는 거예요. 그래서 나도 이렇게 말해줬죠. '그렇긴 하죠. 하지만 그러니까 재혼하라고 말씀드리는 거예요.' 그러자 목사님이 더 놀라는 눈치였어요. 그러니 로즈메리와 관련된 소문도 미덥지 않을 수밖에요. 아무튼 홀아비 목사님이 독신인 아가씨 집을 두 번이나 방문했으니 그녀에게 청혼했다는 소문이 나는 것도 당연하죠."

수전이 엄숙한 얼굴로 말했다.

"제가 뭐라고 말할 입장은 아니지만, 메러디스 목사님은 숫기가 없어서 재혼 상대에게 청혼조차 못 할 것 같아요."

코닐리어가 반박했다.

"목사님은 그런 사람이 아니에요. 좀 멍하고 늘 꿈속에서 사는 것 같지만 자부심이 참 강하거든요. 남자들이 다 그렇잖아요. 게다가 정신이 든다면 여성에게 구애하는 일쯤은 부담스러워하지 않을 거예요. 다만 목사님이 스스로를 속인다는 게 문제죠. 그분은 자기 심장을 땅에다 묻어버렸다고 생각해요. 여느 사람처럼 몸속에서 쿵쿵 뛰고 있는데도 말이죠. 로즈메리 웨스트를 마음에 두었을 수도 있고 아닐 수도 있지만, 만약 전자라면 우리도 최선을 다해야 해요. 로즈메리는 사랑스러운 아가씨일 뿐 아니라 뛰어난 살림꾼이기도 해요. 가엾게 방치되다시피 한 아이들에게도 좋은 엄마가 되어줄 거예요. 그리고…."

코닐리어는 체념한 듯 이야기를 끝맺었다.

"우리 할머니도 성공회 신자였어요."

18장

메리가 전한 슬픈 소식

엘리엇 부인의 심부름으로 목사관을 찾아간 메리 밴스는 일을 마친 뒤 무지개 골짜기로 달려갔다. 토요일이니만큼 잉글사이드에서 쌍둥이와 오후 내내 놀 계획이었다. 그때 낸과 다이, 페이스와 우나는 개울가에 쓰러져 있는 소나무에 앉아 목사관의 가문비나무 숲에서 구한 나뭇진을 씹고 있었다. 잉글사이드 쌍둥이가 나뭇진을 마음 놓고 씹을 수 있는 곳은 한적한 무지개 골짜기뿐이었다. 하지만 페이스와 우나는 그런 규범에 매여 있지 않았기 때문에 집 안팎을 가리지 않고 어디서든 나뭇진을 씹었다. 그래서 마을 사람들의 눈총을 톡톡히 받았다. 어느 날 페이스가 교회에서 눈치 보지 않고 나뭇진을 씹자 문제가 심각하다는 것을 알아챈 제리가 오빠답게 꾸짖었다. 그러자 페이스가 볼멘소리를 했다.

"배가 너무 고파서 뭐라도 씹지 않고는 견딜 수 없었다. 아침 식사가 어땠는지 잘 알잖아. 죽이 다 타버려서 먹을 수 없었다고. 지금처럼 속이 허전할 때 나뭇진을 씹으면 한결 나아져. 그렇게 세게 씹지도 않았는걸. 딱딱 소리를 내지도 않았어."

제리는 단호히 야단쳤다.

"어쨌든 교회에서 나뭇진을 씹으면 안 돼. 한 번만 더 그러면 가만두지 않을 거야."

페이스가 소리쳤다.

"오빠도 지난주 기도회 때 씹었잖아. 그러면서 왜 나한테만 뭐라고 하는 거야?"

"그건 달라. 기도회는 주일날 한 게 아니잖아. 게다가 뒤쪽 어두운 자리에 앉아 있어서 아무도 날 못 봤어. 하지만 넌 맨 앞자리에 앉아 있어서 눈에 확 띄었잖아."

제리는 당당하게 말한 뒤 이렇게 덧붙였다.

"아무튼 난 마지막 찬송가를 부를 때 나뭇진을 뱉어서 내 앞자리 의자 뒤쪽에 붙여놨어. 그런데 그걸 깜빡 잊고 돌아갔다가 다음 날 아침에 찾으러 갔더니 없어진 거야. 로드 워런이 훔쳐 간 게 분명해. 아주 좋은 거였는데…."

그 뒤로 페이스는 교회에서 나뭇진을 씹지 않았다.

메리 밴스는 고개를 쳐들고 무지개 골짜기를 걸어 내려갔다. 선홍색 장미 모양 리본이 달린 파란색 벨벳 모자를 썼고 군청색 코트를 걸쳤으며 팔에는 다람쥐 털로 만든 토시를 끼고 있었다. 메리는 새 옷을 입은 자신이 무척 자랑스러웠다. 공들여 말아 올린 머리카락은 곱슬곱슬했고 얼굴은 꽤 통통해졌다. 뺨은 장밋빛으로 물들었으며 하얀 눈동자는 반짝반짝 빛났다. 목사관 아이들이 테일러 씨네 낡은 헛간에서 보았던 누더기 차림의 아이와는 영 딴판이었다.

우나는 부러운 기색을 내보이지 않으려고 애썼다. 메리는 새 벨벳 모자를 쓰고 왔는데 자기와 페이스는 이번 겨울에도 낡아 빠진 회색 모자를 써야 한다. 새 모자를 사줄 만한 사람이 없는 데다 아버지에게 조를 수도 없었다. 가난한 아버지가 속상해할까 봐 걱정되었기 때문이다. 목사들은 늘 돈이 없어서 먹고사는 것조차 어렵다는 말을 언젠가 메리에게 들은 적이 있었다. 그때부터 페이스와 우나는 아버지에게 필요한 것을 부탁하느니 차라리 누더기를 입고 다니는 편이 낫다는 생각을 하게 되었다. 다행히도 두 아이는 자기들의 볼품없는 차림새를 크게 신경 쓰지 않았다. 하지만 메리 밴스가 그런 옷차림으로 뽐내듯 찾아올 때면 왠지 마음이 불편해졌다. 무엇보다 다람쥐 털로 만든 토시가 부러워서 견딜 수 없었다. 페이스와 우나는 그동안 방한용 토시는커녕 벙어리장갑에 구멍이나 나지 않으면 다행이라고 생각해왔다. 구멍이 나도 마사 할머니는 수선해줄 생각을 하지 않았고 우나가 직접 기워봤지만 모양은 엉망이었다. 그래서 그런지 그날은 메리에게 다정한 인사를 건네기가 힘들었다. 하지만 메리는 우나에게 신경 쓰지 않았다. 그런 면에 무딘 편이라 우나의 기분을 분명하게 알아차리지 못했을 것이다.

메리는 소나무 위에 털썩 앉더니 토시를 가지에 걸쳐놓았다. 토시에는 주름 잡힌 빨간 새틴 안감이 덧대어져 있고 빨간 술도 달렸다. 우나는 자줏빛을 띤 자기의 거친 손을 내려다보면서 자기는 언제쯤 저런 토시를 껴볼 수 있을까 생각했다.

"내게도 나뭇진 좀 줘."

메리가 친근한 얼굴로 말했다. 낸, 다이, 페이스는 주머니에서 호박색 나뭇진 덩어리를 꺼내 메리에게 건네주었다. 하지만 우나는 가만히 앉아만 있었다. 꼭 끼고 올이 다 드러난 웃옷 주머니에 탐스럽고 커다란 나뭇진이 네 개나 있었지만 메리 밴스에게는 하나도 줄 마음이 나지 않았다. 단 하나도!

'자기가 직접 나뭇진을 따서 모으면 되잖아. 새 토시를 꼈다고 세상 모든 것을 다 가진 것처럼 굴면 안 돼.'

우나의 마음을 모르는지 메리가 다리를 흔들며 말했다.

"날이 참 좋아, 그렇지?"

어쩌면 윗부분에 멋진 천이 붙어 있는 새 구두가 눈에 잘 띄도록 하려고 그랬을 수도 있다. 우나는 발을 움츠렸다. 구두끈이 마구 엉켜 있었고 한쪽 구두의 발가락 쪽으로는 구멍이 나 있었다. 그래도 가진 것 중에는 가장 좋은 구두였다. 메리 밴스 같은 아이에게 이런 일이 일어난 것을 보며, 그때 메리를 낡은 헛간에 버려두는 게 나았겠다는 생각도 들었다.

우나는 잉글사이드 쌍둥이가 자기와 페이스보다 좋은 옷을 입고 있어도 기분이 나빴던 적은 없었다. 낸과 다이는 예쁜 옷을 입어도 뽐내지 않았고 자기들이 입은 옷에 신경 쓰는 것 같지도 않았다. 왜 그런지는 모르겠지만 쌍둥이는 다른 사람들이 초라하다는 느낌을 들게 하는 법이 없었다. 하지만 메리 밴스가 잘 차려입었을 때는 옷부터 눈에 띄었다. 메리의 태도 역시 눈꼴사나웠다. 좋은 옷이라는 느낌을 물씬 풍기면서 모두가 자기 옷에 관심 갖길 바라는 듯했기 때문이다.

12월의 따뜻한 어느 날 오후, 우나는 벌꿀색으로 빛나는 햇살을 받으며 비참하고 쓰라린 마음으로 자기가 몸에 걸친 것들을 돌아보았다. 가진 것 중에서 가장 좋다고는 하지만 빛이 바랜 모자, 3년이나 입어서 꽉 끼는 외투, 구멍 난 치마와 구두, 추위를 막아주지 못하는 내복까지…. 물론 메리는 다른 집을 방문하기 위해 차려입었고 자기는 평상복을 입었다는 것쯤은 알고 있었다. 하지만 손님으로 간다고 해도 우나에게는 지금 입은 것보다 나은 옷이 없었다. 바로 그 사실 때문에 가슴이 아려왔다.

메리가 말했다.

"와, 정말 좋은 나뭇진을 구했구나! 내가 '딱' 하고 소리 내는 걸 들어봐. 포윈즈에는 괜찮은 나뭇진을 딸 만한 가문비나무가 없거든. 가끔씩 나뭇진을 씹고 싶을 때가 있어. 그런데 엘리엇 아주머니 앞에서는 어림도 없지. 당장 뱉으라고 난리거든. 숙녀답지 않다는 거야. 숙녀답다는 게 뭔지 도대체 모르겠어. 나랑은 전혀 안 어울리니까. 우나, 말 좀 해봐. 무슨 일 있니? 아까부터 꿀 먹은 벙어리처럼 잠자코 있잖아."

"그런 거 아냐."

우나는 이렇게 대꾸하면서도 토시에서 눈을 떼지 못했다. 메리는 몸을 기울여서 가지에 걸려 있던 토시를 집어 들더니 우나에게 건네주었다.

"잠깐 거기에 손을 넣고 있어. 좀 끼는 것 같지? 그래도 정말 멋지지 않니? 지난주에 엘리엇 아주머니가 생일 선물로 준 거야. 크리스마스엔 목걸이를 받을 것 같아. 아주머니가 아저씨에게 하는 이야기를 들었거든."

페이스가 말했다.

"엘리엇 아주머니는 네게 참 잘해주시는구나."

메리가 대답했다.

"그렇긴 하지만, 그만큼 나도 아주머니한테 잘하고 있어. 난 아주머니가 편하게 지낼 수 있도록 쉴 새 없이 일하거든. 무슨 일이든 아주머니 마음에 꼭 들게 하려고 노력해. 그러고 보면 우린 서로에게 꼭 필요한 사람이야. 나처럼 아주머니랑 잘 지낼 수 있는 사람은 없을걸? 아주머니는 무척 깔끔한데 나도 그에 못지않으니까 성향이 서로 잘 맞나 봐."

"아주머니가 절대 널 때리지 않을 거라고 내가 말했잖아."

"네 말이 맞았어. 내 몸에 손가락 하나 대지 않아. 물론 나도 거짓말한 적이 없고. 단 한 번도 없었지. 진짜라니까! 물론 아주머니가 잔소리는 많이 하지만, 그런 건 오리 등에 물을 부으면 물방울이 튕겨 나가는 것처럼 그냥 사라져버릴 뿐이지. 그런데 우나, 왜 토시를 끼지 않니?"

우나는 토시를 다시 나뭇가지에 걸어놓으면서 퉁명스럽게 대꾸했다.

"손이 시리지 않아서 그래. 어쨌든 고마워."

"그래, 네가 괜찮으면 된 거지. 데이비스 아주머니가 얌전히 교회로 돌아왔는데, 왜 그런지는 아무도 모른대. 아, 그리고 페이스. 노먼 더글러스 아저씨가 교회에 다시 나오는 건 네 덕분이라고 다들 말하더라. 네가 집까지 찾아가서 무섭게 혼내줬다며? 그 집 가정부가 해준 말인데, 정말 네가 한 일 맞아?"

페이스가 불편한 기색으로 말했다.

"난 단지 교회에 다시 나오라고 부탁했을 뿐이야."

메리가 감탄했다.

"너 정말 용감하구나! 나 같으면 그런 일은 엄두도 못 냈을 거야. 물론 난 겁쟁이가 아니지만. 아무튼 가정부 말로는 둘이서 말싸움을 심하게 하다가 네가 이기니까 그 아저씨가 갑자기 돌변해서는 네게 무척 잘해주었다고 했어. 그럼 너희 아빠가 내일 여기서 설교하시는 거야?"

"아니, 내일은 다른 분이 오셔. 샬럿타운의 페리 목사님이 설교하시기로 했거든. 아빠는 아침에 시내로 가셨고, 페리 목사님은 오늘 밤에 여기 오신대."

"아, 그럼 그렇지. 집에 무슨 일이 있는 것 같은데 마사 할머니가 시원하게 말을 안 해줘서 답답했거든. 아무 일 없이 수탉을 잡을 리가 없잖아."

페이스가 하얗게 질린 얼굴로 소리쳤다.

"수탉이라고? 그게 무슨 말이야? 어떤 수탉?"

"어떤 수탉인지는 모르지. 직접 본 건 아니니까. 엘리엇 아주머니의 심부름으로 버터를 전해주러 갔더니 마사 할머니가 내일 점심 때 쓰려고 헛간에서 수탉을 잡았다고 말하던데?"

페이스는 소나무에서 뛰어내렸다.

"애덤이야! 우리 집에 수탉이라곤 애덤밖에 없어. 세상에, 마사 할머니가 애덤을 죽인 거야!"

"그렇게 버럭 화를 내지는 마. 마사 할머니 말로는 마을 정육점에 고기가 떨어졌대. 그렇지만 손님상에 뭐라도 내놓아야 하니까 어쩔 수 없었겠지. 암탉을 잡을 순 없으니까. 알을 낳아야 하는 데다 몸집도 작잖아."

"할머니가 애덤을 죽인 거라면…."

언덕 위로 뛰어가는 페이스를 보며 메리는 어깨를 으쓱했다.

"어유, 저러다 큰일이 날지도 모르겠네. 페이스는 애덤을 정말 좋아했잖아. 하지만 애덤은 오래전에 냄비 속으로 들어갔어야 했어. 고기가 가죽처럼 질기기만 할걸? 하지만 난 마사 할머니 입장이 되고 싶지 않아. 우나, 얼른 쫓아가서 페이스를 달래는 게 좋을 거야. 화가 나서 얼굴이 하얗게 질렸잖아. "

메리가 블라이드네 쌍둥이와 몇 걸음 걷기 시작했을 때 우나는 별안간 몸을 돌리더니 메리에게 달려왔다.

"메리, 이 나뭇진 받아. 그리고 난 네가 이렇게 예쁜 토시를 받게 되어서 정말 기뻐."

우나는 자기가 가진 나뭇진 네 덩어리를 전부 메리 손에 쥐여 주었다. 하지만 목소리에는 조금 후회하는 듯한 느낌이 배어 있었다. 메리는 조금 놀란 표정으로 나뭇진을 받았다.

"어, 고마워."

우나가 떠난 뒤 메리는 쌍둥이에게 말했다.

"우나는 좀 별난 것 같아. 하지만 전부터 입 아프게 말했던 것처럼 마음씨가 참 고운 아이야."

19장

가엾은 애덤!

우나가 집에 돌아오자 페이스는 침대에 엎드려 울고 있었다. 아무리 위로해도 고개를 들지 않았다. 메리의 말은 사실이었다. 마사 할머니가 애덤을 죽인 것이다. 애덤은 요리용으로 손질되어 식료품 저장실의 큰 접시 위에 누워 있었다. 날개와 다리는 묶여 있었고 몸통 옆에 간과 심장과 모래주머니가 놓여 있었다. 하지만 페이스가 아무리 울고불고 떼를 써도 마사 할머니는 눈 하나 깜짝하지 않았다.

"처음 뵙는 목사님한테 대접할 만한 게 있어야지. 다 큰 애가 늙은 수탉 한 마리 잡은 걸 가지고 웬 소란이니? 언젠가는 잡아야 한다는 것쯤은 너도 알고 있었잖아."

페이스가 흐느꼈다.

"아빠한테 할머니가 한 일을 죄다 일러바칠 거예요."

"가뜩이나 힘든 네 아빠를 귀찮게 하지 마라. 이것 말고도 걱정거리가 산더미일 테니까. 그리고 집안일은 내 소관이야."

페이스가 고함을 질렀다.

"애덤은 제 거예요. 존슨 아주머니가 제게 주신 거란 말이에요. 그런데 왜 할머니가 마음대로 했냐고요?"

"이런 건방진 녀석 같으니라고! 수탉은 이미 죽었으니 징징거려봤자 소용없어. 손님에게 차가운 양고기를 대접할 순 없잖아. 내가 비록 나이를 먹었지만 그 정도쯤은 알고 있다."

페이스는 그날 밤 저녁을 먹지 않았고 다음 날 아침 교회에도 가지 않았다. 하지만 점심 식사 때가 되자 시무룩한 얼굴로 식탁에 앉았다. 어찌나 울었는지 눈이 퉁퉁 부어 있었다.

제임스 페리 목사는 얼굴빛이 불그레하고 피부가 매끈한 남자였다. 코 밑에는 하얀색 콧수염이 빳빳하게 나 있었고 흰 눈썹이 덥수룩했지만 머리는 번들번들하게 벗겨져 있었다. 미남과는 거리가 먼 외모였으며 따분한 데다 잘난 척을 많이 했다. 하지만 그가 만약 대천사 미카엘처럼 생겼고 "인간의 여러 언어를 말하고 천사의 말까지 한다 하더라도"• 페이스는 그를 혐오했을 것이다. 그는 다이아몬드 반지를 자랑이라도 하듯 하얗고 통통한 손을 내보이며 능숙하게 애덤을 잘랐다. 심지어 이런 행동을 하는 내내 유쾌한 입담을 뽐내기까지 했다. 제리와 칼은 그의 말을 듣고 킬킬 웃었다. 우나는 미소만 살짝 지었는데, 그렇게 하는 게 예의라고 생각했기 때문이다. 하지만 페이스는 줄

• 신약성경(공동번역)의 고린도전서 13장 1절에 나온 표현

곧 그를 무섭게 노려보았다. 따가운 시선을 느낀 페리 목사는 페이스를 아주 무례한 아이라고 생각했다. 한번은 페리 목사가 제리에게 농담을 건네자 페이스가 무례하게 끼어들어 그 말을 반박하기도 했다. 기분이 상한 페리 목사는 덥수룩한 눈썹을 찌푸리며 페이스를 바라보았다.

"꼬마 여자아이가 어른이 말할 때 함부로 끼어들면 못쓴다. 자기보다 훨씬 많이 알고 있는 사람의 말에 이러쿵저러쿵 토를 달아서도 안 돼."

이 말을 듣자 페이스는 더 화가 났다.

'꼬마 여자아이라고? 나를 잉글사이드의 통통한 릴라 블라이드만 한 아이로 취급하다니, 도저히 참을 수 없어!'

페리 목사가 게걸스럽게 먹어대는 모습도 꼴불견이었다. 그는 가엾은 애덤의 뼈까지도 쪽쪽 빨아 먹었다. 페이스와 우나는 애덤을 한 입도 건드리지 않았고, 아무렇지도 않게 식사하는 오빠와 남동생을 식인종 보듯 쳐다보았다. 페이스는 페리 목사의 번들거리는 머리에 무엇을 던져서라도 이 끔찍한 자리를 끝내버리고 싶었다. 하지만 다행히 그런 일은 일어나지 않았다. 아무리 씹는 힘이 좋은 페리 목사라도 마사 할머니의 가죽 같은 사과파이 앞에서는 두 손을 들 수밖에 없었던 것이다. 친절하고 은혜로운 주님의 섭리로써 우리의 생존과 절제된 즐거움을 위해 이 음식을 내려주신 것에 감사한다는 페리 목사의 긴 기도가 끝난 뒤 식사 자리는 마무리되었다.

페이스는 여전히 화가 난 얼굴로 페리 목사가 듣지 못하도록 나지막이 중얼거렸다.

"하느님이 애덤을 목사님에게 준 건 아니에요."

불편한 자리에서 벗어나게 된 남자아이들은 신나서 밖으로 나갔다. 우나는 설거지를 도와주러 갔다가 마사 할머니에게 핀잔만 들었다. 페이스는 벽난로에서 장작이 타고 있는 서재로 들어갔다. 페리 목사는 오후 내내 낮잠을 잘 거라고 했으니 이곳에 있으면 그와 마주치지 않을 거라고 생각했기 때문이다. 그런데 페이스가 책을 가지고 구석에 자리를 잡자마자 목사가 서재로 들어오더니 난롯불 앞에 서서 어질러진 방 안을 못마땅한 얼굴로 둘러보기 시작했다.

"꼬마야, 네 아버지의 책들이 어지럽게 널려 있구나."

페리 목사가 엄격하게 말했지만 페이스는 구석에서 어두운 얼굴을 한 채 아무런 대꾸도 하지 않았다.

'이런 사람하고는 한 마디도 하고 싶지 않아.'

페리 목사는 페이스의 반응에 아랑곳하지 않고 멋진 시곗줄을 만지작거리며 놀리기라도 하듯 미소 지었다.

"네가 한번 정리해봐라. 넌 이제 이런 일을 하고도 남을 나이가 됐어. 내 딸아이는 열 살밖에 안 됐지만 벌써부터 집안일을 잘 거들어서 어머니에게 큰 도움을 주고 있다. 아주 착하고 상냥한 아이야. 네가 내 딸이랑 친하게 지냈으면 좋겠구나. 네게 여러 가지로 도움을 줄 거다. 물론 넌 훌륭한 어머니의 보살핌과 훈육이라는 은혜를 누리지 못했을 테지. 참 슬픈 일이야. 이 일과 관련해서 네 아버지에게 여러 번 말하고 부모의 의무도 자세히 알려주었지만, 지금까지는 아무런 소용이 없었어. 너무 늦기 전에 네 아버지가 자기 책임을 깨달을 거라 믿는다. 그때까지 네게는 돌아가신 어머니의 자리를 대신할 의무가 있어. 그건 특권이기도 하지. 동생들에게 모범을 보이고 어머니 역할도 감당해야 한다. 그런데 넌 그 일들을 중요하게 여기는 것 같지 않구나. 정신이 번쩍 들도록 깨우쳐주마."

페리 목사의 번지르르하면서 잘난 척하는 설교가 이어졌다. 그는 무척 우쭐해 있었다. 평소에도 그는 규범을 들먹거리고 남을 깔보며 훈계하는 것을 좋아했다. 그는 불 앞에 서서 깔개 위에 발을 단단히 디딘 채로 페이스를 향해 거만하고 상투적인 말을 쏟아냈다. 이야기가 지루하게 이어졌지만 페이스는 한 마디도 듣지 않았고 들을 생각조차 없었다. 오직 목사의 길게 늘어진 검은색 양복 뒷단을 지켜볼 뿐이었다. 페이스의 장난기 어린 갈색 눈에서 점점 기쁨의 빛이 커지기 시작했다. 그가 난로에 너무 바짝 붙어 있었던 터라 양복 뒷부분이 눌면서 연기가 나기 시작한 것이다. 그런데도 목사는 자기 말에 취해서 무슨 일이 벌어지고 있는지 모르고 있었다. 연기가 점점 더 심하게 났다. 얼마 뒤에는 타오르던 장작에서 작은 불티가 날아와 양복에 내려앉았다. 불티는 옷에 그대로 달라붙은 채 슬금슬금 타 들어갔다. 페이스는 소리 죽여 킥킥거렸다.

페이스의 버릇 없는 행동에 화가 난 페리 목사는 하던 말을 멈췄다. 그러자 옷감 타는 냄새가 방 안에 가득하다는 사실을 깨달았다. 그는 몸을 휙 돌렸지만 아무것도 보지 못했다. 그러다가 양복 뒤쪽을 잡아 끌어서 살펴본 뒤에야 옷에 큰 구멍이 나 있는 것을 발견했다. 하필이면 지금 입은 양복은 얼마 전에 장만한 새 옷이었다. 그의 당황한 표정과 허둥대는 행동을 본 페이스는 참지 못하고 크게 웃었다.

목사가 페이스에게 따져 물었다.

"내 양복이 타는 걸 알고 있었지?"

페이스가 짐짓 얌전하게 대답했다.

"네, 목사님."

목사가 페이스를 노려보며 다그쳤다.

"왜 말을 안 한 거냐?"

페이스가 더욱 얌전하게 말했다.

"어른이 말할 때 끼어드는 건 예의에 벗어난다고 목사님이 말씀하셨잖아요."

"내가, 내가 네 아버지라면 평생 잊지 못하도록 호되게 엉덩이를 때려줬을 거다."

화가 머리끝까지 난 페리 목사는 쿵쿵거리며 서재를 나갔다. 메러디스 목사의 옷을 빌리려 해봤지만 상의가 몸에 맞지 않았던 터라 페리 목사는 불에 탄 양복을 입은 채로 저녁 예배에 가야 했다. 덕분에 그는 전처럼 우쭐거리며 통로를 걸어갈 수 없었다. 자기가 일부러 여기까지 왔다는 생색도 내지 못했다. 다만 앞으로 메러디스 목사의 교회에서 절대 설교하지 않겠다고 마음먹었으며, 다음 날 아침 역에서 메러디스 목사와 잠깐 마주쳤을 때도 그에게 예의를 갖추지 않았다.

페이스는 여전히 우울하면서도 한편으로는 속이 시원했다. 얼마쯤은 애덤의 복수를 한 셈이기 때문이다.

20장

페이스의 새 친구

다음 날 페이스는 학교에서 무척 힘든 하루를 보냈다. 메리 밴스가 애덤 이야기를 퍼뜨렸기 때문이다. 잉글사이드 아이들을 제외한 모든 학생이 이 슬픈 사건을 재미있는 소동으로 여겼다. 여자아이들은 정말 안됐다고 위로하면서도 웃음을 참지 못해서 쿡쿡거렸고, 남자아이들은 조롱하는 투로 애도의 편지를 써서 페이스에게 건네주었다. 상처를 크게 입어 마음이 쓰라렸던 페이스는 집에 돌아오자마자 흐느껴 울었다.

"잉글사이드로 가서 블라이드 아주머니를 만날 거야. 남들처럼 날 비웃진 않으실 테지. 내가 얼마나 속상한지 이해해줄 수 있는 사람과 이야기하고 싶어."

페이스는 곧바로 무지개 골짜기를 향해 뛰어 내려갔다. 땅에는 눈이 조금 쌓여 있었고 하얀 가루를 뒤집어쓴 전나무는 다가

올 봄날의 기쁨을 꿈꾸는 듯했다. 너도밤나무 가지에서 잎이 떨어지자 언덕은 온통 자줏빛으로 물들었다. 저녁놀이 분홍빛 입맞춤을 한 것처럼 세상을 덮고 있었다. 마치 전날 밤에 누군가가 마법이라도 부려놓은 것 같았다.

겨울 저녁의 무지개 골짜기는 동화처럼 신기하고 요정처럼 우아한 분위기가 물씬 풍기는 곳이었다. 하지만 마음을 크게 다친 페이스는 이처럼 사랑스러운 풍경을 보고도 아무런 감동을 느끼지 못했다.

개울가에 이르렀을 때 페이스는 쓰러진 소나무 고목에 앉아 있는 여인을 보았다. 로즈메리 웨스트였다. 그녀는 잉글사이드에서 쌍둥이에게 음악을 가르치고 돌아가다가 이곳에 잠시 머무르면서 아름다운 풍경을 바라보던 중이었다. 얼굴 표정으로 미루어 보면 즐거운 상상을 하고 있는 것이 틀림없었다. 아마도 연인의 나무에서 가끔씩 희미하게 울리는 방울 소리가 로즈메리의 입가에 숨어 있던 미소를 밖으로 끄집어낸 듯했다. 어쩌면 존 메러디스 목사가 월요일 저녁에 늘 그랬던 것처럼 오늘도 바람 부는 언덕 위의 회색 집을 찾아올 것이라는 기대감에 젖어 있었을지도 모른다.

페이스는 로즈메리를 보고 자리에 멈춰 섰다. 로즈메리와는 마주쳤을 때 인사말 정도를 주고받을 뿐 정겹게 대화를 나누는 사이가 아니었다. 더구나 지금은 블라이드 아주머니 말고 그 누구도 만나고 싶지 않았다. 너무 울어서 눈과 코가 빨갛게 부어오른 모습도 남에게 보이고 싶지 않았다. 하지만 모른 척하고 지나칠 수는 없었다. 그래서 머뭇거리며 말을 걸었다.

"안녕하세요."

페이스가 난데없이 비통한 얼굴을 들이민 탓에 달콤한 꿈속에서 빠져나오기는 했지만 로즈메리는 불편한 기색 없이 상냥하게 인사하며 말을 건넸다.

"무슨 일 있니, 페이스?"

페이스가 조금 퉁명스럽게 말했다.

"아무것도 아니에요."

로즈메리가 미소 지었다.

"아! 다른 사람에게는 말할 수 없는 일이구나, 그렇지?"

페이스는 문득 호기심이 생겨 로즈메리 웨스트를 바라보았다. 그녀라면 자기를 충분히 이해해줄 것 같았다. 게다가 그녀는 정말 예뻤다! 깃털 장식 모자 아래로 흘러내린 머리카락은 눈부신 황금빛이었고, 벨벳 코트 위로 드러난 분홍빛 뺨도 정말 멋졌다. 푸른 눈동자는 얼마나 다정해 보이던지! 페이스는 로즈메리 웨스트라면 좋은 친구가 될 수 있겠다고 생각했다.

"저는 블라이드 아주머니를 만나러 가는 중이에요. 그분은 언제나 저를 이해해주시거든요. 터무니없는 말을 해도 절대 비웃지 않아요. 그래서 전 도움이 필요할 때 블라이드 아주머니와 자주 이야기를 나눠요."

로즈메리는 안타까워하며 말했다.

"저런, 이걸 어쩌지? 지금 블라이드 부인은 집에 안 계신단다. 오늘 에이번리에 가셨거든. 이번 주말에나 돌아오실 거야."

페이스의 입술이 파르르 떨렸다.

"그러면 집으로 다시 가야겠네요."

아이의 실망한 얼굴을 본 로즈메리가 상냥하게 말했다.

"그래야겠지? 저기, 얘야. 혹시 네 이야기를 내가 대신 들어주면 안 될까? 누군가에게 털어놓으면 마음이 후련해지는 법이거든. 물론 내가 블라이드 부인만큼 다른 사람을 잘 이해해주진 못하겠지만, 그래도 웃지는 않겠다고 약속할게."

페이스가 머뭇거렸다.

"겉으로는 웃지 않을 수도 있겠죠. 하지만 속으로는 비웃을지도 모르잖아요."

"아니, 속으로도 웃지 않을 거야. 내가 왜 그러겠니? 넌 어떤 일로 상처받은 모양이구나. 난 지금껏 누가 괴로워하는 걸 보면서 웃은 적이 없단다. 네가 왜 마음이 상했는지 누군가에게 이야기하고 싶다면 기꺼이 들어줄게. 하지만 내키지 않는다면 어쩔 수 없지. 말하지 않아도 괜찮아."

페이스는 로즈메리의 눈을 오랫동안 뚫어지게 들여다보았다. 눈동자 깊숙한 곳에서도 웃음기를 찾을 수 없었다. 페이스는 작게 한숨을 쉬면서 새 친구 곁에 앉아 애덤의 모든 것과 잔혹한 운명을 이야기해주었다. 페이스의 말을 듣는 동안 로즈메리는 웃지 않았고, 진심으로 이해하며 공감해주었다.

'로즈메리는 블라이드 아주머니만큼이나 좋은 분이야.'

새 친구를 믿게 된 페이스가 비통한 얼굴로 말했다.

"페리 목사님은 정육점 주인을 하는 게 나을 것 같아요. 고기 자르는 걸 그렇게나 좋아하니까요. 가엾은 애덤을 조각내면서 무척 즐거워했어요. 애덤은 평범한 수탉이 아닌데…."

"이건 우리 둘만의 비밀인데, 나도 페리 목사님을 싫어한단다. 한 번도 좋아한 적이 없었어."

로즈메리가 살짝 웃으며 말했다. 페리 목사를 두고 웃었을 뿐 애덤이 당한 일 때문에 웃은 게 아니라는 것쯤은 페이스도 분명히 알 수 있었다.

"난 페리 목사님과 같은 학교에 다녔어. 그 사람도 글렌세인트메리 마을에 살았거든. 어렸을 때부터 어찌나 잘난 척을 하던지, 아이들이 다들 싫어했단다. 특히 여자아이들은 놀이 시간에 그의 퉁퉁하고 축축한 손을 잡을 때마다 질색했지. 얼마나 싫었는지 몰라. 하지만 한 가지 따져봐야 할 게 있어. 페리 목사님은 애덤이 네 애완동물인지 몰랐잖아. 그저 평범한 수탉으로 알았을 거야. 네가 아무리 끔찍한 상처를 입었다 하더라도 상황을 공정하게 바라봐야 한단다."

페이스도 고개를 끄덕였다.

"그 말이 맞는 것 같아요. 하지만 이해할 수 없는 게 있어요. 전 진심으로 애덤을 사랑하는데 사람들은 그걸 왜 그리 우스워하는 걸까요? 만약 애덤이 늙고 못생긴 고양이였다면 아무도 이상하게 생각하지 않았을 거예요. 로티 워런이 기르던 새끼 고양이가 수확기에 끼어서 다리가 전부 잘렸을 때도 다들 불쌍하다고 했어요. 로티는 학교에서 이틀 동안 울었는데 비웃는 아이가 하나도 없었죠. 심지어 댄 리스까지도요. 로티의 친구들은 새끼 고양이를 땅에 묻는 걸 도와주고 장례식도 함께 치러줬어요. 비록 다리 네 개는 찾을 수가 없어서 같이 묻어줄 수 없었지만요. 그 일도 무시무시한 사건이었지만 애완동물이 잡아먹히는 광경을 직접 지켜보는 것만큼 끔찍하진 않잖아요. 그런데도 다들 절 비웃고 있어요."

로즈메리가 진지하게 말했다.

"어쩌면 '수탉'이라는 이름이 우스워서 그런 건 아닐까? '닭'이라는 말과는 조금 다른 느낌이 들거든. 닭을 귀여워한다는 이야기는 별로 우습게 들리지는 않잖아."

"맞아요. 애덤은 정말 귀여운 닭이었어요. 병아리였을 때는 황금빛 작은 공 같았죠. 쫑쫑거리며 달려와서 내 손에 있는 먹이를 쪼아 먹는 게 얼마나 깜찍했는지 몰라요. 자라면서 점점 더 멋있어졌고요. 온몸이 눈처럼 하얗게 변했고 꽁지깃이 휘어진 모습도 참 아름다웠어요. 메리 밴스가 꽁지깃이 너무 짧다고 하기는 했지만요. 자기 이름도 알고 있어서 제가 부르면 언제나 다가왔어요. 아주 똑똑한 수탉이었죠. 그리고 마사 할머니에게는 애덤을 죽일 권리가 없어요. 애덤은 제 거니까요. 그건 공정한 일이 아니에요. 그렇죠?"

로즈메리가 분명하게 말했다.

"맞아. 정말 불공정한 일이야. 나도 어렸을 때 암탉을 애완동물로 키웠던 기억이 나는구나. 참 예쁜 암탉이었어. 황금빛 도는 갈색 털이 북슬북슬했고 몸 곳곳에 얼룩덜룩한 점이 있었지. 난 그때까지 키웠던 애완동물들만큼 그 닭도 사랑했어. 다행히도 그 암탉을 누가 죽이진 않았단다. 나이 먹어서 죽었으니까. 내 애완동물인 걸 아는 어머니가 잡지 않고 두신 거야."

"우리 엄마가 살아 계셨다면 애덤이 죽지 않았을 거예요. 하필 그때 아버지가 외출하셨다는 게 안타까워요. 만약 집에 계셨다면 그렇게 되도록 절대 내버려두지 않으셨을 테니까요."

"나도 그렇게 생각한단다."

로즈메리의 얼굴에 떠오른 홍조가 한결 짙어졌다. 본인은 이 점을 조금 의식하고 있었지만 페이스는 알아차리지 못했다.

페이스가 걱정스러운 목소리로 물었다.

"페리 목사님의 양복이 불에 타고 있다는 말을 하지 않은 건 아주 못된 짓이었나요?"

"그건 그래. 올바르지 않은 행동인 건 맞아."

대답은 이렇게 했지만 로즈메리는 재미있는 일이라도 상상하듯 눈동자를 굴리며 말을 이어갔다.

"하지만 그런 경우라면 나라도 못된 짓을 했을 거야. 절대로 목사님에게 말하지 않았겠지. 내가 한 행동에 대해서도 결코 후회하지 않았을 것 같아."

"우나는 내가 그런 사실을 알려드렸어야 했다고 말했어요. 아무리 싫어도 목사님이니까요."

"사랑하는 페이스, 목사님이라고 해도 신사답게 행동하지 않는다면 우리가 그런 사람의 양복까지 신경 써줄 의무는 없단다. 나 같으면 제임스 페리의 옷이 타는 걸 보면서 속으로 좋아했을 거야. 틀림없이 재미있었을 테니까."

두 사람 모두 웃었다. 하지만 페이스의 웃음에는 쓰라린 한숨이 섞여 있었다.

"아무튼 애덤은 죽었어요. 이제 전 그 무엇도 사랑하지 않을 거예요. 절대로요!"

"그런 말 하면 안 돼. 우리가 사랑을 하지 않는다면 인생에서 너무 많은 것을 놓치게 되거든. 사랑을 많이 할수록 풍요롭게 살 수 있단다. 사랑하는 대상이 털북숭이거나 날개 달린 애완동물이라 해도 마찬가지야. 페이스, 혹시 카나리아를 좋아하니? 우리 집에 황금빛이 도는 카나리아가 두 마리 있는데, 갖고 싶다면 네게 한 마리를 줄게."

페이스가 소리쳤다.

"우아, 정말이요? 좋아요. 저는 새를 좋아하거든요. 그런데 마사 할머니의 고양이가 잡아먹으면 어쩌죠? 두 번이나 그런 일을 겪으면 견딜 수 없을 거예요."

"새장을 벽에서 충분히 떨어진 곳에 걸어놓으면 고양이가 해코지하지 못할 거야. 어떻게 돌봐야 하는지는 나중에 가르쳐줄게. 다음번 잉글사이드에 갈 때 카나리아를 가져다놓을 테니 와서 데려가렴."

로즈메리는 속으로 생각했다.

'이렇게 하면 남의 말 좋아하는 호사가들에게 이야깃거리를 던져주는 것이나 다름없겠지. 하지만 상관없어. 난 이 가엾은 여자아이를 위로해주고 싶을 뿐이니까.'

로즈메리가 의도한 대로 페이스는 위로를 받았다. 공감과 이해가 무척 달콤하다는 것도 경험했다. 두 사람은 새하얀 골짜기에 황혼이 부드럽게 내리고 회색빛 단풍나무 숲 위로 별이 빛날 때까지 고목 위에 앉아 있었다. 페이스는 로즈메리에게 이제까지의 생활과 앞으로 꿈꾸는 것, 좋아하는 것과 싫어하는 것, 목사관 안팎에서 일어나는 일, 학교에서 일어난 일을 모두 이야기했다. 헤어질 때쯤 두 사람은 각별한 친구가 되었다.

메러디스 목사는 저녁을 먹는 동안 여느 때처럼 꿈속을 헤매고 있었다. 그런데 문득 한 사람의 이름이 공상의 세계를 뚫고 들어와 그를 현실로 끌어냈다. 페이스가 로즈메리와 만난 일을 우나에게 이야기하고 있었던 것이다.

"정말 좋은 분이야. 조금 다른 느낌이기는 하지만 블라이드 아주머니처럼 다정했어. 꼭 안아드리고 싶었다니까. 그런데 그분이 먼저 날 안아주셨어. 품이 참 따뜻하고 벨벳처럼 포근했지. 그리고 날 '사랑하는 페이스'라고 불렀어. 그 말을 들으니 몸이 막 떨리더라. 그분에겐 뭐든지 말할 수 있을 것 같아."

메러디스 목사가 조금 묘한 말투로 물었다.

"그러니까 웨스트 양이 좋다는 말이구나, 페이스?"

페이스가 소리쳤다.

"전 그분을 사랑해요."

메러디스 목사가 감탄했다.

"아! 그래…."

21장

차마 할 수 없는 말

존 메러디스 목사는 생각에 잠긴 채 무지개 골짜기를 걸어가고 있었다. 으스스한 겨울밤이었지만 하늘은 맑고 공기는 상쾌했다. 저 너머 눈 쌓인 언덕은 차갑고 멋진 달빛을 받아 반짝거렸다. 골짜기에 길게 늘어선 전나무들은 바람과 서리의 하프 연주에 맞춰 자연의 노래를 부르고 있었다. 목사관과 잉글사이드 아이들은 썰매를 탔다. 동쪽 비탈을 따라 신나게 내려온 썰매는 거울 같은 연못 위로 빠르게 달려갔다. 다들 즐거운 시간을 보내고 있었다. 활기찬 목소리와 명랑한 웃음소리가 골짜기 위아래로 메아리치다가 여운을 남기며 나무들 사이로 사라져갔다. 오른쪽 단풍나무 숲 사이로 잉글사이드의 불빛이 반짝거리며 다정하게 손짓하고 있었다. 그 불빛은 잉글사이드가 살아 있는 사람이나 죽은 영혼을 가리지 않고 모든 이를 환영하며 사랑으로 맞아주는 곳임을 알려주는 듯했다. 메러디스 목사는 가끔씩 저녁때 이 집을 찾아가 그 유명한 도자기 개들이 수호신처럼 버티고 있는 난롯가에서 길버트와 이런저런 주제를 놓고 이야기를 나누었다. 하지만 그날 밤 목사는 잉글사이드 쪽을 보지 않았다. 그의 눈은 오직 더 창백하면서도 매혹적인 별이 반짝이는 서쪽 언덕을 향하고 있었다.

메러디스 목사는 로즈메리 웨스트를 만나러 가는 길이었다. 첫 만남 이후 마음속에서 싹이 트고 봉오리가 맺혔다가 페이스가 로즈메리를 칭찬했던 저녁에 활짝 꽃을 피운 그 무언가를 오늘 밤에 털어놓을 생각이었다. 자기가 로즈메리를 깊이 사랑한다는 사실을 마침내 깨달은 것이다. 물론 서실리아를 사랑했던 방식과는 전혀 달랐다. 낭만과 꿈과 매혹을 지닌 그런 사랑은 두 번 다시 경험할 수 없을 것이다.

로즈메리는 참으로 아름답고 상냥하며 사랑스러운 사람이었다. 더할 나위 없이 훌륭한 친구이기도 했다. 로즈메리와 함께 있으면 다시는 그런 기분을 맛볼 수 없을 만큼 행복했다. 로즈메리라면 이상적인 아내, 훌륭한 어머니가 되어줄 것이다. 메러디스 목사는 아내와 사별한 뒤로 줄곧 동료 목사들과 여러 신도들에게 재혼하라는 권유가 암시된 말을 수없이 들어왔다. 별다른 의도 없이 말하는 사람도 있었고 어떤 속셈을 가지고 다가오는 사람도 있었다. 하지만 목사는 그들의 말에 전혀 개의치 않았다. 사람들은 자기들의 말에 담긴 속뜻을 그가 알아차리지 못한다며 답답해했지만, 사실 메러디스 목사는 분명하게 인식하고 있었다. 가끔씩 멍한 정신이 제자리로 돌아올 때면 하루라도 빨리 재혼해서 안정된 가정을 꾸려야 한다고도 생각했다. 누가 봐도 그게 상식적인 일이었기 때문이다. 하지만 메러디스 목사는 상식적인 삶과는 거리가 조금 먼 성향이었던지라 가정부나 동업자를 고르듯 아무런 감동 없이 냉철한 기준만으로 '적당한' 여자를 선택할 수는 없었다. 또한 그는 '적당한'이라는 단어를 무척 싫어했다. 이 말만 들으면 제임스 페리 목사가 떠올랐다. 이 번지르르한 동료는 '적당한 나이의 적당한 여자'를 만나라고 서슴없이 말했다. 사람들이 예의를 차리며 넌지시 건네는 말과는 비교할 수 없이 천박했다. 그 말을 들을 때마다 미친 듯이 달려 나가 가장 젊고 가장 어울리지 않은 여성에게 청혼하라는 부적절한 욕망을 부추긴다고 여길 정도였다.

엘리엇 부인과는 친구처럼 지냈고 목사도 그녀를 좋아했다. 하지만 재혼해야 한다는 직언을 그녀에게 들었을 때 그는 마음 깊은 곳에 모셔둔 성전을 둘러싼 장막이 찢어지는 듯한 기분을 느꼈다. 신도 중에도 그가 청혼하면 기꺼이 받아들일 만한 '적당한 나이'의 여성들이 있었다. 아무리 정신이 딴 데 팔려 있다고 해도 이 정도쯤은 글렌세인트메리 교회에 부임했을 때부터 분명하게 인식했다. 다들 착하고 건실하면서 따분하다고 할 만큼 고지식한 여성들이었으며, 그중 두어 사람은 외모도 빼어났다. 하지만 메러디스 목사는 이들 중 한 명과 결혼하느니 목을 매는 게 낫다고 생각했다. 그는 이상적인 아내에 대해 몇 가지 기준을 가지고 있었기에 단지 자기 필요를 따라 충동적으로 선택하는 일을 피할 수 있었다. 아무 여성에게나 서실리아의 자리를 대신해달라고 청할 수는 없었기 때문이다. 그 옛날 소녀 같은 신부에게 바쳤던 사랑과 경외심을 조금이라도 끌어낼 수 있는 여성이 아니면 소용없다고 생각했다. 그런데 제한된 인간관계 속에서 어떻게 그런 여성을 찾을 수 있단 말인가?

가을날 그 밤에 로즈메리 웨스트는 메러디스 목사의 삶 속으로 들어왔다. 맑은 영혼을 지닌 목사는 로즈메리에게서 자연스레 드러나는 솔직한 모습을 곧바로 알아차렸다. 두 사람은 낯선 사람들 사이에 놓인 커다란 골을 가로질러 서로 손을 맞잡았다. 사람들의 눈에 띄지 않는 샘에서 10분 동안 이야기를 나눈 것만으로도 목사는 로즈메리에 관해 많은 것을 알게 되었다. 에멀라인 드루, 엘리자베스 커크, 에이미 애네타 더글러스와는 1년 동안 알고 지냈지만 별로 아는 것이 없었다. 아마 한 세기 전부터 알아왔다고 해도 마찬가지였을 것이다. 데이비스 부인이 목사의 마음과 영혼을 격분시켰을 때도 그는 로즈메리를 찾아가 위안을 얻었다. 그 뒤로는 언덕 위의 집을 자주 찾았다. 그 집에 가려면 무지개 골짜기의 어두운 오솔길을 따라 걸어가야 했기 때문에 입방아 찧기를 좋아하는 사람들조차 목사가 로즈메리 웨스트를 만나러 다니는 것을 눈치채지 못했다. 여전도회에서 찾아낸 증거라고는 목사가 웨스트 자매의 집 응접실에서 다른 방문객과 한두 번 마주친 게 전부였다. 하지만 이 이야기를 들은 엘리자베스 커크는 상냥하고 수수한 얼굴을 찡그리지도 않고 그동안 은밀하게 간직해온 소망을 접어버렸다. 한편 에멀라인 드루는 로브리지의 노총각을 다시 만나면 예전처럼 무시하지 않겠다고 마음먹었다.

'로즈메리 웨스트가 목사님을 손에 넣겠다고 마음먹는다면 얼마든지 그럴 수 있겠지. 그 여자는 나보다 어려. 남자들도 다들 로즈메리가 예쁘다고 야단이잖아. 게다가 웨스트 자매는 돈도 많아!'

에멀라인은 자기를 달래던 동생에게 말했다.

"목사님이 멍하니 있다가 실수로 엘런에게 청혼하는 일은 없었으면 좋겠네."

비록 악의적으로 비꼬기는 했지만 이후로는 로즈메리에게 악감정을 갖지 않았다. 모든 것을 고려해봤을 때 아이가 넷이나 딸린 홀아비보다는 홀몸인 총각과 결혼하는 것이 훨씬 낫다고 판단했기 때문이다. 에멀라인은 자기가 목사관의 매력에 잠시 눈이 멀어 있었을 뿐이라며 스스로 위로했다.

세 아이가 썰매를 타고 환호성을 지르며 메러디스 목사 옆을 지나 연못으로 빠르게 돌진했다. 페이스의 긴 곱슬머리가 바람에 날렸고 웃음소리는 다른 아이들보다 크게 울려 퍼졌다. 메러디스 목사는 다정하고 애틋한 눈길로 아이들을 바라보았다. 제리와 페이스와 우나와 칼이 잉글사이드 아이들처럼 좋은 친구들과 어울릴 수 있어서 얼마나 다행인지 모른다. 아이들이 블라이드 부인처럼 현명하고 쾌활하며 다정한 어른을 만난 것도 정말 기뻤다. 하지만 아이들에게는 그와 다른 무언가가 필요했다. 그 무언가가 로즈메리 웨스트를 신부로 맞아 목사관으로 데려오면 채워지고도 남을 것이다. 로즈메리는 모성애가 강할 것이라 느껴지는 여인이었다.

그날은 토요일이었다. 메러디스 목사는 토요일 밤에 좀처럼 다른 곳을 방문하지 않았다. 다음 날 예배 때 설교할 내용을 다

듣는 데 전념하기에도 시간이 부족했다. 그런데도 그는 이날 언덕 위의 집을 찾아가기로 결심했다. 엘런 웨스트가 외출하고 집에 로즈메리 혼자 있다는 사실을 알고 있었기 때문이다. 종종 웨스트 자매의 집에 찾아가 즐거운 저녁 시간을 보내곤 했지만 봄날의 첫 번째 만남 이후로 로즈메리와 단둘이 만난 적은 한 번도 없었다.

엘런이 같이 있다고 해서 불편한 것은 아니었다. 목사는 엘런을 참 좋아했고, 두 사람은 죽이 잘 맞는 친구였다. 엘런은 남자들과 말이 잘 통했으며 유머 감각도 뛰어났다. 그래서 내성적이면서도 은근하게 재밋거리를 찾는 목사와 잘 어울렸다. 목사는 그녀가 정치와 세계정세에 관심이 많은 것도 마음에 들었다. 글렌세인트메리 마을에서는 길버트 블라이드 말고 이런 주제를 함께 이야기할 사람이 없었다.

언젠가 엘런은 이렇게 말했다.

"살아 있는 동안에는 세상만사에 관심을 가져야 한다고 생각해요. 그렇지 않으면 죽은 거나 다름없잖아요."

목사는 엘런의 유쾌하면서도 나직하게 울리는 목소리가 좋았다. 흥미로운 이야기를 조리 있게 마무리할 때마다 호탕하게 웃음을 터뜨리는 모습에도 호감이 갔다. 엘런은 마을의 다른 부인들처럼 목사관 아이들의 행실에 관해서 이러쿵저러쿵하지 않았고, 떠도는 소문을 지루하게 늘어놓지도 않았다. 심통을 부리거나 까다롭게 굴지도 않았다. 언제나 진심 어린 태도로 목사를 대했다. 코닐리어의 기준으로 분류하자면 엘런은 '요셉을 아는 자'였다. 어느 모로 보아 메러디스 목사의 처형으로 나무랄 데가 없는 여성이었다. 하지만 청혼은 보통 두 사람만 있는 자리에서 이루어지는 법이다. 남자라면 한 여인에게 결혼하자는 말을 꺼내는 순간 곁에 누군가가 있는 상황을 꺼릴 수밖에 없다. 그 사람이 아무리 훌륭한 여성이라 해도 마찬가지다.

엘런은 늘 메러디스와 함께 있었다. 그렇다고 해서 자기만 메러디스 목사와 이야기하겠다고 고집부린 것은 아니었다. 로즈메리도 목사와 시간을 보낼 수 있도록 배려해주었고 때로는 아예 자리를 비켜주기도 했다. 엘런이 세인트 조지를 데리고 구석으로 물러나 있는 동안 메러디스 목사와 로즈메리는 이야기를 나누고 노래하며 함께 책을 읽었다. 때로 두 사람은 엘런의 존재를 거의 잊어버리기도 했다. 하지만 엘런은 둘이서 대화하고 함께 노래하는 것이 연애놀이에 가까워질 조짐이 보일 때마다 즉시 끼어들어 싹을 잘라버렸으며, 두 번 다시 그런 마음을 품지 못하도록 그날 밤 로즈메리를 다그쳤다.

아무리 엄격하게 감시한다 하더라도 눈빛과 미소와 침묵, 특히 많은 것이 담긴 침묵이라는 미묘한 언어까지 막을 수는 없는 법이다. 그동안 목사는 로즈메리에게 자기 마음을 그럭저럭 전해왔다. 하지만 구애가 결실을 맺으려면 절정의 순간이 있어야 하는데, 엘런 때문에 좀처럼 기회가 생기지 않았다. 여기저기 쏘다니는 걸 좋아하지 않았던 엘런은 좀처럼 집을 비우지 않았기 때문이다. 특히나 겨울에는 난롯가만큼 좋은 곳이 없다고 하면서 꼭꼭 틀어박혀 있었다. 사람들과 어울리는 것은 좋아했지만 누군가를 만날 때도 꼭 집으로 불러들였다. 그래서 메러디스 목사는 로즈메리에게 하고 싶은 말을 전하려면 편지를 쓰는 방법밖에 없다고 결론지었다.

그러던 어느 날 엘런이 돌아오는 토요일 밤 친구의 은혼식에 갈 것이라고 불쑥 말했다. 그 부부가 결혼할 때 엘런이 들러리를 섰는데, 결혼식에 온 하객들만 초대했기 때문에 로즈메리는 거기 끼지 못했다. 메러디스 목사는 귀를 쫑긋 세우고 그 말을 들었다. 꿈꾸는 듯했던 눈동자는 엘런과 로즈메리가 모두 알아차릴 정도로 반짝반짝 빛났다. 두 사람은 무언가로 얻어맞은 듯한 충격을 받았다. 메러디스 목사가 돌아오는 토요일 밤에 언덕으로 올라올 것이 틀림없었기 때문이다.

메러디스 목사가 집으로 돌아가고 로즈메리도 조용히 2층으로 올라가자 엘런은 검은 고양이에게 엄한 얼굴로 말했다.

"빨리 끝내는 게 차라리 나을 거야. 그렇지, 세인트 조지? 목사님은 로즈메리에게 청혼할 생각일까? 틀림없어. 차라리 청혼할 기회를 줘서 로즈메리와 결혼할 수 없다는 걸 분명히 일깨우는 게 좋을 거야. 물론 로즈메리는 청혼을 받아들이고 싶겠지. 하지만 약속이라는 건 꼭 지켜야 하는 법이야. 한편으로는 로즈메리가 가엾기도 해. 제부로 삼기에 목사님만큼 괜찮은 남자가 없고 두 사람이 맺어지는 걸 반대할 이유도 없으니까. 독일 황제가 유럽의 평화를 위협하는 존재라는 걸 모를뿐더러 알려고 들지도 않는다는 게 문제긴 한데, 그것만 빼면 나무랄 데 없잖아. 대화도 잘 통하고 함께 있으면 참 즐겁다니까. 세인트 조지, 난 그 사람이 마음에 들어. 메러디스 목사님처럼 입이 무거운 남자한테는 속마음을 모두 털어놓을 수 있어. 누군가에게 오해받을 일도 절대 없을 거잖아. 루비보다 귀한 사람이야. 아주

드문 남자라고. 그래도 결혼만은 안 돼. 만약 로즈메리와 이어질 수 없다는 걸 알게 된다면 더는 우리 자매와 어울리려고 하지 않겠지? 이런 말을 하는 게 낯간지럽긴 하지만, 그땐 무척 아쉬울 거야. 하지만 로즈메리는 약속했어. 로즈메리가 약속을 잘 지키는지 내가 눈을 똑바로 뜨고 지켜볼 거야!"

낮은 목소리로 결의를 다지는 엘런의 얼굴은 무척 험상궂어 보이기까지 했다. 그때 2층에서는 로즈메리가 베개에 얼굴을 묻은 채 울고 있었다.

이렇게 해서 메러디스 목사는 마침내 자기가 흠모하는 여인을 단둘이 만나게 되었다. 로즈메리는 참 아름다웠다. 오늘을 위해 특별히 단장한 것도 아니었다. 물론 그렇게 하고 싶기는 했지만 청혼을 거절하리라 마음먹었으면서 상대방에게 잘 보이려고 멋을 낸다는 것이 터무니없는 일로 여겨져 단념했다. 그래서 색이 짙고 장식 없는 드레스를 입었는데 오히려 그 모습이 여왕처럼 보였다. 가까스로 흥분을 가라앉히다 보니 얼굴은 붉게 물들었고 커다란 푸른 눈은 반짝반짝 빛났다. 몸가짐도 평소와 달리 초조해 보였다.

로즈메리는 한시라도 빨리 이 상황에서 벗어나고 싶었다. 생각만 해도 두려워서 이 순간이 다가오지 않기를 바랐지만 한편으로는 기다리는 마음도 있었다.

'목사님은 나를 사랑해. 물론 저분이 처음으로 마음을 준 여자만큼 날 사랑하지 않는다는 건 알아. 만약 내가 거절하면 목사님은 큰 상처를 입겠지? 그래도 절망의 나락에 떨어지진 않을 거야. 하지만 난 청혼을 받아들이고 싶어.'

자기 감정에 솔직한 로즈메리는 목사를 위해서도 그리고 본인을 위해서도 청혼을 거절하고 싶지 않았다. 그녀 역시 메러디스 목사를 사랑했다. 여건이 허락된다면 그의 마음을 받아들이고 싶었다. 연인이 되지 못했을 경우 친구로 지내는 것도 어려울 텐데, 그렇게 되면 앞으로의 삶이 무척 공허해질 게 뻔했다. 로즈메리는 메러디스 목사와 함께했을 때 자기가 행복할 뿐 아니라 상대방도 행복하게 만들어줄 수 있다는 사실을 알고 있었다. 하지만 행복으로 가는 길 한복판에는 여러 해 전 엘런과 했던 약속이라는 감옥 문이 버티고 있었다.

로즈메리는 아버지에 대한 기억이 없었다. 그녀가 겨우 세 살 때 세상을 떠났기 때문이다. 당시 열세 살이었던 엘런은 아버지를 기억하고 있었지만 애틋하게 그리워하지는 않았다. 아버지는 엄격하고 과묵했으며, 아름다운 어머니보다 나이가 훨씬 많았다. 아버지가 숨을 거둔 지 5년 뒤에 열두 살이었던 남자 형제도 죽었다. 그 뒤로 자매는 어머니와 함께 살았다. 두 사람은 글렌세인트메리나 로브리지 마을 사람들과 막역하게 지내지는 않았지만 가는 곳마다 환영받았다. 재치 있는 엘런은 분위기를 활발하게 만들었으며 로즈메리는 아름답고 상냥했기 때문이다.

두 사람 다 꽃다운 나이에 인생의 쓴맛을 보았다. 로즈메리는 연인이었던 마틴을 바다에 빼앗기고 여태껏 돌려받지 못했다. 엘런은 한때 덩치 크고 잘생긴 빨간 머리 청년 노먼 더글러스와 사귀었다. 하지만 성격이 거칠고 어이없는 소동을 자주 벌이던 그와 말다툼 끝에 헤어졌다. 이후로 마틴과 노먼의 자리를 대신할 후보가 없었던 것은 아니었으나 웨스트 자매의 눈에 들 만한 남자는 없었다. 세월이 갈수록 젊음과 아름다움이 서서히 시들어갔어도 그들은 별로 후회하는 기색 없이 병약한 어머니를 정성스럽게 돌봤다. 그렇게 세 사람은 가정이라는 울타리 안에서 책을 읽고 애완동물과 꽃을 기르며 소소한 즐거움을 찾았다. 그것만으로도 삶은 충분히 만족스럽고 행복했다.

그런데 로즈메리의 스물다섯 번째 생일날 이 가정에 비극이 닥쳤다. 어머니마저 세상을 떠난 것이다. 두 사람은 실의에 빠졌다. 처음에는 외로움을 견딜 수 없었다. 특히 엘런은 비통해하면서 어머니의 죽음을 곱씹었고, 간간이 발작하듯 통곡하다가 다시금 우울한 생각에 빠져들기를 반복했다. 로브리지의 늙은 의사는 이대로 내버려두었다가는 엘런이 평생 우울증에 시달릴 것이며 증세가 더 악화될 수 있다고 경고했다.

언젠가 엘런이 온종일 입을 다물고 아무것도 먹지 않은 채로 앉아 있기만 하자 로즈메리가 무릎 꿇고 애원했다.

"내가 곁에 있잖아. 언니에게 난 아무것도 아니라는 거야? 우린 그동안 서로를 의지하며 잘 버텨왔어."

엘런이 침묵을 깨뜨리며 퉁명스럽게 말했다.

"네가 나랑 영원히 함께 있을 건 아니잖아. 결혼하면 너는 이 집을 떠나겠지. 난 홀로 남겨질 테고. 그런 생각을 하면 도저히 견딜 수 없어. 차라리 죽는 게 나아."

"난 결혼하지 않을 거야. 절대로!"

엘런은 몸을 굽히며 로즈메리의 눈을 바라보았다.

"정말이니? 진지하게 약속할 수 있어? 자, 그럼 어머니 성경책에 대고 맹세해줘."

로즈메리는 엘런을 달래려고 선뜻 승낙해버렸다. 어차피 누구와도 결혼할 마음이 없으니 그까짓 맹세쯤은 대수로운 일이 아니라고 여겼다. 그녀의 사랑은 이미 마틴 크로퍼드와 함께 바닷속으로 가라앉았다. 누군가를 사랑할 수도 없는데 결혼이라니, 가당치도 않았다. 그래서 엘런이 무시무시한 의식을 요구했음에도 기꺼이 받아들였던 것이다. 그렇게 두 사람은 텅 빈 어머니의 방에 들어가 마주 잡은 손을 성경책 위에 올린 뒤 평생 결혼하지 않고 함께 살기로 약속했다.

그때부터 엘런의 증세가 점점 호전되더니 얼마 지나지 않아 전처럼 쾌활해졌다. 그 뒤로 10년 동안 엘런과 로즈메리는 결혼 때문에 속을 썩이는 일 없이 낡은 집에서 행복하게 살았다. 결혼 상대가 될 만한 남자들이 인생길에 불쑥 나타날 때마다 엘런은 동생에게 약속을 상기시켰고, 로즈메리가 메러디스 목사를 데리고 집에 들어왔던 그날 밤까지는 걱정할 만한 일이 전혀 없었다. 로즈메리도 그동안은 약속에 집착하는 언니를 놀려대곤 했다. 그런데 지금 그 약속은 스스로 묶어놓았으나 절대 벗어날 수 없는 족쇄가 되고 말았다. 엘런과 맺은 약속 때문에 오늘 밤 로즈메리는 행복을 외면해야만 했다.

장미꽃 봉오리처럼 수줍고 철없는 사랑은 두 번 다시 하지 못한다. 대신 이제는 훨씬 풍부하고 성숙한 사랑을 존 메러디스에게 줄 수 있다. 마틴의 손길이 닿지 않았던 마음속 깊은 곳, 어쩌면 열일곱 소녀의 마음에는 존재하지 않았던 그 무언가를 존 메러디스가 건드렸다. 하지만 오늘 밤에는 그를 이대로 돌려보내야 한다. 쓸쓸한 가정으로, 공허한 삶으로, 가슴 아픈 일이 가득

한 세상으로 돌아가는 그의 뒷모습을 가만히 바라보고만 있어야 한다. 10년 전 어머니의 성경책에 손을 얹고 절대 결혼하지 않겠다고 엘런과 약속했기 때문이다.

존 메러디스 목사는 자기에게 온 기회를 당장 잡으려고 하지 않았다. 오히려 연인 사이에 오가지 않을 법한 이야기를 두어 시간이나 계속했다. 심지어 평소 로즈메리가 지루해하던 정치 이야기까지 꺼냈다.

'설마, 내가 완전히 착각한 거야?'

조마조마하면서도 한편으로는 기대에 부풀어 있었던 로즈메리는 문득 자기의 모습이 우스꽝스럽게 느껴졌다. 맥이 탁 풀리면서 자책감도 들었다. 얼굴에서 홍조가 사라졌고 반짝거리던 눈동자도 점점 빛을 잃어갔다. 존 메러디스는 그녀에게 청혼할 생각이 조금도 없어 보였다.

그 순간 목사가 갑자기 자리에서 일어났다. 그는 방을 가로질러 로즈메리에게 다가가더니 의자 옆에 멈춰 섰다. 이윽고 그는 그녀에게 청혼했다. 주위가 무서울 정도로 고요해졌다. 세인트 조지까지도 가르랑대는 소리를 멈췄다. 로즈메리의 가슴이 두방망이질을 쳤다. 아마 존 메러디스의 귀에도 쿵쾅거리는 소리가 또렷이 들렸을 것이다.

이제 답을 할 때가 되었다. 최대한 상냥하면서도 단호하게 거절해야 한다. 로즈메리는 격식을 갖춰서 유감을 표하려고 며칠 전부터 할 말을 준비해왔다. 하지만 공들여 준비한 문장은 머릿속에서 완전히 사라져버렸다. 결혼할 수 없다고 말해야 하는데, 도저히 입을 뗄 수 없었다. 로즈메리는 자기가 존 메러디스를

'사랑할 수도' 있는 게 아니라 전부터 '사랑하고' 있었다는 사실을 이제야 깨달았다. 그를 떼어내고 나면 남은 삶은 오직 고통뿐임을 그녀는 똑똑히 알고 있었다.

무슨 말이라도 해야 했기에, 로즈메리는 금빛 머리를 들고 그를 바라보면서 생각할 시간을 달라고 부탁했다. 머릿속이 뒤죽박죽이다 보니 두서없이 더듬거릴 수밖에 없었다.

메러디스 목사는 조금 놀랐다. 조금 전까지만 해도 그는 로즈메리가 청혼을 기꺼이 받아들일 것이라고 기대했다. 그녀도 자기를 사랑한다고 확신했기 때문이다.

'왜 망설이는 거지? 이 미적지근한 태도는 또 뭐란 말인가? 자기 마음도 모르는 소녀도 아닌데….'

메러디스 목사는 몹시 당황하고 실망했지만 여느 때처럼 정중한 태도로 돌아섰다.

"며칠 내로 대답해드릴게요."

로즈메리가 그의 등에 대고 말했다. 눈을 내리깔고 있었지만 얼굴은 빨갛게 불타올랐다. 그가 현관문을 닫고 나가자 로즈메리는 방으로 돌아가 두 손을 마주 잡고 몸부림쳤다.

22장

세인트 조지는 전부 알고 있다

엘런 웨스트는 폴록 부부의 은혼식에 갔다가 집으로 돌아오고 있었다. 손님들이 돌아간 뒤에도 백발의 신부를 도와 설거지를 하다 보니 한밤중이 되어서야 현관문을 나섰다. 집까지는 멀지 않았고 길도 잘 닦여 있었기 때문에 엘런은 달빛을 받으며 기분 좋게 걸었다.

그날 저녁은 참 즐거웠다. 이런 자리에는 몇 년 만에 참석한 터라 더욱 특별한 시간이었다. 손님들은 모두 전부터 아는 사람들이었다. 그 집의 외아들은 멀리서 대학을 다니고 있었기 때문에 젊은이들이 끼어들어 분위기를 망치는 일도 없었다.

은혼식에는 노먼 더글러스도 와 있었다. 엘런과 노먼은 올겨울 교회에서 한두 번 마주치긴 했지만 이런 자리에서는 정말 오래간만에 만났다. 그런데도 노먼과 얼굴을 마주했을 때 엘런은 아무런 감정이 들지 않았다. 도리어 어떻게 저런 사람을 좋아할 수 있었는지, 그가 갑자기 결혼했을 때 왜 그렇게 가슴 아파했는지 의아한 생각이 들기도 했다. 어쨌든 다시 만난 것 자체는 반가웠다. 그리고 노먼에게는 사람들을 자극해서 들뜨게 만드는 재주가 있다는 것을 새삼 떠올렸다. 노먼 더글러스가 끼면 어떤 모임이든 활기를 띠었다.

노먼을 보고 다들 깜짝 놀랐다. 평소 그는 좀처럼 집에서 나오지 않았기 때문이다. 폴록 부부도 예의상 그를 초대했지만 정말 올 것이라고 기대하지는 않았다.

노먼은 식사 때 육촌 여동생인 에이미 애네타 더글러스와 함께 앉아서 그녀의 비위를 맞추고 있었다. 엘런은 그의 맞은편에 자리를 잡았다. 잠시 후 두 사람 사이에 격렬한 논쟁이 벌어졌다. 노먼은 소리를 지르고 약을 올리며 공격했지만 엘런은 조금도 당황하지 않았다. 오히려 냉정하고 완벽한 논리로 노먼을 꼼짝 못하게 만들었다. 노먼은 10여 분 동안 한 마디도 못 하다가 마침내 붉은 수염을 매만지며 이렇게 중얼거렸다.

"옛날처럼 기가 세구먼. 여전히 씩씩해…."

그러고 나서는 에이미 애네타에게 허세 섞인 말을 늘어놓았다. 엘런 같으면 매섭게 쏘아붙일 만한 말을 들었는데도 에이미는 실실 웃기만 했다.

엘런은 이런저런 일들을 떠올리고 추억을 음미하며 집으로 걸어갔다. 서리가 달빛을 받아 하얗게 반짝거렸다. 눈길 위로 발걸음을 옮길 때마다 뽀드득 소리가 났다. 아래쪽으로는 글렌 세인트메리 마을이 보였고 그 너머로 펼쳐진 항구는 하얀 눈으로 덮여 있었다. 목사관 서재에 불이 켜져 있는 것을 보니 메러디스 목사는 집에 돌아온 모양이었다. 과연 그는 로즈메리에게 청혼했을까? 로즈메리는 어떤 식으로 거절했을까? 엘런은 무척 궁금했지만 자세한 내막은 알 수 없을 거라고 생각했다. 로즈메리는 입을 꾹 다물 게 뻔했고 자기도 캐물을 생각이 없었다. 어쨌든 로즈메리가 청혼을 거절한 게 중요하니까 그것으로 만족하겠다고 마음먹었다.

“그래도 이곳에 발길을 끊지는 말았으면 좋겠어. 예전처럼 친하게 지낼 수 있도록 목사님이 마음 써주면 좋으련만….”

엘런이 중얼거렸다. 혼자 있는 것을 몹시 싫어했던 그녀는 생각을 소리 내어 말하면서 고독을 피하곤 했다.

“가끔씩 이야기를 나눌 만한 지성을 갖춘 남자가 주위에 있으면 참 좋잖아. 하지만 목사님은 앞으로 이 집 근처에도 오지 않을 거야. 노먼 더글러스가 있긴 하지. 뭐, 대화 상대로는 그 사람도 좋아. 이따금씩 열띤 논쟁을 벌일 수도 있으니까. 하지만 노먼은 내게 다시 청혼한다는 소문이 날까 봐 절대 날 찾아오지 않을 거야. 내가 그렇게 받아들일까 봐 두렵기도 하겠지? 그와 내가 연인이었다는 게 꿈만 같네. 이젠 그가 메러디스 목사님보다 더 멀게 느껴진다니까. 그런데 이게 말이 돼? 글렌세인트메리 마을에서 대화를 나누고 싶은 남자는 두 명뿐인데, 한 명은 소문이 무서워서, 한 명은 그놈의 연애놀이 때문에 만날 수 없다니! 기가 막혀서, 원.”

엘런은 하늘에 박혀 있는 별에게 퍼부어댔다.

“내 손으로 모든 걸 확 뒤집어버렸으면 좋겠네.”

문 앞에 도착했을 때 엘런은 불현듯 불편한 마음이 들어서 그 자리에 멈춰 섰다. 거실에는 아직 불이 환했고 이리저리 서성거리는 로즈메리의 그림자가 창문에 비쳤다. 도대체 이 밤중에 무엇을 하고 있는 것인지, 로즈메리는 왜 정신 나간 사람처럼 안절부절못하는 것인지 궁금해졌다.

엘런은 조용히 집 안으로 들어갔다. 복도 문을 열자 로즈메리가 방에서 나왔다. 벌건 얼굴로 숨을 몰아쉬고 있었다. 북받쳐 오르는 흥분과 달뜬 감정이 로즈메리를 감싸고 있었다.

"왜 아직 안 자고 있었니, 로즈메리?"

엘런이 묻자 로즈메리는 긴장한 목소리로 말했다.

"언니, 이리 좀 와봐. 할 말이 있어."

엘런은 침착하게 웃옷과 방한용 덧신을 벗고 동생을 따라 난롯불이 켜진 따뜻한 방으로 들어갔다. 그런 다음 탁자에 손을 얹고 서서 로즈메리가 입을 열길 기다렸다. 엘런은 눈썹이 짙고 표정이 어둡긴 했지만 얼굴은 무척 아름다웠다. 오늘 모임에 가려고 새로 장만한 옷은 그녀에게 잘 어울렸다. 아랫단이 길고 목둘레가 패인 검은색 벨벳 드레스를 입으니 더 우아하고 당당해 보였다. 목에 걸고 있는 호박 장식 목걸이는 집안 대대로 전해지는 가보였다. 서릿발 같은 추위를 헤치며 걸어왔기 때문에 뺨은 진홍빛으로 물들어 있었다. 하지만 청동색 눈은 겨울밤의 하늘처럼 차갑고 완고했다. 엘런은 말없이 선 채로 동생의 말을 기다리고 있었다. 잠시 동안 침묵이 흘렀다. 이윽고 로즈메리가 가까스로 입을 열었다.

"엘런 언니, 메러디스 목사님이 저녁에 여기 오셨어."

"그래서?"

"그리고, 그리고 내게 청혼했어."

"그럴 줄 알았어. 넌 당연히 거절했겠지?"

"아니, 그게…."

로즈메리가 머뭇거리자 엘런은 자기도 모르게 두 손을 꼭 쥐고 한 걸음 앞으로 나아갔다.

"설마 청혼을 받아들인 거야?"

"아니, 그건 아니야."

엘런은 비소로 평정심을 되찾았다.

"그럼 뭐라고 대답했는데?"

"그러니까, 생각할 시간을 달라고 했어."

엘런이 경멸하듯 차갑게 말했다.

"왜 그랬는지 이해할 수 없구나. 네가 해줄 대답은 하나밖에 없을 텐데."

로즈메리는 애원하듯 두 손을 내밀었다.

"난 존 메러디스 목사님을 사랑해. 그 사람의 아내가 되고 싶어. 그러니까 언니랑 한 약속은 없었던 걸로 하면 안 될까?"

엘런은 순간 겁에 질려서 딱 잘라 말했다.

"안 돼."

"언니, 엘런 언니…."

엘런은 동생의 말을 가로막았다.

"잘 들어. 내가 약속을 강요한 게 아니잖아. 네가 먼저 그러겠다고 한 거야."

"알아. 나도 안다고. 하지만 그때는 내가 누군가를 다시 사랑하게 될 거라고는 생각도 못 했어."

엘런은 한 치의 흔들림도 없이 말했다.

"네가 먼저 약속하겠다고 말했어. 우리 둘이 어머니 성경책에 대고 약속했잖아. 그건 그냥 약속이 아니야. 맹세였다고. 그런데 이제 와서 그걸 깨자는 거니?"

"그런 건 아니야. 난 단지 그 약속에서 나를 자유롭게 놓아달라고 부탁하는 거야."

"절대 그럴 순 없어. 약속은 약속이야. 없었던 일로 하는 건 도저히 안 돼. 그렇게도 약속을 깨고 싶다면, 어디 한번 해봐. 넌 거짓 맹세를 한 게 되겠지. 네가 약속을 깨더라도 난 그 일에 절대 동의하지 않을 거야."

"나한테 너무 심한 것 아니야?"

"심하다고? 그럼 나더러 어쩌라는 거야? 네가 가버리면 나만 여기 혼자 남아 외롭게 살아야 할 텐데, 거기에 대해서는 생각을 전혀 안 해봤니? 난 도저히 못 견딜 거야. 아마 미쳐버리겠지. 난 혼자서는 살 수 없어. 넌 지금 나더러 좋은 언니가 아니라고 하는 것 같은데, 그동안 네가 하고 싶다는 걸 반대한 적이 있었니? 뭐든 마음대로 하게 해줬잖아?"

"그래, 맞아."

"그런데 왜 나를 버려두고 1년 전까지는 알지도 못했던 그 남자한테 간다는 거지?"

"난 그분을 사랑하니까."

"사랑한다고? 그건 꽃다운 처녀에게나 어울리는 말이야. 넌 이제 중년이라고! 그는 널 사랑하지 않아. 가정부와 가정교사를 원할 뿐이지. 너도 정말 그를 사랑하는 게 아니야. 단지 누군가의 아내가 되고 싶은 거잖아. 넌 나이 든 독신녀로 불리는 것을 부끄럽게 여기는 여자일 뿐이야. 그게 전부라고!"

로즈메리는 몸을 떨었다. 엘런은 동생의 마음을 이해할 수도 없었고 이해하려고 들지도 않았다. 이대로 계속 입씨름을 한다고 해도 소용없어 보였다.

"그래서 날 놓아줄 수 없다는 거지?"

"절대 못 해. 그리고 이 일에 대해서는 두 번 다시 이야기하지 않을 거야. 넌 나랑 분명히 약속했고, 그걸 꼭 지켜야 해. 그게 전부야. 그러니 이제 그만 자라. 지금이 몇 신데 사랑 따위로 흥분해서 엉뚱한 소리나 해대고 있는 거냐고. 날이 밝으면 정신이 돌아오겠지. 어쨌든 이런 터무니없는 말은 앞으로 꺼내지도 마라. 얼른 네 방으로 가."

로즈메리는 풀이 죽어 새파랗게 질린 얼굴로 말 한 마디 없이 자기 방에 갔다. 엘런은 몇 분 동안 방 안을 폭풍처럼 휩쓸고 다니다가 세인트 조지가 저녁 내내 조용히 자고 있었던 의자 앞에서 멈춰 섰다. 엘런의 가무잡잡한 얼굴에 달갑지 않은 미소가 번졌다. 엘런은 살면서 비극이 닥칠 때마다 웃음으로 슬픔을 이겨내곤 했다. 그러지 못했던 적은 딱 한 번, 어머니가 세상을 떠났을 때뿐이었다. 노먼 더글러스와 갈라섰을 때도 그녀는 그런 일로 슬퍼하는 자신을 비웃었다.

"이번 일로 좀 부루퉁해 있겠지. 너도 그렇게 생각하니, 세인트 조지? 그래, 며칠 동안은 안개가 자욱하게 껴서 불편할 거야. 어쨌든 우린 잘 헤쳐나갈 거라 믿어. 전에도 철없는 응석받이들을 상대해본 적이 있으니까. 로즈메리는 잠깐 투정을 부리다가 곧 괜찮아질 거야. 그러면 모든 게 예전으로 돌아가겠지? 이봐, 세인트 조지. 로즈메리는 내게 약속했다고. 그러니 꼭 지켜야 하잖아. 아, 이 이야기는 이제 그만 할래. 너한테나 로즈메리한테나 다른 누구한테도!"

말은 이렇게 했어도 엘런은 아침까지 뜬눈으로 지새웠다. 하지만 예상과 달리 로즈메리는 부루퉁해 있지 않았다. 얼굴이 핼쑥하고 말이 없기는 했으나 평소와 다른 점은 찾을 수 없었다. 그렇다고 엘런을 원망하는 것 같지도 않았다.

폭풍우가 휘몰아치는 날이라 로즈메리는 교회에 가지 않았다. 그리고 오후가 되자 방에 틀어박혀 메러디스 목사에게 편지를 썼다. 직접 얼굴을 보면서 거절할 자신이 없었기 때문이다. 자기가 마지못해 "아니요"라고 말한다는 것을 메러디스 목사는 눈치챌 것이다. 그러면 그 대답을 진지하게 받아들이지 않을 것이 분명했다. 로즈메리는 그가 다시 와서 간청하는 일만큼은 피하고 싶었다. 가능성이 전혀 없는 일이라고 인식하게 만들려면 편지를 쓰는 수밖에 없었다. 로즈메리는 자기가 떠올릴 수 있는 가장 딱딱하고 냉정한 표현을 써서 편지지를 채워나갔다. 심지어 무례하다고 여길 만한 문장도 썼다. 이 편지를 읽으면 존 메러디스뿐 아니라 아무리 적극적인 구애자라도 한 톨의 희망조차 갖지 못할 것이다.

다음 날 먼지투성이 서재에서 로즈메리의 편지를 읽은 목사는 상처와 굴욕감에 눌려 움츠러들었다. 그러면서도 한 가지 두렵지만 분명한 사실을 깨달았다. 그동안은 로즈메리를 서실리아만큼 깊이 사랑하지 않는다고 생각했다. 그런데 로즈메리를 잃고 보니 그게 아니었던 것이다. 지금 그에게는 로즈메리가 전부였다. 삶의 전부! 그런데 이제 로즈메리를 인생에서 깨끗이 지워버려야 한다. 앞으로는 우정을 나누는 것도 불가능하다. 견딜 수 없을 만큼 황량하고 쓸쓸한 인생길이 그의 눈앞에 펼쳐져 있었다. 그 길을 계속 가야 한다. 해야 할 일이 있고, 돌봐야 할 아이들이 있다. 하지만 마음이 텅텅 빈 것 같았다.

그날 저녁 내내 메러디스 목사는 어두컴컴하고 싸늘한 서재에서 머리를 감싸 쥔 채 홀로 앉아 있었다. 언덕 위의 집에서는 로즈메리가 두통으로 일찍 잠자리에 들었고 엘런은 세인트 조지에게 말을 걸고 있었다. 세인트 조지는 어리석은 인류를 경멸하듯 가르랑댔다. 마치 이 순간 푹신한 쿠션 말고는 중요한 게 하나도 없다는 듯한 표정이었다.

"여자들에게 두통이라는 핑계가 없으면 이 상황에서 어떻게 했을까? 세인트 조지, 그래도 신경 쓰지 마. 몇 주 동안 모른 척하면 돼. 솔직히 나도 마음이 편하진 않아. 새끼 고양이를 물에 빠뜨린 것 같은 기분이야. 하지만 로즈메리가 약속한 거잖아. 자기가 먼저 그러겠다고 했어. 맹세코 사실이야, 세인트 조지!"

23장

선행 클럽

이슬비가 온종일 내렸다. 가늘고 섬세하면서 아름다운 봄비였다. 머지않아 산사나무에서 꽃이 피고 제비꽃이 깨어날 것이라며 넌지시 속삭이는 것 같았다. 항구와 만 그리고 해변 저지대에 펼쳐진 들판은 진줏빛 안개로 어둑했다. 하지만 저녁이 되자 비도 그치고 안개도 바다 쪽으로 밀려갔다. 항구 위의 구름은 새빨갛게 불타는 장미꽃을 흩뿌려놓은 것처럼 보였다. 그 너머 언덕은 담황색과 진홍색으로 화려하게 물든 하늘과 대비되어 어둑해 보였다. 커다란 샛별이 은빛으로 반짝거리며 모래톱을 지켜보고 있었다. 상쾌한 바람이 무지개 골짜기에서 퍼지는 전나무와 축축한 이끼의 향기를 전해주었다. 바람은 오래된 묘지 주위의 가문비나무들 틈에서 노래를 부르며 페이스의 멋진 곱슬머리를 헝클어뜨렸다. 페이스는 헤저키어 폴록의 비석 위에 앉아 메리 밴스와 우나의 몸에 팔을 두르고 있었다. 칼과 제리는 맞은편 다른 비석 위에 앉아 있었다. 온종일 집에만 있다가 나온 터라 아이들은 무언가 재미있는 일을 벌이고 싶었다.

페이스가 즐거운 표정으로 말했다.

"오늘 밤에는 공기가 꼭 반짝반짝 빛나는 것 같아. 그렇지? 비가 지저분한 걸 깨끗이 씻어냈나 봐."

메리 밴스는 페이스를 우울한 표정으로 바라보았다. 자기가 알고 있는, 혹은 안다고 생각하는 페이스는 언제나 태평스러웠다. 엘리엇 부인은 갓 낳은 달걀을 메리에게 들려 보내면서 30분만 있다가 돌아오라고 했다. 그런데 메리는 집으로 가기 전에 꼭 해야 할 말이 있었다. 돌아갈 시간이 되자 메리는 웅크렸던 다리를 펴고 비석을 내려오면서 말했다.

"지금 공기 같은 걸로 이러쿵저러쿵할 때가 아니야. 내 말 좀 들어봐. 너희는 좀 더 조심스럽게 행동해야 해. 그 얘기를 해주려고 오늘 밤에 일부러 찾아온 거야. 사람들이 너희를 얼마나 많이 흉보는지 아니?"

놀란 페이스가 메리의 어깨에서 손을 떼며 소리쳤다.

"우리가 뭘 어쨌다고 그러는 거야?"

우나는 입술을 파르르 떨었다. 별것 아닌 일에도 쉽게 상처받으면서 영혼이 잔뜩 움츠러든 것 같았다. 이처럼 메리는 늘 잔인하다고 할 만큼 솔직하게 말하곤 했다. 제리는 짐짓 허세를 부리며 휘파람을 불었다. 그런 잠꼬대 같은 말에는 신경 쓰지 않는다는 것을 메리에게 알려주려는 의도였다.

'메리가 우리에게 이래라저래라 참견할 권리는 없잖아?'

메리는 아랑곳하지 않고 쏘아붙였다.

"뭘 어쨌느냐고? 지금도 말썽을 부리고 있잖아! 너희는 항상 그래. 어떤 사고를 치고 난 뒤 잠잠해졌다 싶으면 또 다른 사고를 쳐서 말이 나오게 한다고. 너희는 목사님 자녀가 어떻게 행동해야 하는지 도통 모르는 것 같아."

제리가 빈정거렸다.

"네가 그걸 우리한테 가르쳐줄 수 있다는 거야?"

누가 자기에게 빈정대는 일쯤은 꽤 익숙한지라 메리는 전혀 주눅 들지 않고 말을 이었다.

"그래, 이 헛똑똑이 제리야. 형편없이 행동했을 때 어떤 대가를 치르게 될 것인지쯤은 가르쳐줄 수 있지. 교회 제직회에서 너희 아버지더러 그만두라고 할 거야. 이건 데이비스 아주머니가 엘리엇 아주머니한테 한 이야기라고. 내가 옆에서 똑똑히 들었지. 데이비스 아주머니가 차를 마시러 오면 난 늘 귀를 쫑긋 세우고 있거든. 아주머니 말로는 너희 행실이 점점 나빠지고 있대. 돌봐주는 사람이 아무도 없으니 당연한 결과이긴 하지만, 신도들이 더는 참지 못할 테니 무슨 수를 내야 한다고 말하더라. 감리교회 신도들이 너희를 계속 비웃어대면 장로교회 신도들은 기분이 나쁘겠지. 아주머니가 너희에게 자작나무에서 뽑아낸 약을 잔뜩 먹이자는 말도 했어. 하지만 그런 걸로 착해질 수 있다면 나는 벌써 어린 성자(聖者)가 됐을 거야. 이건 너희 기분을 상하게 만들려고 한 말이 아니야. 난 단지 너희가 딱해서 알려주는 거라고!"

메리는 겸손한 척했지만 실은 잔뜩 생색내고 있었다.

"다들 주어진 환경 때문에 배울 기회를 놓친 게 문제지, 뭐. 하지만 사람들은 너희를 나처럼 이해해주지 않아. 칼, 드루 선생님이 그러는데 지난주 주일학교 수업 시간에 네 주머니에 있던 개구리가 튀어나왔다며? 선생님은 이제 수업을 안 하실 거래. 그런 건 집에 두고 가야 하는 것 아니니?"

칼이 말했다.

"주머니에 곧바로 집어넣었는걸. 아무에게도 피해를 주지 않았어. 아, 가엾은 개구리! 아무튼 난 제인 드루 선생님이 싫어. 다른 반으로 갔으면 좋겠어. 글쎄, 선생님 조카는 씹는담배를 주머니에 넣어 가지고 왔다가 클로 장로님이 기도할 때 우리더러 씹어보라고 했다니까. 그게 개구리를 가지고 간 것보다 더 나쁜 행동 아니야?"

"그렇진 않아. 개구리가 튀어나오리라고 누가 상상이나 했겠니? 그러니까 더 큰 소동이 일어난 거지. 게다가 그 애는 들키지 않았잖아. 그리고 너희가 지난주에 했던 기도 대회도 참 끔찍한 일이었어. 다들 그 얘기를 하고 있거든."

페이스가 화난 얼굴로 소리쳤다.

"그땐 블라이드네 아이들도 같이 있었어. 그걸 처음 하자고 한 사람은 낸 블라이드야. 1등을 한 건 월터였고."

"아무튼 사람들은 너희 탓이라면서 손가락질을 하고 있어. 묘지에서 하지 않았더라면 문제가 되지는 않았을 텐데."

제리가 맞받아쳤다.

"난 묘지가 가장 기도하기 좋은 곳이라고 생각해."

메리가 말했다.

"너희가 기도하고 있을 때 해저드 집사님이 마차를 타고 그곳을 지나가셨어. 너희가 배 위에 손을 올려놓고 한 문장을 마칠 때마다 끙끙거리는 걸 다 봤다는 거야. 집사님은 너희가 자기를 놀린 거라고 생각한대."

제리가 태연한 얼굴로 인정했다.

"그런 행동을 한 건 맞아. 하지만 집사님이 지나가는 건 전혀 몰랐어. 그분이 우연히 우릴 봤을 뿐이지. 그리고 진짜로 열심히 기도한 것도 아니야. 어차피 1등은 물 건너갔으니 그냥 재미있으라고 그랬던 거야. 아무튼 월터 블라이드는 기도를 참 잘해. 그 애는 우리 아버지처럼 기도할 수 있다니까."

페이스가 곰곰이 생각하다가 말했다.

"우리 중에서 기도를 진짜로 좋아하는 사람은 우나뿐이야."

우나가 한숨을 쉬었다.

"그런데 기도 때문에 사람들이 뭐라고 하는 거라면, 이제 더는 기도하지 말아야겠어."

"이런 바보, 그런 게 아니야. 기도하고 싶으면 얼마든지 해도 돼. 다만 묘지에서는 하지 말라는 거야. 놀이하듯이 해서도 안 되고. 비석 위에서 다과회를 여는 것도 마찬가지야."

"우린 그런 적이 없는걸?"

"비눗방울 파티를 하지 않았나? 아무튼 뭔가 하기는 했잖아. 항구 건너편 사람들은 너희가 여기서 다과회를 했다고 흉을 보던데, 난 너희 말을 믿어줄게. 아무튼 너희는 평소 이 비석을 식탁으로 쓰기도 했잖아."

제리가 설명했다.

"마사 할머니가 집 안에서는 비눗방울을 불지 못하게 하니까 그런 거야. 그날도 참 언짢아하셨지. 그리고 이 오래된 석판은 식탁으로 쓰기에 참 좋아."

페이스가 기억을 떠올리며 눈을 반짝거렸다.

"비눗방울이 참 예뻤지? 나무와 언덕과 항구가 비쳐서 작은 요정 세상 같았어. 우리가 입으로 훅 불면 두둥실 떠서 무지개 골짜기로 내려갔잖아."

칼이 말했다.

"하나 빼고는 그랬지. 그 하나가 감리교회 첨탑에 걸려서 터져버렸고."

페이스가 말했다.

"어쨌든 그게 나쁘다는 걸 알기 전에 비눗방울 놀이를 한 번은 해봐서 다행이야."

메리는 답답한 듯 가슴을 쳤다.

"그런 건 잔디밭에서 했어야지. 그랬더라면 이런 말이 나오지 않았을 거야. 도대체 생각이 있는 거니? 그동안 묘지에서 놀면 안 된다는 말은 많이 들었잖아. 감리교회 사람들은 특히 그 문제에 민감하다고!"

페이스가 침울한 얼굴로 말했다.

"아, 잊어버리고 있었어. 잔디밭은 너무 좁고 송충이가 많아. 게다가 나무도 빽빽하게 늘어서 있잖아. 무지개 골짜기에만 있을 수도 없고…. 그럼 우린 이제 어디 가서 놀아야 할까?"

"너희가 묘지에서 하는 일이 문제라고! 지금처럼 앉아서 조용히 얘기하는 거라면 아무 상관없겠지. 앞으로 무슨 일이 벌어질지는 모르겠지만, 워런 장로님이 너희 아빠한테 이번 일을 말씀드릴 게 뻔해. 해저드 집사님하고 사촌이거든."

우나가 말했다.

"우리 때문에 사람들이 아빠를 괴롭히지 않았으면 좋겠어."

"글쎄다. 사람들은 목사님이 너희에게 좀 더 신경 써야 한다고 생각해. 하지만 난 달라. 목사님을 잘 알고 있거든. 목사님은 어떤 면에선 어린아이나 마찬가지야. 너희 아버지가 그런 사람이라고. 너희에게 돌봐줄 사람이 필요하듯 목사님에게도 마찬가지야. 소문이 사실이라면, 머지않아 누군가가 나타날 거야."

페이스가 물었다.

"그게 무슨 소리니?"

메리가 반문했다.

"무슨 소리냐고? 아무것도 몰라? 정말?"

"정말 몰라. 뭔데 그래?"

"세상에! 진짜 모르는구나. 다들 그 이야기를 하고 있어. 너희 아빠가 로즈메리 웨스트를 만나고 있대. 그분이 너희 새엄마가 될 거야."

우나가 얼굴이 새빨개져서 소리쳤다.

"그게 사실이야? 난 믿을 수 없어."

"나야 사실인지 아닌지 모르지. 그저 사람들에게 들은 이야기를 전달할 뿐이니까. 아무튼 그렇게 된다면 참 좋은 일이잖아. 로즈메리 웨스트가 여기 오면 상냥하고 웃는 얼굴로 너희에게 이것저것 하라고 할 거야. 새엄마는 원래 그렇거든. 하지만 너희에게는 돌봐줄 사람이 필요해. 그러면 너희 아빠가 더는 욕먹지 않을 테니까. 난 목사님이 참 딱하다고 생각해. 요전날 밤 내게 좋은 말을 많이 해주신 뒤로 난 너희 아빠를 각별하게 생각하고 있어. 그 뒤로 난 한 번도 욕하지 않았고 거짓말도 안 했지. 그래서 목사님이 행복하고 편하게 지내시길 바라고 있어. 단추가 제대로 달린 옷을 입고 식사도 제때 하셨으면 좋겠다고. 너희도 누군가가 돌봐줘야 하잖아. 새엄마가 오면 마사 할머니도 아무 때나 나서지 못할 거야. 아까도 날 뚫어지게 보면서 '그 달걀은 신선한 거냐?'라고 묻는 거 있지. 차라리 다 곯아 있으면 좋겠다는 생각이 들더라. 아침에 그 달걀을 너희에게 하나씩 주는지 잘 지켜봐. 너희 아빠 접시에도 올라가는지 잘 보고. 만약 주지 않으면 곧바로 말해줘야 해. 가족에게 먹이라고 가져온 거니까. 난 마사 할머니를 믿지 않아. 어쩌면 자기 고양이에게 줘버릴지도 몰라."

말을 너무 많이 해서 지쳤는지 메리가 입을 다문 채로 있자 묘지에 짧은 침묵이 흘렀다. 목사관 아이들도 말할 기분이 아니었다. 다들 메리가 전해준 당황스러운 이야기를 곱씹고 있었다. 제리와 칼도 조금 놀라기는 했다. 하지만 곧 '알게 뭐야? 될 대로 되겠지'라고 생각했다. 메리의 말을 하나도 믿을 수 없었기 때문이다. 페이스는 기쁜 마음이 얼굴에 그대로 드러났다. 우나만이 안절부절못하고 있었다. 당장이라도 먼 곳으로 가서 울고 싶은 기분이었다.

"내 면류관에서 별이 빛날 것인가?"

감리교회 성가대의 노랫소리가 들려왔다. 교회에서 연습을 시작한 듯했다. 그 소리를 듣고 메리가 말했다.

"별이라고? 난 별을 세 개 갖고 싶어. 세 개면 충분해. 화관처럼 머리에 다는 거야. 가운데에 큰 걸 달고 양쪽으로 작은 것 두 개를 달면 돼."

메리는 엘리엇 부인과 함께 지내면서 신학 지식이 부쩍 늘었다. 이번에는 칼이 메리에게 물었다.

"영혼에도 큰 게 있고 작은 게 있어?"

"물론 다 다르지. 아기는 어른보다 영혼이 작을 테니까. 어머, 벌써 어두워졌네. 집에 빨리 가야 해. 엘리엇 아주머니는 어두워진 뒤에 밖으로 나도는 걸 싫어하거든. 물론 와일리 부인 집에 살았을 때는 한밤중이나 대낮이나 그게 그거였지만. 회색 고양이가 그런 걸 신경 쓰는 것 봤니? 나도 마찬가지였단다. 그게 벌써 옛일처럼 까마득하게 느껴지네. 아무튼 내 말을 잘 기억하고 앞으로는 얌전하게 행동하도록 해. 너희 아빠를 위해서라도 그렇게 하란 말이야. 난 너희를 잘 도우면서 사람들 앞에서도 너희 편을 들 거야. 믿어도 돼. 엘리엇 아주머니가 나처럼 친구들을 위하는 아이는 처음 봤대. 너희 일로 데이비스 아주머니에게 대들었다가 나중에 엘리엇 아주머니에게 많이 혼났어. 그래도 속으로는 기뻐하셨을 거야. 늘 올바로 판단하고 무슨 일이든 똑 부러지게 하시잖아. 그분은 데이비스 아주머니를 싫어하고 너희를 정말 좋아하시거든. 난 사람 마음을 잘 알아."

자기가 한 충고에 스스로 취한 메리는 의기양양해하며 집으로 돌아갔다. 남아 있는 아이들은 풀이 죽을 대로 죽었다. 우나가 화를 내며 말했다.

"메리 밴스는 만날 때마다 기분 나쁜 말만 하더라."

제리가 어금니를 앙다물며 말했다.

"헛간에서 굶어 죽게 내버려둘걸 그랬나?"

우나가 깜짝 놀라서 나무랐다.

"어머, 그건 너무 심한 말이야."

제리는 억울하다는 듯 쏘아붙였다.

"사람들이 말하는 대로 해줄까? 우리가 그렇게 나쁜 아이들이라고 떠들어댄다면 그 말대로 나쁜 짓을 하는 거야."

페이스가 말했다.

"하지만 그러면 아빠가 슬퍼하실 텐데…."

제리는 순간 움찔했다. 존경하는 아버지를 더 곤란하게 만들 수는 없었기 때문이다. 차양을 치지 않은 서재 창문으로 메러디스 목사가 책상에 앉아 있는 모습이 보였다. 책을 읽거나 글을 쓰고 있는 것 같지는 않았다. 두 손으로 머리를 감싸 안은 자세가 어딘지 모르게 지치고 낙담한 듯했다. 아이들도 이런 분위기를 금세 알아차렸다.

페이스가 말했다.

"누가 오늘 아버지한테 우리 이야기를 한 것 같아. 더는 사람들에게 꼬투리를 잡히고 싶지 않아. 어머, 젬 블라이드! 깜짝 놀랐잖아!"

갑자기 젬이 나타나 목사관 여자아이들 옆에 슬며시 앉았다. 젬은 무지개 골짜기를 돌아다니다가 별처럼 하얀 꽃송이가 옹기종기 모여 있는 아르부투스꽃을 발견했다. 꽃을 꺾어서 어머니에게 가져다드리겠다고 마음먹은 차에 아이들이 모여 있는 모습을 본 것이다.

젬이 오고 나서 목사관 아이들은 조용해졌다. 올봄부터 젬은 무지개 골짜기 친구들 무리에서 빠져나간 듯했다. 퀸스 전문학교 입학시험을 준비하다 보니 아이들과 어울릴 시간이 없었기 때문이다. 젬은 수업을 마친 뒤에도 상급반 학생들과 학교에 남아 공부했다. 집에 돌아와서도 책을 붙들고 있을 때가 많았다. 아이들 눈에 젬은 어른의 세계로 들어가고 있는 듯 보였다.

젬이 물었다.

"무슨 일 있었니? 다들 기운이 없어 보여."

페이스가 서글픈 얼굴로 고개를 끄덕였다.

"맞아. 우리 때문에 아빠가 창피를 당하고 사람들에게 이러쿵저러쿵 안 좋은 이야기를 듣고 있거든. 이런 상황에서 어떻게 기운을 낼 수 있겠어."

"이번에 또 누가 너희 얘기를 한 거야?"

젬은 늘 누구의 이야기도 공감하며 들어주었던지라 페이스는 마음 놓고 고민을 털어놓았다.

"메리가 그러는데, 사람들이 다 우리 이야기를 하고 있대. 우릴 돌봐주는 사람이 아무도 없다는 게 문제야. 그러니까 자꾸 말썽을 부리고 사람들에게 나쁜 아이라는 말을 듣는 것 같아."

젬이 의견을 냈다.

"너희가 스스로를 돌봐주면 어떨까? 어떻게 할지 내가 가르쳐줄게. 선행 클럽을 만드는 거야. 옳지 않은 일을 할 때마다 자기한테 벌을 주는 거지."

"정말 좋은 생각이야! 그런데…."

페이스가 감탄했다가 조금 걱정스러운 듯 덧붙였다.

"우리한테는 아무렇지도 않은 일을 가지고 사람들은 지독하게 나쁜 짓이라고 하잖아. 그게 잘못인지 아닌지 어떻게 알 수 있지? 매번 아빠에게 물어볼 수도 없고…. 더구나 아빠는 집을 자주 비우시잖아."

젬이 말했다.

"무슨 일을 하기 전에 잠깐 멈추고 생각해보는 거야. 내가 이렇게 행동했을 때 교회 사람들이 뭐라고 할지를 스스로에게 물어보면 대부분은 정확하게 판단할 수 있어. 뭐든 깊이 생각하지 않고 서둘러 해버린다는 게 너희의 가장 큰 문제거든. 어머니가 그러시는데, 너희는 지나치게 충동적으로 행동한대. 어머니도 어렸을 땐 꼭 너희 같았다고 하시더라. 아무튼 선행 클럽을 만들고 규칙을 어겼을 때 공정한 벌을 준다면 너희에게 큰 도움이 될 거야. 물론 벌은 호되게 줘야 해. 그렇게 하지 않으면 효과가 전혀 없을 테니까."

"매를 들고 서로 때리라는 거야?"

"아니, 그럴 필요는 없어. 다양한 방법 중에서 각자에게 맞는 것을 선택하면 되는 거야. 그리고 한 사람이 다른 사람에게 벌을 주는 건 아냐. 자기 자신에게 주는 거지. 난 이런 클럽에 대한 이야기를 소설책에서 많이 읽었어. 일단 시작한 다음 얼마나 효과가 있는지 따져보는 게 어때?"

페이스가 말했다.

"그래, 우리 한번 해보자!"

젬이 떠난 뒤 아이들은 좀 더 이야기를 나눈 다음 선행 클럽을 만들기로 마음을 모았다. 페이스가 딱 잘라 말했다.

"무슨 잘못을 저지르면 우리 스스로 바로잡는 거야."

제리가 말했다.

"젬의 말대로 공정하게 해보자. 이건 우리가 스스로를 돌보기 위해 만든 클럽이야. 아무도 그런 일을 해줄 사람이 없으니 우리끼리 하는 게 맞아. 규칙을 많이 정할 필요는 없어. 하나만 정하고 그걸 어긴 사람은 엄한 벌을 받게 하자."

"그런데 어떤 벌을 받게 하면 좋을까?"

"그건 일단 시작하고 나서 차차 생각해보면 돼. 매일 밤 이 묘지에서 모임을 열고 그날 우리가 한 일을 이야기하는 거야. 옳지 못한 행동을 했거나 아버지를 부끄럽게 만든 사람은 벌을 받아야 해. 그게 규칙이야. 무슨 벌을 받을지는 다 함께 정하자. 전에 플래그 아저씨가 '잘못을 했으면 거기에 맞는 대가를 치러야 한다'라고 말했잖아. 잘못에 딱 맞는 벌을 정하는 거야. 그리고 잘못을 했으면 벌을 꼭 받아야 해. 절대로 피해서는 안 돼. 이렇게 하면 재미있을 것 같지 않니?"

제리가 유쾌하게 결론짓자 페이스가 툴툴댔다.

"자기가 비눗방울을 날리자고 했으면서."

제리가 황급히 둘러댔다.

"그건 우리가 클럽을 만들기 전 이야기지. 오늘 밤부터 시작하는 거야."

"그런데 무엇이 옳고 그른지, 벌을 받아야 하는 일인지 아닌지에 대해 저마다 생각이 다르면 어떻게 하지? 우리 넷 중에서 둘은 이게 옳고 둘은 저게 옳다고 할 수 있잖아. 그러니까 판결을 내리려면 다섯 명이 있어야 해."

"젬 블라이드한테 부탁하면 되잖아. 글렌세인트메리에서 가장 공정한 학생이니까. 하지만 대부분은 우리끼리 해결할 수 있을 거야. 그리고 난 이 클럽에 대해 가능하면 비밀로 해두고 싶어. 특히 메리 밴스한테는 한 마디도 하지 말자. 자기가 이 클럽에 들어와서 이것저것 참견하겠다고 나설 게 뻔해."

페이스가 말했다.

"벌을 받을 수도 있다는 생각 때문에 날마다 불안하게 지낼 것 같아. 그러니 벌주는 날을 따로 정하는 게 어때?"

우나가 제안했다.

"토요일이 좋겠어. 학교에 안 가는 날이잖아."

페이스가 급히 외쳤다.

"그건 안 돼! 일주일에 하루밖에 없는 휴일을 망칠 순 없잖아. 금요일로 정하자. 생선만 먹는 날이고 우린 모두 생선을 싫어해. 그러니까 싫은 걸 하루에 몰아버리자는 거야. 그러면 다른 날은 재미있게 지낼 수 있어."

제리가 짐짓 엄격하게 말했다.

"말도 안 돼. 그런 꼼수를 쓰는데 잘될 리가 있겠니? 착해지려고 노력한다면 잘못은 아예 저지르지 않도록 싹을 잘라버리는 게 중요해. 모두 알겠지? 선행 클럽은 스스로를 돌보기 위해 만든 거야. 나쁜 짓을 하면 벌을 받을 것! 무엇을 하기 전에 먼저 생각할 것! 아빠에게 걱정을 끼치지 말 것! 이게 싫은 사람은 클럽에서 쫓겨나고 다시는 무지개 골짜기에서 같이 놀지 못해. 우리 사이에서 의견이 나뉘면 젬 블라이드가 판결을 내릴 거야. 모두 그렇게 하겠다고 약속한 거다. 동의하지? 칼, 앞으로는 주일학교에 벌레를 가지고 오지 마. 어이, 페이스. 사람들 앞에서 나뭇진을 씹으면 안 돼."

페이스가 반격했다.

"앞으로는 어른들이 기도하는 걸 흉내 내면서 놀리거나 감리교회의 기도회에 가면 안 돼."

제리가 놀란 얼굴로 항의했다.

"감리교회 기도회에 가는 게 뭐가 나쁘다고 그래?"

"엘리엇 아주머니가 그랬어. 목사관 아이들은 장로교회 모임 말고 다른 데 가서는 안 된대."

제리가 소리쳤다.

"빌어먹을, 난 감리교회 기도회는 계속 갈 거야. 우리 교회 기도회보다 열 배는 더 재미있어."

페이스가 소리쳤다.

"어? 지금 나쁜 말 한 거 맞지? 그럼 벌을 받아야 해."

"지금은 클럽에 대해서만 이야기하는 거잖아. 규칙을 분명히 정해서 종이에 적고 우리가 다 서명하기 전까지는 아무것도 시작할 수 없어. 그리고 기도회에 가는 게 나쁜 일이 아니라는 것쯤은 너도 잘 알잖아."

"하지만 꼭 나쁜 일을 해야만 벌을 받는 건 아냐. 아빠에게 걱정을 끼칠 때도 마찬가지로 벌을 받아야 해."

"거기 가는 게 누구한테 피해를 주는 건 아니잖아. 엘리엇 아주머니는 감리교회라면 덮어놓고 싫어해. 그분 말고는 나더러 뭐라 하는 사람이 없어. 난 늘 얌전하게 있거든. 아무튼 이 문제에 대해서는 젬이나 블라이드 아주머니에게 물어보자. 난 그 두 사람의 의견에 따르게. 그럼 지금 종이랑 등불을 가져올 테니 규칙을 적고 다 같이 서명하자."

15분 뒤 헤저키어 폴록의 비석 위에서 서명식이 있었다. 아이들은 목사관 등불을 가운데 놓고 무릎을 꿇은 채로 엄숙하게 맹세했다. 하필이면 그때 클로 장로의 부인이 길을 지나가다가 그 광경을 보았다. 다음 날 마을에는 목사관 아이들이 또다시 기도 대회를 했을 뿐 아니라 등불을 들고 무덤에서 숨바꼭질했다는 소문이 돌았다. 아마도 서명식을 마친 뒤 칼이 개미집을 살펴보고자 등불을 들고 무덤 안쪽으로 조심스럽게 걸어간 탓에 이야기가 더 부풀려진 듯했다. 다른 아이들은 조용히 목사관으로 돌아와 잠자리에 들었다.

잠들기 전 침대에서 기도를 마친 우나가 떨리는 목소리로 페이스에게 물었다.

"아빠가 로즈메리 웨스트와 결혼한다는 게 사실일까?"

페이스가 대답했다.

"잘 모르겠어. 그런데 난 그렇게 됐으면 좋겠어."

우나가 목멘 소리로 말했다.

"난 싫어! 로즈메리 웨스트는 좋은 분이지만, 아빠랑 결혼하면 변할지도 모르잖아. 메리 밴스가 그러는데, 새엄마들은 아주 무섭고, 못되게 굴고, 화만 내면서 아빠가 아이들을 싫어하게 만든대. 안 그러는 사람이 없다는 거야."

페이스가 소리쳤다.

"그분은 절대 그러지 않을 거야."

"하지만 메리는 누구라도 그렇게 된다고 했어. 새엄마에 대한

거라면 메리가 잘 알아. 새엄마를 수백 명은 봤다잖아. 언니는 한 명도 본 적 없지? 아, 메리가 소름 끼치는 새엄마 이야기를 해줬어. 메리가 아는 어떤 사람은 남편의 어린 딸을 피가 날 때까지 때린 다음 춥고 어두운 석탄 창고에 밤새 가둬놨대. 새엄마는 그렇게 하고 싶어서 안달이 난 사람들이라고 했어."

"난 로즈메리 웨스트가 그러지 않을 거로 믿어. 넌 나만큼 그분을 잘 모르잖아. 내게 선물로 준 아기 새를 생각해봐. 난 저 새를 애덤보다 훨씬 사랑해."

"새엄마가 되면 달라진다잖아. 달라지지 않을 수 없다고 메리가 그랬어. 난 얻어맞는 건 별로 걱정되지 않아. 하지만 아빠가 우릴 미워하는 건 싫어."

"바보 같은 소리 하지도 마. 무슨 일이 있어도 아빠는 우릴 미워하지 않을 거야. 걱정할 필요 없어. 선행 클럽을 만들고 우리가 스스로를 잘 돌본다면 아빠는 다시 결혼할 생각을 하지 않으실지도 몰라. 만약 결혼하신다고 해도 난 로즈메리 웨스트가 우릴 사랑할 거라고 확신해."

하지만 페이스처럼 확신할 수 없었던 우나는 이날 밤 울다 지쳐 잠들었다.

24장

충동적으로 한 선행

아이들은 두 주 동안 선행 클럽을 순조롭게 꾸려갔다. 효과도 제법 있어 보였다. 젬 블라이드에게 판결을 내려달라고 부탁한 적은 한 번도 없었고, 마을 사람들의 입에 오르내린 적도 없었다. 집에서는 가벼운 실수를 하기도 했지만 그럴 때마다 엄격한 눈으로 서로를 지켜보았고 정해진 벌을 기꺼이 받았다. 벌이라고 해봤자 금요일 밤 무지개 골짜기 모임에 끼지 못한다거나 밖에서 놀고 싶어 몸이 근질근질한 봄날 저녁 잠자코 침대에 머물러 있는 것 등이었다.

주일학교에서 귓속말을 한 페이스는 꼭 필요한 경우가 아니라면 온종일 한 마디도 하지 않고 지내기로 정한 뒤 이를 기꺼이 해냈다. 그런데 그날 저녁 항구 건너편에 사는 베이커 씨가 목사관을 방문했고, 하필 페이스가 손님을 맞이했다. 베이커 씨가 다정하게 인사를 건넸지만 페이스는 한 마디 대답 없이 아버지를 부르러 갔다. 기분이 언짢아진 베이커 씨는 메러디스 목사의 큰딸이 새침하고 부루퉁하다며 아내에게 흉을 보았다. 하지만 심각한 문제로 발전하지는 않았다. 그 일을 제외하면 스스로에게 준 벌이 자신이나 다른 사람에게 피해를 끼친 적은 없었다. 그러자 아이들은 스스로를 돌보는 일이 무척 쉽다고 생각하면서 자신만만해했다.

페이스가 기쁜 얼굴로 말했다.

"마음만 먹으면 어려운 일이 아니었어. 우리도 다른 아이들처럼 바르게 행동할 수 있다는 걸 사람들이 금세 알게 될 거야."

페이스와 우나는 폴록 가문의 비석 위에 앉아 있었다. 봄이었지만 폭풍우가 한바탕 휘몰아친 터라 몹시 춥고 축축했다. 목사관과 잉글사이드의 남자아이들은 무지개 골짜기로 낚시를 하러 갔지만 여자아이들이 가기에는 날씨가 너무 궂었다. 비는 그쳤어도 바다에서 불어온 바람이 뼛속까지 파고들었다. 일찍 찾아올 기미를 보이던 봄은 여전히 얼굴을 보이지 않았고 묘지 북쪽 구석에는 눈과 얼음이 딱딱하게 굳은 채로 남아 있었다.

항구 어귀 마을에 사는 리다 마시가 청어 한 두름을 가지고 덜덜 떨면서 목사관 정문으로 들어왔다. 리다의 아버지는 30년 동안 한 번도 거르지 않고 봄에 처음으로 잡은 청어를 목사관에 보냈다. 술고래에 성격까지 난폭한 그는 지금껏 교회 문턱을 넘은 적이 한 번도 없었다. 그저 자기 아버지가 했던 것처럼 매년 봄 목사관에 청어를 보내면서 세상을 다스리는 신과 일종의 거래를 해왔을 뿐이다. 그해에 처음 잡은 물고기를 보내면 1년 동안 만사형통하지만 그러지 않으면 고기가 잘 잡히지 않는다고 믿었던 것이다.

리다는 쭈뼛거리며 목사관 여자아이들에게 다가왔다. 올해 열 살이었지만 빼빼 마르고 체구가 작아서 나이보다 한참 어려 보였다. 마치 태어나서 한 번도 따뜻하게 지낸 적이 없는 것처럼 얼굴은 자줏빛이었으며, 작고 선명한 담청색 눈동자는 새빨갛게 충혈된 채로 젖어 있었다. 너덜너덜한 날염 드레스를 입었으며 닳아빠진 모직 천을 깡마른 어깨에 두르고 있었다. 발과 다리도 얼굴처럼 자줏빛이었다. 항구 어귀에서 이곳까지 아직 눈이 남아 있어 질척질척한 길을 5킬로미터나 맨발로 걸어왔기 때문이다. 하지만 추위에는 이골이 나 있고 한 달 전부터 맨발로 다녔던 리다는 개의치 않는 듯했다. 어촌 마을 아이들에게는 흔한 일이기도 했다.

리다는 비석에 앉아 페이스와 우나를 바라보며 해맑게 웃었다. 자기 처지가 딱하다는 생각은 전혀 하지 않는 듯했다. 페이스와 우나도 리다를 보면서 밝게 미소 지었다. 지난여름 잉글사이드 아이들과 항구에 갔을 때 한두 번 마주친 적이 있어서 두 아이는 리다를 어렴풋이 기억하고 있었다.

리다가 말을 건넸다.

"안녕! 오늘 밤은 참 춥지? 이런 날에는 털북숭이 강아지도 밖에 나오는 걸 싫어할 것 같아."

페이스가 물었다.

"그런데 넌 왜 나온 거야?"

"아빠가 청어를 가져다주라고 하셨거든."

리다는 벌벌 떨며 대답한 뒤 기침을 하면서 맨발을 들어 올렸다. 동정을 받기 위해서 한 행동은 아니었다. 비석 주변의 젖은 풀을 밟지 않으려고 했을 뿐이다. 하지만 페이스와 우나는 이 모습을 보자마자 마음이 아팠다. 저렇게 춥고 가엾은 차림으로 내버려두면 안 될 것 같았다.

페이스가 큰 소리로 말했다.

"이렇게 추운 밤에 왜 맨발로 온 거야? 그러다가 발이 꽁꽁 얼어붙으면 어쩌려고 그러니?"

리다가 자랑스레 말했다.

"말도 마. 발이 떨어져나가는 줄 알았어. 항구 길을 걸어서 올라오는 건 참 힘들거든."

우나가 물었다.

"신발이랑 스타킹은 왜 안 신었어?"

리다가 대수롭지 않다는 듯 대꾸했다.

"신을 만한 게 없어. 내가 가진 것들은 겨울이 끝나기도 전에 다 해졌거든."

페이스는 등골이 오싹해졌다. 이웃이나 다름없는 소녀가 이 매서운 날씨에 구두와 스타킹도 없이 이곳에 오다니. 저러다가는 얼어 죽을지도 모른다. 페이스는 이 상황이 끔찍하다는 생각밖에 들지 않았다. 그래서 충동적으로 자기가 신고 있던 구두와 스타킹을 벗어서 리다의 손에 쥐여주었다. 그런 다음 깜짝 놀라 눈이 휘둥그레진 리다에게 말했다.

"자, 이걸 줄 테니까 얼른 신어. 지금 당장! 감기 걸려서 죽으면 어떡해? 난 다른 게 있으니까 괜찮아."

호의를 거절할 이유가 없었던 리다는 얼른 선물을 낚아챘다. 몽롱했던 두 눈에 생기가 돌았다. 리다는 누가 빼앗아갈세라 잽싸게 앙상한 다리 위로 스타킹을 잡아당기고 얇은 발목을 신발에 집어넣었다.

“정말 고마워. 그런데 어른들이 화내지 않을까?”

리다가 걱정하자 페이스가 말했다.

“그럴 일은 없어. 그리고 화내도 괜찮아. 얼어 죽게 생긴 사람을 그냥 내버려두는 건 옳지 않아. 목사님의 자녀는 더더욱 그래야 한다고.”

리다가 시치미를 떼며 말했다.

“이거 돌려줘야 하니? 항구 마을은 여기랑 달라. 이곳이 따뜻해지고 나서도 한참 동안 추위가 이어지거든.”

“아니야. 그냥 주는 거니까 가져도 돼. 내겐 구두가 한 켤레 더 있고 스타킹은 많아.”

리다는 잠시 머물며 아이들과 수다나 떨 생각이었지만 이제는 빨리 떠나는 것이 좋겠다고 생각했다. 누군가 와서 스타킹과 구두를 내놓으라고 할까 봐 겁이 났기 때문이다. 그래서 처음 다가왔을 때와 마찬가지로 그림자처럼 슬그머니 황혼 속으로 사라졌다.

이윽고 목사관이 보이지 않는 곳까지 오자 리다는 구두와 스타킹을 벗어 바구니에 넣었다. 이걸 신고 더러운 항구 길을 걸어갈 수는 없었다. 특별한 때를 위해 아껴두기로 했다. 항구 어귀에 사는 여자아이 중에서 이렇게 좋은 검은색 캐시미어 스타킹과 거의 새것이나 다름없는 구두를 신은 아이는 없었다. 리다는 여름을 맞이할 준비를 끝낸 셈이었다. 이 일로 마음이 찔리지도 않았다. 리다의 눈에 비친 목사 가족은 엄청난 부자라서, 그 집 여자아이들은 구두나 스타킹을 많이 가졌을 것이라고 믿었기 때문이다. 신이 난 리다는 글렌세인트메리 마을로 달려가 플래그 씨네 가게 앞에서 한 시간쯤 남자아이들과 놀았다. 때마침 그곳을 지나가던 엘리엇 부인은 진흙탕을 첨벙거리며 요란스럽게 노는 리다를 보자 어서 집으로 돌아가라고 꾸중했다.

리다가 돌아간 뒤 우나가 나무라듯 말했다.

"왜 그랬어? 이젠 가장 좋은 구두만 남았잖아. 매일 신다 보면 금세 닳아버릴 거야."

친구에게 친절을 베푼 일로 마음이 뿌듯해진 페이스가 눈동자를 반짝거리며 외쳤다.

"상관없어. 내겐 구두가 두 켤레나 있는데 가엾은 리다 마시에겐 한 켤레도 없잖아. 그건 정말 불공평한 일이야. 이젠 한 켤레씩 가졌으니 얼마나 공평하니? 참다운 행복은 무엇을 얻는 데 있는 게 아니라 주는 데 있다고 지난주 설교 때 아빠가 말씀하셨잖아. 정말 그런 것 같아. 난 지금보다 행복했던 적이 없었어. 리다가 멋지고 따뜻하고 편안한 구두를 신고 집으로 걸어가는 모습을 상상해봐."

"검은색 캐시미어 스타킹은 아까 준 것밖에 없잖아. 다른 건 구멍이 너무 많이 나서 더는 꿰맬 수 없다며 마사 할머니가 난로 닦는 걸레로 만들어버렸고, 남아 있는 건 언니가 가장 싫어하는 줄무늬 스타킹 두 켤레뿐이야."

그 말을 듣자 페이스의 얼굴에서 빛이 사라졌고 들뜬 기분은 금세 가라앉았다. 마음속에 가득했던 기쁨은 바늘에 찔린 풍선처럼 터져버렸다. 페이스는 참담한 표정으로 주저앉아 자기의 성급한 행동이 낳은 결과를 말없이 곱씹었다.

페이스가 시무룩하게 말했다.

"아, 우나. 그것까지는 전혀 생각하지 못했다. 행동하기 전에 먼저 따져봤어야 했는데, 난 왜 이 모양이람."

페이스에게 남아 있는 줄무늬 스타킹은 마사 할머니가 지난 겨울에 만든 것이었다. 빨갛고 파란 무늬의 골이 있으며 두껍고 무겁기까지 했다. 거칠거칠한 감촉은 생각만 해도 끔찍했다. 페이스는 그 스타킹 두 켤레를 몹시 싫어해서 옷장에 그대로 처박아두었다. 앞으로도 절대 신지 않을 생각이었다.

우나가 말했다.

"이제부터는 그 줄무늬 스타킹을 신을 수밖에 없어. 학교에서 남자애들이 뭐라고 비웃을지 생각해봐. 메이미 워런이 줄무늬 스타킹을 신고 왔을 때 이발소 기둥 같다고 놀려대던 일 기억하지? 언니 스타킹이 그것보다 훨씬 심하다고!"

페이스가 말했다.

"난 그 스타킹 신지 않을 거야. 절대로! 차라리 맨발로 다닐래. 아무리 추워도 그게 낫지."

"내일 교회 갈 땐 어떻게 할 건데? 맨발로 다니면 사람들이 뭐라고 수군거릴지 생각해봐."

"그럼 집에 있으면 되지."

"안 돼. 마사 할머니가 내버려둘 것 같아?"

그 점은 페이스도 잘 알고 있었다. 마사 할머니는 비가 오건 눈이 오건 주일에는 반드시 아이들을 교회로 보냈다. 자기 뜻을 절대 굽히지 않았다. 어떤 옷을 입어도, 혹은 아예 옷을 입지 않았어도 상관하지 않을 태세였다. 아무튼 교회에는 꼭 가야 한다고 생각했다. 70년 전에 본인이 그렇게 교육받았을 뿐만 아니라 그동안 아이들을 키울 때도 그 원칙을 지켜왔다.

페이스가 구슬프게 말했다.

"우나, 혹시 나한테 빌려줄 스타킹 없니?"

우나는 고개를 저었다.

"내겐 검정색 스타킹이 하나밖에 없는 걸 알잖아. 나한테도 꽉 끼는데 언니가 그걸 어떻게 신겠다는 거야? 회색 스타킹도 마찬가지야. 게다가 그건 온통 꿰맨 자국뿐인걸."

페이스가 고집스럽게 말했다.

"난 줄무늬 스타킹은 절대 신지 않을 거야. 겉모습도 볼품없지만 신었을 때의 느낌이 얼마나 끔찍한 줄 알아? 다리가 나무통보다 커진 것 같고 따끔거리기까지 한다니까."

"그럼 어떻게 하겠다는 거야?"

"만약 지금 아빠가 집에 계셨다면 가게가 문을 닫기 전에 가서 새 스타킹을 사달라고 부탁했을 텐데. 하지만 늦게 돌아오실 테니 월요일에나 말씀드릴 수 있을 거야. 내일은 교회 안 가면 되지, 뭐. 아픈 척하고 누워 있으면 마사 할머니도 내가 집에 있는 걸 허락해주실걸?"

우나가 외쳤다.

"그건 거짓말이야. 그러면 안 돼. 정말 나쁜 일이잖아. 엄마가 돌아가신 뒤에 아빠가 우리에게 뭐라고 말씀하셨는지 기억

안 나? 다른 건 몰라도 항상 정직해야 한다고 그러셨잖아. 말로든 행동으로든 절대 누군가를 속이지 말라고 하셨어. 우리가 정직하게 살 거라 믿는다고도 하셨지. 그러니까 그런 짓을 하면 안 돼. 그냥 줄무늬 스타킹을 신어. 딱 한 번뿐이잖아. 교회에서는 아무도 모를 거야. 학교랑은 달라. 그리고 언니의 새 갈색 드레스는 아주 기니까 스타킹이 잘 안 보일 거야. 언니가 계속 자라도 입을 수 있도록 마사 할머니가 크게 만들어줬잖아. 얼마나 다행이야. 물론 완성되었을 때는 언니가 정말 싫어했었지만."

"난 그 스타킹 절대 안 신을 거야."

페이스는 같은 말을 반복했다. 그러고는 비석에서 내려오더니 하얀 맨다리로 젖은 풀 위를 일부러 밟으며 눈이 쌓여 있는 곳까지 걸어간 다음 그 위에 이를 악물고 서 있었다.

우나가 놀라서 외쳤다.

"뭐 하는 거야? 감기 걸려서 죽고 싶어?"

페이스가 대답했다.

"맞아. 난 감기에 걸리려고 이러는 거야. 그래서 내일까지 심하게 아팠으면 좋겠어. 그러면 거짓말을 안 해도 되잖아. 견딜 수 있을 때까지 여기 서 있을 거야."

"하지만 그러다 정말 죽을지도 몰라. 폐렴에 걸릴 수도 있다고. 이제 그만해. 그러지 마. 얼른 집에 가서 신을 게 있는지 찾아보자. 아, 저기 제리가 왔네. 정말 다행이다. 제리, 페이스더러 눈에서 나오라고 해줘. 저 발 좀 보라고."

제리가 물었다.

"맙소사! 페이스, 뭐 하는 거야? 제정신이니?"

페이스가 쏘아붙였다.

"난 멀쩡해. 그러니까 저리 가!"

"그럼 넌 뭘 잘못했길래 벌을 받고 있는 거야? 그래도 이건 너무 심해. 병에 걸려서 아플 수도 있다고."

"병에 걸리려고 이러는 거야. 벌을 받는 것도 아니고. 제발 날 이대로 내버려둬."

제리가 우나에게 물었다.

"페이스의 구두하고 스타킹은 어디 있어?"

"리다 마시한테 줬어."

"리다 마시한테 줬다고? 왜?"

"리다가 아무것도 안 신고 있었거든. 추워서 발이 꽁꽁 얼어붙었지. 자기 걸 주고 나니까 남은 건 줄무늬 스타킹뿐인데, 그걸 신기 싫다고 저러는 거야. 병에 걸리면 내일 교회에 안 가도 되고, 그러면 줄무늬 스타킹을 신지 않아도 되잖아. 하지만 저러다가 죽을지도 몰라."

제리가 말했다.

"페이스, 얼른 눈 위에서 내려와. 지금 당장! 안 그러면 끌어내릴 거야."

페이스가 대들었다.

"어디 한번 해봐."

제리는 페이스에게 달려들어 팔을 잡았다. 제리가 잡아당기자 페이스는 반대쪽으로 힘을 주며 버텼다. 우나는 페이스의 뒤로 가서 등을 밀었다. 페이스는 자기를 그냥 두라고 소리쳤다. 제리도 바보 같은 짓 그만두라고 되받아쳤다. 둘 사이에서 우나는 울음을 터뜨렸다. 세 아이가 악을 써댄 곳은 묘지에서 도로가 맞닿은 울타리 바로 옆이었다. 하필 헨리 워런 부부가 마차를 타고 지나가다가 그 모습을 목격했다. 얼마 지나지 않아 글렌세인트메리 마을에서는 목사관 아이들이 묘지에서 차마 입에 담을 수 없는 욕설을 내뱉으며 끔찍한 싸움을 벌였다는 소문이 파다하게 퍼졌다.

어쨌든 페이스는 한참 동안 애를 쓰다가 눈 더미에서 내려왔다. 발이 떨어져 나갈 것처럼 아파서 견딜 수 없었기 때문이다. 세 아이는 사이좋게 집으로 돌아가 잠자리에 들었다. 페이스는 천사 같은 얼굴로 곤히 잠들었고, 다음 날 아침 일어났을 때는 감기 기운조차 없었다. 페이스는 아버지의 말씀이 떠올라 아픈 척하거나 거짓말을 할 수 없었다. 그렇지만 보기도 싫은 스타킹을 신고 교회에 가지 않겠다는 결심은 변함없었다.

25장

또 하나의 소동과 또 한 번의 해명

페이스는 아침 일찍 주일학교에 가서 텅 빈 교실 구석 자리에 앉았다. 덕분에 자기가 꾸민 어처구니없는 짓을 아무에게도 들키지 않았다. 하지만 주일학교를 마친 뒤 페이스가 목사 가족석으로 자리를 옮기려고 일어서자 상황이 달라졌다. 좌석이 이미 절반쯤 차 있었고, 통로 근처에 앉아 있던 신도들은 목사 딸이 스타킹을 신지 않은 채로 걸어가는 모습을 본 것이다!

마사 할머니가 낡은 옷본으로 만들어준 새 갈색 드레스는 페이스가 입기에 터무니없이 길었지만 구두 위쪽까지 덮을 정도는 아니었다. 그래서 발목 위로 하얀 맨다리가 5센티미터 정도 훤히 드러났다.

목사 가족석에는 페이스와 칼이 앉아 있었다. 제리는 친구들과 같이 2층에 있었고 우나는 잉글사이드 쌍둥이 자매가 데려갔다. 이렇듯 목사관 아이들은 종종 예배당 여기저기에 흩어져 앉았는데, 이런 행동을 적절하지 못하다고 여기는 사람이 많았다. 특히 천둥벌거숭이 같은 아이들이 모여서 예배 중에 씹는담배나 질겅거린다는 2층 좌석은 목사 아들이 앉을 만한 자리가 아니었다. 하지만 맨 앞자리인 데다가 클로 장로의 가족이 뚫어지게 바라보는 목사 가족석을 제리는 싫어했다. 그래서 기회만 나면 다른 자리에 앉았다.

칼은 거미가 창문에 집 짓는 모습을 정신없이 지켜보느라 페이스가 맨다리인 것도 눈치채지 못했다. 예배를 마친 뒤 페이스와 함께 집으로 돌아간 메러디스 목사도 딸의 옷차림이 무언가 이상하다는 사실을 전혀 몰랐다. 페이스는 제리와 우나가 집에 돌아오기 전에 줄무늬 스타킹을 신었기 때문에 한동안은 목사관 가족 중 그 누구도 페이스가 한 짓을 알 수 없었다. 하지만 글렌세인트메리 마을에서는 이 사실을 모르는 사람이 없었다. 직접 보지 못한 사람들도 곧바로 누군가에게 전해 들어서 알게 되었다. 신도들이 예배를 마치고 집으로 돌아가면서 죄다 페이스 이야기만 했기 때문이다.

데이비스 부인은 이럴 줄 알았다고 하면서 다음번에는 아예 홀딱 벗은 채로 교회에 온 아이를 보게 될지도 모른다고 말했다. 여전도회 회장은 다음 모임 때 이 문제를 안건으로 삼겠다고 하면서 다 같이 목사님을 만나 항의하자고 핏대를 올렸다. 코닐리어는 목사관 아이들을 걱정해봤자 아무런 소용이 없으며, 이제 자기가 할 수 있는 일은 없다고 체념했다. 앤도 이야기를 듣고 조금 놀랐지만 단지 페이스가 깜빡 잊어서 그랬을 것이라며 두둔했다. 그날은 일요일이라 페이스에게 줄 스타킹을 만들 수 없었던 수전은 다음 날 아침 잉글사이드에서 가장 먼저 일어나 뜨개질을 시작했다.

“사모님, 두말할 것도 없어요. 죄다 마사 할머니 잘못이니까요. 그 아이는 신을 만한 스타킹이 없었나 봐요. 전부 구멍이 나 있었겠죠. 그 집에서 일어나는 일은 대체로 그런 식이잖아요. 여전도회도 그래요. 설교단에 카펫을 새로 놓자고 싸우기보다는 목사관 아이들이 신을 스타킹을 짜는 게 훨씬 나을 텐데요. 제가 비록 여전도회 회원은 아니지만 검은 털실로 멋진 스타킹 두 켤레를 짜서 페이스한테 줄 거예요. 손가락을 부지런히 놀려야겠네요. 목사님 딸이 스타킹도 신지 않고 교회 통로를 걸어가는 걸 봤을 때 얼마나 놀랐는지 몰라요. 어디로 눈을 돌려야 할지 막막했다니까요. 평생 잊지 못할 거예요.”

코닐리어가 끙 소리를 내며 입을 열었다. 코닐리어는 글렌세인트메리 마을로 물건을 사러 온 김에 잉글사이드로 달려와 이야기를 나누고 있었다.

“하필이면 어제 감리교인들이 잔뜩 와 있었어요. 목사관 아이들이 사고를 칠 때마다 교회가 왜 감리교인으로 붐비는지 모르겠네요. 해저드 집사님의 부인은 금세라도 눈이 튀어나올 것 같더군요. 예배를 마친 뒤 그녀가 내게 다가오더니 이렇게 말하는 거예요. ‘음, 정말 민망한 일이에요. 장로교회 신자들이 참 안됐네요.’ 그런데도 가만히 듣고 있을 수밖에 없었어요. 대꾸할 말이 없었으니까요.”

수전이 화난 얼굴로 말했다.

"사모님, 제가 그 자리에 있었다면 한 방 먹여줬을 거예요. 우선은 깨끗한 맨다리가 구멍이 많이 난 스타킹보다 낫다고 말해줬을 테고, 그다음으로는 이렇게 쏘아붙였겠죠. '장로교회에는 설교를 잘하는 목사님이 계시지만 감리교회에는 그런 분이 안 계시니까 우릴 딱하다고 생각할 필요는 전혀 없어요!' 그러면 해저드 부인이 꼼짝없이 입을 다물었을 거예요."

그 말에 코닐리어가 응수했다.

"설교가 좀 부족해도 괜찮으니까 메러디스 목사님은 가족을 잘 돌봤으면 좋겠어요. 교회 가기 전에 아이들의 옷차림 정도는 살펴봤어야죠. 어려운 일도 아닌데, 쯧쯧! 목사님 편을 드는 일도 이제 지쳤어요."

그 순간 페이스는 무지개 골짜기에서 곤욕을 겪고 있었다. 메리 밴스가 찾아와서는 평소처럼 설교를 늘어놓으며 페이스를 다그쳤기 때문이다.

"이번 일로 너도 몹시 창피하겠지. 하지만 아버지를 부끄럽게 만들었다는 게 더 큰 문제야. 절대로 용서받을 수 없을걸? 나도 이제 어쩔 수 없어. 할 만큼 했다고. 마을 사람들이 죄다 네 이야기만 하고 있어."

잔뜩 화를 내던 메리는 마침내 이렇게 선언했다.

"더는 너랑 같이 놀지 않을 거야."

그러자 낸 블라이드가 소리쳤다.

"그럼 우리가 페이스랑 놀면 되지. 밴스 양, 네가 그러고 싶다면 무지개 골짜기에 다신 안 와도 돼."

낸은 페이스가 잘못했다고 생각했지만 그렇다고 해서 메리가 페이스를 몰아붙이도록 내버려둘 수 없었다. 낸과 다이는 페이스의 어깨를 안으며 메리를 쏘아보았다. 그러자 메리는 나무 그루터기에 주저앉아 울기 시작했다.

"진심으로 페이스랑 놀기 싫은 건 아니야. 하지만 나랑 계속 어울리면 사람들은 내가 페이스를 부추겨서 나쁜 짓을 하게 만들었다고 생각할 거야. 지금도 그렇게 수군거리는 사람들이 있는걸. 난 그런 말을 듣는 게 너무 싫어. 이제 겨우 제대로 된 집에 살면서 숙녀가 되려고 노력하고 있는데, 그렇듯 터무니없는 오해를 받으면 얼마나 힘든지 알아? 그리고 난 형편없이 살 때도 교회에 맨다리로 가지는 않았어. 그런 일은 생각조차 못 했다고. 그런데도 심술궂은 데이비스 아주머니는 내가 목사관에 있었을 때부터 페이스가 달라졌다고 말했어. 그 할머니는 코닐리어 엘리엇 아주머니가 날 받아준 걸 후회할 거라고도 했어. 그런 말을 들을 때마다 마음이 찢어지는 것처럼 아파. 하지만 내가 정말 걱정하는 건 메러디스 목사님이야."

다이가 차갑게 말했다.

"네가 목사님을 걱정할 필요는 없어. 괜한 참견은 하지도 마. 자, 페이스. 이제 그만 울고 네가 왜 그랬는지 말해줘."

페이스는 눈물을 글썽이며 자초지종을 설명했다. 쌍둥이는 페이스를 동정했고 메리 밴스도 페이스가 난처하게 되었다는 것을 인정했다. 하지만 제리는 충격을 어찌나 크게 받았던지 페이스를 달래줄 마음이 전혀 들지 않았다.

'그러니까 오늘 학교에서 아이들이 뜻 모를 표정으로 날 바라보던 게 바로 이 일 때문이었구나!'

제리는 다짜고짜로 페이스와 우나를 데리고 묘지에 갔다. 그러고는 페이스가 어떤 벌을 받아야 할지 정하기 위해서 선행 클럽 비상 모임을 열었다.

페이스가 거세게 반항했다.

"내가 뭘 그렇게 큰 잘못을 했다고 그래? 맨다리가 많이 보인 것도 아니었어. 그러니 나쁜 짓을 한 것도 아니고 다른 사람에게 피해를 준 것도 아니잖아."

"아빠한테 피해를 줬잖아. 우리가 허튼 짓을 할 때마다 사람들이 아빠를 욕한다는 건 너도 알고 있지?"

페이스가 중얼거렸다.

"거기까지는 생각하지 못했어."

"그게 문제야. 먼저 생각부터 했어야지. 그게 바로 우리가 선행 클럽을 만든 이유라고. 무슨 행동을 하기 전에 일단 멈추고 생각하기로 약속했잖아. 넌 그러지 않았으니까 아주 엄한 벌을 받아야 해. 앞으로 일주일 동안 그 줄무늬 스타킹을 신고 학교에 가도록 해."

"아, 그건 너무 가혹해. 하루나 이틀은 안 될까? 일주일 동안 그러고 다닐 수는 없어!"

제리가 딱 잘라 말했다.

"안 돼, 일주일이야. 불만 있으면 젬 블라이드한테 물어봐."

페이스는 이 문제를 젬에게 물어보느니 벌을 받는 게 낫다고 생각했다. 자기가 한 일이 부끄럽게 느껴지기 시작했던 것이다. 그래서 볼멘소리로 중얼거렸다.

"알았어. 그렇게 할게."

제리가 엄하게 말했다.

"네가 한 행동에 비하면 이건 가벼운 벌이야. 아무리 심한 벌을 받는다고 해도 아빠한테는 전혀 도움이 안 돼. 사람들은 네가 장난쳤다고 생각할 테고 그걸 말리지 못한 아빠를 욕하겠지. 우리가 일일이 해명하면서 다닐 수는 없어."

이런 사실 때문에 페이스는 마음이 무거웠다. 자기가 욕을 먹는 것쯤은 아무렇지도 않게 넘어갈 수 있었지만 자기 때문에 아버지가 비난받는 것은 견디기 힘들었다. 사람들이 진실을 알게 된다면 아버지를 탓하지 않을 것 같았다. 하지만 뾰족한 수가 없어서 마음이 답답했다. 전에 그랬던 것처럼 교회에서 이 일을 해명할 수도 없었다. 그런 행동을 신도들이 탐탁지 않아 한다는 이야기를 메리 밴스에게 들었고, 페이스도 같은 일을 되풀이해서는 안 된다는 것쯤은 알고 있었다. 며칠 동안 이 문제로 고민하던 페이스는 문득 좋은 생각이 떠올라 즉시 행동에 옮기기로 했다. 그날 밤 페이스는 등불과 연습장을 가지고 다락방에 올라가 눈을 반짝이며 무언가를 부지런히 적었다.

'바로 이거야! 이런 생각을 하다니, 난 정말 똑똑해! 이렇게 하면 내가 왜 그런 행동을 했는지 사람들에게 해명할 수 있고 모든 문제가 깨끗이 해결될 거야.'

페이스는 11시가 되어서야 글쓰기를 마치고 침대로 들어갔다. 몸은 녹초가 되었지만 마음만은 더없이 없이 행복했다.

며칠 뒤 글렌세인트메리의 주간지인 『저널』이 배포되자 마을에서 다시 한번 소동이 벌어졌다. "페이스 메러디스"라는 서명이 적힌 편지가 제1면에 실렸기 때문이다.

이 일과 관련된 여러분께

제가 왜 스타킹을 신지 않고 교회에 갔는지 해명하고 싶습니다. 그러면 저희 아버지에게 잘못이 없다는 사실을 모두가 알게 될 것입니다. 또한 그런 소문을 함부로 퍼뜨리지 말아야 한다는 것도 깨닫게 될 것입니다. 사실이 아니기 때문입니다.

저는 한 켤레밖에 없는 검은색 스타킹을 리다 마시에게 주었습니다. 스타킹이 없어서 추운 날 맨발로 돌아다니는 친구가 너무 불쌍했기 때문입니다. 하느님을 믿는 마을에서 아직 눈이 녹지도 않았는데 구두와 스타킹 없이 다니는 아이가 있어서는 안 된다고 생각합니다. 해외선교 후원회가 리다에게 스타킹을 주어야 합니다. 물론 저도 교회에서 이교도 아이들에게 여러 가지 후원을 하고 있다는 사실은 알고 있습니다. 정말 올바르고 감동적인 일입니다. 하지만 이교도 아이들은 우리보다 훨씬 따뜻한 곳에서 살고 있습니다. 저는 우리 교회 여성들이 리다를 먼저 돌봐줘야 한다고 생각합니다. 제게만 맡겨두지 마세요. 리다에게 스타킹을 줄 때 제가 가진 것 중에서 구멍 나지 않은 검은색 스타킹은 하나뿐이라는 사실을 깜빡 잊었습니다. 그래도 리다에게 스타킹을 주어서 참 기쁩니다. 만약 주지 않았다면 양심에 찔렸을 것입니다. 가엾은 리다가 행복한 얼굴로 돌아갔을 때 비로소 저는 이제 빨갛고 파란 줄무늬 스타킹만 신어야 한다는 것을 깨달았습니다. 지난겨울 마을 위쪽의 조지프 버 부인이 보내준 털실로 마사 할머니가 짠 것인데, 모양이 정말 형편없습니다. 골이 지고 거칠거칠해서 신으면 무척 불편합니다. 저는 버 부인의 아이들이 그 털실로 짠 스타킹을 신은 걸 보지 못했습니다. 버 부인은 자기가 쓸 수 없거나 먹을 수 없는 것을 목사님께 보낸다고 메리 밴스가 말해주었습니다. 남편이 약속했지만 한 번도 내지 않은 헌금을 그런 식으로 때운다고 해요.

저는 도저히 그 스타킹을 신을 수 없었습니다. 보기 흉한 데다 촉감이 거칠고 신었을 때 가렵기까지 합니다. 이걸 신고 나가면 모두 저를 비웃을 거예요. 그래서 처음에는 아픈 척하고 교회에 가지 않으려 했습니다. 하지만 곧 마음을 바꾸었습니다. 그건 거짓말이니까요. 어머니가 돌아가셨을 때 아버지는 절대로 남을 속여서는 안 된다고 우리에게 말씀하셨습니다. 누군가를 속이는 것도 거짓말하는 것만큼 나쁜 일입니다. 글렌세인트메리 마을에도 그런 사람이 있습니다. 거짓말을 하면서도 잘못되었다는 것을 전혀 모릅니다. 누구라고 말하지는 않겠습니다. 하지만 그 사람이 누군지 저뿐 아니라 아버지도 잘 알고 있습니다.

줄무늬 스타킹을 신느니 감기에 걸리겠다고 마음먹은 저는 감리교회 묘지에 남아 있는 눈 더미에 서서 제리가 끌어내릴 때까지 버티고 있었습니다. 하지만 다음 날 몸이 하나도 아프지 않아서 교회를 빠질 수 없었습니다. 결국 구두만 신고 교회에 가기로 결심했습니다. 그게 왜 그렇게 나쁜 일인지는 모르겠습니다. 얼굴만큼 다리도 깨끗하게 씻었거든요. 그러니까 아버지에게는 잘못이 없습니다. 그때 아버지는 서재에서 설교와 교회 일만 생각했고, 저는 주일학교 에 가기 전 아버지를 방해하지 않습니다. 아버지는 교회에서 사람들 다리를 쳐다보지 않습니다. 그러니 제가 맨다리로 있었다는 것도 모르시는 게 당연합니다. 하지만 제 다리를 본 사람들이 소문을 퍼뜨리기 시작했습니다. 그래서 전 해명하기 위해 이 편지를 썼습니다.

저는 큰 잘못을 저질렀습니다. 다들 그렇게 말하는 걸 보면 그게 맞다고 생각합니다. 그래서 스스로를 벌주기 위해 그 흉한 스타킹을 계속 신고 있습니다. 월요일 아침 플래그 아저씨네 가게가 문을 열자마자 아버지가 멋진 스타킹을 두 켤레나 사주셨지만, 아직 신지 않았습니다.

이 일은 전적으로 제 잘못입니다. 그리고 이 편지를 읽은 다음에도 아버지 탓을 하는 사람은 진정한 기독교인이 아닙니다. 앞으로 그런 사람들이 하는 말은 신경 쓰지 않겠습니다.

글을 끝맺기 전에 해명하고 싶은 문제가 하나 더 있습니다. 에번 보이드 아저씨는 지난가을에 루 백스터 가족이 밭에서 감자를 훔쳤다고 생각한대요. 메리 밴스에게 들은 이야기입니다. 하지만 그들은 손대지 않았습니다. 가난하지만 정직한 사람들입니다.

감자를 훔친 건 저희들입니다. 제리와 칼과 제가 했습니다. 우나는 그때 같이 있지 않았습니다. 우리는 그게 도둑질이라고는 생각도 못 했습니다. 어느 날 저녁 무지개 골짜기에서 송어를 구워 먹다가 감자 요리를 곁들이면 좋겠다고 생각했습니다. 무지개 골짜기와 마을 사이에 있는 보이드 아저씨네 밭이 가장 가까워서 우리는 울타리를 넘어 감자 줄기를 몇 개 뽑았습니다. 감자는 구슬만큼 작았습니다. 왜냐하면 보이드 아저씨가 비료를 잘 주지 않았기 때문입니다. 먹을 만큼 얻기 위해 우리는 여러 줄기를 뽑아야 했습니다. 월터하고 다이도 같이 먹었지만 요리가 끝난 다음 왔기 때문에 우리가 감자를 어디서 구했는지는 몰랐습니다. 그래서 두 아이는 욕을 먹을 이유가 없습니다. 잘못은 우리에게 있으니까요. 나쁜 짓을 할 생각은 없었지만 그런 행동이 도둑질이라면 진심으로 미안하게 생각합니다. 우리가 다 자랄 때까지 기다려주시면 보이드 아저씨에게 보상하겠습니다. 우리는 돈을 벌 수 있을 만큼 크지 않았기 때문에 지금은 갚을 수 없습니다. 마사 할머니는 아버지 월급이 적어서, 신도들에게 헌금을 잘 받을 때(그런 일은 자주 없습니다)도 살림을 하려면 남는 돈이 없다고 하십니다. 하지만 루 백스터 가족은 정직하니까 보이드 아저씨는 더 이상 그들 탓을 하면 안 됩니다. 나쁜 소문을 내서도 안 됩니다.

페이스 메러디스 올림

26장

코닐리어, 고정관념에서 벗어나다

앤이 황홀한 얼굴로 말했다.

"수전, 내가 죽은 뒤에도 이 정원에는 수선화가 활짝 피겠죠? 그때마다 난 여기로 돌아올 거예요. 누구 눈에도 띄지 않겠지만 내 영혼은 이곳에 있겠죠. 정원에 누가 나와 있으면 지금 같은 저녁에 찾아오겠지만, 어쩌면 새벽에 올 수도 있어요. 연분홍빛으로 물든 봄날 새벽 말이에요. 그때는 수선화가 돌풍을 맞은 것처럼 고개를 세차게 끄덕이는 걸 볼 수 있을 거예요. 실은 내가 흔들고 있는 것이겠지만요."

"글쎄요, 사모님. 돌아가신 뒤에는 수선화처럼 화려한 세상일 따위는 생각하지 않게 될 텐데요. 그리고 저는 보이든 안 보이든 유령 같은 건 믿지 않아요."

"어머나, 수전. 내가 유령이 되겠다는 게 아니잖아요. 생각만 해도 기분이 오싹하네요. 어떤 처지가 되든 난 그저 나일 거예요. 아침이든 저녁이든 어스름한 빛 속을 뛰어다니면서 내가 사랑하는 모든 곳을 둘러볼 테니까요. 꿈의 집을 떠날 때 내가 얼마나 슬퍼했는지 기억나죠? 난 그만큼 잉글사이드를 사랑할 수 없을 거라고 생각했어요. 그런데 지금은 다르네요. 난 이곳이 참 좋아요. 막대기 하나, 돌멩이 하나까지도 사랑하고 있어요."

"저도 이곳이 그럭저럭 좋아요. 하지만 우리는 세속적인 것에 애정을 쏟으면 안 돼요, 사모님. 화재나 지진으로 무너질 수도 있으니까요. 우린 모든 상황에 대비하고 있어야 해요. 항구 건너편에 사는 톰 매캘리스터의 집에서 사흘 전에 불이 났잖아요. 그가 보험금을 타려고 일부러 불을 질렀다는 소문이 돌아요. 그게 사실인지는 알 수 없는 법이죠. 의사 선생님이 얼른 우리 집 굴뚝도 살펴봤으면 좋겠어요. 유비무환이라는 말도 있으니까요. 아, 엘리엇 부인이 대문으로 들어오네요. 누가 불렀는데 가지 못해서 안달이 나기라도 한 얼굴이에요."

말은 이렇게 했지만 수전은 이 집을 무척 좋아했다. 만약 다른 곳으로 가게 된다면 속상해서 앓아누울지도 모른다.

"앤, 혹시 『저널』을 읽어봤어요?"

코닐리어의 목소리가 떨렸다. 감정이 격앙된 데다 서둘러 오느라 숨이 찼기 때문이다. 앤은 웃음을 감추기 위해 수선화 위로 몸을 숙였다. 앤과 길버트는 그날 『저널』의 제1면을 읽고 한참이나 웃었다. 하지만 코닐리어는 이 일을 비극으로 받아들일 게 뻔했다. 그래서 그녀의 기분을 상하게 만들까 봐 선불리 웃음을 보이지 않으려고 한 것이다.

"이 기막힌 문제를 어떻게 해결해야 할까요?"

코닐리어가 망연자실한 얼굴로 물었다. 목사관 아이들이 장난을 쳐도 더는 상관하지 않겠다고 마음먹었지만, 여전히 예전처럼 걱정하고 있었다.

앤은 코닐리어를 베란다로 데려갔다. 베란다에서는 수전이 셜리와 릴라를 양옆에 끼고 공부를 시키면서 페이스에게 줄 스타킹을 뜨고 있었다. 벌써 두 켤레째였다. 수전은 가엾은 인류를 위해 자기가 할 수 있는 일을 해나가면서 나머지 일은 더 위대한 존재에게 맡기고 평온한 마음으로 살아갔다. 언젠가 수전은 앤에게 이렇게 말한 적이 있었다.

"코닐리어 엘리엇은 자기가 세상을 바꾸기 위해 태어났다고 믿나 봐요. 그래서 항상 마음 졸인 채로 살아가죠. 전 그런 생각을 한 번도 안 해봤어요. 그래서 차분하게 살아갈 수 있죠. 세상 걱정은 우리 같은 하찮은 존재가 할 일이 아니잖아요. 그런다고 해서 세상이 더 나아지는 것도 아니니까요. 단지 불편해지기만 할 뿐이죠."

앤은 코닐리어에게 푹신한 의자를 권하며 말했다.

"이제 와서 무슨 일을 할 수 있겠어요? 그런데 비커스 씨는 왜 가만 있었을까요? 그 편지가 주간지에 실리도록 내버려둘 만큼 호락호락한 사람이 아닐 텐데요."

"아, 그는 자리에 없었어요. 일주일 정도 뉴브런즈윅에 가 있었거든요. 그동안은 조 비커스라는 망나니 아들이 『저널』을 편집했대요. 비커스 씨가 있었다면 꿈도 못 꿨을 거예요. 아무리 그가 감리교인이라고 해도 말이죠. 조는 페이스의 편지를 재미있는 농담거리로 생각한 것 같아요. 앤이 한 말처럼 지금은 할 수 있는 일이 없네요. 잠잠해지기를 기다릴 수밖에요. 만약 조 비커스와 마주친다면 평생 잊지 못할 만큼 따끔하게 야단칠 생각이에요. 마셜한테 『저널』 구독을 당장 중단하라고 했는데, 그이는 실실 웃으면서 그 글이 지난 1년 동안 실린 내용 중 가장 읽을 만했다고 하더군요. 마셜은 뭐든 진지하게 받아들이는 법이 없어요. 남자들이 다 그렇죠. 다행히 에번 보이드는 이 일을 심각하게 받아들이지 않더라고요. 여기저기 다니면서 정말 재미있다고 떠들어대니까요. 자기가 감리교인이라도 되는 줄 아나 봐요. 하지만 마을 위쪽에 사는 버 부인은 몹시 화를 냈어요. 그 가족은 아마 우리 교회를 떠날 거예요. 물론 그런다고 해서 교회가 큰 손해를 보는 건 아니지만요. 아마 감리교회에서 그들을 기꺼이 받아줄 거예요."

수전이 끼어들었다.

"버 부인은 그런 일을 당해도 싸요. 감리교회 목사에게는 헌금 대신 질 나쁜 털실을 주면서 속일 수 없겠죠."

버 부인과 오래전부터 사이가 좋지 않았던 수전은 페이스의 편지로 그녀의 치부가 드러난 것을 무척 고소해했다.

코닐리어가 우울한 얼굴로 말했다.

"앞으로 나아질 가망이 없다는 게 가장 큰 문제예요. 메러디스 목사님이 로즈메리 웨스트를 만나러 다닐 때는 목사관에도 머지않아 어엿한 안주인이 생길 거로 기대했어요. 하지만 그 일도 이미 그른 것 같아요. 로즈메리가 목사님과 결혼하지 않는 건 아이들 때문이겠죠? 다들 그렇게 생각하고 있어요."

"목사님이 청혼하지 않았을 거예요."

수전이 말했다. 그녀는 누구든 목사의 청혼을 거절할 수 있으리라고는 상상도 못 했다.

"그건 모르는 일이죠. 한 가지는 확실해요. 목사님은 이제 웨스트 자매의 집에 가지 않아요. 로즈메리도 올봄 내내 기운이 없어 보였어요. 한 달 전부터 킹즈포트에서 지내고 있는데, 앞으로 한 달은 더 머무를 거라고 하더군요. 거기 있는 동안 몸이 나아졌으면 좋겠네요. 로즈메리가 이처럼 집을 떠났던 적이 있었는지 기억도 안 나요. 로즈메리와 엘런은 절대 떨어져 있지 못하잖아요. 그런데 이번에는 엘런이 로즈메리한테 집을 떠나 있으라고 권했대요. 그사이 엘런은 노먼 더글러스와 옛 추억을 되살리는 모양이에요."

앤이 웃으며 물었다.

"그게 사실인가요? 소문은 들었지만 도저히 못 믿겠던데요."

"진짜예요! 믿어도 돼요. 다들 아는 사실이니까요. 노먼 더글러스는 자기 생각을 거리낌 없이 털어놓는 사람이에요. 누구를 좋아한다는 것까지도 공공연히 말해왔죠. 그 사람이 마셜한테 그랬는데, 자기는 몇 년 동안 엘런을 까맣게 잊고 있었다가 작년 가을 교회에서 엘런을 우연히 마주친 뒤 다시 사랑에 빠졌다는 거예요. 20년 동안이나 만난 적도 없었는데, 그게 믿어져요? 물론 노먼은 그동안 교회에 안 갔고 엘런도 이 근처 말고는 나다니지 않았죠. 노먼이 무슨 생각을 하고 있는지는 모두 알고 있어요. 하지만 엘런 생각이 어떤지가 문제죠. 지금으로서는 두 사람이 결혼할 거라고 장담할 순 없어요."

수전이 가시 돋친 말투로 말했다.

"그 사람이 예전에 엘런을 버렸잖아요. 그런데 그게 상관없다고 생각하는 사람도 있네요, 사모님."

코닐리어가 말했다.

"노먼은 홧김에 엘런과 헤어지긴 했지만 평생 그 일을 후회했어요. 피도 눈물도 없이 차버린 건 아니었죠. 노먼이라면 질색하는 사람도 있지만 난 그 정도는 아니에요. 적어도 나한테 거들먹거리지는 않으니까요. 그가 교회에 다시 오게 된 이유는 죽었다 깨도 모를 것 같아요. 윌슨 부인 말로는 페이스 메러디스가 그 집에 찾아가 노먼을 협박했다던데, 그걸 누가 믿겠어요. 페이스한테 직접 물어봐야겠다고 생각했지만 만날 때마다 깜빡했지 뭐예요. 페이스는 어떻게 노먼 더글러스의 마음을 움직였을까요? 내가 가게에서 나올 때 노먼이 거기 있었는데, 그 터무니없는 편지 이야기를 하면서 큰 소리로 웃고 있었어요. 아마 웃음소리가 포윈즈곶까지 들렸을 거예요. 이런 말도 하더군요. '정말 대단한 아가씨야. 기가 너무 세서 터질 것 같은 아이지. 그런데 할망구들이 어리석게도 그 아이를 얌전하게 만들려고 하잖아. 하지만 그럴 수는 없을 거야. 절대 안 될걸? 차라리 물고기가 물에 빠져 죽었다는 게 말이 되지. 어이, 보이드. 내년에는 잊지 말고 감자밭에 비료를 더 많이 주게나!' 그러고는 지붕이 무너질 정도로 웃어댔어요."

수전이 말했다.

"그래도 더글러스 씨는 헌금을 많이 내잖아요."

"그렇죠. 그런 걸 보면 인색한 사람은 아니에요. 다만 속마음을 종잡을 수 없을 뿐이죠. 눈 한 번 깜빡하지 않고 천 달러를 내놓는가 하면 무언가를 살 때 5센트라도 덜 내려고 난리를 피우니까요. 게다가 그는 메러디스 목사님의 설교를 칭찬했어요. 자기 마음에 든다 싶으면 거금을 턱턱 내놓죠. 신앙심은 전혀 없어요. 아프리카의 이교도와 다를 게 없고 앞으로도 그럴 거예요. 하지만 똑똑하고 책도 많이 읽어서 설교의 장단점을 금세 파악해요. 아마 직접 설교를 하라고 해도 잘할 거예요. 어쨌든 그가 메러디스 목사님과 아이들에게 호감을 가지고 있으니 다행이죠. 지금은 목사님 가족에게 힘이 되어줄 사람이 필요하니까요. 난 이제 그 집 사람들 편드는 것도 지긋지긋해요."

앤이 진지한 얼굴로 말했다.

"맞아요. 그동안 우리는 지나치다 싶을 만큼 변명하면서 사람들의 오해를 풀어주려고 애썼죠. 생각해보면 참 어리석었네요. 이제 그런 건 그만두는 게 좋겠어요. 제 이야길 들어보세요. 전 앞으로 이렇게 하고 싶어요."

놀라서 반짝거리는 수전의 눈을 바라보며 앤은 말을 이었다.

"물론 가능할 것 같진 않아요. 전통에 어긋나는 일일 테니까요. 이 나이쯤 되면 전통을 무시하면서 마음 내키는 대로 행동할 수는 없죠. 그래도 이렇게 해보고 싶어요. 우선 여전도회와 해외선교회와 바느질 모임을 한 자리에 불러 모으는 거예요. 거기에 메러디스 가족을 비난해온 감리교회 신도들까지 부르는 거죠. 물론 우리 장로교회 사람들이 비난하고 변명하는 악순환을 끊는다면 다른 교파 사람들도 목사님 가족에 대해 이러쿵저러쿵하진 않을 거예요. 아무튼 모인 사람들 앞에서 저는 이렇게 말하고 싶어요."

앤은 목소리를 가다듬고 연설하듯 말했다.

"친애하는 성도• 여러분. 아, 여기서 '성도'라는 단어를 특별히 강조해야 해요. 여러분께 드릴 말씀이 있습니다. 성심껏 드리는 말씀이니 집에 돌아가서 가족에게도 전해주시기 바랍니다. 감리교회에 다니시는 분들은 우리를 딱하다고 생각할 필요가 없습니다. 마찬가지로 장로교회 성도들도 스스로를 가엾게 여겨서는 안 됩니다. 이제 다시는 그러지 않았으면 좋겠습니다. 우리를 비난하고 동정하는 모든 사람에게 진심으로 용기 있게 말씀드립니다. 우리는 목사님과 그분의 가족을 자랑스럽게 생각합니다. 메러디스 목사님은 그동안 글렌세인트메리 교회에 계셨던 목사님들 중에서 설교를 가장 탁월하게 하십니다. 뿐만 아니라 기독교의 진리와 사랑을 정직하고 성실하게 가르쳐주십니다. 그분은 현명한 목회자이자 우리의 충실한 벗입니다. 학식과 덕망을 갖추었으며 누구든 예의 바르게 대합니다. 그분의 가족도 그에 못지않습니다. 제럴드 메러디스는 글렌세인트메리 학교에서 가장 똑똑한 학생입니다. 남자답고 재능이 많으며 정직한 소년이기도 합니다. 해저드 선생님은 이 아이가 빛나는 업적을 남길 것이라고 장담했어요. 페이스 메러디스는 참 예쁜 소녀입니다. 빼어난 외모만큼 활기차고 창의력이 탁월합니다. 정말 비범한 아이예요. 글렌세인트메리 마을의 여자아이를 모두 합쳐도 페이스의 활기와 재치와 명랑함과 용기에는 미치지 못합

• 기독교 신자를 높여 이르는 말

니다. 페이스를 당해낼 사람은 아무도 없습니다. 누구든 사랑할 수밖에 없는 아이예요. 아이든 어른이든 세상에 그런 말을 들을 수 있는 사람이 몇이나 있을까요? 우나 메러디스는 참 상냥합니다. 세상에서 가장 사랑스러운 숙녀로 자랄 것입니다. 개미와 개구리와 거미를 좋아하는 칼 메러디스는 언젠가 캐나다에서, 아니 전 세계에서 존경받는 학자가 될 겁니다. 글렌세인트메리 마을에서 또는 다른 곳에서 이 정도의 찬사를 들을 만한 가족을 알고 계시나요? 부끄러운 얼굴로 변명하고 사과하는 일은 이제 그만둡시다. 우리에게는 이처럼 훌륭한 목사님 가족이 있다는 사실에 자부심을 가져야 합니다."

앤은 말을 멈췄다. 격렬하게 연설한 터라 숨이 가쁘기도 했고 코닐리어의 얼굴을 보자 더는 이야기를 계속할 필요가 없다고 생각했기 때문이다. 사람 좋은 코닐리어는 어안이 벙벙한 얼굴로 앤을 바라보고 있었다. 새로운 생각에 잠겨 있는 듯했다. 이윽고 그녀는 숨을 크게 들이쉰 뒤 힘차게 입을 열었다.

"앤 블라이드, 그런 모임을 열어서 방금 한 말을 그대로 전해주었으면 해요. 그 말을 듣고 얼마나 마음이 찔렸는지 몰라요. 우리의 부끄러운 모습을 인정할 수밖에 없네요. 우린 그렇게 말했어야 했어요. 감리교회 신자들한테는 더더욱 그래야 했죠. 한 마디 한 마디가 다 옳은 말이에요. 우린 그동안 가치가 큰 일에는 눈을 감고 바늘 끝처럼 보잘것없는 일만 노려보고 있었네요. 앤, 나는 누가 이처럼 머리에 넣어줘야 무언가를 깨닫게 되나 봐요. 나 코닐리어 엘리엇은 앞으로 절대 사과하지 않을 거예요! 이젠 당당하게 고개를 들고 다닐 수 있을 것 같아요. 물론 목사관 아이들이 깜짝 놀랄 소동을 또 일으킨다면 기분을 풀기 위해서 지금처럼 앤과 이야기를 나눌 수 있겠죠. 심각한 문제라고 여겼던 그 편지도 노먼의 반응처럼 그저 재미있는 일로 웃어넘기면 될 것 같아요. 그런 걸 쓰겠다고 마음먹을 만큼 깜찍한 아이가 어디 흔하겠어요? 게다가 문장부호도 바르게 썼고 틀린 글자도 없었어요. 감리교인들이 그 편지에 대해 한 마디라도 해보라죠. 하지만 조 비커스를 용서하진 않을 거예요. 절대로요! 그런데 다른 아이들은 어디 있나요?"

"월터랑 쌍둥이는 무지개 골짜기에 갔고 젬은 다락방에서 공부하고 있어요."

"아이들 모두 무지개 골짜기에 푹 빠져 있네요. 메리 밴스는 그곳이 세상에서 가장 멋진 장소라고 생각하더군요. 아마 내 허락이 떨어지면 매일 저녁마다 여길 올 기세예요. 하지만 나는 메리가 천방지축으로 돌아다니도록 내버려두지 않을 생각이에요. 다른 이유가 하나 있는데, 그 아이가 옆에 없으면 무척 쓸쓸하더라고요. 앤, 내가 그 아이를 그토록 좋아하게 될 줄은 상상도 못 했어요. 물론 응석받이로 키우려는 건 아니에요. 잘못을 저지를 때마다 바로잡아주고 있죠. 그 아이는 우리 집에 온 뒤로 되바라진 소리를 한 번도 안 했을뿐더러 날 많이 도와주고 있어요. 아, 이러니저러니 해도 이제 난 예전만큼 젊지 않아요. 부인할 수 없는 사실이죠. 지난번 생일로 쉰아홉 살이 됐어요. 나이를 먹었다는 게 실감 나진 않지만, 우리 집 성경책에 적혀 있는 기록을 부정할 수는 없으니까요."

27장

찬송가 음악회

코닐리어는 고정관념에서 벗어나 상황을 새로운 눈으로 보게 되었지만 목사관 아이들이 또다시 무슨 일을 벌이자 마음이 편치 않았다. 그래도 사람들 앞에서는 훌륭하게 대처했다. 아이들을 험담하는 사람들에게 수선화가 피었을 무렵 앤이 했던 말을 그대로 전해주었던 것이다. 코닐리어 특유의 열정을 더해서 분명하게 말하자 사람들은 대수롭지 않은 장난을 가지고 지나치게 수선을 피운 것은 아닌지 곱씹어보았고 그러는 동안 기세가 한결 누그러졌다. 하지만 정작 코닐리어는 마음이 불편해서 앤을 붙들고 한탄했다.

"앤, 아이들이 이번에는 묘지에서 음악회를 열었다고 하더군요. 하필 감리교회에서 기도회를 하는 시간에 그랬다지 뭐예요. 헤저키어 폴록의 비석에 앉아 꼬박 한 시간 동안 노래를 불렀대요. 부른 노래가 대부분 찬송가라서 그것만으로는 별일 없었을 거예요. 문제는 마지막에 〈폴리 울리 두들〉•을 끝까지 불렀다는 거죠. 그것도 백스터 집사님이 기도할 때 그랬대요."

수전이 말했다.

"저도 그 자리에 거기 있었어요, 사모님. 그땐 말씀드리지 않았지만, 아이들이 하필 왜 그날 저녁을 골랐는지 유감이었네요. 죽은 사람들이 누워 있는 곳에 앉아 그처럼 경박한 노래를 소리 높여 부르다니! 듣는 내내 피가 얼어붙는 것 같았죠."

코닐리어가 가시 돋친 말을 했다.

"감리교회 기도회에서 뭘 하고 있었는지 모르겠군요."

수전도 지지 않고 쏘아붙였다.

"감리교회가 마음에 들어서 갔던 건 아니에요. 그리고 감리교인들에게 주눅 들지 않았다는 이야길 하려던 참인데, 남의 말을 끊고 끼어드니까 기분이 언짢네요. 아무튼 기도회가 끝나고 백스터 부인이 '정말 민망한 일이네요!'라고 하기에 그녀의 눈을 똑바로 보면서 이렇게 말해줬어요. '저 아이들은 모두 노래를 잘하잖아요. 그리고 감리교회 성가대는 기도회에 참석하는 걸 싫어하나 봐요. 음정이 제대로 맞는 날은 주일뿐이잖아요.' 그녀는 아무런 대꾸도 하지 못했고, 저는 한 방 제대로 먹여줬다고 생각했어요. 아이들이 그런 노래만 부르지 않았어도 부인의 코를 납작하게 만들어줬을 거예요. 묘지에서 그런 노래를 부르다니,

• Polly Wolly Doodle. 미국의 전래동요로 작사자와 작곡자는 알 수 없다. 가사에 특별한 의미는 없으며 흑인 노예들의 노래에서 비롯되었다는 설이 있다.

생각만 해도 한숨이 나올 뿐이죠."

길버트가 말했다.

"거기 누워 계신 분들 중에도 살아생전에 〈폴리 울리 두들〉을 부른 사람이 있을 겁니다. 어쩌면 그 노래를 다시 듣고 싶어 할 수도 있죠."

코닐리어는 길버트를 책망하듯 바라보았다. 그리고 앤에게 당부해서 입조심을 시켜야겠다고 마음먹었다. 그런 말을 했다가는 사람들에게 진정한 기독교인이 아니라는 오해를 받기 십상이고, 그러면 의사로 일하는 데 지장이 있기 때문이다. 물론 마셜은 더 심한 말을 입버릇처럼 했지만 공인이 아니라서 상관없다고 생각했다.

"메러디스 목사님은 서재에 있을 때 늘 창문을 열어두지만 아이들 일은 전혀 눈치채지 못했잖아요. 여느 때처럼 책에 빠져 있었겠죠. 그래서 어제 오셨을 때 내가 알려드렸어요."

수전이 나무라듯 물었다.

"어떻게 감히 그럴 수 있죠, 엘리엇 부인?"

"말이 심하네요. '감히'라니요! 지금은 누군가가 감히 나서야 할 때라고요. 목사님은 페이스가 『저널』에 편지를 보냈다는 것도 모르고 있었어요. 아무도 말해주지 않았으니까요. 평소 주간지 같은 걸 보지도 않고요. 하지만 목사님이 알아야 다시는 이런 일이 벌어지지 않도록 막을 수 있잖아요. 목사님은 아이들과 이야기해보겠다고 하더군요. 우리 집 문을 나서자마자 머릿속에서 싹 지워버렸을 테지만요. 그리고 목사님은 유머 감각이라는 게 없어요. 지난 주일에는 자녀 양육에 대해 설교했잖아요.

내용은 참 훌륭했지만 다들 목사님을 보면서 '자기가 설교한 걸 실천하지 못하니 안타깝다'라고 생각했다는 게 문제죠."

코닐리어는 자기가 한 말을 메러디스 목사가 금세 잊어버릴 것이라고 했지만 이는 섣부른 판단이었다. 목사는 무척 혼란스러운 마음으로 집에 돌아갔고, 그날 밤 아이들이 용납할 수 있는 시간보다 훨씬 늦게 무지개 골짜기에서 놀다가 돌아오자 모두를 서재로 불렀다. 아이들은 지레 겁을 집어먹었다. 무척 드문 일이었기 때문이다.

'무슨 말씀을 하시려는 걸까?'

아무리 기억을 더듬어도 최근에 야단맞을 만한 잘못을 저지른 적은 없었다. 이틀 전 마사 할머니에게 초대받아 저녁을 먹으러 온 피터 플래그 부인의 비단 드레스에 칼이 잼을 쏟긴 했지만, 메러디스 목사는 그 사실을 알아채지 못했다. 친절한 플래그 부인도 별말 없이 넘어갔다. 게다가 칼은 스스로 정한 벌로 저녁 내내 우나의 드레스를 입고 있기까지 했다.

우나는 아버지가 로즈메리 웨스트와 결혼하겠다는 이야기를 할지도 모른다는 생각이 문득 들었다. 그래서 심장이 쿵쾅거렸고 다리는 덜덜 떨렸다. 그런데 아버지의 얼굴을 보는 순간 자기가 잘못 짚었다는 사실을 깨달았다. 아버지가 무척 엄하고 슬픈 표정을 짓고 있었기 때문이다.

메러디스 목사가 말했다.

"얘들아, 너희에 대한 이야기를 들으니 참 속상하구나. 지난 목요일 저녁에 너희가 묘지에 앉아서 세속적인 노래를 불렀다고 하던데, 그게 사실이니? 감리교회의 기도회가 열리는 동안에 그랬다면서?”

당황한 제리가 소리쳤다.

“아, 아빠. 그날 기도회가 있다는 걸 깜빡했어요.”

“그렇다면 그 말이 사실이었구나. 왜 그런 짓을 했지?”

“그런데 아빠, 왜 그걸 세속적인 노래라고 하는지 모르겠어요. 우린 찬송가를 불렀거든요. 찬송가 음악회였으니까요. 그게 뭐가 나쁘다는 거죠? 감리교회가 그날 밤 기도회를 연다는 건 생각도 못 했어요. 전에는 화요일 밤에 기도회가 있었거든요. 목요일로 바뀐 뒤로는 자꾸만 헷갈려요.”

“그럼 너희는 찬송가만 불렀니?”

제리가 얼굴을 붉히며 대답했다.

“아, 그건 아니에요. 〈폴리 울리 두들〉을 불렀으니까요. 마지막에는 신나는 노래를 부르자고 페이스가 제안했거든요. 하지만 우린 나쁜 짓을 하려고 했던 게 아니에요, 아빠. 믿어주세요.”

페이스가 나섰다. 제리 혼자 뒤집어쓰도록 내버려둘 수는 없었기 때문이다.

“음악회를 열자고 한 건 저예요. 감리교회에서 석 주 전에 음악회를 열었잖아요. 그걸 따라 해보면 참 재미있을 것 같았어요. 감리교회 사람들은 음악회 때 기도했는데 우린 그 부분만 뺐어요. 우리가 묘지에서 기도하는 걸 사람들이 좋지 않게 여긴다는 말을 들었으니까요. 그날 아빠도 서재에 계셨잖아요.”

페이스는 이렇게 덧붙였다.

“그땐 우리에게 아무런 말씀도 안 하셨어요.”

“난 너희가 뭘 하고 있는지 몰랐다. 물론 변명할 생각은 없어.

너희가 아니라 내게 책임이 있으니까. 그건 분명한 사실이야. 그런데 마지막에 왜 그런 바보 같은 노래를 부른 거니?"

"그냥 아무 생각 없이 부른 거예요. 정말 잘못했어요, 아빠. 우릴 심하게 혼내주세요. 우린 야단맞아도 싸요."

제리는 이렇게 중얼거렸지만 스스로도 궁색한 변명이라고 생각했다. 선행 클럽 모임에서 왜 그렇게 생각이 없냐고 페이스를 몰아붙였던 기억이 났다. 하지만 메러디스 목사는 꾸짖거나 비난하지 않았다. 자리에 앉아 어린 죄인들을 가까이 오게 한 뒤 부드럽고 지혜롭게 타이르기만 했을 뿐이다. 아이들은 잘못을 뉘우치고 부끄러워하면서 다시는 그렇게 바보 같은 짓을 하지 않겠다고 다짐했다.

2층으로 조용히 올라가면서 제리가 속삭였다.

"이번 일로 우린 엄한 벌을 받아야 해. 내일 아침에 가장 먼저 선행 클럽 모임을 갖고 어떻게 할지 정하자. 난 아빠가 그렇게 속상해하시는 모습은 처음 봤어. 그런데 감리교회 사람들은 제발 무슨 요일에 기도회를 열지 확실히 정했으면 좋겠어. 자꾸 바꿔대니까 헷갈리잖아."

우나는 혼자서 중얼거렸다.

"어쨌든 내가 걱정했던 일이 아니라서 다행이야."

아이들이 나간 뒤 서재에 홀로 있던 메러디스 목사는 책상 앞에 앉아 두 손에 얼굴을 파묻었다.

"하느님, 도와주소서! 저는 부족한 아버지입니다. 오, 로즈메리! 당신이 내 마음을 받아준다면 얼마나 좋을까!"

28장

금식일•

다음 날 아침 학교에 가기 전에 선행 클럽은 긴급 모임을 열었다. 어떤 벌이 가장 적절한지 의견을 주고받다가 결국 하루 동안 금식하기로 결정했다.

제리가 당부했다.

"온종일 아무것도 먹으면 안 돼. 어쨌든 난 금식하면 어떤 느낌이 들지 궁금했어. 이번에 확실히 알 수 있겠지."

"언제가 좋을까?"

우나가 물었다. 굶는 것쯤은 별로 어렵지 않다고 생각한 우나는 제리와 페이스가 어째서 더 어려운 벌을 생각해내지 않았을

• 구약성경에 나온 단어(a fast day)다. 음식으로 대표되는 육체적·세속적인 일을 멀리한 채 오직 하느님의 뜻을 구하겠다고 정한 날이다.

까 궁금하기까지 했다.

페이스가 제안했다.

"월요일에 하면 어때? 주일에는 보통 배불리 먹지만 월요일 식사는 보잘것없잖아."

제리가 소리쳤다.

"아니야. 금식하기 쉬운 날을 골라서는 안 돼. 오히려 가장 힘든 날을 골라야 한다고. 그러니까 주일이 좋겠다. 네 말처럼 그날은 차가운 디토 대신 구운 쇠고기를 먹을 때가 많잖아. 디토를 먹지 않는 건 벌이라고 할 수 없지. 그러니까 다음 주일이 적당할 것 같아. 그날 아버지는 로브리지 북부 교회에서 설교하고 저녁 예배 시간 전에나 돌아오실 거야. 마사 할머니한테는 우리 영혼을 위해 금식하는 중이라고 하면 돼. 성경에도 그렇게 나와 있으니 할머니도 더는 뭐라고 하지 않으실 거야."

금식일이 되었다. 마사 할머니는 "저 천둥벌거숭이들이 또 바보 같은 짓을 하나 보군"이라고 웅얼거렸을 뿐 더는 신경 쓰지 않았다. 아이들이 일어났을 때 메러디스 목사는 이미 집에 없었다. 빈속으로 길을 떠났지만 그에게는 흔한 일이었다. 평소에도 본인이 잊어버리거나 챙겨주는 사람이 없어서 아침을 자주 거르곤 했다. 그리고 마사 할머니가 차린 식사는 건너뛴다고 해도 아쉬울 게 없었다. 심지어 배고픈 '천둥벌거숭이들'까지도 메리 밴스가 경멸했던 '덩어리진 죽과 푸르스름한 우유'를 먹지 못했다고 해서 서운해하지는 않았다. 하지만 점심은 달랐다. 가뜩이나 허기진 상태에서 고기 굽는 냄새까지 맡자 아이들은 정신이 나갈 것만 같았다. 덜 익은 고기라도 한입 베어물고 싶었다. 침만 꼴깍꼴깍 삼키던 아이들은 도저히 견딜 수 없어서 음식 냄새가 나지 않는 묘지로 달아났다.

우나는 식당 창문에서 눈을 뗄 수 없었다. 안에서는 로브리지 북부 교회의 목사가 여유롭게 식사하고 있었다. 그 모습을 보며 우나는 한숨을 쉬었다.

"고기 한 점이라도 먹었으면 좋겠다."

제리가 명령했다.

"이제부터 그런 말 금지야. 벌이라는 게 원래 힘든 거야. 난 지금 음식 모양의 조각품이라도 먹을 수 있을 것 같아. 그래도 불평하지 않잖아. 우리 음식 말고 다른 걸 생각해보자. 배가 고프다는 생각을 극복해야 해."

그렇게 저녁때까지 버티자 더는 허기가 느껴지지 않았다.

페이스가 말했다.

"이젠 좀 익숙해진 것 같아. 굉장히 이상하면서도 내 속에 있던 무언가가 죄다 사라진 기분이 들어. 배고픈 것과는 또 다른 느낌이야."

하지만 우나는 안색이 나빠 보였다.

"난 왜 이러지? 머리가 빙빙 돌아."

그래도 우나는 힘을 내서 다른 아이들과 함께 저녁 예배에 갔다. 만약 메러디스 목사가 자기 설교에 푹 빠져 있지만 않았어도 목사 가족석에 앉은 아이의 얼굴이 몹시 창백하고 눈은 푹 들어갔다는 사실을 알아차렸을 것이다. 하지만 목사는 전혀 눈치채지 못했고 심지어 평소보다 설교도 길게 했다. 설교가 끝나고 마지막 찬송가를 부르기 직전에 기어코 일이 터졌다. 우나 메러디스가 정신을 잃고 바닥으로 굴러 떨어진 것이다.

클로 장로의 부인이 가장 먼저 달려갔다. 그녀는 새파랗게 질린 얼굴로 떨고 있는 페이스의 팔에서 우나의 작고 야윈 몸을 받아 안고 성구실•로 달려갔다. 메러디스 목사는 찬송가며 남은 순서 따위는 모두 내팽개치고 헐레벌떡 부인의 뒤를 따랐다. 신도들은 각자 알아서 예배를 마쳤다.

페이스가 숨을 몰아쉬며 물었다.

"클로 아주머니, 우나가 죽었나요? 설마 우리가 우나를 죽인 거예요?"

메러디스 목사가 창백해진 얼굴로 물었다.

"제 아이에게 무슨 일이 생긴 건가요?"

클로 부인이 말했다.

"그냥 기절한 것 같아요. 아, 저기 의사 선생님이 오셨네요. 정말 다행이에요."

길버트가 애썼지만 우나는 좀처럼 의식을 되찾지 못했다. 한참 동안 이러저러한 치료를 받은 뒤에야 우나는 겨우 눈을 떴다. 길버트는 우나를 목사관에 데려다주었고 페이스는 흐느끼면서 뒤따라갔다.

"우나는 배가 고파서 그런 거예요. 아무것도 안 먹었거든요. 우리도 마찬가지예요. 오늘은 금식일이니까요."

"금식일!"

"금식했다고?"

• 기독교의 예배 때 쓰는 물품을 보관하는 장소

메러디스 목사와 길버트가 연달아 외치자 페이스가 울먹이며 말했다.

"네. 묘지에서 〈폴리 울리 두들〉을 부른 벌이에요."

메러디스 목사가 괴로워하며 말했다.

"얘야, 난 그 일로 너희가 스스로에게 벌을 내리길 바란 게 아니란다. 앞으로 그러지 말라고 꾸지람했을 뿐이야. 너희는 잘못을 뉘우쳤고, 그래서 내가 용서했잖니."

페이스가 설명했다.

"네, 하지만 우리는 벌을 받아야 했어요. 그건 규칙이니까요. 선행 클럽의 규칙이요. 잘못을 저질렀거나 아빠가 창피를 당하게 만들면 우리는 스스로에게 벌을 주기로 했어요. 우리를 잘 돌보고 가르쳐줄 사람이 없으니까 우리끼리 그렇게 하고 있는 거예요."

메러디스 목사는 신음했지만 길버트는 안도의 숨을 쉬면서 몸을 일으켰다.

"그렇다면 이 아이는 종일 굶어서 기절한 거로군요. 음식을 충분히 주면 곧 회복할 겁니다. 클로 부인, 죄송하지만 우나에게 먹을 것을 가져다주시겠어요? 그리고 페이스의 이야기를 들으니까 다른 아이들도 뭘 좀 먹여야겠네요. 이대로 두었다가는 누가 또 기절할지 모르니까요."

페이스가 후회하며 말했다.

"우나한테는 금식을 시키지 말걸 그랬어요. 제리와 나만 벌을 받아도 됐는데…. 우리 둘이 음악회를 하자고 부추겼거든요. 우린 언니 오빠이기도 하고요."

우나가 가냘픈 목소리로 말했다.

"저도 〈폴리 울리 두들〉을 같이 불렀어요. 그러니까 벌을 같이 받아야 해요."

클로 부인이 우유 한 잔을 가져왔고 페이스와 제리와 칼은 조용히 식료품 저장실로 갔다. 머릿속이 혼란스러웠던 메러디스 목사는 어두컴컴한 서재로 들어가 오랫동안 생각에 잠겼다.

'아이들이 스스로를 돌보고 가르치려 했다고? 그렇게 해줄 사람이 아무도 없어서 그랬다는 거지? 손을 잡고 이끌어줄 사람도, 조언을 구할 사람도 없어서 그 조그만 머리를 맞대고 해결책을 찾기 위해 몸부림쳤던 것인가?'

페이스가 천진난만하게 했던 말이 그의 마음에 대못처럼 박혔다. 누군가가 아이들을 돌봐줘야 한다. 하지만 아이들의 몸과 영혼을 위로하고 보듬어줄 사람이 아무도 없다. 오랫동안 정신을 잃고 성구실 소파에 누워 있던 우나의 모습은 어쩜 그리도 연약해 보였던가! 가냘픈 손과 창백한 얼굴이 눈에 밟혔다. 후 하고 불면 날아갈 것 같았다. 우나는 서실리아가 특별히 잘 보살펴달라고 당부했던 아이였다. 축 늘어진 딸아이를 보면서 얼마나 두렵고 괴로웠는지 모른다. 아내가 세상을 떠난 뒤로 처음 느껴보는 고통이었다. 이대로 손 놓고 있을 수는 없다. 하지만 무엇을 할 수 있단 말인가? 엘리자베스 커크에게 청혼을 해야 하나? 엘리자베스는 좋은 사람이고 아이들에게도 다정한 엄마가 되어줄 것이다. 로즈메리 웨스트를 사랑하지 않았더라면 기꺼이 청혼했을 것이다. 하지만 마음을 돌이키지 않는 이상 다른 여인에게 청혼할 수는 없다. 다른 여자와 결혼하려면 로즈메리를 향한 사랑을 완전히 부숴버려야 한다. 하지만 무진 애를 써 봐도 그럴 수는 없었다.

로즈메리는 그날 저녁 예배에 참석했다. 킹즈포트에서 돌아온 뒤로 처음이었다. 설교를 막 마쳤을 때 메러디스 목사는 사람들로 혼잡한 뒷좌석에 앉은 로즈메리의 얼굴을 언뜻 보았다. 순간 그의 심장이 격렬하게 뛰었다. 헌금 시간에 성가대가 찬송가를 부르는 동안 목사는 고개를 숙이고 앉아 있었다. 그는 청혼한 날 이후로 로즈메리를 본 적이 없었다. 찬송가를 인도하기 위해 일어섰을 때 메러디스 목사의 손은 떨렸고 창백한 얼굴은 벌겋게 달아올랐다. 그때 우나가 정신을 잃자 다른 생각은 머릿속에서 사라져버렸다. 그리고 어두운 서재에서 고독하게 앉아 있는 동안 온갖 기억이 다시금 밀려왔다. 그에게 로즈메리는 세상에서 단 하나뿐인 여인이었다. 다른 사람과 결혼하는 일은 생각조차 할 수 없었다. 아무리 아이들을 위해서라 해도 그런 신성모독을 저지를 수는 없었다.

'홀로 이 짐을 져야 한다. 지금보다 아이들을 더 주의 깊게 살피고 매사에 좋은 아버지가 되도록 노력해야 한다. 아무리 작은 문제라도 아버지에게 달려와서 거리낌없이 털어놓으라고 아이들에게 이야기해야 한다.'

메러디스 목사는 이렇게 마음먹은 뒤 등불을 켜고 두툼한 새 책을 집어 들었다. 신학계에 큰 반향을 불러일으킨 내용이었다. 한 단원만 읽으면 마음이 가라앉을 것 같았다. 그렇게 5분이 지나자 메러디스 목사는 복잡한 세상사와 쓰디쓴 괴로움을 모두 잊고 심오한 사유의 세계로 빠져들었다.

29장

오싹한 이야기

6월에 갓 접어든 어느 날 저녁, 무지개 골짜기는 곳곳마다 기쁨이 가득했고 그곳에 모인 아이들의 마음도 들떠 있었다. 연인의 나무에 달린 방울이 요정의 목소리처럼 울렸고 흰옷 입은 귀부인은 초록빛 머리를 흔들고 있었다. 바람은 정답고 유쾌한 친구처럼 아이들에게 웃음 지으며 휘파람을 불었다. 움푹 파인 땅에서는 막 자라난 어린 고사리가 향기를 내뿜었다. 검은 전나무들 사이로 야생 벚나무가 드문드문 자라나는 모습이 마치 하얗게 낀 안개 같았다. 잉글사이드 뒤편의 단풍나무 숲에서는 울새가 끊임없이 울어댔다. 저 너머 글렌세인트메리 마을 비탈길의 꽃이 가득 핀 과수원은 황혼을 베일처럼 두른 듯 달콤하고 신비로우면서도 멋진 모습을 드러냈다.

봄이 왔다. 봄은 젊은이의 마음을 설레게 만드는 계절이다.

그날 저녁 무지개 골짜기에 옹기종기 모여 있는 아이들도 모두 즐거워하고 있었다. 메리 밴스에게 헨리 워런의 유령 이야기를 듣고 등골이 오싹해지기 전까지는.

젬은 그 자리에 없었다. 이제는 저녁때가 되도 입학시험 공부를 하느라 좀처럼 잉글사이드 다락방에서 나오지 않았다. 제리는 연못가에서 송어를 낚고 있었다. 아이들은 월터가 읽어준 바다에 관한 롱펠로의 시를 떠올리면서 배의 신비와 아름다움에 흠뻑 빠져 있었다. 이어서 아이들은 어른이 되면 무엇을 할지, 어디로 여행을 갈지, 얼마나 멀고 얼마나 아름다운 곳에 가게 될지 이야기를 나누었다. 낸과 다이는 유럽에 가겠다고 했다. 월터는 이집트의 사막을 통과해서 나일강에 갈 생각이며 스핑크스도 보고 싶다고 했다. 하지만 페이스는 조금 우울한 얼굴로 아무래도 선교사가 될 것 같다고 말했다. 테일러 부인에게 그런 말을 들었기 때문이다. 그래도 선교사가 된다면 인도나 중국처럼 동양의 신비한 땅에 가볼 수 있을 것이다. 칼의 마음은 아프리카 정글에 있었다. 우나는 아무런 말도 하지 않았다. 앞으로도 지금 사는 집에 머물고 싶었기 때문이다. 우나가 생각하기에는 여기가 세상에서 가장 아름다운 곳이었다. 무엇보다 다들 자라서 세계 곳곳으로 흩어진다는 건 상상만으로도 무서웠다. 얼마나 외롭고 향수병에 시달릴까? 우나는 기분이 가라앉았다. 하지만 다른 아이들은 즐거운 꿈을 꾸고 있었다. 그때 메리 밴스가 와서 들뜬 분위기에 찬물을 끼얹었다.

"어유, 언덕을 빠르게 달려왔더니 정말 숨차다. 베일리네 옛집 정원에서 무서운 일을 겪었거든. 그래서 걸음아 날 살려라

하고 도망쳐 온 거야."

숨을 헐떡거리는 메리를 보고 다이가 물었다.

"뭐가 그렇게 무섭다는 거야?"

"뭔지는 나도 잘 모르겠어. 난 거기서 라일락 아래를 살펴보고 있었어. 은방울꽃이 벌써 피었는지 알아보려고. 거긴 주머니 속처럼 컴컴했지. 그때 갑자기 정원 반대편 벚나무 덤불이 흔들리는 거야. 자세히 살펴보니 하얀색의 무언가가 바스락거리고 있더라. 어찌나 무섭던지, 난 다시 볼 생각도 못 하고 돌담을 뛰어넘어 도망쳤어. 그건 헨리 워런의 유령이 틀림없을 거야."

"헨리 워런이 누군데?"

"왜 유령이 된 거야?"

다이와 낸이 연달아 물었다.

"어머, 글렌세인트메리 마을에서 자란 너희가 그 이야기를 모른다고? 잠깐만 기다려. 숨 좀 고르고 이야기해줄게."

유령 이야기를 좋아하는 월터는 가슴이 두근거렸다. 월터는 불가사의한 이야기를 들을 때 느끼는 긴장과 갈등, 섬뜩하면서도 기묘한 기분을 즐겼다. 그러다 보니 롱펠로의 시도 시시하게 느껴졌다. 그는 책을 옆으로 던져놓은 뒤 팔꿈치를 괴고 엎드려서 크고 빛나는 눈으로 메리를 바라보았다. 들을 준비가 되었으니 어서 이야기를 시작하라고 재촉하는 몸짓 같았다. 그런 월터를 보자 메리는 마음이 불편해졌다.

'월터, 제발 날 그런 눈으로 보지 말아줄래? 내용을 좀 보태서 이야기를 더 무섭게 만들고 싶은데, 네가 그렇게 쳐다보면 내가 들은 대로 전할 수밖에 없잖아.'

호흡이 어느 정도 진정되자 메리는 이야기를 시작했다.

“30년 전쯤에 톰 베일리 할아버지 부부가 저기 위쪽 집에 살았다는 건 알지? 할아버지는 무척 괴팍했고 할머니도 그에 못지않은 사람이었지. 둘 사이에는 자식이 없었는데 톰 할아버지의 누나가 먼저 세상을 떠나면서 열두 살배기 남자아이를 남겼어. 그 아이가 바로 헨리 워런이야. 헨리는 열두 살 때부터 삼촌 집에서 살게 되었지. 그런데 톰 할아버지 부부는 체구가 작고 몸도 약한 헨리를 처음부터 심하게 대했어. 툭하면 매를 들었고 먹을 것도 제대로 주지 않았던 거야. 두 사람이 아이가 죽기를 바랐다는 말도 있어. 그래야 헨리의 어머니가 남겨준 얼마 안 되는 돈이나마 차지할 수 있으니까. 바람대로 금세 죽지는 않았지만 헨리는 점점 발작을 일으키기 시작했대. 뇌전증에 걸렸다나? 결국 정신이 나가버렸고 열여덟 살까지 죽 그런 상태였나 봐. 할아버지는 저 정원에서 헨리를 자주 때렸대. 거긴 집 뒤쪽이라 남들 눈에 띌 걱정이 없어서 그랬나 봐. 하지만 말소리는 들렸어. 헨리가 삼촌한테 자길 죽이지 말아달라고 빌 때도 많았대. 하지만 아무도 뭐라고 하지는 못했어. 톰 할아버지가 어떤 식으로든 보복할까 봐 무서웠던 거야. 심지어 항구 어귀에 살던 어떤 사람이 자기를 화나게 했다면서 그 집 헛간에 불을 지른 적도 있었대.

결국 헨리는 숨을 거두고 말았는데, 톰 할아버지는 조카가 발작을 하다가 죽었다고 사람들에게 이야기했어. 하지만 사람들은 그가 기어코 조카를 죽였다고 믿었지. 그리고 얼마 지나지 않아 그 집 정원에서 헨리가 돌아다니기 시작했다는 거야. 그 뒤로 그곳에서는 밤중에 신음하고 우는 소리가 들린대. 톰 할아버지하고 부인은 서부로 떠났고 다시는 돌아오지 않았어. 이렇듯 나쁜 소문이 돌다 보니 아무도 그곳을 사거나 빌리려고 하지 않아. 그래서 지금처럼 엉망이 된 거야. 비록 30년 전 일이지만 헨리 워런의 유령은 아직 돌아다니고 있어."

냰이 비웃는 얼굴로 물었다.

"넌 정말 그걸 사실이라고 믿는 거야? 난 못 믿겠어."

메리가 반박했다.

"멀쩡한 사람들도 유령을 봤대. 심지어 소리도 들었다던데? 헨리가 나타나서 땅을 기어다니다가 사람들 다리를 붙잡고 살아 있었을 때처럼 웅얼웅얼하면서 신음 소리를 냈다는 거야. 나는 덤불 사이로 하얀 것이 보이자마자 그 이야기가 생각났어. 그게 날 붙잡고 신음 소리라도 낸다면, 난 그 자리에서 죽을 수도 있잖아. 그래서 냅다 도망친 거야. 헨리의 유령이 아니었을 수도 있지만, 난 유령에게 내 목숨을 맡기고 싶진 않아."

다이가 웃었다.

"아마 그건 스팀슨 할머니의 흰 송아지였을 거야. 그 정원에 풀어놓고 기르거든. 나도 전에 본 적 있어."

"그럴지도 모르지. 하지만 이제부터는 집에 갈 때 그곳을 지나가지는 않을 거야. 아, 제리가 송어를 잔뜩 잡아 왔네. 이제 내가 요리할 차례야. 젬하고 제리는 내가 글렌세인트메리 마을에서 요리를 가장 잘한다고 했어. 그리고 코닐리어 아주머니가 내게 과자 한 통을 들려 보내셨는데, 헨리의 유령을 보고 도망치다가 땅에 떨어뜨렸지 뭐야."

메리는 생선을 구우면서 다시 한번 유령 이야기를 했는데, 제리는 놀라기는커녕 비웃기만 했다. 월터가 페이스를 도와 식탁을 차리는 동안 줄거리를 손보고 내용을 더해서 그럴듯하게 꾸몄어도 아무런 효과가 없었다.

페이스와 우나와 칼은 아무렇지도 않은 척했지만 속으로는 겁에 질려 있었다. 다 같이 무지개 골짜기에 머무는 동안에는 괜찮았지만 송어 파티가 끝나고 어둠이 깔리기 시작하자 유령 이야기가 떠올라서 등이 오싹해졌다. 하필 제리는 젬을 만나야 한다며 잉글사이드 아이들과 가버렸고 메리도 자기 집으로 돌아갔다. 그래서 세 아이는 자기들끼리 목사관으로 돌아가야 했다. 셋은 몸을 바짝 붙이고 베일리네 옛집 정원에서 최대한 멀리 떨어진 길로 걸어갔다. 물론 유령이 출몰한다고 믿지는 않았지만, 그래도 정원에 가까이 갈 엄두가 나지 않았던 것이다.

30장

돌담 위의 유령

페이스와 칼과 우나는 아무리 애를 써봐도 헨리 워런의 유령 이야기를 머릿속에서 떨쳐버릴 수 없었다. 도리어 이런저런 장면이 떠올라 더욱 겁에 질렸다. 유령 이야기라면 지금껏 숱하게 들었지만 진짜라고 믿은 적은 한 번도 없었다. 메리 밴스에게 이보다 훨씬 오싹한 이야기를 듣기도 했지만 죄다 멀리 떨어진 장소에서 모르는 사람이 등장하는 내용이었다. 들을 때는 재미있고 오싹했더라도 시간이 지나면 기억 속에서 까마득히 잊혔다. 그런데 이번 이야기는 달랐다. 베일리네 옛집 정원은 목사관 바로 앞에 있었다. 사랑하는 무지개 골짜기 안에 있는 장소나 다름없었다. 아이들은 날마다 그 앞을 지나다녔다. 꽃을 꺾으러 정원에 들어가기도 하고, 마을에서 골짜기로 곧장 가고 싶을 때는 지름길 삼아 가로지르기도 했다. 하지만 메리 밴스가 그 끔찍한 이야기를 들려준 밤부터는 그곳을 지나가거나 가까이 가지 못했다. 죽는 한이 있더라도 갈 수 없을 것 같았다. 땅을 기어다니는 헨리 워런의 유령에게 붙잡히는 것보다는 차라리 죽는 게 낫지 않겠는가?

7월의 어느 따뜻한 저녁에 세 아이는 조금 쓸쓸한 기분으로 연인의 나무 아래 앉아 있었다. 그날은 아무도 골짜기 근처로 오지 않았기 때문이다. 젬은 입학시험을 치르러 샬럿타운에 가 있었다. 제리와 월터는 크로퍼드 선장 할아버지와 함께 항구로 배를 타러 갔다. 낸, 다이, 릴라, 셜리는 꿈의 집에 와 있는 케네스와 퍼시스 포드를 만나러 갔다. 낸이 같이 가자고 했지만 페이스는 거절했다. 퍼시스 포드가 빼어나게 예쁠 뿐만 아니라 무척 세련되었다는 이야기를 많이 들었던 터라 내색은 하지 않았지만 질투에 사로잡혀 있었기 때문이다. 페이스는 다른 사람의 들러리 신세나 될 생각이 없었다.

페이스와 우나는 무지개 골짜기에 올 때 가져온 이야기책을 읽었고 칼은 개울가에서 벌레를 관찰했다. 세 아이 모두 행복한 시간을 보냈다. 하지만 땅거미가 내리자 베일리네 옛집 정원이 아주 가까이 있다는 사실을 문득 깨달았다. 칼은 누나들 옆으로 다가와 몸을 바짝 붙이고 앉았다. 모두들 환할 때 집으로 돌아갔어야 했다고 후회했지만 아무도 그 말을 입에 담지 않았다.

커다랗고 벨벳 같은 보랏빛 구름이 서쪽 하늘에 솟아오르더니 골짜기 위로 점점 퍼져나갔다. 오늘따라 바람 한 점 없어서 주위가 무서우리만큼 고요해졌다. 습지에서는 반딧불이 수천 마리가 모여 있었다. 아마도 그날 밤에 요정들이 회의를 연 듯했다. 그 순간만큼은 무지개 골짜기도 멋진 곳이 아니었다.

페이스는 잔뜩 겁먹은 얼굴로 베일리네 옛집 정원을 바라보았다. "피가 얼어붙는다"라는 말이 사실이라면, 페이스가 바로 지금 그런 상태였다. 칼과 우나는 페이스가 뚫어지게 바라보는 곳으로 눈을 돌렸다. 그러자 두 사람의 등줄기에도 오싹한 기운이 위아래로 요동치기 시작했다. 베일리네 옛집 정원의 커다란 낙엽송 아래로 풀이 무성한 돌담 위에 형태를 알아볼 수 없는 하얀 것이 있었기 때문이다. 세 아이는 돌이라도 된 것처럼 꼼짝도 않고 서서 바라보기만 했다.

우나가 가까스로 입을 열었다.

"저건, 저건, 송아지야."

"저건, 송아지라고 하기에는, 너무, 커."

페이스는 입이 바짝 말라서 제대로 발음할 수 없었다. 그러다가 별안간 칼이 숨을 헐떡거렸다.

"여기로 오고 있어."

페이스와 우나는 그쪽으로 고통스러운 눈길을 돌렸다. 두 번 다시 보기 싫었지만 무슨 일이 일어나는지 확인하기 위해서는 어쩔 수 없었다. 칼의 말이 맞았다. 무언가가 돌담 위를 기어 내려오고 있었다. 송아지라면 저럴 수 없을 것이다. 공포가 폭풍처럼 밀려와 순식간에 이성을 날려버렸다. 세 아이는 자기들이 헨리 워런의 유령을 보았다고 굳게 확신했다. 칼이 먼저 벌떡 일어나 무턱대고 뛰기 시작하자 페이스와 우나도 비명을 지르며 뒤를 따랐다. 아이들은 미친 듯이 언덕을 뛰어 올라서 큰길을 지나 목사관으로 달려갔다. 그런데 아이들이 집을 나설 때만 해도 부엌에서 바느질을 하고 있었던 마사 할머니가 지금은 보이지 않았다. 서재도 텅 비어 있었다. 아이들은 자기도 모르게 집에서 나와 잉글사이드로 향했다. 하지만 무지개 골짜기를 지나서 갈 수는 없었기에 언덕 아래로 거의 날듯이 내려갔다. 칼이 앞장섰고 페이스와 우나 순으로 뒤따랐다. 아이들이 혼비백산해서 마을 거리를 달려가자 이 모습을 본 사람들은 목사관의 개구쟁이들이 또 못된 장난을 친다고 혀를 끌끌 차면서 아무도 말리지 않았다.

잉글사이드의 대문에 도착했을 때 아이들은 로즈메리 웨스트와 마주쳤다. 빌린 책을 돌려주려고 잠시 들렀던 로즈메리는 아이들의 창백한 얼굴과 초점 없는 눈동자를 보고 무슨 일이 벌어졌다는 것을 알아챘다. 무언가 끔찍한 두려움에 사로잡혀 덜덜 떨고 있는 듯했다. 로즈메리는 한쪽 팔로는 칼을, 다른 쪽 팔로는 페이스를 붙잡았다. 우나는 로즈메리에게 달려들어 필사적으로 안겼다.

"얘들아, 무슨 일이니? 왜 그렇게 무서워하는 거야?"

칼이 이를 딱딱거리면서 말했다.

"헨리 워런의 유령이 나타났어요!"

"헨리, 워런의, 유령이라고?"

로즈메리는 처음 듣는 이야기였다. 어리둥절해하고 있는 그녀에게 페이스가 흐느끼며 말했다.

"네, 맞아요. 저기에 있었어요. 베일리네 옛집 돌담 위요. 우리가 똑똑히 봤어요. 그게 우리를, 우리를 쫓아왔어요."

로즈메리는 정신을 못 차리고 횡설수설하는 세 아이를 잉글

사이드 베란다로 데려갔다. 길버트와 앤은 꿈의 집에 가 있었지만 다행히 수전은 거기에 있었다. 마르고 꼬장꼬장하며 지극히 현실적으로 보이는 외모의 수전은 유령과 거리가 한참 멀었다.

"이게 웬 난리람?"

아이들은 자기들이 겪은 일을 다시 한번 더듬거리며 이야기했다. 그러는 동안 로즈메리는 말없이 아이들을 꼭 안아주었다.

이야기를 다 들은 수전이 아무렇지도 않게 말했다.

"그건 부엉이였을 거야."

부엉이라니! 이 말을 들은 뒤로 메러디스네 아이들은 수전을 불신하게 되었다. 아는 게 별로 없어 보였기 때문이다.

칼이 흐느끼면서 말했다. 칼은 이날 울어버린 것을 두고두고 부끄러워했다.

"그건 부엉이 백만 마리보다 컸어요. 그리고 메리가 말했던 것처럼 기어다녔다고요. 그게 우리를 잡으려고 돌담에서 기어 내려왔어요. 부엉이도 기어다니나요?"

로즈메리가 수전을 바라보며 말했다.

"아이들이 무서운 걸 보고 놀랐나 봐요."

수전이 침착하게 말했다

"내가 가서 보고 올게요. 자, 얘들아. 진정하렴. 너희가 뭘 봤는지는 몰라도 그건 유령이 아니야. 가엾은 헨리 워런도 무덤에서 아주 편안하게 잠들어 있을 거야. 거기가 너무 좋아서 절대 땅 위로 나오지 않을 테니까 두려워할 것 없다. 웨스트 양, 아이들을 좀 진정시켜주세요. 난 어떻게 된 일인지 보고 올게요."

수전은 길버트가 건초밭을 고를 때 쓰다가 울타리에 기대놓은 쇠스랑을 들고 용감하게 무지개 골짜기로 갔다. 유령에게는 통할 리 없겠지만 쇠스랑을 들고 있으니 마음은 든든했다. 수전이 도착했을 때 무지개 골짜기는 여느 때와 다른 점이 없었다. 그늘지고 잡초가 가득한 베일리네 옛집 정원에 새하얀 무언가가 숨어 있는 것 같지도 않았다. 수전은 대담하게 정원을 지나가 반대편에 있는 작은 오두막집 문을 쇠스랑으로 두드렸다. 그곳에는 스팀슨 할머니가 두 딸과 함께 살고 있었다.

그 시각 잉글사이드에서는 로즈메리가 아이들을 달래고 있었다. 아이들은 충격이 가시지 않아 울먹거리면서도 자기들이 어리석은 짓을 했을지 모른다고 의심하기 시작했다. 마침내 수전이 돌아오면서 그런 의심은 사실로 드러났다

수전은 흔들의자에 앉아 부채질하면서 쓴웃음을 지었다.

"너희가 말한 유령이 뭔지 알아냈다. 스팀슨 할머니의 침대시트 두 장이었지. 그걸 햇볕에 말리고 있었다더구나. 풀이 별로 없고 깨끗한 돌담에 일주일 동안 널어뒀다가 하필 오늘 저녁에 걷으러 왔던 거야. 손에 뜨갯거리를 들고 있어서 어쩔 수 없이 시트를 어깨에 걸쳤는데, 그러다가 바늘을 떨어뜨렸대. 그래서 무릎을 꿇고 기어다니며 바늘을 찾고 있는데, 갑자기 골짜기에서 끔찍한 비명이 들리더니 아이 셋이 자기 옆을 지나 언덕으로 뛰어갔다는 거야. 아이들이 들짐승에 물린 건 아닌지 걱정되어 심장이 두근거렸고, 그래서 움직이거나 말을 할 수 없었대. 아이들이 사라질 때까지 웅크리고 있다가 비틀거리며 간신히 집으로 돌아와서는 그때부터는 쭉 약을 먹고 있다는 거야. 올여름은 지나야 놀란 가슴이 진정될 것 같다고 하더라."

아이들은 부끄러워서 얼굴이 빨개진 채로 가만히 앉아 있었다. 로즈메리가 따뜻하게 위로했지만 헛수고였다. 풀이 죽은 채로 슬그머니 그곳을 빠져나온 아이들은 목사관 앞에서 제리를 만나자 오늘 겪었던 일을 말해주었다. 그러고는 다음 날 아침에 선행 클럽 모임을 열기로 했다.

그날 밤 페이스가 침대에서 속삭였다.

"로즈메리 웨스트는 참 다정한 분이지?"

우나가 고개를 끄덕였다.

"맞아. 하지만 그분도 새엄마가 되면 아이를 대하는 태도가 달라지겠지? 정말 아쉬워."

로즈메리를 굳게 믿는 페이스가 말했다.

"절대 그러지 않을 거야."

31장

칼이 받은 벌

"왜 우리가 벌을 받아야 하는 건지 정말 모르겠어. 나쁜 짓을 한 게 아니잖아. 무서워서 어쩔 수 없었던 거지. 아빠를 창피하게 만들지도 않았어. 그저 사고였을 뿐이야."

페이스가 부루퉁한 얼굴로 투덜거리자 제리가 재판관처럼 엄격하게 말했다.

"너희는 겁쟁이처럼 굴었잖아. 무서워서 도망쳤으니까 마땅히 벌을 받아야 해. 이번 일로 다들 너희를 비웃을 거야. 그러면 우리 가족이 얼마나 창피하겠니?"

페이스가 덜덜 떨며 말했다.

"우리가 얼마나 무서웠는지 알아? 그것만으로도 이미 충분히 벌을 받은 거야. 그런 일은 두 번 다시 겪고 싶지 않아."

칼이 중얼거렸다.

"형도 거기 있었으면 틀림없이 도망쳤을 거야."

제리가 비웃었다.

"시트를 걸친 할머니를 보고? 하하!"

페이스가 외쳤다.

"절대로 할머니처럼 보이지 않았어. 아주 크고 하얀 것이 풀 위를 기어다니는 것 같았단 말이야. 메리가 말한 헨리 워런 같았다고. 그래! 얼마든지 웃어봐, 제리 메러디스. 하지만 오빠도 거기 있었으면 웃는 거랑은 반대쪽으로 입이 움직였을 거야. 그래서 우리가 받을 벌이 뭐야? 불공평한 일이긴 하지만 그래도 판결을 내려주세요, 메러디스 판사님!"

제리가 얼굴을 찌푸리며 말했다.

"내 생각에는 칼의 책임이 가장 커. 가장 먼저 도망쳤잖아. 더구나 칼은 남자야. 어떤 위험이 닥쳐도 여자를 보호해야 한다고. 그건 너도 알고 있지, 칼?"

칼은 부끄러워서 신음하듯 내뱉었다.

"맞아. 나도 그렇게 생각해."

"좋아. 그럼 네가 받을 벌을 말해줄게. 오늘 밤 헤저키어 폴록의 비석에 혼자 앉아 있도록 해. 자정까지야."

칼은 몸을 떨었다. 묘지는 베일리네 옛집 정원에서도 멀지 않았다. 쉽게 해낼 수 없는 일이었지만 칼은 치욕을 씻고 겁쟁이가 아니라는 것을 증명하고 싶어서 단호하게 말했다.

"알았어. 그런데 시간은 어떻게 알 수 있지?"

"서재 창문이 열려 있으니까 괘종시계 소리가 들릴 거야. 종이 열두 번 칠 때까지 꼼짝도 하면 안 된다는 거 명심해. 그리고 페이스와 우나는 일주일 동안 저녁에 잼을 먹으면 안 돼."

페이스와 우나는 기가 막혔다. 차라리 칼의 처지가 더 나아 보였다. 고통스럽기는 하지만 비교적 빨리 끝낼 수 있기 때문이다. 꼬박 일주일이나 잼도 없이 눅눅한 빵을 먹어야 한다니, 생각만 해도 아찔했다. 하지만 선행 클럽이 정한 일을 바꿀 수는 없었다. 페이스와 우나는 체념하고 운명을 받아들였다.

그날 밤 9시가 되자 모두 잠자리에 들었지만 칼은 비석에 가 있었다. 우나는 슬며시 집을 나와 칼에게 잘 자라는 인사를 하러 갔다. 마음이 따뜻한 우나는 칼이 무척 안쓰러웠다.

"칼, 많이 무섭지?"

칼이 쾌활한 목소리로 말했다.

"아니, 하나도 안 무서워."

"나도 자정이 될 때까지 깨어 있을게. 외로워지면 우리 방 창문을 봐. 내가 한숨도 자지 않고 널 생각한다는 걸 기억해. 그럼 마음이 편해질 거야."

"난 괜찮아. 걱정하지 마."

용감하게 말하기는 했지만 막상 목사관의 불이 꺼지자 칼은 몹시 외로워졌다. 여느 때처럼 서재가 환했더라면 조금은 덜 쓸쓸했을 테지만, 하필 그날 밤 메러디스 목사는 임종을 앞둔 사람을 만나러 항구 어귀 마을에 가 있었다. 아마 자정이 훨씬 넘어서야 돌아올 것이다. 결국 칼은 이 무서운 벌을 혼자 감당해야만 했다.

마을 사람 한 명이 등불을 들고 지나갔다. 불빛을 따라 그림자가 너울거렸다. 마치 유령이나 마녀가 춤을 추는 것 같았다.

잠시 후 그림자도 사라지면서 묘지는 다시 어두컴컴해졌다. 글렌세인트메리 마을의 불빛도 하나둘 꺼졌다. 칠흑같이 어두운 하늘에 구름이 잔뜩 껴 있었고, 7월에 어울리지 않게 매서운 동풍이 불었다. 지평선 너머로 샬럿타운의 불빛이 어렴풋하게 보였다. 바람은 오래된 전나무 사이로 매섭게 몰아치며 울부짖기도 하고 한숨을 쉬기도 했다. 앨릭 데이비스의 커다란 묘비가 어둠 속에서 희끄무레하게 빛났다. 옆에 서 있는 버드나무가 기다란 팔을 비틀고 흔들어대는 모습이 꼭 유령 같았다. 때때로 나뭇가지가 흔들리면서 묘비도 함께 움직이는 것처럼 보였다.

칼은 비석 위에 웅크리고 앉아 있었다. 도저히 아래쪽으로 다리를 늘어뜨릴 수 없었다. 다들 여기 앉아 있을 때 메리 밴스가 해준 이야기를 하필 지금 떠올렸기 때문이다.

“무덤에서 뼈만 남은 손이 툭 튀어나와서 발목을 꽉 붙잡는다고 생각해봐.”

칼은 그런 일이 절대 일어날 수 없다고 믿었다. 헨리 워런의 유령이 나타났다는 말도 사실이 아니라고 생각했다. 폴록도 벌써 60년 전에 죽었으니 자기 비석에 누가 앉아 있거나 말거나 전혀 신경 쓰지 않을 것이다. 하지만 온 세상이 잠들어 있을 때 홀로 깨어 있다 보니 왠지 기분이 이상했고 소름이 돋았다. 주위에는 온통 죽은 사람들뿐이었다. 열 살짜리 연약한 아이는 어둠이라는 강력한 세력과 맞서 싸워야 했다. 칼은 시계 종이 열두 번 울리기를 애타게 기다렸다. 한편으로는 마사 할머니가 깜빡 잊고 태엽을 감지 않았을까 봐 걱정했다.

바로 그때 11시를 알리는 종이 울렸다. 아직 11시라니, 이렇게 무서운 곳에서 한 시간을 더 버텨야 한다. 별이라도 보였으면 좋으련만, 하늘은 컴컴하기만 했다. 어둠이 너무 짙어서 얼굴을 짓누르는 것 같았다. 무덤 곳곳에서 가만가만 지나가는 발자국 소리가 들렸다. 칼은 몸을 떨었다. 무서워서 심장이 얼어붙은 것 같은 데다 실제로도 추웠다.

이윽고 비가 내렸다. 칼은 속옷까지 흠뻑 젖었다. 뼛속 깊이 한기가 느껴졌다. 몸이 고통스러워지면서 무섭다는 생각은 점점 사라졌다. 하지만 이곳에서 자정까지 버텨야 한다. 명예를 걸고 스스로 벌을 받는 중이기 때문이다. 비가 내릴 때 어떻게 할지를 정하지는 않았지만, 그렇다고 해서 달라질 것은 없었다. 마침내 서재 시계가 12시를 알리자 흠뻑 젖은 작은 형체가 폴록 씨의 비석에서 뻣뻣한 몸으로 기어 내려와 목사관을 향해 발걸음을 옮겼다. 칼의 이가 딱딱 부딪쳤다. 몸은 이대로 차갑게 굳어버릴 것 같았다.

아침이 되자 칼의 몸은 따뜻해져 있었다. 문제는 지나치게 따뜻했다는 점이다. 제리는 벌겋게 달아오른 칼의 얼굴을 보자 깜짝 놀라면서 아버지를 부르러 달려갔다. 메러디스 목사가 황급히 달려왔다. 밤새 병상 곁에 있다가 온 터라 그의 얼굴도 상앗빛으로 질려 있었다. 날이 밝아서야 집으로 돌아온 그는 몸을 숙여서 아들을 살펴보며 근심 어린 얼굴로 물었다.

"칼, 어디 아프니?"

"저기에, 비석이, 있어요. 움직이고 있잖아요. 내 쪽으로, 오지, 말라고, 해주세요."

메러디스 목사는 서둘러 전화를 걸었다. 10분도 되지 않아 길버트가 목사관에 도착했다. 그는 30여 분 동안 진찰한 뒤 도시에 전보를 쳐서 숙련된 간호사를 보내달라고 요청했다. 덕분에 마을 사람들은 칼 메러디스가 폐렴에 걸렸으며, 길버트조차 고개를 저을 만큼 상태가 심각하다는 사실을 알게 되었다. 칼은 양쪽 폐에 모두 염증이 생겼고, 길버트는 이후로 두 주 동안 여러 번 고개를 절레절레했다.

칼이 사경을 헤매던 어느 날 밤이었다. 메러디스 목사는 서재를 서성거렸고, 페이스와 우나는 방에서 서로 부둥켜안고 울었다. 제리는 후회와 자책을 거듭하면서 칼이 누워 있는 방 앞의 복도 바닥에서 한 발짝도 움직이지 않았다. 길버트와 간호사는 침대 곁을 한시도 떠나지 않았다. 모두들 자기 자리에서 죽음과 용감하게 맞서 싸웠다. 그리고 새벽빛이 밝아올 무렵, 마침내 이들은 승리를 거두었다. 칼은 큰 고비를 넘겼고 증세가 호전되기 시작했다. 온 마을에 이 소식이 전해졌다. 마음 졸이며 기다렸던 사람들은 이 일을 계기로 자기들이 메러디스 목사와 아이들을 얼마나 사랑하는지 새삼 깨달았었다.

코닐리어가 앤에게 말했다.

"칼이 아프다는 말을 들은 뒤로 잠을 거의 설쳤어요. 메리 밴스도 계속 울어댔죠. 그 아이의 별난 눈은 담요에 불똥이 튀어서 난 구멍처럼 퀭해졌다니까요. 칼이 비 오는 날 모험 삼아 묘지를 돌아다니다가 폐렴에 걸렸다는 게 사실이에요?"

"그게 아니에요. 칼은 자기를 벌주려고 그렇게 했던 거였어요. 헨리 워런의 유령 소동 때 겁쟁이처럼 군 게 부끄러워서 그랬다더군요. 아이들은 스스로를 가르치고 돌보려고 무슨 클럽을 만들었대요. 그래놓고 잘못을 저지를 때마다 스스로 벌을 받는다네요. 제리가 메러디스 목사님께 다 말씀드렸어요."

코닐리어가 혀를 끌끌 찼다.

"아이고, 가엾기도 하지!"

신도들은 영양가 높은 음식을 앞다투어 목사관으로 가져다주었다. 양이 어찌나 많은지 병원 하나는 채우고도 남을 것 같았다. 덕분에 칼은 금세 몸을 회복했다.

노먼 더글러스는 매일 저녁 마차를 타고 와서 그날 낳은 달걀 한 줄과 저지종 젖소 우유로 만든 크림 한 병을 주었다. 가끔씩은 한 시간 정도 머무르면서 메러디스 목사와 이야기를 나누었는데, 지난번에는 예정설을 두고 열띤 논쟁을 벌이기도 했다. 물론 노먼은 글렌세인트메리 마을이 내다보이는 언덕으로 마차를 몰고 올라갈 때가 더 많았다.

칼이 다시 무지개 골짜기로 놀러 갈 수 있을 만큼 회복되자 아이들은 특별한 파티를 열었다. 길버트까지 와서 불꽃놀이를 도와주었다. 메리 밴스도 그 자리에 있었지만 유령 이야기는 절대 하지 않았다. 코닐리어가 귀에 못이 박힐 만큼 단단히 일러두었기 때문이다.

32장

고집쟁이 두 사람

로즈메리 웨스트는 잉글사이드에서 음악 수업을 마친 뒤 집으로 돌아오던 중에 샛길로 빠져서 사람들 눈에 띄지 않는 무지개 골짜기의 샘으로 발걸음을 옮겼다. 그녀는 여름내 그곳을 한 번도 찾지 않았다. 작고 아름다운 그 샘은 로즈메리에게 더 이상 황홀한 장소가 아니었다. 옛 연인의 영혼은 이제 그녀를 찾아오지 않았다. 게다가 존 메러디스와 나누었던 추억이 떠오를 때면 가슴이 날붙이에 찔린 듯 아팠다.

로즈메리는 문득 골짜기 위쪽을 돌아보았다. 노먼 더글러스가 베일리네 옛집 정원의 오래된 돌담을 젊은이처럼 가볍게 뛰어넘고 있었다. 언덕 위의 집으로 가는 것 같았다. 노먼과 마주치면 집까지 함께 걸어가야 하는데, 그런 일은 썩 내키지 않았다. 그래서 로즈메리는 노먼이 자기를 못 보고 지나치기를 기대하며 샘가의 단풍나무 숲 뒤로 몸을 숨겼다. 하지만 노먼은 로즈메리를 알아보았을 뿐 아니라 심지어 뒤쫓아 갔다. 언젠가부터 노먼은 로즈메리와 이야기하고 싶어 했지만 그녀는 늘 피해 다녔다. 그를 별로 좋아하지 않았기 때문이다. 허세를 부리고 성미가 고약하며 말투까지 요란한 그는 로즈메리의 호감을 살 만한 구석이 하나도 없었다. 예전에도 그녀는 엘런이 왜 저런 사람을 좋아하는지 의아해하곤 했다.

노먼 더글러스는 로즈메리의 속마음을 분명하게 알고 있었지만 그냥 웃어넘겼다. 원래 그는 사람들이 자기를 어떻게 생각하든 전혀 상관하지 않았다. 자기를 싫어한다고 해서 고대로 되갚아주지도 않았고, 심지어 칭찬으로 받아들이기까지 했다. 그는 로즈메리를 반듯한 아가씨라고 생각했으며, 자기는 그에 걸맞게 훌륭하고 너그러운 형부가 될 생각이었다. 하지만 형부가 되려면 일단 로즈메리와 이야기부터 나눠야 했다. 그래서 글렌세인트메리 마을의 가게 입구에 서 있다가 잉글사이드에서 나오는 로즈메리를 보자 무지개 골짜기까지 따라온 것이다.

로즈메리는 단풍나무 줄기에 앉아 생각에 잠겼다. 거의 1년 전 저녁에 메러디스 목사가 앉아 있었던 바로 그 자리였다. 고사리로 둘러싸인 샘은 물결이 일면서 반짝반짝 빛났다. 루비처럼 붉은 석양이 아치 모양의 가지 사이로 내려앉았다. 그녀 곁에는 껑충한 과꽃이 무더기로 피어 있었다. 요정의 은신처를 떠올리게 하는 이 샘가는 꿈결 같고 매혹적이지만 금세 사라질 듯 보였다. 그런데 노먼 더글러스가 갑자기 뛰어들어 그 아름다운 세계를 깨뜨려버렸다. 모든 것은 순식간에 사라지고 덩치 큰 붉은 수염 사내만 그곳에 남았다.

"안녕하세요."

로즈메리는 자리에서 일어나 쌀쌀맞게 인사했다. 노먼은 상대의 기분 따위에는 아랑곳하지 않고 혼자 흐뭇해하며 주저리주저리 떠들어댔다.

"안녕하시오, 아가씨. 일어설 것 없어요. 나랑 얘기 좀 합시다. 이런, 왜 날 그런 눈으로 보는 거요? 누가 잡아먹기라도 한답디까? 저녁은 벌써 먹었으니 안심해요. 거 사람이 말하면 앉아서 듣는 게 예의잖소."

로즈메리가 대꾸했다.

"여기서도 하시는 말씀은 잘 들려요."

"귀가 있으니 잘 들리겠지. 그냥 편하게 있으라고 한 말이요. 거기 서 있는 게 영 불편해 보이거든. 어쨌든 난 앉겠소."

말을 마친 노먼은 메러디스 목사가 앉았던 바로 그 자리에 앉았다. 두 사람의 모습이 어찌나 다른지 로즈메리는 웃음을 참느라 애먹었다. 노먼은 모자를 벗은 다음 커다랗고 붉은 손을 무릎 위에 얹더니 눈동자를 반짝이며 한동안 로즈메리를 올려다보다가 미소 지었다.

"자, 아가씨. 너무 뻣뻣하게 굴지 말아요. 우리 현명하고 이성적으로 대화해봅시다. 터놓고 이야기해보자고요. 아가씨한테 물어보고 싶은 게 있어요. 엘런은 차마 말을 못 꺼내겠다고 하니 별수 있나? 내가 할 수밖에…."

상대의 환심을 사려는 듯한 표정과 말투였다. 로즈메리는 가만히 샘을 내려다보았다. 마치 이슬 한 방울 크기로 줄어든 것처럼 보였다. 그러자 노먼은 어쩔 줄 몰라 하며 화를 버럭 냈다.

"제기랄, 사람 좀 도와달라니까."

로즈메리가 경멸하듯 물었다.

"뭘 도와달라는 거죠?"

"내가 무슨 말을 하는지 이미 알고 있잖소. 괜히 딱딱하게 굴지 말아요. 엘런이 당신을 무서워하는 것도 놀랄 일은 아니구먼. 이봐요, 아가씨. 나는 엘런과 결혼하고 싶어요. 아주 쉬운 말이니까 똑똑히 이해했죠? 그런데 엘런은 자기가 했던 바보 같은 약속 때문에 당신의 허락 없이는 결혼할 수 없다는 거요. 그래서 말인데, 그 약속을 없던 일로 해주지 않겠소? 그럴 수 있겠냔 말이오."

로즈메리가 짧게 대답했다.

"네."

노먼은 벌떡 일어나더니 로즈메리의 손을 억지로 잡았다.

"좋아! 당신이 그렇게 말할 줄 알았다니까. 엘런에게도 내가 단박에 해결하겠다고 장담했지. 자, 그럼 당신이 직접 엘런한테 말해줘요. 우린 두 주 뒤에 결혼할 거요. 그럼 당신도 우리 집에 와서 같이 사는 겁니다. 우린 당신을 언덕 꼭대기에 혼자 내버려두지 않을 거니까. 아, 걱정하지 않아도 돼요. 당신이 날 싫어한다는 건 잘 알고 있거든. 하지만 싫어하는 사람하고 같은 집에서 사는 것도 무척 재미있을 거요. 인생에 풍미를 더해줄 양념이랄까? 엘런이 날 화끈하게 구워놓으면 당신이 차갑게 얼려주는 거요. 그러면 지루할 틈이 없겠지."

로즈메리는 입을 다물었다. 그가 무슨 말로 꾀어도 같이 살

마음이 전혀 없었지만, 그 자리에서 굳이 말할 필요는 없었기 때문이다. 노먼이 의기양양해하며 마을로 돌아가자 그녀는 언덕 위의 집으로 천천히 걸음을 옮겼다. 킹즈포트에서 돌아온 뒤로 그녀는 언젠가 이런 일이 일어날 줄 예상하고 있었다. 노먼 더글러스가 거의 매일 밤 찾아왔기 때문이다. 평소 엘런과 대화할 때 둘 중 누구도 그의 이름을 입에 올린 적이 없지만, 언급을 피하는 것 자체가 의미심장한 일이라는 뜻이었다. 로즈메리는 서운한 일을 당해도 좀처럼 누군가를 야속하게 여기지 않았다. 만약 그런 성격이었다면 엘런을 원망했을 것이다. 그동안 로즈메리는 쌀쌀맞지만 정중한 태도로 노먼을 맞이했으며 엘런에게도 평소와 똑같이 대했다. 하지만 엘런은 두 번째 청혼을 받은 뒤로 안절부절못하고 있었다.

로즈메리는 세인트 조지를 데리고 정원에 나와 있던 엘런과 집 앞에서 마주쳤다. 세인트 조지는 반들반들한 검은색 꼬리를 하얀 발 주위로 말아놓고 두 사람을 가로지르는 자갈길에 앉아 있었다. 먹고살 걱정 없는 고양이답게 생김새가 말쑥했으며 인간사에는 무관심해 보였다.

"이런 것 처음 보지? 우리가 가꾼 달리아 중에서 가장 예뻐."

엘런이 자랑스러운 얼굴로 말했다. 하지만 로즈메리는 달리아를 좋아하지 않았다. 언니가 좋아하는 꽃을 심도록 양보했을 뿐이다. 화단을 바라보던 로즈메리는 진홍색과 노란색이 뒤섞인 달리아 한 송이가 유독 크게 자란 것을 발견했다.

"저 달리아는 꼭 노먼 더글러스 같네. 쌍둥이 동생이라고 해도 될 정도야."

엘런의 짙은 얼굴이 빨갛게 물들었다. 그녀도 로즈메리가 말한 그 꽃을 좋아했다. 하지만 로즈메리는 평소 그 꽃에 아무런 관심도 보이지 않았다. 따라서 지금 한 말은 결코 칭찬이 아니었다. 그렇다고 로즈메리에게 화를 낼 수는 없었다. 지금은 그런 말을 들어도 원망할 처지가 아니었기 때문이다. 또한 로즈메리가 노먼의 이름을 언급한 것도 그때가 처음이었다. 엘런은 이것이 앞으로 일어날 일의 전조처럼 느껴졌다.

로즈메리가 언니를 똑바로 쳐다보며 말했다.

"집에 오다가 무지개 골짜기에서 노먼 더글러스를 만났어. 만약 내가 허락해준다면 언니와 결혼하고 싶다던데? 언니도 같은 마음이고."

엘런이 물었다.

"그래서, 넌 뭐라고 대답했니?"

엘런은 애써 태연한 척했지만 동생의 눈을 똑바로 쳐다볼 수 없었다. 그래서 세인트 조지의 매끈한 등만 내려다보았다.

'로즈메리가 과연 어떻게 대답했을까?'

만약 허락해준다고 했더라도 마냥 기쁘지는 않을 것이다. 과거의 일이 부끄럽고 후회스러워서 신부가 되더라도 마음이 불편할 게 뻔했기 때문이다. 로즈메리가 강하게 반대해도 문제였다. 엘런은 그동안 노먼 더글러스 없이 잘 살아왔지만, 이제는 그럴 수 없게 되었다. 게다가 다시는 홀로 사는 법을 배울 수 없을 것만 같았다.

로즈메리가 말했다.

"두 사람이 원한다면 언제든 결혼해도 괜찮다고 말해줬어."

"고마워."

엘런은 여전히 세인트 조지만 보고 있었다. 이윽고 순간 로즈메리가 부드러운 표정으로 다정하게 말했다.

"난 언니가 행복했으면 좋겠어."

엘런이 어쩔 줄 몰라 하며 얼굴을 들었다.

"로즈메리, 정말 부끄럽구나. 난 그런 말을 들을 자격이 없어. 내가 그동안 너한테 얼마나 모진 말을 했는지…."

로즈메리가 재빨리 언니의 말을 잘랐다.

"이제 그 이야기는 그만해."

"하지만, 그래도…. 아무튼 너도 이젠 자유니까 더 늦기 전에 존 메러디스 목사님과…."

"엘런 웨스트!"

로즈메리가 단호하게 외쳤다. 다정한 그녀도 때에 따라서는 똑 부러진 면을 보였는데, 그런 성향이 지금 푸른 눈으로 뿜어져 나오고 있었다.

"지금 제정신이야? 나더러 존 메러디스를 찾아가서 '목사님, 제가 마음을 바꿨어요. 그러니 목사님의 마음도 아직 그대로였으면 좋겠네요'라고 사정이라도 하라는 거야? 내가 정말 그랬으면 좋겠어?"

"아니, 아니. 그건 절대 아니야! 그래도 그런 이야기를 넌지시 꺼내면 메러디스 목사님은 네게 돌아올 거야."

"아니! 그분은 날 경멸할걸? 당연히 그러겠지. 더는 그런 말을 꺼내지도 마. 난 언니를 원망하지 않아. 그러니까 언니는 좋아하는 사람하고 결혼해. 하지만 내 일에는 참견하지 마."

"그럼 앞으로 계속 나랑 같이 살자. 널 여기 혼자 내버려두지는 않을 거야."

"내가 정말 노먼 더글러스 집에서 살 수 있을 거라 생각해?"

엘런은 면목 없으면서도 화가 났다.

"안 될 건 없잖아?"

로즈메리는 웃기 시작했다.

"언니의 유머 감각 하나는 정말 알아줘야겠네. 내가 그렇게 할 것 같아?"

"왜 그럴 수 없다는 건지 이유를 모르겠어. 노먼의 집은 아주 넓고 네 방도 따로 있을 거야. 그 사람은 널 신경도 안 쓸 텐데."

"난 그럴 생각이 전혀 없어. 그러니 그 이야기는 두 번 다시 꺼내지도 마."

엘런은 굳은 얼굴로 단호하게 말했다.

"정 그렇다면 난 그 사람이랑 결혼하지 않을 거야. 널 여기 혼자 둘 순 없어."

"무슨 말도 안 되는 소리를 하는 거야?"

"말이 안 되긴 왜 안 돼? 난 분명하게 결심했어. 네가 외따로 떨어진 이곳에서 혼자 산다는 건 생각만 해도 어처구니없는 일이야. 나랑 같이 가지 않겠다면 나도 너랑 여기 있을 거야. 이제 더는 이 문제를 왈가왈부하지 말자."

"왈가왈부는 노먼에게 넘겨야겠네."

"노먼은 내가 알아서 할게. 그 정도는 내가 감당할 수 있어. 내가 너한테 약속을 취소해달라고 부탁한 적은 지금껏 한 번도 없었어. 하지만 노먼한테는 내가 왜 결혼할 수 없는지 털어놓아야 했고, 그러자 그가 네 의향을 물어보겠다고 한 거야. 도저히 그를 말릴 수 없었어. 로즈메리, 너만 자존심이 있는 건 아니야. 결혼해서 널 여기 혼자 두고 떠나겠다는 생각은 절대 안 했어. 내가 너만큼 결단력이 있다는 걸 너도 알게 될 거야."

로즈메리는 몸을 돌리더니 어깨를 으쓱하면서 집 안으로 들어갔다. 엘런은 이 대화가 이어지는 동안 눈썹 한 번 깜빡거리지도 않고 수염 하나 까딱하지도 않은 채로 앉아 있는 세인트 조지를 내려다보았다.

"세인트 조지, 남자가 없으면 세상은 참 지루하겠지? 그건 인정해. 하지만 때로는 남자가 한 명도 없었으면 좋겠어. 바로 지금 남자 때문에 생긴 문제를 좀 보라고. 우리의 행복했던 생활을 뿌리까지 흔들어놨잖아. 메러디스 목사님이 시작하고 노먼 더글러스가 마무리했지. 지금 둘 다 '지옥의 변두리'•에 가 있는 신세야. 독일 황제가 지구에서 가장 위험한 생명체라는 데 동의하는 사람은 노먼뿐이지. 그런데 난 이 현명한 사람과 결혼할 수 없어. 동생은 고집이 세고 나는 그보다 더한 고집쟁이니까. 세인트 조지, 내 말 좀 들어봐. 로즈메리가 새끼손가락만 까딱거려도 메러디스 목사님은 돌아올 거야. 하지만 로즈메리는 절대 그러지 않겠지. 손가락을 움직일 생각조차 하지 않을 거라고. 물론 난 참견할 엄두도 못 낼 테지. 그렇다고 해서 난 언짢

• 원문은 limbo(고성소)다. 고성소는 가톨릭교에서 천국이나 지옥 혹은 연옥 그 어디에도 가지 못하는 사람들이 머무르는 장소를 말한다. 여기서는 앞으로 어떻게 될지 알 수 없어 불확실한 상태를 가리키는 뜻으로 쓰였다.

아하지는 않을 거야. 로즈메리도 그러지 않을 테니까. 이런 이야기를 하면 노먼은 난리를 치겠지? 그런데 이러니저러니 해도 우리처럼 나이 먹은 바보들은 결혼 생각을 아예 접어야 해. 그래, '절망은 자유민의 것이요 희망은 노예의 것이다'•라는 말도 있잖아. 그러니 이제 집에 들어가자, 세인트 조지. 우유 한 접시 줄게, 너라도 힘내. 그래야 이 언덕에 행복한 생명체가 적어도 하나는 남아 있을 테니까."

• 미국 작가 엘런 글래스고(1873-1945)의 시 〈자유민〉의 한 구절

33장

칼은 한 대도 맞지 않았다

"너희한테 꼭 해줘야 할 이야기가 있어."

메리 밴스가 비밀스레 말을 꺼냈다. 조금 전 플래그 씨네 가게에서 만난 메리와 페이스와 우나는 팔짱을 낀 채 마을을 가로질러 가고 있었다. 메리가 입을 열자 우나와 페이스는 "이제부터 뭔가 안 좋은 말을 하려는 거야"라는 뜻의 눈빛을 주고받았다. 이제껏 메리가 꼭 해줘야 한다며 꺼냈던 이야기치고 유쾌한 내용은 거의 없었다. 이런 일이 계속되는데도 왜 메리 밴스를 좋아하는지, 우나와 페이스는 자기들의 속마음을 이해할 수 없었다. 메리가 재미있고 함께 있으면 즐거운 친구인 것만큼은 분명했다. 다만 무언가 말해주는 것이 자기의 의무인 양 여기지 않는다면 친구로서 나무랄 데가 없을 것이다.

"로즈메리 웨스트가 너희 아빠의 청혼을 거절했대. 알고 있었니? 너희처럼 장난이 심한 아이들을 바르게 키울 자신이 없어서 그랬다는 거야."

내색은 하지 않았지만 아버지가 재혼하지 않기를 바랐던 우나는 기뻐서 가슴이 떨렸다. 하지만 페이스는 무척 실망했다.

페이스가 물었다.

"네가 그걸 어떻게 알아?"

"다들 그렇게 말하던걸. 난 엘리엇 아주머니랑 블라이드 아주머니가 대화하는 걸 들었어. 두 분은 내가 멀리 있어서 말소리가 안 들릴 거라고 생각했겠지만, 난 고양이처럼 귀가 밝잖아. 엘리엇 아주머니는 너희에 대해 워낙 안 좋은 소문이 돌아서 로즈메리가 새엄마가 되기를 주저하는 게 틀림없다고 그랬어. 너희 아빠도 지금은 언덕 위의 집에 가지 않잖아. 노먼 더글러스 아저씨도 그렇고. 사람들 말로는 엘런이 그 아저씨를 차버렸대. 옛날에 버림받았던 일을 복수하려고 그랬다는 거야. 하지만 노먼 아저씨는 반드시 엘런과 결혼할 테니 두고 보라고 장담하더라. 어쨌든 너희가 아빠의 결혼을 망쳤다는 사실은 알아둬야 할 것 같아. 정말 안됐어. 너희 아빠는 머지않아 재혼해야 할 텐데, 로즈메리 웨스트처럼 좋은 아내는 얻지 못할 테니까."

우나가 말했다.

"새엄마는 죄다 잔인하고 나쁘다고 네가 그랬잖아."

메리는 당황해서 둘러댔다.

"그야, 뭐…. 그런 사람이 대부분인 건 확실해. 하지만 로즈메리 웨스트는 누구에게도 못되게 굴지 않을 거야. 그런데 만약 너희 아빠가 마음을 바꿔서 에멀라인 드루와 결혼한다면, 너희는 아마 후회하겠지? '로즈메리가 무서워서 도망치지 않도록 좀 더 얌전히 굴걸' 하면서 아쉬워할 거야. 너희에 관한 소문이 너무 나쁘게 난 건 비극이야. 너희 때문에 아빠가 괜찮은 여자랑 결혼할 수 없게 된 거잖아. 물론 그중 절반쯤은 사실이 아니라는 걸 나도 알아. 하지만 일단 그런 말이 돌면 돌이키기 힘들어. 요전 날 제리와 칼이 스팀슨 할머니네 집 창문에 돌을 던졌다고 말하는 사람들도 있는데, 알고 보니 범인은 보이드 아저씨네 두 아이였잖아. 하지만 카 할머니의 마차에 뱀장어를 넣은 건 칼이 맞을 것 같아서 걱정돼. 처음에는 데이비스 아주머니의 말 외에 확실한 증거가 없으면 믿지 않겠다고 했지. 엘리엇 아주머니의 얼굴을 똑바로 보면서 그렇게 말했다고."

페이스가 소리쳤다.

"칼이 뭘 어쨌다고 그러는 거야?"

"이건 사람들의 말을 그대로 전하는 거니까 나한테 뭐라고 해봤자 소용없어. 칼과 남자아이들 여럿이 지난 주 어느 날 저녁 다리 위에서 뱀장어 낚시를 하고 있었대. 그때 카 할머니가 낡아서 덜컹거리는 마차를 타고 지나가자 칼이 벌떡 일어나더니 커다란 뱀장어를 지붕 없는 마차 뒤쪽에 집어던졌다는 거야. 아무것도 모르는 카 할머니가 잉글사이드 옆을 지나 언덕을 올라가고 있을 때 큰일이 벌어졌지. 뱀장어가 발 사이로 꿈틀거리며 기어갔거든. 혼비백산한 카 할머니는 뱀이 들어온 줄 알고 비명을 지르며 마차에서 뛰어내렸어. 말은 놀라서 도망쳤는데, 그래도 집 마구간으로 달려갔으니까 잃어버린 물건은 없었어. 하지만 카 할머니는 발을 심하게 접질렸고, 그 뒤로는 뱀장어 생각만 해도 몸이 덜덜 떨린대. 그 일로 다들 칼을 욕하고 있어. 가엾은 노인에게 그런 장난을 치다니, 정말 형편없는 아이라는 거야. 생김새와 다르게 카 할머니는 괜찮은 분이거든."

페이스와 우나는 얼굴을 마주보았다. 이 일은 선행 클럽에서 다뤄야 할 문제였고 메리와 이러쿵저러쿵할 필요는 없었다.

그때 메러디스 목사가 옆을 지나가자 메리가 말했다.

"저기 너희 아빠다. 어? 이쪽은 쳐다보지도 않고 지나가시네. 우리가 여기 있는 줄도 모르실 거야. 뭐, 나야 익숙하니까 아무렇지도 않지만 이런 걸로 속상해하는 사람들이 있더라."

메러디스 목사는 실제로 아이들을 보지 못했다. 하지만 평소처럼 생각에 빠진 채로 걸어가느라 그랬던 것은 아니었다. 그는 무척 초조하고 괴로운 마음으로 언덕을 올라가고 있었다. 조금 전 데이비스 부인에게 뱀장어 소동을 들었기 때문이다. 카 부인과 팔촌 사이인 데이비스 부인은 그 일로 단단히 화가 나 있었다. 그리고 메러디스 목사는 단지 화가 난 게 아니라 상처받고 충격에 빠져 있었다. 그는 칼이 이런 짓을 하리라고는 생각도 못 했다. 평소 가벼운 장난이나 잘 모르고 한 일에는 관대한 편이었지만 이 일은 달랐다. 악의를 품은 행동으로 볼 수밖에 없었기 때문이다. 목사가 집에 돌아왔을 때 칼은 잔디밭에서 말벌 떼의 행동과 습성을 관찰하고 있었다. 메러디스 목사는 칼을 서재로 부른 뒤 지금껏 아이들에게 보여준 적 없었던 엄한 얼굴로 떠도는 이야기가 사실인지 물었다.

"네, 맞아요."

비록 얼굴은 새빨개져 있었지만 칼은 용감하게 아버지의 눈을 바라보며 대답했다. 메러디스 목사는 끙, 앓는 소리를 냈다. 적어도 과장된 소문이었기를 바랐던 것이다.

"그 일을 처음부터 끝까지 전부 이야기해다오."

"아이들하고 다리 위에서 뱀장어 낚시를 하고 있었어요. 링크 드루는 끝내주는 걸 잡았죠. 정말 큰 뱀장어였어요. 그렇게 큰 건 처음 보니까요. 낚시를 시작하고 나서 얼마 있다가 잡았는데, 한참 후에 살펴보니 그 녀석이 어롱 속에서 움직이지 않는 거예요. 그래서 죽었나 보다 생각했죠. 그때 카 할머니가 마차를 타고 다리를 지나가다가 우리를 말썽꾸러기라고 부르면서 얼른 집으로 돌아가라고 꾸중했어요. 그렇지만 우린 한 마디도 대꾸하지 않았어요. 정말이에요! 그런데 할머니가 가게에 들렀다가 다시 이쪽으로 지나가자 아이들이 뱀장어를 마차에 던져 넣으라고 부추기는 거예요. 그래서 그렇게 했어요. 이미 죽었으니까 아무런 문제도 없을 거라 생각했거든요. 그런데 마차가 언덕까지 갔을 때 갑자기 뱀장어가 다시 살아났나봐요. 그 바람에 할머니가 비명을 지르며 마차에서 뛰어내린 거예요. 그때 전 큰 잘못을 저질렀다는 걸 깨달았어요. 그게 다예요, 아버지."

메러디스 목사가 우려했던 것과는 달랐지만, 그래도 칼이 나쁜 짓을 한 것은 분명했다. 목사는 슬픈 얼굴로 말했다.

"칼, 벌을 받아야겠다."

"네. 알아요, 아버지."

"난 네게 매를 들 거야."

회초리로 맞은 적이 없었던 칼은 순간 움찔했다. 하지만 아버지의 슬픈 표정을 보고는 일부러 쾌활하게 말했다.

"알았어요, 아버지."

하지만 메러디스 목사는 이런 반응을 보면서 칼이 잘못을 뉘우치지 않았다고 오해했다. 목사는 저녁 식사를 마친 뒤 서재로 다시 오라고 말하며 칼을 내보냈다. 그러고는 의자에 털썩 주저앉아 신음했다. 저녁때가 오는 것이 두려웠다. 칼보다 일곱 배는 더 초조했을 것이다. 아이를 어떻게 벌주어야 할지도 몰라서 머릿속이 복잡했다. 남자아이의 엉덩이를 무엇으로 때리면 좋을까? 몽둥이나 지팡이는 너무 잔인하다. 얇은 나뭇가지는 어떨까? 하지만 그러려면 얼른 숲으로 달려가 나뭇가지를 꺾어 와야 한다. 체벌 도구를 구하러 가야 하다니, 생각만 해도 기가 막혔다. 그러다가 목사는 머릿속으로 어떤 모습을 떠올렸다. 뱀장어 때문에 놀란 카 부인의 쭈글쭈글한 얼굴이었다. 부인이 마차 바퀴 위를 마녀처럼 뛰어넘는 장면도 눈에 선했다. 그러자 웃음이 절로 나왔다. 한편으로는 그런 자신에게 화가 났고 칼에게는 더더욱 화가 났다.

'당장 잔가지를 구해와야겠어. 잘 휘어지지 않는 게 좋겠지?'

칼은 페이스와 우나에게 이 일을 이야기했다. 칼이 매를 맞을 것이라는 말을 듣자 두 아이는 등골이 오싹해졌다. 메러디스 목사는 한 번도 아이들에게 손댄 적이 없었기 때문이다. 다만 회초리로 맞는 것이 정당한 벌이라는 의견에는 다들 동의했다.

페이스가 한숨을 쉬었다.

"너도 네가 심한 일을 한 건 인정하지? 그런데도 선행 클럽에 알리지 않았잖아."

칼이 말했다.

"깜빡했지 뭐. 그리고 설마 그렇게 큰일이 일어날 줄은 몰랐어. 할머니가 다리를 접질리신 줄도 몰랐으니까. 아무튼 매를 맞기로 했으니 그걸로 된 셈이지."

칼의 손을 살짝 잡으며 우나가 말했다.

"매를 맞으면 많이 아프겠지?"

칼이 아무렇지도 않은 듯 말했다.

"괜찮을 거야. 아무리 아파도 울지 않을래. 내가 울면 아빠가 무척 속상해하실 테니까. 지금도 얼마나 괴로워하시는지 몰라. 아빠 대신 내가 스스로 매를 세게 때릴 수 있었으면 좋겠어."

칼은 저녁을 먹는 둥 마는 둥했고 메러디스 목사는 손도 대지 않았다. 식사가 끝나자 두 사람은 말없이 서재로 들어갔다. 탁자 위에 회초리가 놓여 있었다. 메러디스 목사는 적당한 나뭇가지를 찾느라 무척 애먹었다. 처음에 꺾은 가지는 가늘어 보였다. 칼은 변명할 수 없는 잘못을 저지르지 않았던가. 그래서 다시 하나를 꺾었다. 이번에는 너무 굵었다. 어쨌든 칼은 뱀장어가 죽었다고 생각하지 않았던가. 세 번째 가지가 회초리로 적당할 것 같았다. 그런데 막상 탁자에서 회초리를 집어 들자 너무 굵고 무겁게 느껴졌다. 회초리가 아니라 몽둥이 같았다.

메러디스 목사가 칼에게 말했다.

"손 내밀어."

칼은 고개를 당당히 들고 용감하게 손을 내밀었다. 하지만 아직 어린아이인지라 두려운 기색까지는 감출 수 없었다. 메러디스 목사는 겁먹은 칼의 눈을 바라보았다. 아, 그것은 서실리아의 눈이었다! 언젠가 봤던 서실리아의 눈, 말하기 힘든 일을 전

하러 왔을 때 지었던 그 표정이 칼의 작고 하얀 얼굴에 그대로 드러나 있었다. 문득 6주 전의 그날 떠올랐다. 이 작은 아이가 죽을까 봐 걱정하며 얼마나 길고 끔찍한 밤을 보냈던가.

목사는 회초리를 내려놓았다.

"그만 나가거라. 난 널 도저히 때릴 수가 없구나."

칼은 아버지의 표정을 보면서 차라리 매를 맞는 게 낫다고 생각했다. 하지만 아버지의 말을 거역할 수 없었다. 서재에서 나온 칼은 곧장 묘지로 달려갔다.

"벌써 벌을 다 받은 거야?"

페이스가 물었다. 페이스와 우나는 폴록의 비석에서 손을 꼭 잡은 채 이를 악물고 있었다. 칼이 끝내 흐느끼면서 대답했다.

"아빠는, 날 한 대도, 때리지 않으셨어. 차라리, 맞는 게, 나았을 텐데…. 아빠는, 지금 무척 슬퍼하고 계셔."

우나는 슬그머니 그 자리를 빠져나왔다. 얼른 가서 아버지를 위로하고 싶었다. 우나는 생쥐처럼 살금살금 서재 문을 열고 안으로 들어갔다. 황혼도 이미 저물어 서재 안은 어둑어둑했다. 우나는 손으로 머리를 감싸고 책상 앞에 앉아 있는 아버지의 뒷모습을 가만히 바라보았다. 아버지는 혼잣말을 하고 있었다. 고뇌에 찬 단어가 끊어졌다 이어지기를 반복했다. 하지만 우나는 다 들었다. 그리고 이해했다. 예민한 아이가 어머니까지 여의면 문득문득 삶의 깊은 이치를 깨닫는 법이다. 우나는 들어왔을 때처럼 조용히 나가면서 문을 닫았다. 메러디스 목사는 누가 들어왔다가 나간 것조차 알아차리지 못한 채 자기의 고통스러운 심정을 토로하고 있었다.

34장

우나, 언덕 위의 집을 찾아가다

우나는 2층으로 올라갔다. 칼과 페이스는 막 떠오른 달의 풋풋한 빛을 받으며 무지개 골짜기로 가고 있었다. 요정의 음악 같은 제리의 주즈하프 연주를 듣고 블라이드네 아이들이 그곳에 모여 즐겁게 놀고 있으리라 짐작한 것이다. 하지만 골짜기에 가고 싶지 않았던 우나는 방에 들어가 침대에 앉았다. 그리고 끝내 울음을 터뜨렸다. 우나는 어머니의 자리에 누가 오는 것이 싫었다. 자기를 미워할 뿐 아니라 아버지와도 멀어지게 만들 새엄마 따위는 필요 없었다. 하지만 아버지가 행복해질 수만 있다면 무슨 일이라도 해야 했다. 지금 우나가 할 수 있는 일은 하나밖에 없었다. 그게 무엇인지는 서재를 나서는 순간부터 알고 있었지만, 좀처럼 엄두가 나지 않았다.

실컷 울고 나서 마음이 한결 가벼워진 우나는 눈물을 훔치며 손님방으로 갔다. 방 안은 어두웠고 퀴퀴한 냄새가 코를 찔렀다. 블라인드가 드리워진 데다 창문도 오랫동안 닫혀 있었기 때문이다. 마사 할머니가 신선한 공기를 싫어하는 건 아니었다. 단지 아무도 문을 여닫는 일에 신경 쓰지 않았을 뿐이다. 그러다 보니 이 집을 방문한 목사들은 운 나쁘게도 탁한 공기를 마시며 하룻밤을 지내야 했다.

손님방에는 옷장이 있었고 옷장 가장 깊숙한 곳에는 색이 바랜 비단 드레스가 걸려 있었다. 우나는 옷장 속으로 들어가 문을 닫은 뒤 무릎을 꿇고 부드러운 주름에 얼굴을 가져다 댔다. 이 옷은 어머니의 웨딩드레스였다. 달콤하고 은은한 향기가 났다. 어머니의 사랑이 여전히 배어 있는 듯했다. 여기 올 때마다 어머니가 바로 옆에 있는 것처럼 느껴졌다. 어머니 무릎에 머리를 대고 있는 것만 같았다. 아주 드물기는 했지만, 우나는 힘든 일이 있을 때마다 이곳을 찾았다.

우나가 회색빛 비단 드레스에 대고 속삭였다.

"엄마, 난 엄마를 세상에서 가장 사랑해요. 앞으로도 절대 잊지 않을 거예요. 하지만 난 그 일을 할 수밖에 없어요. 지금 아빠가 너무 힘드시니까요. 엄마도 아빠가 불행하길 바라는 건 아니죠? 난 그분을 친절하게 대할 거예요. 메리 밴스가 말한 새엄마 같다고 해도, 그분을 사랑하려고 노력할 거예요."

자기만의 비밀 공간에서 힘을 얻은 우나는 그날 밤 편안히 잠들었다. 사랑스러운 얼굴에는 눈물자리가 남아 있었다.

다음 날 오후 우나는 가장 좋은 드레스를 입고 가장 좋은 모자를 썼다. 그렇지만 옷차림은 무척 초라해 보였다. 글렌세인트메리 마을의 여자아이들 중에서 올여름에 새 옷을 입지 못한 아이는 페이스와 우나뿐이었다. 심지어 메리 밴스도 흰색 실로 수놓고 진홍색 비단 띠와 리본이 달린 드레스를 입고 있었다. 하지만 우나는 그런 것에 주눅 들지 않았고 그저 단정해 보이려고 애썼다. 세수도 깨끗이 하고 새틴처럼 매끄럽게 보일 때까지 검은 머리를 열심히 빗었다. 그런 다음 가장 좋은 스타킹을 꺼내서 올이 풀린 두 곳을 꿰매어 신고 구두끈을 조심스럽게 묶었다. 구두를 검게 칠하고 싶었지만 구두약을 찾을 수 없었다. 모든 준비를 마친 우나는 목사관을 빠져나와 언덕 위의 집으로 향했다. 무지개 골짜기를 지나고 나무들이 속삭이는 숲을 따라 올라가 마침내 그 집에 도착했을 때는 기진맥진한 상태였다. 꽤나 먼 거리를 걸어온 데다 날도 더웠기 때문이다.

우나는 로즈메리 웨스트가 정원 나무 아래에 앉아 있는 것을 보고 달리아 화단을 지나 살금살금 다가갔다. 로즈메리는 무릎 위에 책을 펼쳐둔 채로 멀리 항구 쪽을 바라보면서 생각에 잠겨 있었다. 무언가 슬픈 일이 있는 듯했다.

요즈음 언덕 위의 집 분위기는 전처럼 즐겁지 않았다. 엘런은 마음이 벽돌처럼 단단한 사람이라 부루퉁한 표정을 짓지 않았다. 하지만 감정이라는 것은 말로 표현하지 않아도 자연스레 느껴지는 법이다. 가끔씩 두 여인 사이에 감도는 침묵은 그 무엇보다 많은 이야기를 담고 있었다. 한때는 삶을 활기차게 만들어 주었던 익숙한 것들이 지금은 쓰디쓴 맛을 내고 있었다.

노먼 더글러스는 주기적으로 들이닥쳐서 엘런을 괴롭히기도 하고 달래기도 했다. 로즈메리는 그가 엘런을 이 집에서 데리고 나가야 이런 일이 끝날 것이라 믿었다. 그렇게 마무리되면 자기도 홀가분해질 것 같았다. 이곳에서 혼자 지내는 것이 무척 쓸쓸하겠지만, 더는 폭탄을 안고 살지 않아도 되기 때문이다.

누군가 살며시 어깨를 건드리는 바람에 로즈메리는 불쾌한 몽상에서 깨어났다. 뒤를 돌아보니 우나 메러디스가 서 있었다.

"어머, 우나! 이렇게 더운데 여기까지 걸어서 올라온 거야?"

"네, 맞아요. 제가 여기 온 건, 그러니까…."

우나는 자기가 온 이유를 차마 말할 수 없었다. 목소리는 안으로 기어들어 갔고 눈에는 눈물이 가득 고였다.

"우나, 왜 그러니? 겁내지 말고 무슨 일인지 말해보렴."

로즈메리는 팔을 뻗어 조그맣고 가냘픈 우나의 몸을 감싸며 가까이 끌어당겼다. 로즈메리의 눈은 참 아름다웠고 손길도 무척 부드러웠다. 그래서 우나는 용기를 낼 수 있었다.

"부탁하러, 왔어요. 아빠랑, 결혼해주세요."

로즈메리는 무척 당황했다. 한동안 아무런 말도 할 수 없어서 멍하니 우나를 바라보기만 했다. 그러자 우나가 간청했다.

"아, 제발 화내지 마세요. 사람들이 그러는데, 로즈메리 웨스트는 우리 때문에 아빠랑 결혼하지 않는 거래요. 우리는 참 나쁜 아이들이니까요. 그 일로 아빠가 무척 속상해하셨어요. 그래서 우리가 일부러 나쁜 짓을 하는 게 아니라는 말을 하려고 여기 온 거예요. 만약 아빠랑 결혼해주기만 한다면, 우린 착하게 굴고 뭐든지 시키는 대로 할 거예요."

로즈메리는 재빨리 이 상황을 헤아려보았다. 사람들이 함부로 넘겨짚고 떠들어댄 말이 우나에게 잘못된 생각을 심어준 것 같았다. 그래서 솔직하고 진지하게 말했다.

"우나, 내가 네 아버지와 결혼할 수 없는 이유는 너희 때문이 아니야. 그런 생각은 해보지도 않았어. 그리고 너희는 나쁜 아이들이 아니야. 난 한 번도 그렇게 느낀 적이 없단다. 내가 결혼할 수 없는 건, 다른 이유가 있기 때문이야."

우나는 서운한 표정으로 올려다보며 물었다.

"혹시 우리 아빠를 싫어하시는 건가요? 얼마나 멋진 분인지 모르셔서 그래요. 틀림없이 좋은 남편이 될 거예요."

당혹스럽고 난처한 상황인데도 로즈메리는 미소를 감출 수 없었다. 그러자 우나가 소리쳤다.

"아, 웃지 마세요. 아빠는 지금 무척 힘들어하신다고요!"

로즈메리가 말했다.

"우나, 네가 무언가 오해하고 있는 것 같구나."

"아니에요. 그럴 리 없어요. 아빠는 어제 칼을 회초리로 때리려고 했어요. 칼이 못된 짓을 했거든요. 하지만 결국 그러지 못했어요. 지금껏 한 번도 우리를 때린 적이 없으니까요. 칼은 아빠가 너무 속상해했다고 말했어요. 그래서 난 아빠를 위로하려고 서재로 몰래 들어갔죠. 그러면 늘 좋아하셨거든요. 그런데 아빠는 내가 들어온 것도 모르고 혼잣말을 했어요. 뭐라고 하셨는지 알려드릴게요. 귀에 대고 속삭여도 되죠?"

우나가 소곤거리는 동안 로즈메리의 얼굴이 붉게 물들었다.

'메러디스 목사님은 아직 날 잊지 못하셨구나. 그분 마음은 전혀 변하지 않았어. 정말 그렇게 말씀하셨다면 나를 깊이 사랑하시는 게 틀림없어. 내가 생각했던 것보다 더 깊이!'

로즈메리는 우나의 머리를 쓰다듬으며 한동안 가만히 앉아 있다가 이렇게 말했다.

"우나, 아버지께 내 편지를 전해줄 수 있겠니?"

우나가 간절한 얼굴로 물었다.

"그럼 아빠랑 결혼하실 건가요?"

로즈메리가 다시 얼굴을 붉히며 말했다.

"아마도, 그럴 것 같아. 그분이 날 진심으로 원한다면."

"좋아요. 정말 다행이에요!"

우나가 로즈메리를 올려다보면서 씩씩하게 이야기했다. 하지만 곧 입술을 파르르 떨며 애원했다.

"한 가지 더 부탁드릴게요. 아빠가 우리를 미워하게 만들진 말아주세요. 아빠랑 사이가 나빠지는 건 싫어요."

로즈메리는 깜짝 놀랐다.

"우나 메러디스! 내가 그런 일을 할 거라고 생각하니? 왜 그런 생각을 하게 된 거지?"

"새엄마는 다 그렇게 한다고 메리 밴스가 말해줬어요. 새로 얻은 아이들을 미워할 뿐 아니라 아빠까지 자기 아이들을 싫어하게 만든다고 했어요. 새엄마가 되면 어쩔 수 없대요. 자기도 모르게 변한다고 했단 말이에요."

"세상에, 정말 딱하기도 하지. 그런데도 아버지를 행복하게 해드리려고 여기까지 찾아온 거야? 넌 정말 착한 아이구나. 참 용감한 일을 했어. 엘런 언니가 자주 하는 말처럼 넌 벽돌처럼 단단한 아이야. 메리 밴스는 잘 알지도 못하면서 어리석은 말을 한 거야. 그 아이는 완전히 잘못 알고 있는 것도 많단다. 난 아버지가 너희를 싫어하게 만들 생각은 꿈에도 한 적 없어. 난 너희를 정말 사랑하는걸. 어머니의 자리를 대신 차지하고 싶지도 않아. 그분은 언제까지나 너희 마음속에 계셔야 하거든. 난 새엄마이기보다는 친구가 되고 싶어. 너희를 돌보면서 친하게 지내고 싶단다. 그러면 정말 멋질 거야. 너랑 페이스랑 칼과 제리가 나를 좋은 친구로, 언니나 누나로 생각해준다면 어떨까?"

"좋아요. 정말 멋져요!"

우나가 밝은 얼굴로 외쳤다. 그러면서 자기도 모르게 로즈메리의 목을 끌어안았다. 하늘을 나는 것처럼 행복했다.

"다른 아이들도, 그러니까 페이스와 두 남자아이도 새엄마에 대해 너처럼 생각하고 있니?"

"아뇨. 페이스는 메리 밴스의 말을 절대 믿지 않아요. 메리의 말을 곧이곧대로 믿었다니, 난 정말 바보였네요. 페이스는 정말 기뻐할 거예요. 가엾은 애덤이 잡아먹힌 뒤로 줄곧 아주머니를 좋아했거든요. 제리와 칼도 정말 기뻐할 거예요. 앞으로 같이 살게 되면 요리며 바느질이며 이런저런 집안일을 가르쳐주세요. 난 아직 아무것도 모르거든요. 귀찮게 하진 않을게요. 빨리 배우려고 노력할 거예요."

"내가 아는 건 뭐든지 가르쳐줄게. 대신 오늘 일은 아무한테도 말하면 안 돼. 페이스에게도 비밀이야. 아버지가 말해도 된다고 하실 때까지 모른 척하고 있어야 한단다. 그럼 나랑 차를 마시면서 좀 더 놀다 가겠니?"

우나가 머뭇거렸다.

"고맙습니다. 하지만 얼른 가서 아빠한테 편지를 드리는 게 좋겠어요. 빠르면 빠를수록 아빠가 기뻐하실 테니까요."

"그래, 알았다."

로즈메리는 집 안으로 들어가 편지를 쓴 다음 우나에게 건넸다. 조그마한 아가씨가 두근거리는 행복을 안고 뛰어가자 로즈메리는 뒤쪽 현관에서 콩을 까고 있는 엘런에게 다가갔다.

"언니, 우나 메러디스가 방금 다녀갔어. 자기 아버지랑 결혼해달라고 부탁하러 왔대."

엘런은 고개를 들고 동생의 얼굴을 살펴보았다.

"그래서 결혼할 생각이니?"

"그럴 것 같아."

엘런은 몇 분 정도 계속 콩깍지를 벗겨냈다. 그러다 갑자기 손으로 얼굴을 감쌌다. 짙은 속눈썹에 눈물이 방울방울 맺혔다.

엘런이 흐느낌과 웃음 사이에 있는 목소리로 말했다.

"난, 난 우리 둘 다 행복했으면 좋겠어."

언덕 아래 목사관으로 우나 메러디스가 의기양양하게 들어갔다. 얼굴이 홍당무가 된 우나는 아버지의 서재로 가서 책상에 편지를 떡하니 올려놓았다. 눈에 익은 맑고 고운 필체를 보자 창백했던 목사의 얼굴이 붉어졌다. 목사는 편지를 펼쳤다. 내용은 아주 짤막했지만, 편지를 읽는 순간 목사는 20년 전으로 돌아간 듯한 기분을 느꼈다. 로즈메리가 해질 무렵 무지개 골짜기의 샘가에서 만나자고 했기 때문이다.

35장

오라, 피리 부는 사나이여!

코닐리어가 말했다.

"그렇게 해서 이달 중순쯤 합동결혼식이 열릴 예정이에요."

9월로 접어들자 저녁에는 벌써 쌀쌀해졌다. 앤은 커다란 거실에 쌓아둔 장작으로 불을 지폈다. 불꽃이 요정처럼 우아하게 하늘거렸다. 앤과 코닐리어는 몸을 녹이며 이야기꽃을 피웠다.

앤이 말했다.

"정말 잘됐어요. 특히 메러디스 목사님과 로즈메리 일은 생각만 해도 행복해지네요. 제가 결혼했을 때 어떤 느낌이었는지 새록새록 떠오르기도 해요. 어제저녁 언덕 위의 집에 가서 로즈메리의 혼수품을 구경하고 있으니 마치 제가 다시 신부가 된 것 같더군요."

컴컴한 구석에서 갈색 꼬마를 안고 있던 수전이 말했다.

"어디에 내놓아도 손색없을 만큼 훌륭한 것들이라고 하던데요. 제게도 보러 오라고 했으니 저녁때 짬이 나면 다녀올 생각이에요. 결혼식 때 로즈메리는 하얀 드레스를 입고 베일을 쓸 거래요. 그런데 엘런은 군청색 드레스를 입는다면서요? 엘런의 생각도 근사한 건 맞아요, 사모님. 하지만 저라면 로즈메리처럼 꾸밀 거예요. 그래야 신부답잖아요."

하얀 드레스와 흰 베일을 갖춘 수전의 모습이 머릿속에 떠올라 앤은 웃음을 터뜨릴 뻔했다.

코닐리어가 말했다.

"메러디스 목사님은 약혼만 했는데도 아주 딴사람이 된 것 같아요. 잠이 덜 깬 듯 멍한 모습은 온데간데없으니까요. 신혼여행을 다녀오는 동안 목사관 문을 닫고 아이들을 다른 집에 맡긴다던데, 그 말을 듣고 안심했어요. 아이들하고 마사 할머니만 남겨두고 한 달 동안 집을 비운다면 난 아침마다 일어나서 그 집을 살펴보러 갔을 거예요. 불이라도 날지 누가 알겠어요."

앤이 말했다.

"마사 할머니와 제리는 이곳에 머물기로 했어요. 칼은 클로 장로님 댁으로 간대요. 여자아이들이 어디로 가는지는 아직 못 들었어요."

코닐리어가 말했다.

"아, 그 아이들은 내가 맡기로 했어요. 물론 당연히 그렇게 할 생각이었는데, 결정하기 전까지 메리가 어찌나 졸라대며 성화를 부렸는지 몰라요. 여전도회에서는 신랑 신부가 돌아오기 전에 목사관을 구석구석 청소할 거고, 노먼 더글러스는 지하실에

채소를 가득 채워놓을 거라고 하네요. 요즘 노먼을 보면 참 낯설게 느껴져요. 평생을 기다린 끝에 드디어 엘런과 결혼한다면서 마냥 들떠 있으니까요. 뭐, 엘런이 만족한다면 그걸로 됐죠. 오래전 엘런이 학교에 다닐 때 했던 말이 생각나네요. 길들인 강아지 같은 남편은 싫다고 했거든요. 노먼에게 순한 구석이 없는 건 확실하죠."

무지개 골짜기 위로 해가 지고 있었다. 연못에는 보랏빛, 황금빛, 초록빛, 진홍빛의 멋진 잔물결이 일었다. 연푸른 안개는 동쪽 언덕에 머물렀고, 그 위로 크고 둥글고 하얀 달이 은빛 거품처럼 떠 있었다.

페이스와 우나, 제리와 칼, 젬과 월터, 낸과 다이 그리고 메리 밴스는 탁 트인 빈터에 옹기종기 모여 특별한 파티를 열고 있었다. 무지개 골짜기에서 젬과 함께하는 마지막 저녁 시간이었기 때문이다. 퀸스 전문학교에 합격한 젬이 내일 아침 샬럿타운으로 떠나면 앞으로 이 매혹적인 모임은 예전과 달라질 것이다. 젬을 축하하기 위해 모인 자리였지만 모두의 마음 한구석에는 쓸쓸한 감정이 자리 잡고 있었다.

갑자기 월터가 손가락으로 가리키며 말했다.

"저길 봐. 석양이 지는 곳에 커다란 황금 궁전이 있어. 저 빛나는 탑을 봐. 진홍빛 깃발이 펄럭이고 있잖아. 어떤 정복자가 전쟁터에서 말을 타고 돌아오는 길이겠지. 예의를 갖춰 그를 맞이하려고 깃발을 걸어놓은 거야."

젬이 외쳤다.

"나도 옛날에 태어났으면 좋았을걸. 난 군인이 되고 싶어. 위대한 승리를 거두는 장군이 되는 게 꿈이야. 큰 전쟁터에 나갈 수만 있다면 무슨 일이든 할 거야."

그렇다. 젬은 군인이 되어 이제껏 세상에서 벌어진 그 어떤 것보다 큰 전쟁을 보게 될 것이다. 하지만 그것은 먼 훗날의 일이다. 그를 맏이로 둔 어머니는 여러 아들을 새삼 바라보면서 용사들이 활약하던 시대가 영원히 지나간 것을 신에게 감사드리곤 했다. 이제 캐나다의 아들들이 "선조의 유해와 신들의 사원을 지키기 위해"• 싸울 일은 없어 보였다.

거대한 전쟁의 조짐은 아직 어디서도 나타나지 않았다. 장난꾸러기 학생들은 자기들이 장차 프랑스, 플랑드르, 갈리폴리, 팔레스타인의 전쟁터에서 싸우다가 목숨을 잃을 수도 있다는 사실을 모른 채 밝은 미래를 꿈꾸고 있었다. 꿈과 희망을 간직한 아름다운 소녀들도 장차 슬픔에 잠길 날이 다가오리라는 것을 짐작조차 못 하고 있었다.

석양이 깔리는 도시에서 펄럭이던 깃발의 진홍빛과 황금빛이 점점 희미해졌고, 정복자의 행렬도 서서히 사라졌다. 골짜기에 어둠이 내리면서 아이들도 조용해졌다. 월터는 평소 즐겨 읽던 책에 빠져 있었다. 전설을 기록한 책이었다. 그러면서 언젠가 오늘 같은 저녁에 피리 부는 사나이가 이 골짜기로 다가온다고 상상했던 일을 떠올렸다.

월터는 꿈꾸듯 이야기를 시작했다. 친구들을 조금 놀라게 만

• 영국의 역사가이자 정치가인 토머스 배빙턴 매콜리(1800-1859)의 서사시 〈호라티우스〉에 나온 표현

들 생각도 있었지만 한편으로는 어떤 존재가 자기의 입을 빌려서 이야기하는 것 같은 느낌도 들었다.

"피리 부는 사나이가 오고 있어. 요전 날 저녁 때 봤던 것보다 훨씬 가까이 다가왔어. 그림자처럼 기다란 망토가 바람에 펄럭이고 그가 부는 피리 소리가 들려. 우리는 그 사람 뒤를 따라가야 해. 젬도, 칼도, 제리도 그리고 나도. 우린 온 세상을 돌아다니게 될 거야. 자, 귀를 기울여봐. 그 사람이 거침없이 피리를 부는 소리가 들리지 않니?"

월터의 말을 듣고 여자아이들은 몸을 덜덜 떨었다. 메리 밴스가 참지 못하고 쏘아붙였다.

"월터, 너 지금 책에 나온 대로 흉내 내는 거지? 이제 그만해. 진짜 같아서 소름 끼치잖아. 난 네가 말하는 피리 부는 사나이가 싫어."

하지만 젬은 함박웃음을 지으며 벌떡 일어났다. 작은 언덕에 우뚝 선 젬은 유난히 크고 당당해 보였다. 이마는 시원스레 넓었고 눈동자에는 두려운 기색이 전혀 없었다. 단풍의 나라 캐나다에는 젬 같은 젊은이가 수천 명이나 있다.

젬이 손을 흔들며 외쳤다.

"오라, 피리 부는 사나이여! 우리가 환영하노니. 기꺼이 당신을 따라 온 세상을 돌아다니리라!"

어린 시절의 추억

✽ 일하는 아이들을 위해 시작된 주일학교

메러디스 목사의 두 딸인 페이스와 우나는 비가 그친 월요일에 목사관을 깨끗이 청소했다. 하지만 칭찬을 듣기는커녕 사람들에게 손가락질을 당했다. 일요일을 월요일로 착각했기 때문이었는데, 결국 아이들은 일부러 주일학교를 빼먹고 그 시간에 대청소를 했다는 오해를 받게 되었다(7권). 당시 어린이들에게 주일학교 출석은 의무와도 같았을 뿐 아니라 목사의 자녀가 특별한 이유 없이 결석하는 일은 상상조차 할 수 없었다. 따라서 이 일로 한동안 마을이 들썩거린 것은 당연했다.

주일학교는 교회에서 신자들, 특히 어린이와 청소년에게 성경을 가르치고 종교교육을 하는 모임이다. 하지만 최초의 주일학교는 산업혁명이 한창일 때 일하는 어린이에게 읽기와 쓰기, 예절 등을 가르치기 위해 시작되었다. 당시 가난한 집 아이들은 하루 14~15시간씩 쉬는 날 없이 공장에서 일했다. 1802년이 되어서야 공장의 견습생이 하루에 12시간 이상 일하지 못하게 하는 법이 생겼을 만큼 수많은 아동·청소년이 혹사당했으며, 무엇보다 이들은 제대로 교육받을 기회조차 얻지 못했다.

캐나다 온타리오주의 한 주일학교에서 소풍을 가는 모습(1910년경)

캐나다 온타리오주 데세론토의 공립학교 교실(1900년경)

이런 현실을 안타깝게 여긴 일부 기독교인들을 중심으로 어린이들을 문맹에서 벗어나게 해주려는 움직임이 일어났다. 마침내 1769년 여성 교육가인 한나 볼이 영국의 하이위컴에서 최초의 주일학교를 세웠고, 1780년에는 영국 글로스터의 신문 발행인 로버트 레이크스가 주일학교 운동을 본격적으로 펼치기 시작했다. 레이크스는 1783년 주간지를 통해 그동안의 성과를 소개했는데, 이 기사가 반향을 불러일으키면서 곳곳에 주일학교가 생겨났으며, 1785년에는 영국에서만 25만 명의 어린이가 주일학교를 다니게 되었다. 초기 주일학교에서는 읽기와 쓰기 및 올바른 생활 태도를 가르쳤다. 그러다가 점점 공립학교가 늘어나고 많은 아이가 초등교육을 받게 되면서 주일학교에서는 성경과 기독교 교리를 가르치는 쪽으로 교육 방향이 바뀌었다.

캐나다에서는 1801년 퀘벡에서 프랜시스 딕 목사가 주일학교를 시작했다고 알려져 있다. 초기에는 성경 내용을 가르치고 성구를 암송하는 데 중점을 두었다가 1874년부터 미국에서 개발한 『만국 통일 공과』를 도입하기 시작했다. 작품 속 아이들은 주일학교에서 실제로 이 교재로 공부했을 것이다.

당시에는 많은 부모가 주일학교 교육을 필수로 여겼다. 심지어 신앙이 없는 사람들까지도 자녀를 주일학교에 보내곤 했다. 종교교육뿐 아니라 소풍이나 공연 등 주일학교에서 마련한 다채로운 행사를 통해 문화생활을 누릴 기회를 얻을 수 있었기 때문이다.

✱ 신나는 놀이와 스포츠 경기

앤과 길버트의 아이들 그리고 메러디스 목사의 아이들은 무지개 골짜기를 아지트로 삼고, 그곳에 자주 모여 이야기를 나누고 놀이도 하면서 즐거운 시간을 보냈다(6, 7권). 작품 속 등장인물들과 같은 시대에 살았던 아이들은 주로 무슨 놀이를 했을까?

기록에 따르면 19세기의 캐나다 아이들은 숨바꼭질, 까막잡기, 개구리

캐나다 토론토 거리에서 굴렁쇠를 굴리는 소년들(1922년)

뜀 뛰기, 사방치기, 땅따먹기 등을 하며 놀았던 것으로 보인다. 이런 놀이는 대부분 유럽과 미국에 뿌리를 둔 것으로, 위 세대가 아래 세대에게 가르쳐주고 그것을 다시 또래에게 전하면서 널리 퍼졌다. 특히 19세기 말에 캐나다에서 공교육이 활성화되자 아이들은 전보다 자주 여럿이 모여 놀 수 있게 되었고, 이를 기반으로 다양한 놀이를 고안해냈다.

1800년대에 접어들면서 유럽과 미국 기업의 장난감이 캐나다에 수입되었고 1860년대부터는 캐나다에도 장난감 제조업체들이 생겨났다. 하지만 아이들은 여전히 막대기, 돌, 버려진 물건 등 주위에서 흔히 구할 수 있는 것을 가지고 놀거나 값싼 재료를 사다가 직접 장난감을 만들었다. 못쓰게 된 통의 테두리나 수레에서 바퀴를 떼어다가 막대기를 이용해 길에서 굴리며 놀았고 점토를 둥글게 빚어 만든 구슬로 구슬치기를 하기도 했다. 장구 모양으로 깎은 나무토막을 공중에 던진 다음 줄을 이은 막대기를 잡고 그것을 받거나 감거나 돌리면서 하는 죽방울놀음(bilboquet)도 인기가 있었다. 그 외에 여럿이 둘러앉아 체스를 두거나 주사위 등을 이용해 보드게임을 하기도 했다.

캐나다는 대체로 겨울이 길고 폭설이 자주 쏟아지기 때문에 눈 위에서 할 수 있는 놀이도 발달했다. 그중 하나가 썰매놀이였다. 고대 이집트 사람들이 사막에서 짐을 나를 때 쓰던 도구에서 비롯되었다고 알려진 썰매는 네덜란드 이민자들을 통해 북아메리카 지역으로 전해졌다. 빨간 머리 앤 시리즈에서도 겨울에 썰매를 타고 이동하거나 여가를 즐기는 장면을 종종 볼 수 있다.

아이스하키도 빼놓을 수 없는 겨울 놀이다. 유럽에서 시작된 '밴디'라는 스포츠가 1860년 캐나다로 전해졌고, 이는 다시 아이스하키로 발전

캐나다 노바스코샤주에서 썰매를 타는 아이들(1909년)

맥길 대학에서 열린 아이스하키 경기 기념 엽서(1903년경)

했다. 1875년 몬트리올의 맥길 대학 학생들이 최초로 공식 경기를 했고 1877년에는 학교 안에 최초의 하키 클럽을 세웠다. 아이스하키는 곧바로 큰 인기를 끌었으며 겨울이 되면 많은 남자 어린이와 청소년들이 스틱을 들고 얼어붙은 강가로 달려가곤 했다.

오늘날 인기를 얻고 있는 농구도 캐나다와 관련이 깊다. 캐나다 온타리오주에서 태어나 맥길 대학을 졸업하고 1890년부터 미국 매사추세츠주 스프링필드 YMCA에서 체육을 가르치던 제임스 네이스미스는 겨울 동안 혈기 왕성한 학생들이 실내에서 할 수 있는 스포츠를 고안해냈다. 9명씩 두 팀으로 나누고 체육관 양쪽 끝 벽 3미터 높이에 걸린 바구니에다 공을 던져 넣는 방식이었는데, 이것이 농구로 발전한 것이다. 1892년 1월 15일에 농구 규칙이 정해졌고 20일에는 스프링필드 대학교에서 최초의 농구 경기가 열렸다. 이처럼 농구가 생겨난 곳은 미국이었지만 농구를 처음 시작한 사람은 캐나다인이었다.

✱ 알고 들으면 섬찟한 전래동요

우나를 입양하려고 메러디스 목사를 찾아왔다가 거절당하자 불쾌한 마음으로 목사관을 나서던 데이비스 부인은 아이들의 노랫소리를 듣고 화를 크게 냈다. 아이들이 〈옛 마을의 신나는 시간〉(A Hot Time in the Old Town)이라는 미국 유행가를 부른 데다 그중 한 소절인 "오늘 밤 옛 마을에서 신나는 일이 벌어질 거야"가 자기를 비꼬는 내용이라고 생각했기 때문이다. 한편 아이들이 무덤에서 미국의 전래동요 〈폴리 울리 두들〉(Polly Wolly Doodle)을 합창하자 마을 사람들은 목사의 자녀가 세속적인 노래를 불렀다며 비난했다(7권).

〈폴리 울리 두들〉의 1절 가사는 다음과 같다.

손을 잡고 빙글빙글 돌면서 노래하는 아이들(1911년)

난 살(Sal)을 만나러 남쪽으로 갔죠.
폴리 울리 두들, 온종일 노래 불러요.
나의 살은 용감한 아가씨죠.
폴리 울리 두들, 온종일 노래 불러요.

안녕, 안녕,
안녕, 아름다운 나의 요정.
난 루이지애나로 가고 있어요.
나의 수산나를 만나러.
폴리 울리 두들, 온종일 노래 불러요.

어린아이들이 단지 이런 내용의 노래를 부른 것뿐인데 이렇게까지 손가락질당한 이유는 무엇일까? 이는 당시 사회 분위기로 유추해볼 수 있다. 19세기 말에서 20세기 초 북아메리가 대륙에서는 날로 확산되는 자유주의 신학과 세속화된 생활에 대항해서 근본주의 신학 운동이 일어났다. 보수적인 성격을 띤 이 운동은 존 메러디스 목사가 속해 있는 장로교회를 중심으로 퍼져갔다. 따라서 목사의 자녀가 집에서 찬송가가 아닌 유행가를 부르고 무덤에서 큰 소리로 동요를 합창하는 모습이 곱게 보일 리 없었던 것이다. 한편 빨간 머리 앤 시리즈의 등장인물 여럿이 '양키'라는 말을 입에 담았던 것을 볼 때 미국에 대한 악감정과 편견이 이런 인식을 갖는 데 한몫했을 수도 있다.

등장인물들이 〈폴리 울리 두들〉을 '경박하고 세속적인' 노래로 깎아내린 것을 보면 전래동요에 대한 인식도 오늘날과 달랐다는 것을 알 수 있다. 당시 캐나다의 동요는 대부분 영국이나 프랑스에서 전해졌으며, 이런 노래들 중에는 잔혹한 역사가 담긴 것들이 많았다. 〈매매 검은 양〉(Baa Baa Black Sheep)은 영국의 에드워드 1세가 양털에 세금을 부과한 것을 빗댄 내용이고, 〈빙빙 돌아라 장미야〉(Ring a Ring O'Roses)는 런던 인구 6분의 1의 목숨을 앗아간 런던대역병(1664-1666년)을 노래한 것이라는 해석이 있다.

빙빙 돌아라, 장미야.
주머니 가득 꽃다발 채우고.
에취! 에취!
모두 쓰러졌다네.

자장가로 많이 불리는 〈잘 자라 우리 아가〉(Rock a Bye Baby)는 명예혁명 직전의 사건을 담고 있다. 가사 중 "바람이 불면 요람이 흔들리고 나뭇가지가 부러지면 요람이 떨어져"에서 '요람'은 운명을 다한 스튜어트 왕가를, '바람'은 네덜란드에서 온 개신교 세력을 뜻한다고 한다. 그 외에도 산 채로 동물을 요리하는 식의 잔인한 묘사나 약자를 조롱하는 내용, 심지어 음란한 행위를 담은 동요들도 있었다.

캐나다의 대표적인 전래동요 〈종달새〉(Alouette)는 잠을 깨운 종달새에게 복수하겠다는 내용을 담았다. 노래하는 사람은 종달새에게 머리, 부리, 눈, 목, 날개, 다리, 꼬리 등을 차례로 뽑겠다고 경고한다. 〈종달새〉는 본래 프랑스에서 불리다가 캐나다로 흘러간 노래였다. 그 뒤로 프랑스에서는 거의 잊혔지만 제1차 세계대전 때 프랑스 전선에 투입된 캐나다 병사들을 통해서 프랑스로 다시 전해졌다고 한다.

✱ 자주 보던 동물 친구들

같은 학교의 댄과 주먹다짐을 하루 앞둔 날 밤, 월터는 여우와 파랑어치가 우는 소리를 들으면서 자기는 이처럼 혼란스러운데 왜 세상 모든 것들은 아무렇지도 않은 듯 굴고 있는지 의아해한다(7권).

자연이 아름다운 프린스에드워드섬에는 많은 동물이 살고 있다. 그중에서도 붉은여우와 파랑어치는 주민들에게 무척 특별한 존재다. 붉은여우는 이 섬의 '상징 동물'이고 파랑어치는 '상징 새'이기 때문이다.

갯과에 속한 포유류인 붉은여우는 몸길이가 약 60~90센티미터, 꼬리 길이는 약 30~60센티미터, 체중은 6~9킬로그램 정도이며 털이 붉은빛을 띤다. 북아메리카와 아이슬란드, 히말라야산맥을 포함한 유라시아 북부, 아프리카의 사하라 사막 등지에 살고 개구리, 들쥐, 토끼 같은 작은 동물을 잡아먹는다. 프린스에드워드섬에서는 시골뿐 아니라 도시에서도 자주 볼 수 있는 동물이다. 2014년의 연구에 따르면 주도인 샬럿타운에도 40개가 넘는 여우 굴이 있다. 간혹 털이 은빛이나 검은빛을 띠는 것도 있지만 이 섬에 사는 개체들은 모두 붉은여우에 속한다. 붉은여우는 천성적으로 호기심이 많으며 인간에게 큰 해를 끼치지는 않지만 때로는 민

프린스에드워드섬에 사는 붉은여우

휘파람과 비슷한 소리를 내는 파랑어치

가에 접근해서 신발이나 장난감 등을 물어 가기도 한다.

캐나다에서 최초로 여우를 사육한 곳이 바로 프린스에드워드섬이다. 여우 모피 산업은 섬의 경제에 중요한 축을 담당해왔다. 1890년대 초에 찰스 달튼과 로버트 올튼이 여우를 잡아다 기르며 가죽을 팔아 부자가 되자 섬 전체에 여우 사육 붐이 일었다. 1930년대까지 1,200곳이 넘는 여우 사육 농장이 생겨났다. 하지만 제2차 세계대전 이후로 수요가 줄고 수익성이 떨어지면서 여우 모피 산업은 점점 쇠퇴했고, 2006년에는 여우 사육 농가가 불과 24곳만 남았다. 섬 주민들은 2018년에 투표를 통해서 친숙한 동물인 여우를 상징 동물로 선정했다.

프린스에드워드섬에서 1년 내내 흔히 볼 수 있는 파랑어치(Blue Jay)는 1977년 주의 상징 새로 선정되었다. 머리 꼭대기와 날개, 꽁지깃이 하늘색이며 목과 가슴은 흰색이다. 부리에서 꼬리까지 22~33센티미터 정도이며 꽁지깃이 길다. 가을에 곡식과 씨앗, 꿀 등을 모아놓고 겨울나기를 하며 주로 삼림 지역에 머물러 있지만 일부는 봄가을에 다른 지역을 다녀온다. 지능이 높은 편으로 매나 고양이 같은 포식자가 가까이 다가오면 여러 마리가 크게 울어서 쫓아낸다. 다양한 소리를 낼 수 있는데 심지어 다른 새들의 울음소리를 흉내 내기도 한다.

그 외에도 이 섬에서는 비버, 스컹크, 눈신발토끼, 제비, 너구리 등을 자주 볼 수 있다. 온몸에 줄무늬가 있는 가터뱀도 많이 살고 있는데, 독이 없으며 좀처럼 사람을 물지 않는다. 동물을 좋아하는 칼이 새끼 가터뱀을 안고 자는 바람에 제리가 기겁을 하기도 했다(7권).

사진 출처

앞면지 Library and Archives Canada, public domain

396쪽 Deseronto Archives, public domain(위, 아래)

398쪽 public domain

399쪽 Nova Scotia Archives, public domain

400쪽 public domain

401쪽 Hine, Lewis Wickes; National Child Labor Committee Collection, public domain

404쪽 Birdiegal/Shutterstock.com

405쪽 Fiona M. Donnelly/Shutterstock.com

그린이 유보라

대학에서 애니메이션과 만화를 공부했다. 현재 일러스트레이터이자 문구 디자이너로 바쁘게 활동하고 있다. 특히 어릴 적 누군가 찍어 주었던 사진 속 아이처럼 마냥 행복했던 그 순간을 사람들에게 전하고 있다.

옮긴이 오수원

대학과 대학원에서 영어영문학을 공부하고 현재 파주 출판도시에서 동료 번역가들과 '번역인'이라는 작업실을 꾸려 활동하고 있다. 철학, 역사, 예술, 문화 관련 양서를 우리말로 맛깔나게 옮기는 것이 꿈이다. 총 8권에 이르는 빨간 머리 앤 전집을 번역하면서 작가 몽고메리가 펼쳐놓은 인간의 우정과 신의, 자연과 영성에 대한 섬세한 감성, 상실에 대한 쓰라린 통찰을 독자에게 전하려 했다.

빨간 머리 앤 전집 7

무지개 골짜기

1판 1쇄 발행 2023년 6월 14일
1판 2쇄 발행 2024년 3월 11일

지은이 루시 모드 몽고메리
그린이 유보라
옮긴이 오수원
발행인 박명곤 **CEO** 박지성 **CFO** 김영은
기획편집1팀 채대광, 김준원, 이승미, 이상지
기획편집2팀 박일귀, 이은빈, 강민형, 이지은
디자인팀 구경표, 구혜민, 임지선
마케팅팀 임우열, 김은지, 이호, 최고은

펴낸곳 (주)현대지성
출판등록 제406-2014-000124호
전화 070-7791-2136 **팩스** 0303-3444-2136
주소 서울시 강서구 마곡중앙6로 40, 장흥빌딩 10층
홈페이지 www.hdjisung.com **이메일** support@hdjisung.com
제작처 영신사

"Curious and Creative people make Inspiring Contents"
현대지성은 여러분의 의견 하나하나를 소중히 받고 있습니다.
원고 투고, 오탈자 제보, 제휴 제안은 support@hdjisung.com으로 보내 주세요.

현대지성 홈페이지

이 책을 만든 사람들
편집 김준원 **디자인** 구경표